# Tu rostro con la marea



Novela Histórica

Esta obra resultó ganadora del Premio de Novela Histórica Alfonso X el Sabio 2013, convocado por Ediciones Martínez Roca, un sello editorial de Ediciones Planeta Madrid, S. A. (Grupo Planeta), en colaboración con el canal de televisión HISTORIA y la Fundación Caja Castilla La Mancha, y fallado por un jurado compuesto por Soledad Puértolas como presidenta, Marta Rivera de la Cruz, Jesús Sánchez Adalid, Carolina Godayol y Carmen Fernández de Blas como secretaria.

# Fernando García de Cortázar

## Tu rostro con la marea

mr · ediciones

El papel utilizado para la impresión de este libro es cien por cien libre de cloro y está calificado como **papel ecológico**.



Con la colaboración de la Fundación Caja Castilla La Mancha


Ediciones Martínez Roca es un sello editorial de Ediciones Planeta Madrid, S. A.
C/ Josefa Valcárcel, 42. 28027 Madrid (España)
www.mrediciones.com
www.planetadelibros.com

Diseño de la cubierta: Booket / Área Editorial Grupo Planeta
Ilustración de la cubierta: © Mary Evans Picture Library / ACI
Ilustraciones del interior:
© Ullstein. Dibujo de Walter Trier
© Mary Evans Picture Library. Mapa de Europa en la víspera de la Primera Guerra Mundial, hacia 1914
Primera edición en Colección Booket: septiembre de 2014

Depósito legal: B. 14.099-2014
ISBN: 978-84-270-4132-5
Impresión y encuadernación: CPI (Barcelona)
*Printed in Spain* - Impreso en España

## Biografía

Fernando García de Cortázar y Ruiz de Aguirre ha convertido nuestro pasado en tema de grandes bestsellers sin necesidad de traicionar el rigor histórico: convencido de que «la historia es siempre la crónica de una aventura», su talento consiste en saber contarla. Lejos de la erudición inútil, su formación humanística y su larga experiencia como catedrático de la Universidad de Deusto (Bilbao) le sirven para iluminar, con belleza y sencillez, el mundo de luchas, pasiones, temores, utopías y cambios en el que se desenvuelve la vida de todas las épocas. Con una admirable capacidad para encerrar en frases breves e inolvidables todo el significado de una gesta heroica o de un momento político, los libros de García de Cortázar tienen ávidos lectores entre el público de todas las edades, como lo demuestra el éxito de su *Pequeña historia del mundo* y de su *Pequeña historia de los exploradores*. Más de sesenta títulos hacen del escritor bilbaíno uno de los favoritos indiscutibles del mercado editorial en lengua española en los últimos años. Cabe destacar, entre otros: *Breve historia de España*, *Los perdedores de la historia de España*, *Historia de España. De Atapuerca al Estatut*, *Historia del mundo actual*, *Los mitos de la historia de España*, *Atlas de historia de España*, *Breve historia de la cultura en España* o *Historia de España desde el arte*, galardonada con el Premio Nacional de Historia. En *Tu rostro con la marea*, su primera obra de ficción, Fernando García de Cortázar puede finalmente llevar a la literatura todo el repertorio de recursos expresivos a los que nos tenía acostumbrados en su trabajo como historiador. Cabía esperar, además, que para hacerlo eligiera unas coordenadas de espacio y tiempo tan atractivas como las que enmarcan esta novela, cuyo argumento discurre por uno de los períodos más fascinantes de la historia reciente de España y del mundo.

«Igual que en el pasado florece el futuro,
en el futuro se pudre el pasado.»

ANNA AJMÁTOVA, *Poema sin héroe*

PRIMERA PARTE

# ABRID MI TUMBA, AL FONDO SE VE EL MAR

—Así son las cosas en este país. Así las hemos forjado, querida... Ahora nos toca pagar la cuenta. Y más vale que aprendamos a aceptar la realidad tal como es —dijo Gabriel Ocampo, marqués de Briñas, a su esposa, y se quedó clavado en el suelo, ante la ventana que daba al jardín, hundido en secretas reflexiones.

El marqués era nuestro amigo y nuestro anfitrión. Agustín y yo observábamos su repentino ensimismamiento con afecto, mientras la noche caía de golpe, como si el ramaje de los árboles la hubiera estado conteniendo en su caída. Alto, de bigote blanco y pelo blanco, los años habían trabajado su rostro como artesanos refinados, despojándolo de cuanto no fuera imprescindible para mantener la piel sobre la fina arquitectura de los huesos.

—¡Gabriel! —exclamó Hortensia—. ¿Hablas en serio?

—Y tan en serio —contestó el marqués.

—¡Pero, querido, eso es terrible! Te has vuelto espantosamente pesimista —replicó Hortensia, y nos miró melancólicamente, como esperando que Agustín y yo arropáramos su protesta.

La marquesa se había quitado las lentes de plata, y su rostro, como de retrato antiguo, volvió a parecerme hermoso.

—No se puede matar a un hombre como a un perro —dijo—. No se puede.

Pensaba, sin duda, en Javier Ybarra, a quien un comando de ETA había asesinado vilmente unos días atrás, abandonando su cadáver en los bosques del alto de Barázar, bajo un montón de ramas de pino.

—No hablo del terrorismo —dijo el marqués con una sonrisa—. Me refiero a las ideas.

—¿La idea del pillaje, del asesinato, del comunismo? —replicó Hortensia despectiva.

Una pausa se abatió sobre todos, un pozo oscuro y silencioso del cual solo salimos cuando Hortensia recuperó la frialdad patricia de su mirada.

—Solo espero una cosa..., que mueran a plomo —dijo súbitamente—. Espero que los generales salgan de los cuarteles. Y aquí paz y después gloria.

—¿Los generales? —suspiró el marqués amargamente—. Los generales no pueden hacer absolutamente nada, querida. Nada que sirva para algo. Cuanto más hagan, peor.

—Bueno, dime entonces qué se puede hacer —preguntó Hortensia. Sus ojos eran dos brasas ardiendo—. ¿Quedarnos sentados ahí? ¿Y dejar que esa gentuza nos pisotee como a un trapo sucio? ¿Es eso? ¿Eso es lo que te propones?

—Esperar, querida —respondió el marqués—. Es lo único que se puede hacer. Es lo único que podemos hacer: quedarnos sentados y ver por dónde sale el sol.

Hortensia callaba. Estaba pálida, furiosa, y miraba con desconfianza a su marido, que continuó hablando con una voz sentenciosa, escogiendo muy bien las palabras:

—Las cosas nunca serán como antes. Jamás se repetirán por mucho que nos empeñemos. Los tiempos pasados no son viejos, Hortensia, están muertos. Tan muertos como un disco roto.

Recuerda lo que dijiste la noche del incendio del Marítimo. Es el fin, querida. Supongo que el único fin que nos merecemos —añadió, bajando la voz.

Se hizo el silencio de nuevo, únicamente interrumpido por el viento, que gemía entre los árboles del jardín.

—Tiene gracia. Parecemos los personajes de aquella novelita de Ángel Bigas —comentó Agustín de pronto. Y añadió—: *El sitio*.

Aquel comentario no me sorprendió en absoluto. Era muy propio de Agustín. Era su procedimiento de siempre, que consistía en lanzar una pompa de misterio, la cual reventaba después sin ruido y dejaba escapar formas deslumbrantes.

—¿Qué sitio? —dijo Hortensia—. ¿Qué novela? Por Dios, Agustín, déjate de literatura.

Agustín dibujó una sonrisa.

—¿No conocéis la novela? —preguntó.

Agustín se quedó esperando y, como nadie dijo nada, recordó una vez más esa historia que él, según contó, había leído en su infancia. La historia de los descendientes de un coronel de las guerras carlistas enriquecido con la trata de esclavos. La historia de una familia que, arruinada a finales del siglo XIX, vivía en una melancolía amarga, en la memoria del viejo espadón, en los recuerdos del esplendor perdido, en el culto a los murmullos y las voces del pasado. La historia de unos seres asediados por el paso del tiempo, ese ácido implacable que disuelve glorias militares, pudre cancelas de hierro forjado, retuerce persianas, agrieta muros, arranca ventanas, revienta tuberías, despelleja ladrillos y maderas, profana salones, devora retratos.

—Vivimos en ese aleteo fantasmagórico —concluyó entre elegíaco y burlón.

—¡Qué perspectiva! —exclamó Hortensia bruscamente.

—Me acuerdo de Ángel Bigas —dijo el marqués algo sorprendido por el tono de su mujer.

Y añadió:

—Un iluso, un loco. Acabó como sus personajes.

Hubo un silencio. El marqués volvió la cabeza hacia la ventana y hundió sus ojos nuevamente en la noche. Pasados unos minutos oímos su risa.

—¿Te ríes de algo? —preguntó Hortensia fríamente.

—¿Cómo? —preguntó el marqués, a su vez, sin volver la cabeza.

—Preguntaba si te reías de algo.

—Sí —respondió el marqués y volvió a reírse—. Estaba pensando en Carmen Bigas, la hermana. Recuerdo que, después de la guerra, tenía la costumbre de sentarse horas y horas en la ventana de su alcoba con unos gemelos de teatro.

—¿De veras?

—Sí. Desde aquí se vería la casa si aún estuviera en pie, sobre los acantilados del Abra. Allí... Era un palacete inspirado en los chalés de las playas de Ostende, proyectado por un arquitecto belga, un edificio de tres plantas, con muchas ventanas pintadas de azul y un gran balcón de mármol rosado. Recuerdo que algunas noches uno podía ver su sombra en la ventana.

—Siempre me pareció una chiflada —zanjó Hortensia rápidamente, imponiendo a su alrededor un infranqueable círculo de orgulloso desamparo.

Al rato se disculpó. Le dolía la cabeza. Se puso en pie con una serie de garbosos movimientos y abandonó el salón. Pocos minutos después, Agustín y yo nos despedíamos también. El marqués nos acompañó hasta la puerta, y permaneció allí un rato, con las manos en los bolsillos, dentro de un agradable cuadro de luz. El viento se había calmado, dejando una noche brillante y silenciosa, con alas que golpeaban entre los árboles. Y yo, que había sentido el cosquilleo de una curiosidad absoluta, desde un principio insaciable, me preguntaba quién era Ángel Bigas y qué trágico espejismo había dominado su vida, y pensaba en su hermana, sentada en una de las ventanas de aquella casa arrasada por las piquetas y las excavadoras, contemplando con sus gemelos de teatro no sabía qué ni por qué.

¿Hay una historia? Si hay una historia, no me pertenece. Si hay una historia, su dueño es Agustín Rotaeche. A él le correspondió interpretar el papel de Sherezade. Sin Agustín, yo no estaría escribiendo sobre un tiempo que las palabras no recuperarán jamás; sin él nunca habría leído *El sitio* ni habría sucumbido al hechizo de Ángel Bigas, cuya borrosa existencia fue como un veneno, como una civilización antigua que permite olvidar la realidad y encontrar el espíritu de las leyendas, como una música nocturna perdida en la distancia.

Todos los socios de la Bilbaína conocían a Agustín Rotaeche, a quien los más cínicos del club habían dado el mote de «el Lord». Agustín procedía de una vieja y acaudalada familia que había ganado una gran fortuna en Cuba y había vuelto a España tras la pérdida de las últimas colonias. Era un hombre elegante, de cultura enciclopédica y gustos refinados. Tenía unas entradas muy amplias y un bigote a lo Clark Gable, como su mirada. Una mirada de galán antiguo.

De Agustín se contaban historias extrañas. Algunos creían que había combatido en Rusia con la División Azul y que después había llevado una existencia mundana en casi todas las capitales de Europa. Otros aseguraban que había malgastado su fortuna persiguiendo ciudades bíblicas en el desierto del Yemen. También se decía que era un espía inglés, que había vivido un drama sentimental tan despiadado como bizantino con una dama americana afincada en Venecia y escrito una novela autobiográfica que escandalizaría al mismísimo Don Juan de Tirso de Molina. Sin duda, el misterio, en que siempre le gustó envolverse, daba pábulo a estos y otros rumores que ya no recuerdo.

—¿Sabes qué pienso? —me dijo en una ocasión Juan Pablo Fusi—. Que se puso al servicio de los alemanes para espiarlos. El aventurero que llevaba en la sangre le conducía a esas cosas. Estaba hecho para ser un espía.

Cuando le conocí —en el verano de 1970—, Agustín vivía solo en un palacete del Campo Volantín, en la orilla derecha de la ría del Nervión, una antigua casona que su padre había levantado a principios del siglo pasado a imitación de los palacios de Normandía. Por entonces apenas viajaba, y sus únicas correrías eran las que efectuaba por las librerías de viejo de Madrid y Barcelona.

—Envejecer es eso —me dijo en una ocasión—. Pasear la sombra de un cuerpo que fue, de un rostro que es otro.

Una rutina, concertada como un reloj, era su manera de soportar la vejez. Todas las mañanas caminaba pesadamente hasta el café Toledo, en plena Gran Vía. Allí desayunaba, leía y observaba a la gente. Más tarde, en la Bilbaína, asistía a una tertulia de viejos amigos en la que se empezaba discutiendo sobre si Casanova era un fanfarrón o apenas había contado una parte de sus aventuras amorosas, y casi siempre se terminaba especulando sobre el destino de las grandes dinastías de Occidente, marcado a menudo por esas bodas fatales hechas con evidentes fines políticos y que cambiaban luego toda la historia durante siglos. Almorzaba tarde, siempre fuera de casa, y después se dejaba caer por el café Oliver, donde solía cenar.

Hay días en que vuelvo a verlo en el Oliver, sentado en una de sus mesas. Siempre coincidíamos allí. Siempre me saludaba de la misma manera. Tan pronto como me veía entrar, esbozaba una sonrisa, me invitaba a su mesa y decía:

—¿Cómo está hoy la joven promesa de nuestra historiografía?

Después me contaba innumerables anécdotas, que casi siempre le llevaban a la misma conclusión. Todo era vulgaridad. Desde que los fascistas y los comunistas trajeran la plaga del tuteo, ya no existían las buenas maneras, no ya en el ámbito familiar y social, sino en el de las relaciones internacionales y su principal instrumento, la diplomacia.

—En modo alguno bromeo, mi joven amigo —subrayaba con afectada ironía—. Se lo digo con toda seriedad. La cortesía, algo tan olvidado y desdeñado, es, sin duda alguna, el antídoto más eficaz y antiguo que ha inventado el hombre para mantener a raya su instinto de primate sanguinario. Por desgracia —se lamentaba— nos ha tocado vivir la peor y más estúpida de las épocas. Este es el siglo de la grosería. Y las cosas van a peor. Recuerde a Jruschov golpeando su pupitre con el zapato para pedir la palabra en las Naciones Unidas.

Para mí, conversar con Agustín Rotaeche significaba entrar en contacto con la Europa aniquilada por las dos guerras mundiales. Hasta el modo en que se dirigía a los camareros del Oliver o el estilo insólito con que encendía y fumaba sus cigarrillos parecía cosa de lejanos tiempos. A mis ojos era una figura antigua, enigmática, una especie de animal prehistórico.

—Antes —recuerdo que me comentó en una ocasión, insistiendo en la vulgar estupidez de nuestro tiempo—, en las antiguas biografías, se procuraba enlazar con los semidioses y aún con los dioses. Esta mañana he leído la biografía de un importante político norteamericano. Allí se alaba la humildad de su origen, se glorifica la oscuridad de su familia, se exaltan sus apuros económicos. ¡Qué hubiera pensado Plutarco!

Lo que más admiraba de Agustín era su facilidad para contar historias y crear una suerte de encantamiento que disolvía la cotidiana rutina de sus interlocutores. Podía pasarse horas enteras hablando con ingenio de cualquier tema: de la caza de leones en África, de la muerte del jovencito Luis Napoleón en tierras zulúes, de las obras perdidas de Petronio, del viaje de Gabriele D'Annunzio y Eleonora Duse a Venecia, del enigma del ejército persa de Cambises, sepultado en el desierto por una gran tempestad de arena, de una señora que una vez se sentó a su lado en una cena en el Ritz de Madrid y presumía de su árbol «necrológico».

A pesar de la diferencia de edad —en 1970 tenía sesenta años, treinta y dos más que yo—, fuimos buenos amigos. En su carácter, como en el mío, había elementos de inmadurez, lo que nivelaba el terreno y allanaba obstáculos. Yo le trataba de usted y él, esquivando el untuoso trato con que habitualmente se ha obsequiado a los jesuitas en Bilbao, solía llamarme «mi joven amigo». En ocasiones le acompañaba a almorzar a la casa del marqués de Briñas, con quien, además de un sereno escepticismo ante las mudanzas que impone la política, le unía la misma pasión por la historia y las páginas de memorias ilustres. Siempre me decía:

—Siga escribiendo, mi joven amigo, siga escribiendo. Pero olvídese del espíritu científico; entre los historiadores, lo simplifica y falsea todo.

Hoy, al recordar la primera vez que hablamos de Ángel Bigas, me pregunto si ya entonces me eligió para que diera coherencia a la investigación a la que él, secretamente, había dedicado una parte sustancial de su vida, persiguiendo, juntando, recosiendo las versiones y variantes de los hechos con el apremiante objetivo de hacerlos hablar, y también los rostros, las sonrisas, las heridas, los remordimientos. Hoy pienso que me eligió porque yo era arrogante y joven, y porque también yo, como él, vivía en dos mundos: las lecturas y conversaciones hasta el amanecer y la realidad amenazada de una ciudad donde todo parecía venirse abajo.

Pero entonces, cuando aquella noche de junio abandonamos la mansión de los marqueses de Briñas, ¿cómo iba a presentir la historia que desenterraría mi curiosidad por Ángel Bigas, cómo iba a sospechar la extraordinaria influencia que aquella sombra del pasado había ejercido sobre la existencia de mi amigo? Jamás había escuchado de sus labios su nombre. No sabía lo que significaba para Agustín, ni tenía relación con ninguna de las anécdotas que le había oído contar en el curso de nuestra amistad.

—¿Quién es Ángel Bigas? —pregunté tan pronto como Agustín puso el coche en marcha.

Aquella noche Agustín no parecía con ánimo de extenderse.

—¿Ángel Bigas?... Uno de esos hombres que se dan poco en España, y si se dan son malgastados —se limitó a responder con la mirada turbia de cansancio—. Otro día, mi joven amigo, le contaré a usted su historia —añadió, antes de entrar en uno de sus tradicionales pozos de silencio.

Aquella respuesta evasiva aumentó mi interés, pero no insistí más en el interrogatorio. Sabía que, como todas las historias de Agustín, aquella estaba sometida a una adecuada secuencia, y que solo cuando esta se diera plenamente abriría la puerta de sus recuerdos.

Así ocurrió una semana después, en la tarde de un domingo que se empeñó en que almorzáramos juntos en el Oliver, uno de esos días sofocantes en que el verano de Bilbao parece tener condición de eternidad. Después del café, mientras saboreaba su habitual whisky escocés con hielo, desenvolvió un pequeño paquete que había traído bajo el brazo y dijo:

—Espero, mi joven amigo, que esto satisfaga, en parte, su curiosidad.

Entonces vi *El sitio* por primera vez, en un ejemplar de la primera edición —Calpe, 1921—. Recuerdo mi entusiasmo, que

Agustín celebró con una vaga sonrisa aprobatoria. Recuerdo que aquella misma tarde, en cuanto llegué al colegio mayor, empecé a leer el libro lleno de curiosidad, y que antes de haber leído diez páginas esa curiosidad se había convertido en gratitud hacia Agustín por habérmelo descubierto. Recuerdo que tan pronto como acabé la historia volví a leerla de un tirón, y también que pasé la noche en vela, leyendo, releyendo, las doscientas páginas de la novela de Ángel Bigas, con la cabeza colmada de imágenes, de secuencias y episodios narrados en un estilo entre poético y sumario, con paréntesis reflexivos en los que una pretensión demasiado ambiciosa del conocimiento de las quimeras humanas revelaba la juventud del autor.

A quienes hayan leído *El sitio* y sean susceptibles al fetichismo literario no les costará entender el efecto que sus páginas produjeron en mi interés por Ángel Bigas. Me sentía como si hubiera desenterrado un tesoro. De pronto, mis investigaciones sobre la organización eclesiástica en la época de la Restauración —los años invertidos en el análisis crítico de la Iglesia española, el entramado de sus desconocidas finanzas, sus querellas políticas, su instinto de supervivencia, su oportunismo, su rabioso temporalismo— parecieron algo sin color comparado con la necesidad de saber más acerca del autor de aquella novela que dejaba en el paladar un relente de locura y desolación. ¿Cómo había sido su vida realmente? ¿Había escrito más novelas? ¿Qué clase de aventuras y decepciones le habían acercado a los personajes de su libro? ¿Por qué no había oído mencionar nunca su nombre?

Al atardecer del día siguiente fui al café Oliver en busca de Agustín. A él le complació mi interés y respondió a este con su tradicional estilo divagador. ¿Me había percatado de que toda la novela era un laberinto de muchas puertas y de que cualquiera de ellas servía para entrar en las habitaciones canceladas del pasado?

—Se lo digo, mi joven amigo, con la seguridad de quien la ha leído por lo menos media docena de veces —comentó Agustín—. Ninguna novela evoca tan serpentina y traviesamente el paso del tiempo. ¡Aquella ciudad en que todo era tan engañoso, tan frágil, tan lleno de aventura! Los tesoros de las minas y los barcos, las calles y los palacios. Los palacios, sí. Y el carnaval de la fortuna resbalando sobre las pestilentes aguas de la Ría. Pero, claro —precisó poniendo una mano sobre la vieja edición de Calpe—, una lectura tan historicista soslaya lo principal: el mundo que Ángel Bigas creó de pies a cabeza, un mundo que debe más a la imaginación y a la fuerza convulsiva del relato que al escenario que le sirve de materia prima.

Tras un silencio cortés, decidí recuperar el control de la situación e insistí en el interrogatorio.

—¿Qué sabe del autor? ¿Qué puede contarme de Ángel Bigas?

—Por supuesto, por supuesto —repitió Agustín, y se habría dicho un hombre feliz cuando, después de prender un cigarrillo, sus ojos volvieron a encontrarse con los míos—. No hay otra tragedia en la historia de la generación arrogante y orgullosa de la Gran Guerra. Hablo —puntualizó— en lo que respecta a Bilbao, a Portugalete, claro. Ningún otro héroe digno de ser recordado. Atractivo, rico, con talento, lo tenía todo para alcanzar la cumbre del Olimpo. Pero su temperamento le jugó una mala pasada. Me acuerdo de los recortes de los periódicos donde se hablaba de su muerte prematura, que mi padre guardaba en un cajón del escritorio, junto con cartas, papeles y documentos diversos. Decían que se había suicidado. Al parecer, había dejado una nota. También se revelaba el contenido de la supuesta nota: «Morir es diferente de lo que todos suponen, y más fácil». A partir de ahí empezaban las conjeturas, las historias imaginadas y tristes sobre su destino, los rumores sobre su participación en el asunto Turquesa y otras oscuras empresas que tocaban terrenos vedados por el código penal.

—¿El Turquesa? —hice notar sorprendido, irguiéndome un poco, interesado por esa mención de la temeraria aventura que tantos quebraderos de cabeza había dado al socialista Indalecio Prieto en el año 34.

—Supongo, mi joven amigo, que esa historia sí la conoce —dijo Agustín.

—La conozco perfectamente —confirmé—: las gestiones secretas de Prieto, el acuerdo con los republicanos portugueses, el cargamento de armas para la Revolución de Octubre, el encarcelamiento de Horacio Echevarrieta, las acusaciones contra Azaña...

Agustín hizo un movimiento de aprobación.

—Una locura —comentó—. Una empresa con el sello de lo ilusorio.

Sonreía, satisfecho.

—Hoy muy pocos recuerdan a los Bigas —prosiguió, recobrando el hilo de su discurso—. Sin embargo, a finales del siglo XIX —evocó—, era una familia muy ilustre. Muy antigua, y con influencia en los círculos liberales de la corte. Pero con las viejas familias pasa lo que con las civilizaciones: un día decaen y mueren. En concreto, a los Bigas les ocurrió lo que a Venecia, que fue la leona solitaria, la más experta y desaprensiva amasadora de fortuna, y hoy es un melancólico decorado para turistas.

Su voz tenía un tono solemne, como si aún le obsesionara el recuerdo de la decadencia y extinción de los Bigas. De pronto se quedó callado. Por un momento se había ido a otra parte, a otra época. Agustín era propenso a esas intermitencias. A veces daba la impresión de habitar una lejanía.

—A menudo, la vida hace ciertos ajustes de cuentas que no es aconsejable pasar por alto —dijo al fin, sugiriendo que sabía de qué estaba hablando porque también él había recibido esa lección—. Son como balances que nos ofrece para que no nos perdamos muy adentro en el mundo de los sueños.

Hizo otra pausa para llevarse el vaso de whisky a los labios, y después, sin apartar los ojos de la novela que me había regalado, comenzó nuevamente a evocar los tiempos de su infancia, cuando nadie se mostraba indiferente al apellido Bigas.

—Durante mucho tiempo se dijo que fue un traidor. Hay hombres a quienes la historia destina a la traición. Yo dudo mucho de que él fuera uno de ellos, pero si lo fue, como se dijo en ciertos círculos tras conocerse su papel en el asunto Turquesa, lo fue siempre, lo fue desde el principio y hasta el final.

Ahora que todo ha terminado, creo estar seguro: con cada dato, con cada reflexión, Agustín daba hilo al cebo que yo debía picar. Porque él nunca me dijo explícitamente: «Quiero que conozca esta historia, quiero hacerle saber qué sentido tiene para mí». Nunca me lo dijo de un modo directo. Vuelvo a verle aquella tarde de verano, divagando y divagando sobre el autor de *El sitio* y el Bilbao dorado de su juventud sin llegar a ninguna parte. Se le notaba en su elemento, envuelto en la atmósfera familiar del café Oliver, entre el vaso de whisky, el humo de los cigarrillos y el rumor de las conversaciones.

Ahora sé que su voz era la voz de quien habla porque le resulta insoportable el silencio de la historia, la voz de quien anhela conservar para la eternidad un pedazo del paraíso perdido, un resto del mundo inventado e imposible que la guerra civil había abolido, cubriéndolo con un sudario. De lo que me contó aquella tarde de verano deduje que Ángel Bigas había tenido una infancia privilegiada en una familia influyente y adinerada, y que antes de cumplir los veinte años se le habían abierto todas las puertas.

—Se le brindaba todo, en espera de que lo tomara. Y todo lo apuró —comentó Agustín—. Los obstáculos vendrían más tarde. Pero no es el momento de contar esa historia.

Aquella tarde también supe que Ángel Bigas había sido diplomático, además de novelista y periodista de moda; que *El sitio* había sido su segunda y última novela; que su primer libro, *La sombra del aventurero,* publicado en 1912, había llevado un prólogo nada menos que de Galdós; que había sido un hombre fascinante y divertido, capaz de seducir a las esposas de sus mejores amigos y brillar en los salones de la alta sociedad; y que siempre le había acompañado una aureola de romanticismo, abatida al final de los años veinte por la contrariedad y el desengaño, una siniestra marea que debió de ser ingobernable.

Vuelvo a ver a Agustín en la mesa del café Oliver, sin dejar de hablar. Y lo veo dos semanas después, cuando me citó en su casa del Campo Volantín. Aún puedo ver aquel viejo edificio aunque lo hayan derribado hace años para construir horribles bloques de pisos. Recuerdo los techos de pizarra, el sendero de gravilla flanqueado por estatuas de mármol que parecían meditar como filósofos de la Antigüedad, el amable estanque y la pérgola del jardín, la marquesina entre palmeras y magnolios. Recuerdo el rostro de tortuga de la anciana que me abrió la puerta, su ama de llaves, o más bien la vigilante de su plácida soledad. Recuerdo el vestíbulo del piso de abajo, húmedo y pétreo; la escalera de roble que conducía a la segunda planta; el interminable pasillo que conectaba las habitaciones, decorado con grabados de Doré y paisajes románticos del siglo XIX, y el espléndido salón, con vistas a la Ría y puertas tan altas como las de la enorme fachada.

Aquella habitación tenía una extraña grandeza, el esplendor

marchito del pasado. Había una mesa estilo Napoleón III, sillones de cuero, un exquisito *étagère* a modo de mueble bar, una gran chimenea de mármol rojo. Todas las paredes estaban cubiertas por estanterías de madera de caoba con libros. Todo estaba ordenado, todo en su sitio: escribanía de plata, archivadores, revistas, periódicos.

Sentado junto al amplio ventanal, con la mano posada en un libro abierto, Agustín miraba hacia el exterior, envuelto en una pálida luz otoñal.

—Pase —dijo cuando se dio cuenta de mi presencia, alertado por el crujir de las tablas del suelo—. Siéntese, siéntese. Aunque no se lo crea, estaba pensando en Ángel Bigas.

Para entonces yo ya había comenzado a hurgar en los archivos de la Bilbaína y en las hemerotecas de los diarios locales. Buscaba con reticencia, con aprensión. Buscaba un poco más de luz sobre la existencia malograda del autor de *El sitio,* pero al mismo tiempo temía que el verdadero drama resultara menos novelesco que la historia que yo había imaginado ya a partir de las pinceladas impresionistas de Agustín. Fue una dura prueba someter mis presentimientos a la prensa del primer tercio del siglo XX, a las envidias de alguno de sus contemporáneos, al frío silencio de nuestra posguerra. «Ambicioso, vacío, extravagante..., la hora de Ángel Bigas pasó. Ni fue, ni ha sido ni volverá a ser nada», escribía Francisco Casares en el libro *Azaña y ellos: cincuenta semblanzas rojas.*

Aquella tarde Agustín me recibió como a un hijo al que llevara mucho tiempo sin ver. Hablamos del terrorismo y del reciente triunfo de Adolfo Suárez, del sentimiento de pánico y derrumbe que asolaba Bilbao, del clamor de la extrema derecha por un golpe militar y de los pícaros que ahora se daban prisa en comprar una ikurriña y mirar en el diccionario el nombre de Sabino Arana, echando pestes del dictador muerto, no mucho antes su caudillo. Hablamos nuevamente de Ángel Bigas. Y de los libros que había en la fabulosa biblioteca.

—Parte de esto —me explicó abarcando la biblioteca con un gesto— lo reunió mi padre, un hombre algo extravagante, que coleccionaba con frenesí y preparaba unos excelentes cócteles de ron. Casi todo viene de él. A mi padre le gustaba encerrarse aquí y enfrentarse a las noches leyendo.

—Un lector de raza, por lo que veo —comenté impresionado. Y pregunté—: ¿Cuántos títulos hay aquí?

—Hace tiempo que perdí la cuenta. Treinta mil, cincuenta mil, setenta mil... Muchos son libros de viajes, de historia, de filosofía. Abundan las biografías de autores ingleses, los filósofos del siglo XVIII, memorias, casi todas francesas, las novelas en primeras ediciones. Aquí abrevaron muchos. Maeztu, Salaverría, Sánchez Mazas y Mourlane Michelena disfrutaron de la antigua biblioteca de mi padre. También Ángel Bigas.

Lo dijo con pesadumbre. Se levantó del sillón y dio unos pasos hacia un extremo de la biblioteca.

—Dado que empieza a interesarse por Bigas —dijo mientras se detenía ante una hilera de libros—, imagino que sabrá apreciar esta joya.

Agustín extrajo un volumen del estante y, volviendo sobre sus pasos, me acercó *La sombra del aventurero*.

—Un regalo de mi padre —añadió, evocador—. Me temo que hoy es una rareza casi inencontrable.

Tomé el libro en mis manos, abriéndolo con reprimida emoción.

«Las palabras de Mercurio son duras después de los cantos de Apolo», leí en voz alta, señalando la cita que encabezaba la segunda página impresa de la novela.

—Es del final de *Trabajos de amor perdidos,* de Shakespeare —me informó Agustín—. *La sombra del aventurero* —añadió— es un bello libro, una novela que comienza como un folletín de aventuras ambientadas en el siglo XIX, y poco a poco se convierte en una amarga reflexión sobre el poso agridulce que dejan las vidas y los sueños románticos, cuando todo queda atrás: viajes, luchas, pecados atesorados como valiosas monedas.

De buena gana habría comenzado la lectura allí mismo. Pero Agustín insistió en que prestase atención a sus comentarios en vez de prestársela al libro, que ya tendría tiempo de leer.

Nunca olvidaré aquella conversación prolongada hasta la medianoche. Recuerdo la voz de Agustín, una voz torrencial que se precipitaba como la lava, presa del tiempo recuperado. Recuerdo su entusiasmo, poblado de sombras que volvían sesenta años después, misteriosas como grandes peces que se mueven en el fondo de un río.

Cuando salí de la casona del Campo Volantín, ya había cobrado forma definida una resolución que daba vueltas en mi cabeza desde la lectura de *El sitio.* Escribiría un artículo sobre Ángel Bigas y lo publicaría en las páginas de *El Correo Español-El Pueblo Vasco,* donde mantenía una colaboración semanal.

Fue así como, en el otoño del 77, mientras el país entero pendía de un hilo y toda una generación terminaba de renegar de sus padres y, con ellos, del dictador enterrado, redacté un artículo sobre Ángel Bigas titulado «Abrid mi tumba. Al fondo se ve el mar».

Fueron dos o tres páginas donde, con pocas y rápidas pinceladas, con más preguntas que respuestas, resumía la malograda existencia del autor de *El sitio.* Allí hablaba de su talento desperdiciado, del Bilbao que había recreado en sus relatos, de sus últimos pasos, perdidos en un arenal ilimitado de conjeturas y silencios, de su carrera diplomática en un mundo en guerra. Hablaba de esas cosas y otras más. Pero apenas mencionaba de pasada el asunto Turquesa y no hacía alusión alguna a Olga Rykova —cuya existencia, entonces, desconocía—, ni a la despedida de Bucarest, cuando la guerra del catorce y la revolución rusa los separaron repentinamente, y ella, como si se alargara para unirse al alba en secreto, como hacen los niños, le susurró con voz ronca al oído:

—Quizá la situación mejore dentro de cinco o seis días.

Aquella semblanza de Ángel Bigas apenas si rozaba la superficie del personaje. Pero lo importante no era eso. Lo importante era otra cosa: ciertos datos, fechas y lugares principalmente, la confirmación de que había una historia que podía ser contada, y, sobre todo, la convicción de que podía ser yo quien lo hiciera.

Publiqué «Abrid mi tumba. Al fondo se ve el mar» el 25 de octubre de 1977, en el diario *El Correo Español-El Pueblo Vasco*. El siguiente texto es una reproducción exacta de aquel artículo, que dice así:

> Para algunos no es solo un rostro: conocieron al hombre, o saben de su leyenda, o han llegado a leerle. De que dejó huella no hay duda, pero esta, con el tiempo, se ha ido haciendo más borrosa, más imprecisa, cada vez.
>
> Ante todo, a Ángel Bigas (1890-1934) le hallamos en la memoria de sus contemporáneos. Evocado por Rafael Sánchez Mazas, es un asiduo de la tertulia del café Lyon d'Or, en plena Gran Vía de Bilbao. En los recuerdos de Ramón Pérez de Ayala lo vemos junto

a Valle-Inclán en el Nuevo Café Levante. «No sentía la vida ni la política en términos absolutos —nos dice Ayala—. Pertenecía a una generación, acaso la primera, que no había negociado nunca con los tópicos del patriotismo y que al escuchar la palabra España no recordaba a Calderón ni a Lepanto.» También lo encontramos en uno de los primeros artículos que el jovencísimo Agustín de Foxá escribió para el *Abc:* un hombre ya en la madurez de su vida, una sombra enigmática que se pasea por las cenas y fiestas del Ritz.

Hijo de un anticipador de la industria siderúrgica, Ángel Bigas nació en los tiempos en que Bilbao ya había completado el desvío del antiguo y clásico escritorio de casa comercial hacia la minería, la navegación y los altos hornos. Las crónicas locales de principios del siglo XX hablan de un muchacho talentoso e iconoclasta que cambia la senda empresarial del padre por los ritos casi aristocráticos de la carrera diplomática. Como a otros muchos que vivieron entre las dos guerras mundiales, a Ángel Bigas las cosas le sucedieron muy rápido y cuando era muy joven, de modo que, muchas veces, al vértigo del descubrimiento se le superpuso el de la pérdida. Con diecinueve años es un universitario de Derecho en Madrid y un aspirante a reportero de guerra que viaja a Marruecos para escribir sobre el desastre del barranco del Lobo. Con veintidós se ha convertido en un periodista de moda que recoge los elogios de Galdós, quien le escribe el prólogo a su primera novela, *La sombra del aventurero* (1912). Con veintitrés se incorpora al cuerpo diplomático, y es enviado a Bucarest en vísperas de la Primera Guerra Mundial. Luego vendrán Varsovia, en los días de la ofensiva bolchevique; Roma, en pleno reinado de Mussolini; y Caracas, durante la dictadura de Juan Vicente Gómez.

Antes de marchar a Italia publica *El sitio* (1921), cuyas páginas llevan al mundo de la imaginación cuanto hay de bello, dramático, apasionado y patético en la descomposición de una familia del Bilbao ensordecido por las protestas mineras. Donde los demás solo ven cargamentos y fletes, beneficios y pérdidas, bancos y fábricas, caciquismo y agitación obrera, él desentraña una nota de humanidad, un gesto de ternura, una desgracia irreparable, un destino oscuro y triste. Mientras sus amigos del Lyon d'Or piden a gritos un cirujano de hierro, él quiere escribir como Joseph Conrad, cuya sombra tutelar se proyecta sobre esa pequeña gran novela con la que le llegó el éxito fulgurante de crítica y público.

A Valle-Inclán la lectura de aquel libro, «merecedor de un reconocimiento tan ruidoso», le «causó un enorme impacto, como un diamante aislado que fulge en la oscuridad, digno de admiración sin reservas».

Pero sucede entonces lo que nadie podía esperar. Apenas cuatro años después de imaginar la ruina moral y económica de un clan de mercaderes fundado por un coronel veterano de las guerras carlistas, mientras se encuentra en Roma, Ángel Bigas se entera del hundimiento de los negocios familiares, precipitado por la resonante quiebra del Crédito de la Unión Minera (1925). A este golpe le sigue otro, aún más demoledor, en 1928: la locura y muerte del padre, don Alejandro Bigas.

A partir de entonces las noticias sobre Ángel Bigas son confusas y contradictorias, sus pasos aparecen y desaparecen envueltos en una bruma de rumores y habladurías. Se especula con su abandono del cuerpo diplomático y sus fallidos intentos de salvar los restos de la fortuna familiar; se habla de un hombre que sustituye los sueños más o menos románticos de la juventud por los de un contrabandista que emprende insensatas aventuras destinadas al fracaso. Que yo sepa, no hay testimonios escritos sobre su estado de ánimo en esos años, pero no me cuesta nada imaginar el repentino vacío, el estupor incrédulo, de un hombre que parece huir siempre y que se rinde de golpe a la conciencia de su fragilidad, al temblor de la propia nada, que como dice uno de sus personajes en las últimas páginas de *El sitio*: «Es como este viento que trae el mar; basta respirarlo».

Una noche, según un reportero de *El Liberal,* después de pasear por el puerto, se dirige al cementerio de Portugalete. Un testigo lo ve de pie ante el panteón familiar. Mira caer la noche. Más tarde regresa a casa y se pega un tiro en la cabeza. Apenas unos días después los principales periódicos del país desvelaban sus negocios con Horacio Echevarrieta, sus reuniones con los revolucionarios portugueses exiliados en España y su implicación en lo que ya empezaba a llamarse el asunto Turquesa.

Tal fue, a grandes rasgos, Ángel Bigas, que pasó por la vida y por la literatura como un torbellino. Tal es todavía, para quienes lo conocieron de cerca o de lejos. Al final, el personaje ofuscó al escritor ante sus contemporáneos y el autor precoz que escribió *El sitio,* promesa de una obra maestra que nunca hizo, prefiguró trágicamente, como en espejos sucesivos, el tiempo en que su anunciado talento se desperdició y se frustró, un tiempo que, a fin de cuentas, no fue otra cosa que el ocaso del mundo que había conocido y el derrumbe de un país.

La voz de Agustín sonó en el teléfono, grave, conmovedoramente infantil, arrancándome de un sueño profundo.

—He leído su artículo en *El Correo.* Me ha gustado —dijo mientras yo intentaba encender a tientas la lámpara de la mesilla de noche—. Muy bien escrito, pero un tanto, ¿cómo diría?, superficial.

La voz que me hablaba se abría camino familiarmente, despertando ecos.

—Entiéndame, mi joven amigo. Llegamos a describir bien la vida, pero no nos apoderamos de ella. Eso es lo terrible.

Hubo un silencio al otro lado del teléfono, como si Agustín diese por zanjada la conversación, pero al cabo de un instante prosiguió:

—Todo se nos escapa. Y todos. Hasta nosotros mismos. Como

un reflejo en el agua... Como un pez que se evade entre las manos. Piense que la vida de nuestros padres nos es tan desconocida como la de Lucano, de quien solo sabemos que escribió la *Farsalia* y se abrió las venas en el tradicional baño caliente, mientras recitaba un fragmento trágico sobre un soldado macedonio que moría desangrado. La verdad acerca de nuestro pasado es un pozo interminable. Igual que las mentiras.

Se hizo nuevamente el silencio. No supe qué decir. Perplejo, desconcertado, farfullé que apreciaba su punto de vista, que su aprobación era importante para mí. Y, quizá pensando que así sería más fácil evadir la posibilidad de una insólita conversación telefónica a las tres de la madrugada, añadí que me gustaría que comiéramos juntos, que aún tenía preguntas que hacerle en torno a Ángel Bigas.

—Por supuesto, mi joven amigo —dijo—. Podemos vernos el próximo sábado.

—De acuerdo —acepté—. El sábado entonces.

Pero ya no llegamos a vernos. Agustín murió cuatro días después, mientras dormía. Murió de un infarto de miocardio, aunque según la vida que llevaba podía haber muerto también de cáncer de pulmón o de coma hepático. El marqués de Briñas me transmitió la noticia por teléfono, y por la tarde fui al Campo Volantín.

Cuando crucé la verja de hierro, ya había oscurecido. La lluvia caía inconsolable. A primera vista, la casona parecía cerrada. Apenas se advertían luces en su interior, exceptuando las de la biblioteca, que saltaban hacia el jardín como espías encargados de vigilar quién pasaba. Antes de llamar al timbre miré en torno, aturdido, como un sonámbulo a quien acabasen de despertar de un sueño. Todo —el jardín, las estatuas de mármol, los magnolios...— desprendía una infinita tristeza, a la que no pude sustraerme. Todo estaba condenado a desaparecer, como Agustín. Pasarían los años y no quedaría nada, ni tan siquiera el rastro luminoso que deja el vuelo de una luciérnaga.

La sirvienta abrió la puerta con gesto de animal cansado y, después de hacerse con el paraguas y el abrigo, se esfumó arrastrando los pies, desprendiendo un leve pero inolvidable olor a moho. Subí las escaleras y me asomé al dormitorio donde el marqués de Briñas, Hortensia y unos cuantos amigos de la Bilbaína se habían reunido alrededor del finado, cuya mortaja era un sencillo traje oscuro y una camisa de una albura irreprochable. Agustín había limitado su vida hogareña a esa habitación y a la gran biblioteca vecina en la cual ardía un fuego débil. Se hablaba en voz muy baja, y a veces se oía el zumbido del viento, que sonaba igual que un lamento deslizándose por las frías y oscuras estancias, bajo los techos que muy pronto solo cobijarían el eco de nuestros pasos. Quise pensar en Agustín. Quise mantener intacto, por un instante, su recuerdo, esas imágenes del ser querido que la muerte siempre devora, que se van borrando, diluyendo, hasta perderse. Pero no pude. Su cuerpo demacrado yacía sobre la cama, como una estatua de alabastro. Su rostro reflejaba paz, sabiduría, y en las comisuras de los labios apuntaba un no sé qué de burla irónica, de mueca humorística hacia los vivos. Un dolor sordo empezó a crecerme en el estómago, como un erizo. Todo había sido tan repentino que hasta ese momento había actuado en forma refleja y ausente. Apenas oí que alguien decía:

—Blanca y última señora de todos los caballeros.

Y una voz, que susurraba:

—Pobre Agustín.

Y otra, que contaba muy bajo, confidencialmente:

—Hace dos días, hablando de la Revolución francesa, me dijo: «Toda la dulzura de Europa sucumbió cuando París vio pasar, entre gorros frigios, la cabeza de la señora Lamballe».

Pasado un rato me enteré de que el obispo Añoveros oficiaría el funeral. También supe que había estado llamando a uno y a otro, recopilando datos sobre Agustín.

—Espero —soltó alguien con malicia— que el gran héroe de la resistencia no quiera enseñarnos otra vez cómo debemos respetar la voz del pueblo vasco.

—¡Solo faltaría! —exclamó Hortensia indignada.

Hacia la medianoche empezó a irse la gente. Al final solo quedamos en la casona el marqués de Briñas, Hortensia y yo.

—Acompáñeme a la biblioteca, padre Fernando —dijo el marqués, posando su mano en mi hombro, afectuosamente—. Tómese algo. No sabe qué cara tiene.

Nos dirigimos hacia la estancia donde Agustín, en el curso de tantos años, se había aislado de la posibilidad de un choque definitivo con la realidad. Aquel marco magnífico repleto de libros, sabría después, había sido su defensa contra la vida, que si se la hostiga y se la persigue, exigiéndole más y más, a la larga puede cansarse e infligir una derrota cruel.

Sobre la mesa había tazas de café y los ceniceros desbordaban de cigarrillos a medio fumar. El marqués atizó el fuego de la chimenea y me sirvió una copa de coñac. Luego se acomodó en uno de los sillones. Brindamos en silencio, a la memoria de Agustín. Al rato, el marqués señaló los libros e hizo un breve gesto de homenaje con la mano que sostenía la copa:

—¿Murió? Solo sabemos que se fue por una senda clara.

Aquellas palabras me conmovieron. Eran los versos que Antonio Machado había escrito a la muerte de Giner de los Ríos. Recuerdo que experimenté por el marqués una simpatía cómplice que todavía conservo. En aquel momento me sentí obligado, así que arriesgué la cita:

—«Diciéndonos [...] vivid, la vida sigue [...], lleva quien deja, vive el que ha vivido».

El funeral se celebró a la seis de la tarde del día siguiente, en la iglesia de Nuestra Señora de las Mercedes, de Las Arenas. Fue una fría tarde de otoño. La ría del Nervión, mareada por las rachas de viento, corría turbulenta, como una serpiente enloquecida, como si en su crecida quisiera llevarse consigo aquel mundo de palacios que ya solo resplandecía en velatorios y entierros, y al que, de una forma más o menos heterodoxa, había pertenecido Agustín. Sobre los tejados flotaban nubes oscuras, de donde se precipitaban tibios aguaceros que olían a mar y a leña y barrían el suelo, igual que latigazos.

A pesar de los rumores que circulaban, la asistencia al funeral excedió en mucho lo que yo había imaginado. Las diez o doce primeras filas de bancos ya estaban ocupadas, y la gente seguía entrando cuando reconocí a Antonio Menchaca junto a Juan Pablo Fusi y Rafael Azqueta. Tres excepciones ideológicas. Pues, en su mayoría, los asistentes eran hombres y mujeres que basculaban entre los sesenta y los setenta años, gente relacionada con el mundo de Neguri y Las Arenas, gente que había copado los consejos de administración de las principales empresas y bancos vascos, y, salvo exóticas aventuras, se había mantenido fiel a Franco hasta el último suspiro.

La homilía fue un arca de piedad cristiana.

—Nuestro amigo Agustín —dijo el obispo Añoveros desde el micrófono, y volvió a mirar sus papeles para refrescar la memoria—, nuestro hermano Agustín se ha ido de este mundo para vivir la vida grande junto al Padre. Aquí quedan sus obras, sus pasos, sus pensamientos, su amor a la vida. Todos los que le lloramos hoy necesitamos decirnos en voz alta que la muerte no es la verdad última, porque ella puede inundar un corazón enfermo, pero nada puede contra el amor, contra la fe, contra la esperanza que Dios ha depositado en los hombres.

Más tarde me enteraría de que antes de la misa Añoveros había estado preguntando por mí, buscándome para entrevistarme sobre

Agustín, y que Hortensia lo había atendido en mi lugar. Añoveros se le había acercado con un cuadernito de notas, abierto y presto como el de un periodista.

—¿Cómo era el difunto? —preguntó a la marquesa.

Y ella, que en cierta ocasión había condenado el coraje de aquel obispo a quien los representantes del Estado más confesional de nuestra historia habían intentado echar de España, se encogió de hombros y contestó con voz muy cumplida:

—Un hombre de libros, un poco volteriano, un diletante, sin duda. En fin, ¿qué quiere que le diga? Agustín Rotaeche fue un señor que siempre estuvo muy a gusto en Belén, con los pastores.

Añoveros tomó nota y estrechó la mano de Hortensia.

—Quienes conocimos a Agustín —dijo después, en un momento de la homilía— sabemos de su carácter refinado y cosmopolita, de su pasión por el arte y su afición por la conversación culta, sosegada. Él, tan escéptico en apariencia, creía en todo. En la ajena bondad, en el compañerismo, en la buena fe de los demás.

Agustín fue enterrado en la misma cripta de la iglesia, junto a la tumba de su padre, Manuel Rotaeche. Cinco hombres enlutados ayudaron al marqués de Briñas a levantar el ataúd y depositarlo allí, donde los asistentes se apiñaron tan juntos como podían, casi como si estuvieran deseosos de meterse en el nicho de Agustín y ocupar su sitio.

—Parecían ellos los muertos —me dijo Juan Pablo Fusi después, mientras chapoteábamos bajo la lluvia, dirigiéndonos a los coches.

Pero yo no le acompañé en la evolución de aquel agudo comentario. Pensaba en el legado de Agustín. Pensaba en la fugaz conversación que había mantenido a la salida de la cripta con el marqués de Briñas y el abogado Isidro Infante. Había sido este último quien me había revelado que Agustín mencionaba mi nombre en su testamento, bajo un epígrafe que solo contenía dos palabras: ÁNGEL BIGAS.

—Ahí tiene los manuscritos —dijo Isidro Infante, mientras daba unos pasos sin rumbo por la habitación, deslizando la mirada por las estanterías desnudas y los libros apilados en el suelo, hasta detenerse otra vez en la caja llena de carpetas y cuadernos que alguien había depositado sobre la mesa—. Quedan en sus manos.

—Nunca hubiera imaginado que la fabulosa biblioteca de Agustín terminaría así —dije sin poder quitarme de la garganta el sabor a ceniza.

—Es la vida... Me temo que, salvo esos cuadernos, todo pasará a manos de los acreedores.

Isidro dijo «acreedores» como podía haber dicho «ratas» o «carcoma». Y yo me estremecí de espanto, porque había imaginado la escena con terrible nitidez, como si una larva inmensa se hubiera apropiado de Agustín para nutrirse de su cuerpo.

Horas antes había llegado impaciente al despacho de Isidro, en la calle Elcano. Después de aclarar varios asuntos legales relacionados con el testamento de Agustín, habíamos ido a comer al Oliver. Allí, mientras almorzábamos, me había enterado de que la fortuna de Agustín llevaba tiempo desarbolada. La noticia me sorprendió, entre otras cosas porque yo siempre le creí un potentado. También me había enterado de que, durante años, mi amigo había dependido de las antiguallas y piezas familiares que había ido vendiendo para conservar el palacete del Campo Volantín. Un día se desprendía del reloj Diego Evans, con su esfera de color de plata y sus bronces apagados por el tiempo. Otro, los carpinteros se llevaban el hermoso piano de cola que había decorado uno de los salones de la planta baja. Se vendió también un retrato al óleo del abuelo de Agustín. Isidro creía recordar que el cuadro era de Sorolla. Por último, joyas y algunos objetos preciosos traídos de Cuba. Y quizá también otras muchas cosas.

—Los hombres —recuerdo que dijo Isidro en un momento de la conversación— cambian tan poco que solo existe una historia de ruina y caída desde el principio de los tiempos, repetida al infinito sin perder su sencillez.

A media tarde nos llegamos hasta el palacete del Campo Volantín. Era ya casi de noche, y diluviaba. Isidro y yo atravesamos el paseo de grava sorteando los pequeños charcos que se habían formado con la lluvia, y entramos por la puerta principal, que estaba cerrada con doble llave.

—Más de una vez le aconsejé a Agustín que vendiera este caserón —dijo Isidro—, que se deshiciera de tanta vetustez y tratara de ser un hombre actual. Pero él seguía aferrado al pasado. Agustín consideraba esto como una prueba de su jerarquía, una suerte de ejecutoria. Perderlo, cambiarlo por un piso, hubiera sido rebajarse, ceder. Ahora todo irá a pública subasta.

Subimos al segundo piso, recorrimos el largo pasillo bajo la luz de unas velas y nos sentamos a conversar en la biblioteca con el aire de dos intrusos extraviados, sin quitarnos los abrigos ni encender la chimenea, intentando imaginar cómo había sido la vida en aquel lugar en tiempos de Manuel Rotaeche, con una elegante concurrencia alternando bulliciosamente, yendo de un lado a otro.

La muerte se arrastraba ávidamente por la casona. No se percibía ningún movimiento en el resto de las estancias. Las puertas estaban precintadas; las ventanas, cerradas como párpados caídos. Pero por un instante, mientras evocábamos el brillo del pasado, ambos creímos que detrás de cada puerta y de cada corredor, agazapados, como niños escondidos, había un sinfín de huéspedes con orden de guardar absoluto silencio hasta que nos hubiéramos ido.

—Nunca entendí su interés por Ángel Bigas —dijo de golpe Isidro, con acento muy serio, como para sacudirse de encima aquella desagradable sensación—. Pero hay muchas cosas de Agustín que no se entienden.

Y entonces hablamos de historias conocidas que no comprendíamos. ¿Cómo se entiende que un hombre que solo creía en la solidez del derecho romano y que habría sido un digno invitado a los días de Weimar malgastara parte de su vida en la aventura insensata de perseguir la legendaria ciudad de la reina de Saba a través de las arenas del desierto del Yemen? ¿Cómo se entiende que un hombre culto, viajadísimo y lleno de inquietudes se recluyera sin más en la ciudad despiadada y beata que había sido Bilbao durante los años de la dictadura, dejándose naufragar de golpe entre gente ajena y hostil?

—No se entiende —repitió Isidro encogiéndose de hombros.

Y allí estaba aquella caja, con montones de carpetas y cuadernos atados con una cinta, minuciosamente ordenados por números, saturados de notas, fotografías y recortes de periódicos. Aquello también constituía un enigma.

Era una caja grande, pesada, que me costaría cargar y trasladar al colegio mayor. Fui despacio hasta la mesa, me incliné sobre ella y saqué el primer cuaderno, forrado en piel negra. Mientras desanudaba la cinta, sentí un cosquilleo en la punta de los dedos. ¿Por qué Agustín me había dejado en herencia aquellos documentos sobre Ángel Bigas? ¿Por qué no me había revelado su existencia si consideraba que podían interesarme? Isidro siguió en silencio mis movimientos, probablemente haciéndose las mismas preguntas, abismado en los rincones oscuros del mundo de Agustín, tan cargado de incógnitas como de doblones los barcos de los Austrias.

Abrí el cuaderno con avidez. En una página amarillenta tropecé con una fecha: 1950. Debajo de aquel número, escrito con una letra minúscula, decía:

> Entonces la mujer de Lot miró atrás, en busca de las torres rojas de su Sodoma natal, y su cuerpo se volvió estatua de sal. Una mirada solo. Y ya no pudieron mirar más sus ojos.

Pasé la página con el vértigo premonitorio de un profanador de tumbas. Leí:

> Sé que me será imposible dormir. He intentado distraerme con los *Anales* de Tácito, pero en vano. Rostros, que son ya fantasmas, aparecen entre las líneas. Apenas he podido pasar de la página donde se dice: «Los acontecimientos de los reinados de Tiberio, Gayo, Claudio y Nerón, mientras estuvieron ellos en el poder, se escribieron distorsionados por el miedo y, después de muertos, bajo la influencia de odios recientes...».

Un poquito más abajo, al seguir las torcidas líneas de tinta, hallé una declaración de intenciones:

> Al tiempo le gusta esfumarse sin avisar. Cuando te das cuenta ya es tarde. Pero en esta ocasión puedo saber. Seré como la historia de los antiguos, que escucha a todo el que habla sin inclinarse ante nadie.

Avancé unas líneas más, hasta que una frase me detuvo de golpe, como si una mano apoyada en mi hombro hubiera acentuado su presión:

Muchos de los que conocen los hechos todavía están vivos. Muchos pueden abrirme las puertas de par en par y aclarar los puntos oscuros de esta historia antes de que se la lleve el tiempo como se ha llevado la ciudad.

Repetí en voz alta las últimas dos frases, y levanté la mirada hacia Isidro, que me observaba con ojos cansados, junto a la ventana. Había permanecido en silencio, mientras yo curioseaba el primer cuaderno. Afuera había cesado la lluvia. La oscuridad era absoluta. Noche por todas partes. No había cielo: solo una mancha negra y amenazadora que se derrumbaba sobre la ciudad, como una mina inundada.

—Sin duda, es un curioso legado —dijo Isidro señalando los cuadernos y carpetas. Y miró el reloj.

Pocos minutos después salimos a la fría noche de noviembre y avanzamos por el encharcado sendero de grava sin volver la vista atrás, con una mezcla de alivio y desconsuelo, como si al girarnos temiéramos encontrar una montaña de ceniza.

—Téngame al corriente —dijo Isidro después de cerrar la verja, despidiéndose.

La calle estaba desierta. Ni un automóvil. Del agua infecta de la Ría subía una niebla espesa que desbordaba la baranda de hierro y se deslizaba por los adoquines húmedos de las aceras. Esperé a que la figura de Isidro se alejara y entonces regresé al colegio mayor lentamente.

Esa misma noche, rodeado de pilas de papeles, conseguí hacerme una idea de lo que tenía entre las manos. Agustín había perseguido la sombra de Ángel Bigas durante años, entre los escombros y pasadizos de un mundo perdido. Había buscado cartas, leído postales, coleccionado fotografías y artículos de prensa y recogido los testimonios de muchas personas. Había actuado como un metódico Sherlock Holmes —o más bien como un incorruptible doctor Watson— que investiga los misterios del pasado, aquellos que se van borrando según se apagan, como velas en la creciente oscuridad, las voces posibles de los que todavía recuerdan.

Al principio, semejante descubrimiento me sorprendió profundamente. Después, me emocionó. Fue como asistir al desfile de la memoria guardada en recipientes, como avanzar por un laberinto lleno de trampas y callejones sin salida, al final del cual se encontraba la mirada de Agustín, disimulando su desengaño con aire infantil, con los ojos muy abiertos, asustados, o quizá un poco tristes. Todo —ahora lo sé— sucedía ahí, en esa mirada incesantemente arrastrada por voces que contaban o callaban, que unas veces hablaban con firmeza y convicción y otras de manera fogosa y confusa, como un tropel de caballos.

Tardé más de tres meses en descifrar los cuadernos atiborrados de notas y ordenar los documentos archivados en las carpetas, sentado ante el escritorio entre diez y doce horas diarias. En todo ese tiempo apenas me moví del despacho en Deusto. Aunque en realidad tampoco estaba en Deusto. Estaba en los cuadernos, y los cuadernos estaban en mi cabeza. Entraba en sus aguas veloces con el quedo movimiento de un remo, como mi padre me había aconsejado que leyera a Virgilio un día lejano de la infancia.

Al terminar, comprendí hasta qué punto Agustín lo había previsto todo. Del análisis exhaustivo de aquellos papeles surgía el sabor golpeado de un mandato, una orden impostergable. Nada era mío. Todo pertenecía a un espectro, que, bajo tierra, me empujaba a ser la mano que diera forma definitiva a sus pesquisas. Y, durante un año, eso fui: dediqué todos mis esfuerzos a redactar la historia de Ángel Bigas con las palabras de aquellos que le conocieron, con sus propios recuerdos, que valen lo que todos los recuerdos.

SEGUNDA PARTE

# EL OLVIDO QUE SEREMOS

1

# JARDÍN CERRADO

**Javier Arieta Bigas**
**Bilbao, 30 de septiembre de 1950**

¿Para qué hurgar en eso? Ha pasado tanto tiempo. ¿Para qué remover esas aguas? Hubo una investigación. Hubo procesados. Hubo un decreto de amnistía. ¿Por qué ocuparse de ese desagradable asunto ahora? No pretendo ocultar nada. ¿De qué me serviría negar que mi tío fue uno de los sospechosos en el sumario del Turquesa? Recuerdo su nombre destacado en los titulares, junto con el de Azaña, Prieto y Horacio Echevarrieta. Solo quiero decirle que la situación era muy confusa. Tras la caída de la dictadura y el fracaso del Gobierno Berenguer, todo habían sido estallidos. Desde el año 31 mi padre solía decir:

—El cielo está rojo como la sangre en el mar.

¿Negoció con los socialistas la compra de armas para la Revolución de Octubre? Nunca lo sabremos. Murió dejando un enigma que ha de quedar sin respuesta para siempre. Como un vacío en un mapa.

Se lo cuento tal y como se lo oí contar al servicio... Volvió de un largo paseo. Cruzó la verja de hierro y entró rápido por la puerta principal. Sí, la casa del abuelo era ya entonces un hotel. Un hotel pequeño: diez habitaciones, comedor en la planta baja, pianista en la terraza para la sobremesa nocturna. El tío Ángel ocupaba la suite de la primera planta. Allí vivía entre viaje y viaje, con sus libros, el gramófono, algunos recuerdos de mi familia y una doncella que no había querido despedir. Aquella noche saludó a la doncella y se dirigió al salón. Allí dio cuerda al mecanismo de una caja de música que había traído de Rumanía: era una delicada pieza de la que brotaba con fidelidad el delgado manantial de una canción zíngara. Al parecer, se quedó escuchando, de pie en la oscuridad, como en un sueño. Luego se dirigió al despacho contiguo, dejando la puerta abierta para no perderse ni una sola de las notas que desgranaba aquella cajita. El disparo sonó como si hubiera estallado un globo gigantesco.

¿La razón? ¿Acaso pueden saberse esas cosas?

Para mi madre la muerte del tío Ángel fue un cataclismo. Nunca olvidaré el día que mi padre le informó de lo ocurrido. Fue como si todo, todo, callara y se coagulara de repente en sus ojos. Y también como si todo palideciera de súbito. Todo, el jardín y sus enredaderas, los cuadros de los salones y las arañas gloriosas.

—¡Ni una sola palabra! —nos dijo más tarde a mis hermanos y a mí.

No debía hablarse de lo ocurrido con nadie. Ni con amigos ni con vecinos ni con el servicio y aún menos con extraños. Ella misma se recluyó en un largo mutismo. Un silencio amargo, de arena, como el silencio del desierto, se extendió por la casa. Habitaba con nosotros. Era uno más. Yo tenía dieciséis años, y recuerdo que me pasaba los días mirando por la ventana. Nada se movía tampoco en el jardín. Y, desde aquella quietud desesperante, oía la voz del cura, tras la puerta entornada de la habitación de mi madre:

—Recemos para que Dios se apiade de su alma.

—Su alma... Su alma... —susurraba ella.

Vea usted. Fue la primera vez que sentí que la tristeza se apoderaba de mi madre. Parecía, si me permite la expresión, una estatua antigua cayéndose a pedazos, encerrada en un vértigo de ecos. En la iglesia, el día del funeral, le dio una crisis de llanto tan fuerte que tuvieron que llevarla a casa. La gente no salía de su asombro.

—Con lo orgullosa y dura que parecía —susurraban.

Dijeron mil cosas. Fue lo peor de su calvario: las dudas. La familia había comenzado a irse a pique con la ruina del abuelo y nadie sabía si eran ciertas las historias que empezaron a circular sobre el tío Ángel, qué había hecho o dejado de hacer.

Nunca volvió a ser la misma. Entiéndalo: el tío Ángel era los ojos por los que veía mi madre. A ella cualquier cosa que hiciera su hermano le parecía bien.

—Es incorregible —solía repetir—. Es diferente a los demás.

Y lo era. Su sonrisa, su manera de hablar, sus modales obraban un efecto casi mágico sobre todos. Yo le veía como a un ser nacido de los libros.

Ella era feliz cuando mi tío Ángel estaba en Portugalete. No celebraba reuniones sin él, y le hacía contar historias sobre las ciudades en las que había estado. Él hablaba entonces de Bucarest, de Sofía, de Constantinopla, y después de Salónica y Constanza, y también de Atenas y Roma y Caracas. Había estado en todas partes. Recuerdo que decía que el mar Negro atesoraba, sumergido, un torbellino de ejércitos, caballos y carretas: los que huían de las invasiones bárbaras y los que venían con ellas. También recuerdo cuánto le gustaba a mi madre oírle describir Bucarest: la calle Victoria, los restaurantes al aire libre en las noches calurosas, el hotel restaurante Capsa, con sus espejos dorados, turbios por haber reflejado tantos rostros.

Yo prefería la conversación del tío Ángel a todas las aventuras escritas por Julio Verne. Tenía el don de crear una atmósfera y de envolverse en ella, como en una capa. Tenía esa aura de realidad, de invocación: el encanto del encantamiento... Y uno, al escucharle, sentía que se encontraba muy lejos, en otra parte.

—A ese desierto acuático...

Aún me parece oír las palabras exactas con las que una noche inició uno de sus relatos sobre Constanza.

—... A esa tierra de soledades que hoy decoran hoteles y palacios fue mandado al exilio por Augusto el poeta Ovidio. Aunque el escritor se queja amargamente en sus versos, el castigo impuesto por el emperador fue pequeño si lo comparamos con los impartidos en aquellos tiempos. ¿Cuál fue la culpa de Ovidio?

Mi madre siempre decía que mi tío hubiera destacado en la Florencia de la peste o en el Bagdad de Harún al-Rashid. A mi padre, en cambio, aquellas veladas no le gustaban nada. Mi padre vivía en un mundo de banqueros y prestamistas, un mundo de corsarios, una tierra en la que mandaba la codicia. Para mi padre escribir una novela o recitar versos era una prueba de mal gusto o una manía propia de chiflados. No, no. Escribir estaba bien para gente absurda, zarrapastrosa y tabernaria. No para personas correctas y distinguidas. Eso pensaba mi padre. Sin embargo, no osaba oponer sus argumentos ante aquel prestigioso viajero que tanto maravillaba a su esposa. La prudencia le recomendaba escuchar al tío Ángel.

¡Ha pasado tanto tiempo! Dieciséis años es casi una eternidad. ¿Qué interés tiene volver la vista al pasado? ¿Qué hay en él? Lápidas manchadas de sangre. Puertas selladas. Tumbas que nunca devolverán sus muertos.

Vino el juez, la policía... Alguien, en algún momento, dijo:

—Perdió el juicio, como el padre.

Y la espontánea autoridad de su voz dio la tónica a los rumores, hasta que unos días después saltó a los titulares el asunto del alijo de armas capturado en Asturias. Sí, el caso del vapor Turquesa.

No le veré más, me decía. Ha muerto. Se ha matado.

Desde luego, el tío Ángel no volvió de entre los muertos, pero su sombra siguió habitando el silencio de la casa, los chismorreos de los cafés y los salones, las habladurías y fantasías que su desventura provocó. Una mañana mi padre entró en casa como un huracán y arrojó un periódico sobre la mesa del comedor. Señalando los titulares, que hablaban de las tropelías cometidas en Asturias por los revolucionarios, dijo en voz alta:

—A esto conducen las aventuras de tu hermano. Todo cuanto se diga de la bestialidad de los mineros en Asturias es poco. Dentro de cien años, se seguirá recordando el horror. Oviedo, Carmen, es una ciudad muerta. Dicen que da la impresión de una ciudad devastada por un ejército invasor o un seísmo espantoso. Manzanas enteras de soberbios edificios se han venido abajo por la explosión de toneladas de dinamita. He aquí los planes de los amigos de tu hermano.

—Nadie nunca va a saber qué clase de hombre fue Ángel —dijo entonces mi madre, mordiéndose los labios.

Pocos meses después mi padre decidió despacharme a Londres. ¡Londres en los años treinta! Se podrá imaginar. Las primeras semanas fueron como una inundación de imágenes y de sensaciones que no dejaron en mi conciencia el menor rastro de vida anterior. Me olvidé de él, desde luego. Me olvidé de todo. Poco a poco, la figura del tío Ángel se fue desdibujando en una lejanía plácida, inofensiva. Una fotografía cada vez más borrosa. Ni siquiera las cartas de mi madre enturbiaron el decorado de mi felicidad... Entiéndalo, cuando se es joven el tiempo pasa rápidamente y el pasado envejece sin darse uno cuenta.

No. Ya no volví a verles. Ni a mi padre ni a mis hermanos. No, en Pamplona. Cuando el levantamiento militar, yo me encontraba en Londres y me las arreglé para pasar, por Francia, a Navarra, que estaba en manos del general Mola. Allí me enteré de su muerte. Los apresaron al poco de comenzar la guerra. Los encontraron en el sótano de casa, donde se habían escondido. Los denunció alguien, claro. De otro modo, no se explica.

Una noche, según la versión de mi madre, llegó a la casa una turba de milicianos. A empujones los metieron en un camión y los condujeron a los Ángeles Custodios, una de las prisiones habilitadas para acoger a los detenidos políticos. Allí permanecieron hasta que una tarde la chusma asaltó las cárceles. Los degollaron y prendieron fuego.

No sé por qué le cuento esto. A veces me parece que no salimos nunca de lo mismo. A veces pienso que los milicianos que asesinaron a machetazos a mi padre y a mis hermanos combatían con los máuseres que dijeron transportaba el Turquesa.

**Carmen Bigas Young**
**Portugalete, 10 de octubre de 1950**

¿Ha visto la casa? Es un lugar triste, ¿no cree? Ya nadie se acuerda de cómo era antes. Pasan los años y se olvida todo. Todo se olvida. ¿Usted sí se acuerda? Entonces coincidirá conmigo en que ese edificio de muros leprosos y ventanas tapiadas no es ni la sombra del que conoció. Los rojos arrasaron con todo cuando se retiraron de Bilbao. Todo lo saquearon. Todo lo echaron a las llamas: los muebles ingleses, el piano que vio bailar a mamá y a los abuelos, los papeles de Ángel, las primeras ediciones de Stendhal...

¿Qué queda en pie de sus salas, de sus galerías, de sus escaleras, del laberinto maravilloso imaginado por el abuelo? Un vasto solar. Del enorme jardín tampoco ha sobrevivido nada. Maleza, zarzas, setos de madreselva que nadie ha podado en años. Apenas unos cuantos árboles, mendigos a quienes la brisa del mar arranca sus últimos harapos. Y las ruinas del pequeño teatro que hizo levantar mi padre para las noches de julio y agosto, con un alfombra de hierbas muertas entre las butacas, en el escenario.

Oh, sí, la puerta de hierro sigue en pie, pero se habrá dado cuenta de que ya no conduce a ninguna parte.

¡Cuántos sentimientos derrochados entre aquellos árboles! ¿Quién los ha recogido? ¿El viento? ¡Cuando veo a los golfillos de la vecindad hacer de las suyas en mi jardín, gritando en mi propia casa!

—No pienses en ello, mamá —me dice Javier—. No vale la pena preocuparse por el pasado. Tenemos que vivir.

Y, créame, trato de no pensar en ello. Procuro acordarme de que ya no me queda mucho tiempo para pensar en nada. Estoy vieja, lo ve usted. No tengo más que los huesos.

Pero ¿cómo olvidar? Hay cosas que no se pueden olvidar. Sólo tengo que cerrar los ojos. Y todo está exactamente igual que entonces. Me veo vistiéndome para ir a una de las fiestas de verano en casa de mi padre. Aquí mismo, ante ese mismo espejo, con la modista arrodillada a mis pies. ¡Ay, aquella casa! ¡Cómo he bailado yo en aquella casa!

Yo era toda una dama, igualita, igualita que mi madre. Todo el mundo lo decía. Un día que tenía fiebre, cuando era niña, el médico me miró mientras me tomaba el pulso y antes de irse me tocó la nariz:

—Esta niña —dijo— es muy guapa. Es el vivo reflejo de su madre en un espejo.

Mi padre se irguió un poco y miró al doctor como solía mirar cuando hablaban de ella. Él se había casado con mi madre porque se había enamorado, y esto, en aquel mundo y en aquella época, era algo excepcional.

—¿Usted cree?

¡Conservo tan pocos recuerdos de ella! El murmullo de su beso de buenas noches; las canciones en inglés para dormirme; su rostro ondeando a la luz de una vela... Hay una imagen que aún puedo ver, como en sueños. Voy descalza a su habitación a decirle buenas noches. Ella está en camisón, ante el espejo del tocador. Toma mi mano y la pone sobre su redondeado vientre. La miro sin comprender. Ella tiene lágrimas en las mejillas. ¿Por qué llora?

Falleció cuando yo tenía cuatro añitos, de una hemorragia durante el parto de Ángel. Mi padre se resistía a hablar de ella, y en la casa solo quedaban esa fotografía que ve ahí y unos cuantos libros de poesía inglesa. Shelley y Byron, principalmente. Ahora pienso que es peligroso aprender a ver la vida a través de los sueños de los poetas. Pero entonces yo creía descubrir en los versos de aquellos dos las huellas de mi madre, como si ella continuara llenando las páginas con su presencia.

¿Eso le ha dicho mi hijo? Sí, es verdad. Siempre estuve orgullosa de Ángel. Sus novelas y artículos. Sus coqueteos con la bohemia literaria de Madrid. Su inclinación por una elegante carrera que le permitió conocer medio mundo. Su prisa por vivir. Tenía algo único y radiante, algo que ni siquiera el tiempo y los desengaños lograron cambiar.

No. Mi hermano no nació para una existencia de pequeñas penas o pequeñas alegrías, ni para hablar de negocios como si se tratara de algo muy serio y de ello dependiera el destino del mundo. Había demasiada vida dentro de él.

—Yo no me ocuparé de altos hornos ni de vapores —recuerdo que me dijo al cumplir los once años—. No me instalaré en ninguna parte. Me agarraré a mi cima.

¡Once años!

Sí. Sí... Es verdad. Cuando Ángel volvía de sus largos destinos diplomáticos, estaba ansioso por hablar, y me encontraba a mí ansiosa de escucharle, así que nos quedábamos despiertos en el salón de la casa hasta altas horas de la madrugada. Yo le oía hablar de sus viajes y me emocionaba hasta el punto de que me parecía compartir con él la música y la risa de aquellas ciudades remotas. A su alrededor, todo era una aventura. Junto a él, yo estaba a millas y millas de distancia de esta tierra de turiferarios donde el resentimiento y la envidia mueven montañas.

Ahora pienso que la magnificencia de mi padre, que parecía esparcir oro con la mirada y hacía que los hombres se agolpasen a su alrededor en busca de favores, tuvo por fuerza que marearme. ¡Imagínese, una casa donde comían ministros y generales, senadores y a veces presidentes de Gobierno! Aunque me moría de admiración por mi hermano, en el fondo me encantaba aquella vida de pompa y oropeles. Las veladas musicales en las noches de invierno, las fiestas con los reyes en el Sporting, las excursiones en yates y automóviles, las cenas de verano en la casa de mi padre, con tantas luces de colores como para convertir el jardín en un gigantesco árbol navideño, las charlas y risas entre los cócteles de champán y las estrellas, los bailes de disfraces, los cotilleos políticos...

¿Por qué fue así? ¿Por qué tuvieron que suceder así las cosas? Todo ha sido saqueado, traicionado, vendido.

Si usted supiera... ¡Las cosas eran tan diferentes en tiempos del abuelo! Y mi padre, que era el rey Midas. Todo, entonces, gozaba de armonía: los oficios religiosos, los bailes, la gente, los modales. Ahora todo ha perdido su esplendor. Ahora solo hay una chusma de abogados, de raposas y estraperlistas. Y qué olor, qué olor desprenden: a guerra, a muerte. Somos nosotros, los Bigas, quienes fundamos y creamos la riqueza de esta región. Pero ¿acaso alguien nos lo ha agradecido? Sí, hombres como mi padre, o como mi abuelo Ramón, que decía que los ministros, en España, salían como las sardinas, baratísimos.

—Lo importante no es ser ministro...

Parece que aún estoy viéndole, alto y destartalado, apoyándose tembloroso en su bastón de puño de oro, con los ojos fieros y grandes, las cejas de escarabajo y una barba muy blanca.

—Ser más que ellos, eso es lo que importa. Tenerlos comiendo de tu mano. Y, cuando llega el momento, usar de ellos como se usa de un lacayo. Si los hubierais visto, como yo, opinar de los negocios, pedir y mendigar, tendríais de ellos el mismo concepto. Todos son iguales. Traicionarían a su madre si eso les reportara algún beneficio. No, no. Lo inteligente es conservar las riendas del poder. Pero en la sombra. Que ellos se lleven la parte de cielo y de sol que quieran.

Aquella declaración de principios sonaba en los labios del abuelo como una advertencia, tanto más contundente cuanto más empeoraba la situación en las minas.

—¡Tan ricos como Alejandro Bigas! —solía decir la gente.

Mi padre era un hombre práctico: sembró y cosechó a la vez con el aluvión de oro en que se convertía el mineral de las Encartaciones cuando llegaba a la Ría camino de Inglaterra. Mientras otros perdían su fortuna apostando a la victoria del pretendiente carlista o se dormían sobre el mapa del tesoro, él aprovechaba sus estudios en Bélgica para convertir la vieja fábrica del abuelo en una gran siderurgia con cientos de obreros. Mientras otros compraban minas para vendérselas al mes siguiente a los aventureros ingleses o franceses que llegaban detrás, él conectaba las del abuelo con altos hornos que ardían día y noche en la orilla del Nervión y adquiría una flota de vapores que entraban y salían por la boca de la Ría cargados con los terrones rojos arrancados de las montañas.

¡Las cosas como son! Bilbao y Portugalete hablaban de Alejandro Bigas con envidia y respeto. Tenía muchos enemigos, pero nadie dejaba de reconocer su sagacidad en los negocios. Ni siquiera los socialistas, que andaban por los barracones y cantinas urdiendo sus huelgas y sueños criminales. Ni siquiera ellos cuestionaban su espíritu precursor, su fama de luchador victorioso.

—Todo lo que Bigas toca lo transforma en oro —dijo Prieto de mi padre en una ocasión.

¡Oh, sí! Esto era el cuartel general del socialismo español. Por toda la región, los socialistas celebraban reuniones secretas con la esperanza de hacer volar la ciudad por los aires. Los oradores arremetían contra injusticias imaginarias e intercambiaban visiones distorsionadas sobre los pocos que todo lo poseían y los muchos que no tenían ni donde caerse muertos. Teñían el cielo del color más negro, y no se imagina las caras de preocupación en casa cuando los mineros se lanzaban a la huelga. ¡Qué horror! Hubo una vez... En una ocasión, los mineros estuvieron a un suspiro de linchar a mi padre. Fue en la huelga de 1903. Recuerdo que la confusión era enorme. Se decía que los mineros habían golpeado a los capataces, quemado las casetas, volcado las vagonetas y cortado los cables de los tranvías aéreos. Recuerdo un tropel de obreros recorriendo las calles, apedreando tiendas y farolas, deteniendo la circulación de trenes y coches de alquiler, dando vivas a la República y gritando «¡abajo los jesuitas!». También recuerdo a los guardias a caballo. Y recuerdo grupitos de niños correteando por las riberas del Nervión, cantando alegremente:

—¡Los mineros han matado al señor Bigas!

Mi padre regresó al caer la tarde, pálido como un muerto. Su rostro parecía tallado en hielo. Pero a Dios gracias estaba vivo.

—¡El diablo sabe cómo acabará esto! —rugió el abuelo, convencido de que solo el Ejército podía pacificar las minas—. ¡Si sabré yo lo bárbaro que hay que ser en este país para llegar a algo! Esos socialistas solo saben hacer huelgas y pegar tiros, y aún pretenden que se les dé la razón. Fusilarlos a todos, eso es lo que habría que hacer. Eso serviría de lección. Cualquier otro método es golpear en hierro frío.

¡Si usted hubiera conocido a mi padre antes del cambio de siglo! Sí, mi padre fue un hombre magnífico. Fuera de lo normal. A su exquisita sociabilidad sumaba una adoración sin fisuras a la religión liberal del bisabuelo: el capitán afrancesado que regresó a Bilbao con la amnistía concedida a los exiliados por Fernando VII e inició una vida de agitación, de viajes por las minas de las Encartaciones y planes sonámbulos en el escritorio.

¡Ay! El pobre papá creía en el nombre, en la fama, en el puesto a ocupar. Puede parecerle a usted ingenuo, incluso probablemente le haga sonreír, sobre todo después del horror de la última guerra. Pero mi padre creía en la posteridad, creía en el gran beneficio social del progreso. Para él, un empresario era un protector de la humanidad, y una huelga un atentado contra la sociedad. Tenía nobles principios. El abuelo Ramón, en cambio, era como una araña, un capitalista puro y duro, un halcón que despreciaba los discursos. Su cabeza solo incluía una cuestión definitiva: el enriquecimiento. Lo demás era tan efímero como la vida misma. Tenía un pésimo humor. Y cuando se irritaba se le veía el fondo de los ojos. Entonces parecía un tigre dispuesto a saltar sobre su presa.

—Eso del progreso... ¡Las ganas! No hay progreso —decía dirigiendo miradas furtivas a mi padre—. Quiero decir progreso moral. Lo que hay es un movimiento hacia delante. O el paso del tiempo, que no se puede calificar de bueno ni de malo, como no se puede decir que un automóvil sea más moral que una berlina.

Comer o ser comido, esa era la filosofía del abuelo. Igualita que la de mi marido y mi suegro.

—Uno no es nada sin sus pertenencias —nos dijo una noche a Ángel y a mí—. Al final de la vida, un hombre es lo que ha logrado reunir.

Dicen que en las casas viejas siempre hay algún fantasma. Yo nunca vi ninguno en el Palacio de Portugalete, pero cuando era niña tenía la impresión de que los retratos del salón no dejaban de observar nuestros movimientos desde el más allá, de que esas miradas voraces podían errar en cualquier dirección, seguirme por la casa y atrapar el menor de mis gestos. Aquel afrancesado del que antes le hablaba, muerto en la primera guerra carlista, con su espeso bigote y uniforme militar, tieso y anticuado. Aquella señorona que parecía vestida para la ópera de París, morena, áspera, dura. Después, los abuelos: él con su mirada de halcón, ella, un poco cansada, de una belleza rubia a punto de marchitarse. Ambos pintados por Federico Madrazo. También estaba el tío Eugenio, que había muerto muy joven, durante el tercer sitio. Y los tíos abuelos: Rosa, que se casó con un negrero conocido en las factorías de la costa de Guinea y en los puertos antillanos, y Gustavo, con su mirar sonámbulo y su bigote rubio, la bestia negra de la familia, de quien apenas se hablaba en presencia del abuelo Ramón.

Recuerdo que, cuando estaba de buen ánimo, mi padre nos contaba historias que poco a poco desvelaban los secretos de esos rostros. Las historias de Bilbao y Portugalete, por lo menos su tradición viva, cabían en aquellos cuadros familiares. Napoleón y el exilio del bisabuelo en París, las guerras civiles y la granada carlista que cayó en la casa, matando al tío Eugenio, las aventuras comerciales del abuelo entre guerra y guerra, las grandezas de ultramar, los negocios de las minas.

A mí me aburrían aquellas historias, pero mi hermano Ángel seguía la voz de mi padre embobado. Hubiera podido pasarse horas y días escuchando aquellos relatos que nunca se remontaban más allá de Carlos IV y la invasión francesa.

De todas aquellas evocaciones, sobresalía una que encandiló la imaginación de Ángel: la historia del tío abuelo Gustavo, que había llevado una vida apasionada y brillante en tiempos de Isabel II.

Era poeta y liberal, como su siglo, y había luchado en la campaña de Marruecos junto al general Prim.

Al parecer, a su regreso de África, el tío abuelo Gustavo había sentido la tentación de Méjico y del imperio que Maximiliano de Habsburgo quiso crear en aquella parte del continente americano. Según mi padre, en 1863 embarcó para Veracruz en una fragata que antes había pasado por La Habana. En la inmensa cloaca de Veracruz —entonces aquel puerto era como el infierno de Dante—, el tío abuelo Gustavo se unió a las tropas francesas y austríacas que apoyaban al archiduque de Austria.

—A decir verdad —nos explicaba mi padre—, solo perseguía una aventura lejos de España, asfixiada bajo las posaderas del general Narváez. Y la encontró, una aventura que casi le cuesta el cuello.

Maximiliano fue emperador de Méjico tres años: introdujo el cristal, el champán, el vals y todas esas cosas que adornan la existencia. Pero Francia retiró su ejército y los revolucionarios del indio Juárez lo fusilaron. Fue tras la derrota de Querétaro. Mi tío abuelo también cayó prisionero entonces, aunque milagrosamente escapó del piquete, y diez años más tarde estaba en Belgrado combatiendo como oficial serbio contra la Sublime Puerta, matando turcos hasta que los turcos lo mataron a él.

A diferencia de los abuelos, que le habían condenado al ostracismo por el perfume libertino que había dejado a su paso, a mi padre no le importaba compartir con nosotros los últimos brotes de aquella oscura historia familiar.

Fue en una ciudad perdida de los Balcanes, una ciudad lejana y desconocida para nosotros.

—En una escarpada colina donde se encontraban las ruinas de una iglesia, el oficial turco levantó el sable, que dio un vivo reflejo.

Todavía me parece escuchar las descargas de fusilería en aquella colina de los Balcanes. Veo con la misma claridad al oficial turco que se destaca del piquete y venda los ojos del reo con un pañuelo. Puedo ver a mi tío abuelo quitándose la venda, tieso como un poste de telégrafo, encarando orgullosamente los siete fusiles que le apuntan al pecho, con los ojos abiertos, casi desencajados.

—Pum..., pum..., pum...

Sí, tiene usted razón. Aquellas historias que murmuraban como el mar y olían a pólvora y a flores desconocidas marcaron la vida de mi hermano. Los viajes fueron después como un hermoso sueño, pero las horas más dulces y sosegadas siempre estuvieron aquí, en Portugalete, en esa casa hoy ruinosa y mugrienta.

Todos los niños tienen un escondrijo donde les gusta refugiarse, soñar. El mío era el pequeño teatro que mi padre ordenó construir en el jardín. El de Ángel era el mirador donde le gustaba pasar las últimas horas de la tarde. Allí, se llenaba los ojos con el gran desfile náutico que ofrecía la desembocadura del Abra y que su imaginación prolongaba más allá de los mares. Allí, en la tarde a punto de extinguirse, mientras el sol anaranjaba los árboles, Ángel leía y leía. Nadie se atrevía a molestarle. Ni siquiera el abuelo, a quien no le gustaban esos momentos de ensoñación. Recuerdo que cuando se lo encontraba con la mirada perdida a lo lejos o sumido en las páginas de algún libro, rugía:

—Tantos sueños y papeles muertos ahúman el cerebro.

Nunca olvidaré el día en que Ángel encontró en la casita del jardín algunos de los más preciados recuerdos del tío abuelo Gustavo: un sable enmohecido, una medalla de plata y oro con el retrato del emperador Maximiliano, un puñado de cartas donde se narraban los últimos días del imperio americano del archiduque. Recuerdo que se pasó tardes enteras dejándose los ojos en aquellos papeles.

Por entonces, era un muchacho tranquilo, muy pálido, y arrogante como un príncipe. Tres cosas le encantaban: el mar, los desteñidos mapas de América y la triste historia de la dulce esposa de Maximiliano, la emperatriz Carlota, que a su regreso a Europa se había sumergido en las aguas de la locura, y en los atardeceres melancólicos; cuando las últimas luces del día rayaban los espejos del castillo de Bouchout, donde estuvo recluida casi sesenta años, se sentaba al piano e interpretaba el himno imperial de Méjico, que ya solo ella recordaba. Le cuento como contaba papá. Me lo sé de memoria:

—La emperatriz Carlota —decía con su voz corpulenta— acariciaba las teclas de su piano Biedermeier creyendo que su amado archiduque seguía siendo emperador.

Años después, Ángel me escribió una carta solo para contarme que había visto a la antigua amiga y después adversaria de Carlota, la emperatriz Eugenia de Montijo, la esposa de Napoleón el Chico. Recuerdo... Sí, decía que, dando un paseo cerca del Retiro, Pérez de Ayala le había señalado en el fondo de un carruaje a una señora exangüe, todavía erguida, con rastros aún de aquella belleza que había cautivado al París del Segundo Imperio:

—Esa vieja dama —contaba que le dijo su amigo Pérez de Ayala— es la emperatriz Eugenia.

Por aquellos días, se comentaba que un guarda había multado a Eugenia por cortar una rosa en el jardín de las Tullerías, y que, galantemente, el alcalde republicano de París le había enviado al hotel todas las rosas de sus antiguos jardines.

¡Ay! Parece mentira que hayan pasado tantos años y que hayan llegado y se hayan ido todos esos días. El día que tienes tu primer baile. El día que te casas y después nace tu primer hijo. Y cuando llega la muerte y todas las horas se vuelven una sola... ¡Ay, era un jovencito tan encantador! Recuerdo que a los catorce o quince años empezó a escribir en un cuaderno con tapas de piel que guardaba bajo llave en el cajón de su escritorio. Un día descubrí dónde escondía la llave y abrí el cajón. Encontré el cuaderno, que, una vez abierto, tenía casi el doble de su grosor original. Había fragmentos de las cartas escritas por el tío abuelo Gustavo desde Méjico, notas de un diario, párrafos cuidadosamente copiados de los *Episodios nacionales* y *La cartuja de Parma,* mapas del imperio americano soñado por Maximiliano de Austria... Recuerdo que al ojear apresuradamente aquel cuaderno mi vista cayó sobre una palabra y una fecha: Méjico, septiembre de 1865.

¿Ha leído *La sombra del aventurero*? Sí: su primera novela. Pues bien, los párrafos que yo leí aquel día pertenecen a esa novela o, si lo prefiere, aquella novela de Ángel tiene su origen en los relatos de mi padre y en las cartas del tío abuelo Gustavo.

Léalo. Lea si no le importa. Ahí tiene el libro. Sí, en voz alta.

> Méjico, septiembre de 1865. He decidido quedarme. Vagas razones, difíciles de explicar en el papel, me han decidido a permanecer al lado de este hombre que se encamina derecho hacia la muerte, entre

la incomprensión y las intrigas de quienes deberían ser sus más firmes apoyos. Hoy, en presencia de Herzfeld, su alteza imperial me ha confesado:

—No me hago ninguna ilusión. El imperio puede derrumbarse con las tormentas. Yo puedo perecer bajo él. Pero nadie me puede privar de la conciencia de haber colaborado con buena voluntad a una idea noble y esto es siempre mejor y más consolador que pudrirse en la vieja Europa sin hacer nada.

Tiene que perdonarme, me quedan tan pocas fuerzas. Sí, tiene usted razón, apenas hemos hablado del Turquesa. Pero, en fin, podemos abordar ese asunto en otro momento. Se nos ha hecho tarde. Venga mañana si lo desea. ¿Le parece bien la misma hora? Entonces, perfecto.

Pero déjeme añadir una cosa. Mi hermano era un hombre de corazón. Sobre todo, era noble: un ser ingenuo, confiado, hermoso. Él..., él nunca anduvo en negocios con Azaña y Prieto, como se dijo en la prensa. Él no era un revolucionario ni pertenecía a ninguna sociedad secreta.

*Abc*
**Domingo, 16 de septiembre de 1934**
**Edición de la mañana. Página 5**

## EL PLAN REVOLUCIONARIO DE LOS SOCIALISTAS Y DE LAS IZQUIERDAS

EL PRESIDENTE DEL CONSEJO DECLARA QUE EL ASUNTO DEL CONTRABANDO DE ARMAS ES SENSACIONAL Y QUE NO PODRÁ EVITARSE SU PUBLICIDAD EN EL PARLAMENTO.

**El Gobierno se muestra hondamente preocupado ante las graves derivaciones de este escandaloso asunto. A juicio de un ministro, en el caso Turquesa se juegan muchas cosas, incluso el mismo régimen.**

De gravísimo y sensacional califica el jefe de Gobierno este negocio escandaloso del contrabando de armas en Asturias. Sensacional y gravísimo no solo por los hechos a que se refiere, por la cuantía de la operación fraudulenta y por la índole de los planes a que se destinaba, sino sobre todo por la categoría de los cómplices y por las responsabilidades que les alcanza. Así se ha expresado el jefe de Gobierno Sr. Samper, extrañándose de que el asunto no haya tenido todavía la publicidad ruidosa que se le hubiera dado ya en cualquier otro país, en Francia, por ejemplo. A la vez, excusó la rigurosidad del silencio oficial por la buena intención de no entorpecer la acción de la justicia, la cual no requiere tanto silencio y acaso padezca con él.

A nuestro juicio, es en divulgar los hechos que conoce y satisfacer oportunamente la ansiedad del país en lo que el Sr. Samper debiera recordar ejemplos de fuera. ¿A quién, o a quiénes, y en qué condiciones libró el Consorcio de Industrias Militares el armamento y municiones que ahora han aparecido en Asturias? ¿Se hizo la entrega a crédito al Sr. Echevarrieta a cambio de letras insolventes? ¿Se hizo así por orden terminante del Sr. Azaña, presidente del Consejo y ministro de la Guerra por la época en que se fraguó la operación? ¿En qué fecha se expidió el material desde las fábricas a Cádiz; en qué fecha salió de Cádiz al mar; cómo y por qué parte de un material con destino a Djibouti pudo acabar en San Esteban de Pravia? ¿Se ha comprobado la existencia de un cheque del Sr. Echevarrieta a tres desterrados portugueses y los nombres, antecedentes y filiación de estos? ¿Fue el Sr. Bigas quien compró el yate de altura Turquesa para efectuar el transporte de tan siniestro cargamento?

El silencio del Gobierno es una nueva torpeza, acaso una muestra más de su medrosa y temeraria actitud contemplativa. Porque vivimos una de esas encrucijadas decisivas de las que está llena la historia. Atravesamos un período en el que se advierten bien claramente los síntomas de las maniobras revolucionarias. Hace ya meses que la voz pública viene refiriéndose a contrabandos de armas. Se han sucedido los hallazgos de ellas y de explosivos. Se ha comprobado que dirigentes socialistas recibían paquetes de pistolas para repartirlas. Se ha descubierto en la Casa del Pueblo de Madrid un arsenal de armas cortas, de municiones y dinamita. Se han encontrado en Asturias otros depósitos. Y el alijo del Turquesa completa la evidencia de los preparativos.

El Gobierno tiene a la mano la información que puede esclarecer lo más grave de este tenebroso asunto, lo que se ha dicho ya claramente en la prensa y se ha insinuado en versiones oficiosas: que el primer destino del material concedido por el Sr. Azaña al financiero Echevarrieta fue para una insurrección contra el régimen de Portugal.

El Gobierno debe decir todo lo que sabe con certeza y, sin perjuicio de la actuación judicial, excitar el celo de las autoridades gubernativas, del Ministerio Fiscal y del juzgado instructor, para la mayor celeridad de las diligencias. También debe disponer la vigilancia necesaria para impedir evasiones presumibles. La intervención personal del Sr. Azaña; las operaciones del Sr. Prieto y de otros diputados socialistas en Asturias; y la captura del alijo de armas en San Esteban de Pravia han dejado al descubierto responsabilidades enormes, que no deben quedar impunes. Esperamos que las Cortes actúen en sesión permanente desde el momento de su reapertura, anteponiendo a todas las cuestiones esta, en que aparecen delitos de alta traición, culpas imperdonables contra la seguridad del Estado y contra las pacíficas relaciones de España con Portugal.

**Carmen Bigas Young**
**Portugalete, 30 de octubre de 1950**

Se lo advierto: en ese asunto los periodistas solo tuvieron por objeto enturbiar, ensuciar. ¡Todos, todos estaban endemoniados! Un nido de víboras ponzoñosas, eso fueron. Se dedicaron a desprestigiarnos, a volcar sobre nuestro apellido toneladas de carroña. ¡Pobre Eusebio, cómo le atormentaba el veneno de aquellos titulares!

Sé lo que piensa. Sé lo que piensa todo Bilbao, incluido mi hijo y esos esnobs de Neguri que se creen el laurel del Gotha. Mienten. Mi hermano fue siempre una persona equilibrada. Nunca dio muestras de trastorno psíquico o moral para que pueda hablarse de suicidio. Quisieron destruirnos, eso es todo. Nos persiguieron desde que los negocios de mi padre se vinieron abajo con la quiebra del Crédito de la Unión Minera. Nos la tenían jurada, así como lo está oyendo. Todo el mundo empezó a atacarnos, a decir mentiras horribles de la familia. Hágame caso: en todas las bocas verá usted la espuma del rencor. ¡Ay! No se imagina cómo duelen esas historias, como cuchillos oxidados. Míreme... Soy una anciana que ha acabado por no salir de casa. Desde hace años, me paso las horas leyendo y contemplando el mar desde esta ventana. Prefiero dirigir la mirada allí. Hacia lo que no cambia. El mar me serena. Deberíamos ser de mármol, ¿no cree? Así no sufriríamos.

*Abc*

**Jueves, 20 de septiembre de 1934**

**Edición de la mañana. Página 3**

## DEL CONTRABANDO DE ARMAS DESCUBIERTO EN ASTURIAS

DETALLES DEL MATERIAL DEPOSITADO POR EL CONSORCIO DE INDUSTRIAS MILITARES EN CÁDIZ A NOMBRE DEL SR. ECHEVARRIETA Y TRANSPORTADO POR EL VAPOR TURQUESA.

Según fuentes autorizadas, la mercancía que salió de los parques y fábricas del Consorcio de Industrias Militares rumbo a Cádiz fue embarcada en el vapor Turquesa el pasado 3 de septiembre, y nada se supo de ella hasta la noche del 10 al 11 de septiembre, cuando unos carabineros del puerto de San Esteban de Pravia descubrieron unas camionetas en las que varios afiliados del Partido Socialista estaban cargando municiones y armas de guerra.

He aquí el material embarcado en el Turquesa el 3 de septiembre: 24 ametralladoras (1080 kilos), 400 fusiles recompuestos (2704 kilos), 48 cañones ametralladoras (660 kilos), 24 trípodes para ametralladora (1020 kilos), 8160 cargadores para ametralladora (1254 kilos), 299 800 cartuchos máuser (9754 kilos), 1800 granadas Laffite (1440 kilos), 300 granadas de mano (84 kilos), 750 granadas lacrimógenas (210 kilos), 1800 detonadores para granadas Laffite (10 kilos).

Total: 329 cajas, con un peso de 18 216 kilos.

**Rogelio Iturbe Baredaño**
**Bilbao, 17 de diciembre de 1950**

Llámeme senador. Lo fui por el Partido Liberal durante más de veinte años. Aunque dada la situación actual, quizá le incomode emplear ese término. ¿No? Tiene usted razón: aún resisto. Sin embargo, me avergonzaría decirle la cantidad de píldoras que me trago. A veces me formulo la misma pregunta que Job. ¿Por qué seguir viviendo? ¿Para volver a los espadones y a la tiranía clerical? Yo me batí en el último sitio —el último del siglo pasado, claro— como auxiliar, comiendo carne de caballo y pan de habas, y conozco muy bien a estos que ahora ocupan el poder. Son hijos y nietos y biznietos del carlismo. Todos besan una mano cubierta con regueros de sangre. ¡No se asuste, esto lo digo en todas partes! Al diablo con ellos. Soy un viejo, un hombre aniquilado por la edad y la política. Pero no un cobarde babeante. No pienso darles ese gusto.

Sí: sobrevivo a una fauna extinguida. Pero no hay ningún mérito en ello. Vivir es solo una costumbre, ¿no cree usted? Todos jugamos al ajedrez con el destino. Sabemos que no podemos ganar, pero sentimos la necesidad de oponer resistencia. A mí, en cierto sentido, el destino me dio jaque en una sola jugada. Fue el día en que Alfonso XIII ofreció su mano a la dictadura del general Primo de Rivera. Así terminó la constitución que Cánovas y Sagasta habían preparado para su padre. ¡Qué acto más indigno! Católico, faltó a su juramento sobre los Evangelios; rey, violó la palabra real.

He pasado mucho tiempo pensando en aquel día. Cuando uno, como yo, se encuentra con pie y medio en la tumba, puede reflexionar tranquilamente sobre el pasado. Años después, en su destierro romano, el mismo rey me dijo que se había dado cuenta, muy pronto, de las consecuencias de su acción. Fue en el Gran Hotel —creo que no me confundo—, un año antes de la última guerra civil, en una recepción organizada con ocasión de la boda del infante don Juan y doña María de las Mercedes.

—Los errores del monarca en el Antiguo Régimen recaían sobre los ministros de la Corona —me dijo su majestad ante un grupo de monárquicos entusiastas, caballeros y damas de la aristocracia que rivalizaban en punto a demostrarle su adhesión—; los errores del dictador sobre mi cabeza, que lo había escogido.

Don Alfonso parecía agotado, como si hubiese acabado de realizar una prolongada marcha por el desierto. Había envejecido y engordado. Fumaba sin cesar pitillos negros, gruesos, de buen tabaco habano, y se le notaba embargado por oscuros presagios. La impresión que produjo en mi ánimo no pudo ser más triste.

—Pero ¿qué podía hacer? —añadió sin ganas de seguir la conversación, con el bigote y unos ojillos desoladamente históricos—. Ustedes, señor Iturbe, parecen no tener memoria y tratan de olvidar adónde habíamos llegado con el abuso del parlamentarismo, con aquellas carreras disparatadas por el poder y aquellas zancadillas que perjudicaban a todos y no beneficiaban a nadie. Ya no recuerdan el rastro de pánico dejado por los pistoleros anarquistas en los palacios de Barcelona ni la huelga general del 17 ni la agitación popular por el desbarajuste de Marruecos.

Sí, fue el mismísimo rey quien liquidó la monarquía. Y con ella, este país. Y, en la empresa, no solo le ayudó el simplón Primo de Rivera. También colaboraron los mismos jovencitos que iban a salvar la nación de los políticos decimonónicos. Los mismos que exclamaban que los dos partidos dinásticos que se turnaban con amañada regularidad en el poder —el conservador y el liberal— conducían al país a la ruina. Algunos, ahora, se pasean desconcertados por el destierro, como Edipo en su palacio de Tebas, incapaces de levantar la cabeza de las profundidades por la bárbara sacudida. ¿Conoce la tragedia de Sófocles? Terrible, ¿verdad? Aquel infeliz aturdido por el horror, golpeándose los ojos con los broches...

Hay que saber mirar, sí. Por mi parte, vi muy pronto la que se nos venía encima. Supe verlo en el volcán de la Semana Trágica de 1909, cuando la protesta por la aventura colonial en Marruecos se convirtió en una verdadera insurrección, Barcelona quedó incomunicada, los republicanos de Lerroux incendiaron conventos e iglesias y el Ejército tuvo que emplear la artillería para aplastar la furia de los revoltosos.

—Temo, os lo confieso —le dije a Canalejas mientras aún llameaban los conventos e iglesias de la Ciudad Condal—, que el clima de violencia se extienda a todo el país. Esa chusma anarquista, socialista y republicana es despiadada, capaz de todo. Se lo digo con el corazón. Aunque sea tapándonos las narices, hemos de apoyar a Maura en esto. Maura es orgulloso. Y, si ahora le apuñalamos por la espalda, no lo olvidará nunca.

—¡Maura! —gruñó Canalejas arrojando los periódicos sobre la mesa de su despacho—. No me hable de ese energúmeno. Maura no puede continuar. Su sentido de la autoridad le desborda; su tozudez le ciega. Tenga confianza en mí, amigo Iturbe.

—¡Pero hablamos de terroristas! —repuse alarmado—. Son los mismos que arrojaron la bomba en el Liceo, los mismos que asesinaron a Cánovas y atentaron contra su majestad. Temo, repito, que si no apoyamos a Maura en esto la crisis que se avecina contribuya a derribar la monarquía. Aquí, la revuelta no se prepara, está preparándose siempre.

Canalejas se echó a reír.

—En eso tiene usted razón, amigo Iturbe. El odio, en este país, prende como la hojarasca.

—Por eso mismo no debe sumarse a esas protestas —insistí por última vez—. ¿Acaso si subimos al poder empujados por republicanos y socialistas no daremos el triste ejemplo de que en España se mudan los Gobiernos por las protestas del anarquismo internacional?

Eso le dije. Pero él... ¿Qué hizo? Se propuso abrir la puerta de la nación al huracán de las masas. Decepcionó a todos. Lo asesinaron, sí. Veo que está al corriente de nuestra historia reciente. La gente, hoy en día, no quiere saber nada. Al contrario, su ambición es olvidar lo poco que alguna vez supieron. Y quizá hagan bien. Perdone, pierdo el hilo... Canalejas, claro. Días antes, durante una conversación en El Ateneo, me había confesado que él no tenía nada de optimista, que era preciso aprender a mirar, mirar a la cara, eso dijo, al mundo que nos había tocado vivir.

—¿Usted piensa que podemos seguir describiendo este país como una lucha entre leones y serpientes? Las serpientes, por supuesto, son los demás. ¿Usted cree eso? No, amigo Iturbe. Dada la situación, sería una ligereza imperdonable. ¿No comprende, estimado amigo, que si combatimos la corriente de los tiempos solo conseguiremos apresurarla? ¿No entiende que taponar las soluciones supone atizar la hoguera de la revolución social, que en una forma u otra, o por la fuerza o por el derecho, ha de consumarse? Hoy, amigo Iturbe, el único reinado respetable es el de los hechos.

Pobre Canalejas. Después de todo, quizá tenía razón. Pero no le dejaron gobernar. Lo mataron un 12 de noviembre. Lo recuerdo como si acabara de suceder. Lucía un sol frío, desangelado. Canalejas cruzaba la Puerta del Sol sin apresurar el paso, sin ninguna escolta. Como de costumbre, se detuvo en el escaparate de la librería San Martín, a contemplar, vea usted, un mapa que daba a conocer el escenario de la guerra balcánica. Fue entonces cuando el anarquista Pardiñas se abalanzó sobre él, rozándole el gabán, y a quemarropa hizo fuego.

—¡Mueran los tiranos! —gritó aquel energúmeno mientras enarbolaba la pistola como si fuera la mismísima Declaración de los Derechos Humanos.

Canalejas cayó fulminado. Y, con él, se desplomó también la unidad del Partido Liberal, que ya nadie pudo rehacer.

Pero usted no ha venido a escuchar las penas de un anciano que lo mezcla y confunde todo. Usted me ha peguntado por Ángel Bigas, ¿no es cierto? Sí, claro que lo recuerdo. Era un niño vanidoso, con la cabeza llena de nubes. Lástima de muchacho. Su mal fue nada más y nada menos que la vida misma, su trámite, sus exigencias, su afán. No estuvo nunca preparado para ella.

A propósito, antes, cuando hablamos por teléfono, usted dijo que había tenido una entrevista con Carmen Bigas. ¿Es cierto? ¿O son imaginaciones mías? He oído que no se relaciona con nadie, que no recibe visitas ni correspondencia, que no acepta ninguna invitación y se pasa los días sin hacer nada, sentada junto a la ventana de su alcoba, hundiéndose en un tiempo que no es el suyo, como si estuviese escuchando el rumor de la lluvia. Dicen que las hierbas agrietan el tejado de la casa y el agua se cuela en el interior. ¡Habladurías! Resentimiento, seguramente. Es el festín sobre las ruinas. Esta gente es como la hierba que crece bajo las encinas; se deja pisar fácilmente, pero con igual facilidad se endereza.

¿No se trata de rumores? Me entristece saberlo. Me entristece pensar que la historia del padre se repite en la hija. Algunas veces me acuerdo de ella. Cierro los ojos y la veo como fue en tiempos ya remotos. Veo aquella muchacha hermosa, de ojos grandes y pelo castaño. Un talle perfecto, un rostro encantador. Veo a la jovencita de escote generoso que bailaba en el salón del Palacio de Portugalete. Recuerdo las fiestas en aquella casa. Y su pose señorial, fría, tan escrupulosa en su afán de crear distancias. ¿Quién, en aquella época, después de bailar con Carmen Bigas, no sintió el corazón retumbando atronadoramente en los oídos? Era, se lo aseguro, un magnífico bocado, el producto más deseado que se paseaba entonces por los salones de Bilbao y Portugalete: una rosa abierta y codiciable, engendradora de deseos tristes y mortales. Muchos, permítame la confesión, nos sentimos tentados de vender el alma al diablo, especialmente los que ya habíamos dejado de ser jóvenes.

Créame. Eso es lo que nos diferenciaba a nosotros, viejos leones de la Restauración, de los jóvenes de la generación de Ángel Bigas. Sus pasiones eran más caras que las nuestras. ¿Qué necesitábamos nosotros? Mujeres, romances. No, no vaya usted a pensar que existe en esto que le digo alguna carga maliciosa o cínica. La mayor alegría, la mayor tentación, del alma y del corazón, son las mujeres. Nuestra época fue la época de las entretenidas. Ellos, en cambio, tenían grandes ideales. Se criaron melancólicos y paliduchos, siempre con la palabra «¡crisis!» sobre sus cabezas. Aseguraban que haber nacido español y haber nacido maldito era la misma cosa. En realidad, eran ya viejos antes de salir del vientre materno. Necesitaban cambiar el mundo. Y eso no tiene precio. ¿Se acuerda usted de esos versos de Machado?... «Españolito que vienes al mundo, te guarde Dios. Una de las dos Españas ha de helarte el corazón...» Sabe de qué hablo, ¿verdad?

¿Eso le ha contado ella? Sí. No miente. La ciudad nunca vio tanto lujo como el que exhibió la familia Bigas en las fechas en que la reina Cristina, entristecida, gobernaba con Cánovas y Sagasta. Y más tarde, incluso, en la época de la Gran Guerra. Por aquel tiempo todo el mundo hablaba de las fiestas de verano en la mansión de los Bigas. Toda la gente clasificada de bien recibía invitaciones. En la noche, las ventanas de todas las salas y galerías de la mansión permanecían encendidas. En la madrugada, cuando comenzaban a apagarse las luces, salía de las caballerizas un carromato cargado con las sobras de la gran cena para ser repartidas en el mercado, con un letrero que decía: «Del baile de anoche en el palacio Bigas». Sí... Aquella mansión era una isla de vida en medio del gran teatro de la abulia en que languidecían las gentes opulentas de aquí. Por sus salones desfiló toda la sociedad de la provincia. De allí salieron planes proteccionistas, manipulaciones y vuelcos electorales, acuerdos para comprar votos, casamientos. Allí Carmen Bigas conoció a su marido, un joven que pasaba por ser uno de los más distinguidos de la villa, un antiguo estudiante de Deusto que sabía sonreír como en su día sonreían los banqueros genoveses mientras su ciudad se pudría bajo el esplendor. Aún me parece oír la música, las risas, los carruajes que iban arriba y abajo de la explanada. Aún recuerdo muchas de las obras que se representaron en el teatro del jardín. Una noche, con diez años, Ángel causó la admiración de los invitados al recitar fragmentos del *Antonio y Cleopatra* de Shakespeare... Marco Antonio, moribundo en los brazos de la reina de Egipto, pide un poco de vino, y dice:

No deplores ni te apene el miserable cambio de fortuna
con que termina mi carrera; mejor alivia tu dolor
con el recuerdo de mi antigua suerte, cuando fui
el más grande y noble príncipe del mundo.

Hoy me da por recordar versos. Los viejos tenemos muy buena memoria para las cosas que aprendimos en la juventud. Unos versos, por cierto, premonitorios. ¿No cree? Sin embargo, en aquel tiempo la grandeza de los Bigas resplandecía con caracteres de permanencia eterna. En aquel tiempo no era posible negar que aquella familia se encontraba bien protegida por pulidas y brillantes murallas.

«Bigas, Martínez Rivas y Chávarri son el Estado», se exclamaba entonces.

¿Qué le decía? Ah, ya recuerdo, la velada, Marco Antonio y Cleopatra, Egipto... No. No todo era tan hermoso. Tiene usted razón. Aquel período no fue una época dorada más que en un leve barniz. Usted sabe lo que eran las minas entonces. Cuatro millonarios explotando un rebaño de miserables. Esclavos venidos de todas las provincias para dejarse los cuerpos perforando galerías, volando barrenos, partiendo los trozos de mineral con picos y azadones, acarreándolo en las vagonetas. Esclavos que trabajaban desde las cinco de la mañana hasta el anochecer, dormían hacinados en mugrientos barracones y engañaban el estómago con agua sucia o vino de las cantinas.

Eso eran las minas: la codicia de los altos, frente a la humillación de los bajos. Eso era Bilbao. De un lado, la minoría afortunada, que levantaba, para recreo de sus ocios, los palacios de Las Arenas y Portugalete, y las espléndidas mansiones del Ensanche. Del otro, la mayoría de los desventurados, guareciéndose en esos valles y colinas que infundían espanto, partiendo la vida entre el sombrío hormiguero de la mina y el barracón inmundo.

¿El beneficio social del progreso? ¿Eso le ha dicho Carmen? Don Alejandro Bigas fue un hombre extraordinario, eso es cierto. Un hombre riquísimo y voluntarioso, un clásico producto de su tiempo, derrochador, ingenuo y liberal, con una creencia en el progreso muy de nuestra época y una intuición para los negocios que en ocasiones hicieron de él un precursor. Pero, créame, aunque tenía sus diferencias con los Chávarri, Martínez Rivas, Gandarias, Casa Torre, nunca se apartó de esa bestia rampante y conservadora que era la Piña.

¡Qué tiempos aquellos! En Vizcaya, sabe usted, los candidatos no eran nombrados ni por el Gobierno ni por los partidos políticos, sino por un grupo pequeño de industriales conocido popularmente con el expresivo nombre de la Piña, que don Alejandro ayudó a crear. Puede creerme, porque de algún modo yo soy su memoria, su beneficiario, su encarnación. Jamás presencié en ninguna otra región del país tanta osadía ni tanta desvergüenza para corromper el sufragio. La Piña manejaba todas las armas, las lícitas y las ilícitas: la compra de votos, el soborno, la coacción, la denuncia. Lo falseaban todo. Lo volvían todo a su favor.

¿Quién, en esa época, podía pensar que los Bigas terminarían viviendo de leyendas, más que de recuerdos, y acabarían extinguiéndose? Pero así es. Fueron arrollados por el desastre, sin saber cómo evitarlo, sin casi darse cuenta de ello. Allá, en un triste panteón del cementerio de Portugalete, reposan casi todos.

¿El hundimiento del Crédito de la Unión Minera? Exagera. Vuelve a exagerar. ¡Pobre Carmen! Quizá enloqueció del todo. Con el tiempo, seguramente, ha construido esa versión. Y ahora debe creérsela a pies juntillas.

Déjeme que le cuente... Todos, al concluir la Gran Guerra, pensábamos que don Alejandro era fabulosamente rico. Pero el asunto era que su fortuna se iba a pique. De pronto, ya no se podía contar con la creciente marea de la demanda exterior ni el alza espectacular de los fletes. Habían terminado los días de trepidante euforia; los días de fabricar a todo gas unos productos que encontraban comprador rápido y al mejor precio; los días en que cualquiera que tuviera un barco, más o menos navegable, lo cargaba de alpargatas o de tripas de cordero y se hacía millonario en un par de meses. Todo eso había acabado. Vea usted, el año 20 marca la caída. La crisis incubada desde el final de la guerra golpea los negocios y extiende sus negros vapores por Bilbao. Todo se resquebraja. Se producen las primeras quiebras y suspensiones de pagos. También se resienten los asuntos de don Alejandro, que se dio cuenta de que había llegado la peste, el fin de la Arcadia. Por aquellas fechas, comenzó a desprenderse de su flota y parte de sus últimas y desastrosas inversiones. Al menos eso es lo que se rumoreaba en Madrid. Que, a pesar del aparente esplendor, toda la estructura de su fortuna amenazaba con venirse abajo. Que minas, fábricas y palacios estaban hipotecados. Que el Banco Vizcaya le había protestado varias letras. Sí. Las deudas se le acumulaban en el escritorio. Tan mal llegaron a estar las cosas que, en un aparte confidencial que tuvo conmigo poco después del golpe de Estado de Primo de Rivera, me confesó alarmado:

—Estoy al final de la soga, senador. Se lo digo, al final de la soga.

Esta era la situación de don Alejandro. La quiebra de la Unión Minera, de la que Carmen, seguramente, no le ha contado todo lo que sabe, solo aceleró la agonía, perdiendo a don Alejandro en un laberinto de humillación y engaños. Y distanciándolo para siempre de su familia política, los Arieta, que le habían metido en aquel agujero negro... Sí. Los Arieta. Eso he dicho. Fue su yerno, Eusebio Arieta, quien animó a don Alejandro a entrar en negocios con aquellos estafadores del Crédito. El marido de Carmen, en efecto.

Cambió. Don Alejandro cambió mucho entonces. Dejó de ser un hombre arrogante para convertirse en un hombre huraño. Sí. Sí. Todo aquel asunto le afectó demasiado. No pudo resistirlo. Era ya excesivamente mayor, un anciano en realidad, para protegerse. Al principio, como una fiera acosada, se dio de baja de todos los clubes, de todos los casinos, y se encerró en el salón rojo de la mansión de Portugalete. Allí permanecía horas y horas sin decir una palabra, absorto en las lenguas de fuego que lamían la chimenea. Tan inaccesible como los muertos y los dioses.

—Probablemente —conjeturó Carmen en una ocasión— tiene la cabeza llena de escenas de su juventud. De la guerra civil. De los tiempos en que mamá y él se prometieron...

Pero Carmen se equivocaba. Aquella actitud podía dar la impresión de que don Alejandro estaba entregado a los recuerdos. Pero no era así. Estaba desmoronándose. Después de unos meses, empezó a colmar los silencios de la casa con monólogos que flotaban en su rostro como sobre un pozo de aguas negras. No había sabido escoger a sus allegados. Todos ellos le habían aconsejado mal. Habían abusado de su generosidad. Todos le habían traicionado.

Poco a poco la gente se convenció de que se había vuelto loco. Y, por fin, las personas que antes le habían adulado y perseguido en su afán de participar, aunque solo fuera como espectadores, del triunfo frívolo, de las fiestas fastuosas, dejaron de ir a verle. Muchos se dieron el lujo de condenarlo, de repudiar sus flaquezas, ignorando todo lo demás, todo lo que don Alejandro y su familia habían supuesto para la región. Otros, simplemente, lo olvidaron.

¿Yo? Sí, es verdad. Desde el golpe de Estado de Primo de Rivera, me había retirado a Bilbao. Me alojé en esta misma casa del Ensanche, y seguí visitando el palacio de don Alejandro. Pero con escasa frecuencia. No era agradable, ¿entiende? No. Ya no era él. Solo su sombra. Todo recuerdo de la antigua fortaleza había desaparecido. Su rostro tenía esa desencajada expresión de las máscaras funerarias helénicas. Los ojos hundidos, como dos huecos negros. En cuanto a su estado nervioso, mejor no hablar. Dios y el tiempo parecían sus obsesiones. Cierto día, y sin venir a cuento, me dijo:

—¿Por qué ha renunciado Dios a su política de fuerza?

Era una tarde radiante de junio. Él estaba sentado en el jardín, con las piernas envueltas en una manta escocesa. Sus delgadas manos, semejantes a garras, jugaban blandamente con un sombrero.

—¿A qué política se refiere? —inquirí.

—El diluvio universal. Los huracanes... Todas esas cosas del Antiguo Testamento.

—¿Acaso piensa que el diluvio puede exterminar a más gente de la que aniquiló la guerra pasada? —pregunté—. ¿Más que Verdún, más que la batalla del Somme?

Don Alejandro movió la cabeza afirmativamente, riéndose entre dientes. Y dijo:

—Ah, viejo zorro, aquí están de nuevo las consignas de Canalejas.

—Es posible que así sea —respondí—. Pero he de confesarle que yo ya no soy el mismo de entonces. Eran otros tiempos, llenos de preocupaciones, pero alegres. Hoy nada de aquello tiene sentido. Todos van detrás del dictador. Van como siempre. Porque les conviene. Créame, hoy solo fructifican las envidias de sacristía y el afán de hacer dinero al precio que sea.

Don Alejandro rio estrepitosamente. Después se quedó mirándome en silencio durante un rato. De pronto, dijo:

—Ojalá hubiera otro diluvio y este país acabara sumergido en el mar.

Luego me habló de Ángel. Me dijo que era el único que podía entenderle, que Ángel sabría nadar bajo el diluvio.

—Ángel —dijo— no es de ningún sitio.

Por un momento creí ver el destello de una antigua luz en sus ojos. Pero fue un espejismo. Súbitamente, volvió a las laberínticas cuentas de su desgracia, mezclando dicterios tremebundos, acusaciones, espías. Parecía atrapado en un remolino aterrador.

—Voy a contarle un secreto —me dijo.

—Usted dirá.

—Desde la quiebra de la Unión Minera no dejan de acosarme. Han cortado el teléfono y por las noches se introducen en la casa. Les oigo revolver entre las sombras. Buscan algo. Lo sé.

Así vino a sorprenderle la muerte. Fue Carmen quien me contó cómo había sucedido.

Atardecía, y don Alejandro se hallaba sentado en el jardín. Miraba el mar. Una de las sirvientas le había puesto un viejo sombrero y se disponía a taparle las piernas con una manta cuando murmuró:

—Hace años, en una noche así...

Pero no siguió. Hizo una pausa. Y al rato se puso a hablar de propiedades hipotecadas y a lanzar vituperios contra su yerno:

—¡Yo les voy a enseñar! ¡Les voy a enseñar el precio de la mentira!

La sirvienta lo miraba estupefacta. No por lo que decía, sino por el desfallecimiento progresivo de su voz, el desamparo de su expresión, el espanto de sus ojos. De repente, se interrumpió. Pudo volver la cabeza hacia la casa y retirar la manta. Y quizá pensó en el viejo piano donde Isabel Young tocaba las sonatas de Beethoven, destinado a decenios de polvo, y en la pobre Isabel, que ya era polvo también. Con un profundo suspiro y temblando como con espasmos, intentó levantarse.

—Todos ellos. Todos... Y también yo. Es una pesadilla...

Y cayó al césped como quien se cae a un abismo.

El doctor Hurtado acudió media hora más tarde y no hizo más que corroborar el fulminante fin.

El funeral lo recuerdo bien. Poca gente. Las ciudades olvidan muy pronto a sus potentados. Y don Alejandro ya no era el gran hombre de principios de siglo. Me acuerdo. Sí. Ángel caminaba rígido detrás de la carroza donde habían cargado el féretro. Tenía los ojos secos y sostenía del brazo a su hermana. Les seguíamos unos cuantos carcamales.

¿Se da usted cuenta de que la muerte del padre es inseparable de la tragedia del hijo? ¿Se da usted cuenta? Si mal no recuerdo, Ángel Bigas abandonó la carrera diplomática por entonces. Sí, sí. Algo misterioso hay en esa decisión. Pero supongo que nunca se sabrá la verdad.

Todo el mundo comentó su participación en la trama revolucionaria del Turquesa, como es natural. El asunto pasó a boca del pueblo y cuando esto sucede ni Dios hace callar a los mudos. Sin embargo, en mi opinión no se esclareció nada. Sí, las investigaciones fueron pormenorizadas. Ni el juez ni nadie dudó de que Ángel hubiera actuado junto a Echevarrieta y a los exiliados portugueses en la compra de las armas. ¿Pero a qué nivel? Esa es la cuestión. ¿Y con qué pruebas afirmar, como hizo parte de la prensa, que conocía el verdadero destino de las armas? Rumores y más rumores. Permítame que le recuerde que no se puede emitir un juicio basándose en la intuición. O, peor aún, en los vapores de nuestra charca política. La prensa más reaccionaria exploró la oportunidad para lanzar una campaña contra las fuerzas de la masonería, el bolchevismo y el socialismo. Todavía recuerdo los gritos de júbilo de algunos cuando se descubrió el alijo en Asturias:

—¡Cómo! ¿Armas? ¿Echevarrieta? ¿Bigas? ¿Contrato del año 32? ¡Azaña! ¡Azaña! ¡Ya le hemos cazado!

Aquellos ilusos solo consiguieron levantar un pedestal de oro a la figura de Manuel Azaña. Y por el camino lanzar a los cuatro vientos de Europa eso de que el Gobierno español había estado maquinando contra la dictadura de Salazar en Portugal. ¡Qué desatino! ¡Qué imprudencia!

Todo duerme ahora bajo una gruesa y sanguinolenta capa de tierra. ¿No lo cree así? Allá usted, joven. Allá usted. Yo solo le digo, por su bien, que perderá el tiempo, y no sacará nada en limpio. Aunque consiga esclarecer los hechos, le faltarán siempre los motivos. Y eso no es lo peor. Preguntar por Ángel Bigas, le repito, pondrá otra vez sobre la mesa sucesos que van a incomodar a muchas personas. Hágame caso. Piense que a nadie le gusta que metan las narices en su pasado. Y menos aún cuando se ha sepultado una época con ríos de sangre y solo los enterradores trabajan con entusiasmo.

¿Entiende lo que quiero decir? No. No creo que lo entienda. En cualquier caso, si desea seguir su investigación debería hablar con Horacio Echevarrieta. Si alguien sabe qué ocurrió me imagino que es él. Don Horacio siempre tuvo un conocimiento sin rival del mundillo político bajo cuerda. Todo de todo. Y en este caso concreto estoy seguro de que sabe más de lo que dijo ante el juez. Aunque supongo que, estando como está en paces con el presente, no le agradará nada su visita. ¿Usted irá a verlo? Dígale entonces, dígale, que el senador Iturbe le envía saludos.

## DIARIO DE LAS SESIONES DE LAS CORTES

15 de febrero de 1935

## CONGRESO DE LOS DIPUTADOS

*Propuesta de acusación formulada por el Sr. Goicoechea y otros Sres. diputados contra D. Manuel Azaña Díaz.*

A LAS CORTES

Los diputados que suscriben formulan, para que sea tramitada con arreglo a las condiciones y en la forma que establece el número 5 del artículo 77 de la ley de 14 de junio de 1933, la siguiente

PROPUESTA DE ACUSACIÓN

### HECHOS

**PRIMERO.** En la noche del 10 al 11 de septiembre de 1934, unos carabineros del puerto de San Esteban de Pravia descubrieron en la orilla de la desembocadura del río Nalón unas camionetas en las que varios sujetos estaban alijando municiones de guerra desde unas lanchas gasolineras.

Capturada una de las camionetas y detenidos algunos de los sujetos que realizaban el alijo, que resultaron estar afiliados al Partido Socialista, se averiguó que las gasolineras habían tomado las municiones y el armamento de un vapor llamado Turquesa, fuera de puerto, y que dicho cargamento se había embarcado en Cádiz el día 3 anterior.

Dicho cargamento procedía de las Fábricas Nacionales de Armas y Municiones, incluidas en el Consorcio de Industrias Militares, creado por ley de 6 de febrero de 1932, y habían sido compradas a tal organismo por D. Horacio Echevarrieta y Maruri, según contratos de 20 de octubre de 1932 y 22 de enero de 1933.

El destino de las armas y municiones, según se dijo al ser adquiridas por Echevarrieta y consignadas a su disposición en Cádiz, era Djibouti, capital de Somalilandia, colonia africana de la República Francesa. Tal fue la versión oficiosa que se dio por el comprador y la dirección puesta en las órdenes de facturación y embarque y en las cajas de empaquetado.

**SEGUNDO.** Cuando la prensa divulgó la noticia de aquel contrabando de armas y municiones, D. Horacio Echevarrieta, que estaba en Madrid, se dirigió al Ministerio de la Gobernación, pretendiendo hablar con el ministro para justificar sin duda su intervención en el asunto. Por estar ocupado el ministro, habló con el subsecretario, a quien dijo y rogó que hiciera saber a quien procediera que aquel asunto no siguiese teniendo tanta resonancia, porque, en otro caso, él habría de «tirar de la manta», y se comprometía en ello a altas personalidades de la República...

**Andrés Hurtado Nogales**
**Las Arenas, 12 de enero de 1951**

¿Le ha hablado Carmen de mí? ¿No? Mujeres... Su memoria se parece a un mueble lleno de cajones secretos. Algunos están cerrados desde hace mucho tiempo y no se pueden abrir. Otros contienen flores secas que han quedado reducidas a polvo. A veces una daga. No. No se confunda. No hay resentimiento alguno en mis palabras. Sé que ha sufrido mucho. En pocos años, el destino segó la vida de las personas que más quería. Primero uno a uno. Luego de golpe, como si hubieran estado enredados sus hilos y el primer corte hubiera bastado para aflojar toda la trama. Don Alejandro, el padre, murió en el derrumbe de la quiebra. Ángel se quitó la vida repentinamente. Y, para colmo, al marido y a dos hijos se los asesinaron en la guerra.

Pero dígame. Tengo curiosidad. ¿Quién le ha mencionado mi nombre? ¿Cómo? Ah, sí, *La sombra del aventurero*. Entiendo, ha visto la dedicatoria. Déjeme, déjeme el libro:

Para Andrés Hurtado,
en recuerdo y homenaje a su amistad sin sombras,
esta historia que hace tiempo quiero contarle.

Fue hace mucho tiempo. ¡Casi medio siglo!

¿Por dónde empiezo? No quisiera remontarme demasiado en el pasado. Podría empantanarme en él y no llegaríamos nunca al asunto que a usted le ha traído aquí. El pasado... Podría llegar muy lejos. Al día en que le conocí. Al Instituto Vizcaíno. ¿A usted le interesa? Recuerdo todos los detalles: el aula espaciosísima y llena de mapas, el olor rancio de los abrigos empapados por la lluvia, la estufa de hierro sin encender. Si cierro los ojos, aún puedo ver a mis compañeros, y también a don Luis, el maestro: un anciano mal vestido, enjuto y seco, con la frente llena de arrugas, la nariz huesuda y prominente, y una barba de hidalgo pobre. Don Luis miraba el mundo a través de unos viejos quevedos y parecía aceptar con triste resignación la condena de enseñar Historia a perpetuidad. Me parece estar oyendo su voz cansada, desilusionada, a ratos conspiratoria.

—Cayo Graco, hijo de Tiberio Sempronio Graco y de Cornelia, era liberal, niños; tan liberal que se rebeló contra el Senado.

Sí, aquel ir y venir de Gracos y Escipiones. Me acuerdo como si fuera ayer. Era una tarde oscura y fría de invierno. Lloviznaba. Yo estaba aletargado, soñando, pellizcándome de vez en cuando para mantenerme despierto mientras don Luis nos mareaba con aquel desfilar de cadáveres arrojados al Tíber:

—Decid, niños, ¿qué clamaba el tribuno de la plebe en el Foro para mostrar la ambición de los senadores? Nuestros generales, gritaba Graco, os incitan a combatir por los templos y las tumbas de los antepasados. ¡Ocioso y vano llamamiento! Vosotros no tenéis altares paternos. Vosotros no tenéis tumbas ancestrales. Vosotros no tenéis nada. Combatís y morís solo para procurar lujo y riqueza a otros.

Cayo, Tiberio... A mí, ahora, me parece que de lo que realmente nos hablaba don Luis era de aquellos pobres soldados enviados a la guerra de Cuba. Aquellos soldados mal alimentados y peor vestidos, víctimas de la disentería, de la malaria, de la anemia... Mi padre entre ellos. Él nunca regresó de Cuba. Postales, medio centenar de cartas, una condecoración y una tumba vacía que visitábamos los primeros domingos de cada mes. Eso es lo único que nos dejó a mi madre y a mí. Disculpe... Le decía que don Luis despotricaba contra el Senado de Roma cuando alguien golpeó la puerta, y antes de que pudiera decir «Adelante» entró el señor Hernández, el director. Los que dormitaban se despertaron, y todos nos pusimos en pie. El director nos hizo una seña para que volviéramos a sentarnos, y así lo hicimos. Pero ya nadie miró a aquel hombrecillo pálido y gordinflón al que le faltaba un dedo de la mano izquierda. Todos los ojos se volvieron hacia el desconocido.

Le miramos igual que a un fantasma. Lo que me impresionó, y probablemente impresionó a todos mis compañeros más que cualquier otra cosa, más que su elegancia, en un período en que las madres de la mayoría de nosotros pensaban que cualquier prenda era buena para ir a la escuela con tal de que estuviera confeccionada con un tejido resistente y duradero, fue su porte aplomado, su aire aristocrático. Por alguna razón parecía mayor y más maduro que nosotros.

El director se dirigió directamente hacia don Luis y le dijo a media voz:

—Aquí tiene un alumno que le recomiendo.

Después le susurró algo al oído, señaló un asiento vacío precisamente delante de mí y desapareció sin tan siquiera despertar nuestra atención.

—¿Quiere tener la amabilidad de decirme su apellido y su nombre? —preguntó don Luis con ojos cansados al recién llegado.

—Ángel Bigas —proclamó él.

—Repita. Más alto.

—Ángel Bigas Young.

A continuación se sentó.

¿Si era listo? No en el sentido que los maestros querían. A veces, en mitad de la clase de don Luis, algún compañero le soplaba por lo bajo la cita de Julio César.

—Ángel Bigas vive en la luna... Bigas, no se duerma... Bigas, despierte... Bigas, deje de pensar en las musarañas...

Tal era la eterna cantinela de don Luis, que repetía aquellas palabras abriendo mucho los ojos.

Desde el principio nos unió el interés por los libros de viajes y los folletines de aventuras. A diferencia de la mayor parte de nuestros compañeros, que parecían tener un desmesurado espíritu práctico, y ya habían decidido su orientación para el futuro —serían abogados, ingenieros, banqueros, médicos—, lo único que sabíamos nosotros dos era que deseábamos llenarnos los ojos con todos los países que nos ofrecía la imaginación. Todos nuestros sueños podían resumirse en una frase: la vida estaba fuera.

Fuimos inseparables desde el principio. Al salir del instituto nos gustaba pasear perezosamente por el Arenal, mirando los remolinos del agua bermeja por los residuos de las minas, examinando los barcos que habían contagiado al comercio local una cierta corrección y una cierta moralidad británicas. Cada uno tiene su alcohol. Nosotros teníamos suficiente con el vino de la aventura del que estaban impregnados los cascos de aquellos barcos: historias de esclavistas codiciosos, de piratas que degüellan en silencio, de tormentas devastadoras e islas afortunadas.

Algunas tardes, Ángel me invitaba a acompañarle al escritorio de su padre dando un paseo río arriba por el muelle. Yo aceptaba encantado, y nos íbamos a pie tranquilamente.

—Mira, ¿ves ese vapor? —decía—. Está cargando productos de nuestra fábrica para Inglaterra.

Enseguida cambiaba de tema y me contaba cómo su bisabuelo tuvo que huir a Francia con los restos del ejército de Napoleón.

—¿Te imaginas? —decía—: miles de españoles del partido afrancesado, rotos y desesperados, perseguidos por los soldados de Wellington y los despiadados guerrilleros de Mina, huyendo por el camino de Salvatierra hacia los Pirineos, entre convoyes custodiados por coraceros polvorientos y fatigados soldados de infantería.

En la voz de Ángel, el bisabuelo cabalgaba perplejo y alucinado, abrazado a su propio desamparo y a su derrota frente a todos, pensando en la revolución que se había desvanecido. Noche y día huyendo hacia el norte, hacia la frontera.

Por esa época, cuando ya ocupaba el trono Fernando VII y había restablecido el Santo Oficio, la Inquisición esquilmó concienzudamente la biblioteca que aquel bisabuelo recién expatriado había heredado de su padre, famosa en su época por la profusión de libros franceses.

—Rousseau se equivocaba, Andrés —comentaba Ángel a modo de sentencia—. El hombre es una bestia para el hombre, que mata sin tener la excusa de buscar alimento.

Yo escuchaba encantado aquellas historias que habían alumbrado como fogatas crepitantes la niñez de mi amigo, y siempre intentaba, a veces en vano, llevarle hacia aquel pasado rico en color.

—¡Una revolución que se anuncia con campanas y sermones! —exclamó en cierta ocasión, después de recordar el dolor que tuvo que producirle al bisabuelo la pérdida de sus libros—. Ya me dirás tú qué revolución fue esa de 1808.

Otros días la conversación se deslizaba por los caminos de la literatura. Ambos leíamos mucho. En aquellos tiempos Ángel andaba sumergido en la tercera serie de los *Episodios nacionales,* aunque por quien realmente sentía fascinación era por Stendhal. Para él no había novela comparable a *La cartuja de Parma.* ¿Conoce el libro? Claro, como todo el mundo. A mí, si he de serle sincero, me gustaba más Dumas: *Los tres mosqueteros, El conde de Montecristo.* Pero a lo que iba. Al fin, tras un largo periplo en que hablábamos sin parar de los tiempos en que el barco de vela todavía dominaba el mundo, llegábamos al escritorio, que estaba en un caserón antiguo, casi al final de Ripa, rodeado de almacenes, tinglados y grúas. Allí todo olía a inglés, hasta el traje del señor Bigas.

—¿Qué buen viento os trae por aquí? —solía preguntar don Alejandro tan pronto como nos veía asomar por la puerta de su despacho.

Don Alejandro era corpulento como un jinete cosaco, con el cabello gris cortado al rape y un bigote que parecía el de un militar inglés destinado en Afganistán. A pesar de los mil rumores que circularon después de la quiebra, era un hombre por encima de su clase y de su época. Un filósofo de los negocios. El más admirable, tal vez, de aquellos industriales que se apoderaron de las montañas y fueron ricos como príncipes.

—Todo lo que toca don Alejandro lo transforma en oro —decía la gente.

No obstante, el único secreto de aquel éxito era que había trabajado muchísimo.

—Nada sustituye al trabajo, ni los títulos, ni el aplomo, ni la suerte —solía decir.

Pero la mayor influencia de Ángel fue la de su tío abuelo Gustavo... Así que Carmen ya le ha hablado de Gustavo. Valle-Inclán y Manuel Machado admiraban sus versos, pero para la familia fue solo una cruz. Fue la pesadilla de la casa. A Ángel y a mí, en cambio, su vida nos parecía la quintaesencia de la aventura. Todo lo que soñábamos en nuestros largos paseos por el muelle lo había vivido aquel lejano y turbulento personaje que se fue de España como de una ciudad de muertos.

—Bebe y al diablo lo demás, especialmente el diablo —se reía Ángel—. ¿Te imaginas, Andrés? —Sus ojos se volvían evocadores de cosas jamás vistas—. Dejar esta ciudad de curas y mojigatos para despertarte días después frente a Veracruz, camino del palacio imperial de Maximiliano y Carlota.

Un amigo, creo que fue Julianito Zuazo, le dijo una vez que su tío abuelo Gustavo había sido un embustero y un fantoche. Ángel le contestó:

—Te creo. Comprendo que para ti haya exagerado en sus poemas. Tú te llenas con muy poco.

¡Qué vida la de Gustavo Bigas!

Recuerdo nítidamente la imagen de Ángel cuando, al entrar una mañana en el instituto, me dijo:

—Tengo algo maravilloso. No he dormido en toda la noche. Estuve leyendo.

Recuerdo el viento feliz de su entusiasmo, un entusiasmo tan rico, tan contagioso que en más de una ocasión me empujó en admiraciones extravagantes que no me conmovían en el fondo. Sí, así era Ángel, como una galerna que no se puede resistir. Aunque he de decir que en esta oportunidad mi fervor debió muy poco al contagio. Me parece verle ahora, en clase de latín, y después, cuando pasamos frente a la iglesia de San Nicolás rumbo al café Boulevard. Por un azar, había encontrado un legajo de cartas escritas desde Méjico por su tío abuelo Gustavo. Puede imaginar la excitación que produjo en mi amigo la lectura de aquellos papeles de caudal mitológico, rescatados del polvo y la desidia de los años. No cabía en sí de emoción.

—Es un tesoro más fabuloso que el de la Hispaniola —me aseguró por el camino, confiado en el efecto que a mí también me produciría aquel inesperado hallazgo.

Nos sentamos en una mesa del café Boulevard y leímos sin interrupción hasta que la noche se desparramó por el Arenal en calma, silenciosa y devoradora. Por nuestra imaginación desfilaron los bailes en la corte de Maximiliano; la orgullosa vulgaridad con que se desenvolvía el gordo y cínico mariscal Bazaine; el bárbaro amanecer de las ejecuciones; las noches ardientes de los trópicos; el torbellino de las batallas; los amores con una mulata en la paz del mediodía; la marcha a Europa de la emperatriz Carlota para pedir ayuda a todos los que en un principio habían motivado aquella desastrosa quimera, especialmente Napoleón III y su esposa Eugenia de Montijo, pero también el papa Pío IX.

Aquellas cartas pertenecían a la historia con mayúsculas, pero parecía que hubieran sido escritas para Ángel y para mí. Sí, así es como lo veo hoy. Recuerdo que interrumpimos la lectura justo cuando el mariscal Bazaine abandonaba Méjico seguido de su ejército, plegando la bandera tricolor ante el ventarrón amenazador que se avecinaba desde el norte. Mire, aquí está. El pasaje del que le hablo:

> Méjico, 12 de febrero de 1867. Por fin llegó el día: Bazaine se fue con su horda a Europa. Los soldados franceses formaron en la plaza principal y a continuación desaparecieron. Hoy, más que nunca, temo por el futuro del emperador. Pues aquí falta de todo: dinero, tropas, cañones, caballos, honestidad. Es como si la muerte viniera a anunciarnos con esta última jugada de Bazaine su propósito. Un primer golpe de guadaña para probar el filo de la hoja.

¡Si hubiera visto a Ángel aquella tarde! Dijérase que algo muy sutil se le había metido en las venas. Ni yo, que creía conocerlo bien, lo había visto nunca tan encantado, tan fascinado.

—Aquellos eran tiempos de verdad —dijo levantando la mirada de los apretados renglones, como si acabara de reponerse de una descarga eléctrica—. Al menos, los hombres se jugaban la vida por lo que creían. Tenían sed, Andrés... Sed de placer. Sed de vivir. Sed de morir.

Recuerdo aquella tarde. Y los veranos que pasé en el Palacio de Portugalete, invitado por Ángel. Recuerdo que mi madre me animó enseguida a aceptar aquel honor. Supongo que impulsada por las grandes esperanzas que para mi futuro le hizo alimentar la amistad con gentes cuyo prestigio se afirmaba desde los tiempos inaugurales del reinado de Carlos IV. Como ya le he contado, era viuda. Y tan pobre que ambos vivíamos en un antiguo caserón de las Siete Calles con las dos hermanas solteras de mi difunto padre. Ellas también saltaron de alegría el día que pedí permiso para ir a pasar las vacaciones de verano a casa de los Bigas. Aquel apellido vibraba en la ciudad como una campana de oro, y esa campana tañía delicadamente en los oídos de aquellos dos carcamales.

—Pégate a ellos, pégate a ellos —me dijo la tía Rosario después de darme un sonoro beso con olor a col hervida y anís.

Fueron, posiblemente, los veranos más dichosos de mi vida. Y no es extraño, puesto que, a fin de cuentas, yo no tenía más que un deseo, huir de casa de mis tías, cambiar de nombre, cambiar de aire. Y el palacio de los Bigas era uno de los lugares más hermosos que he visto nunca.

¡Cincuenta años! Vuelve la imagen de aquellos días a mi mente como restos de un naufragio que las olas arrojan a la playa. Allí fue. Allí. Hace casi cincuenta años. Don Alejandro contaba entonces cincuenta y nueve. Don Ramón, ya viudo, superaba los ochenta. Carmen tenía diecisiete.

Aquellos seres eran tan distintos de cuanto yo había visto en mi casa. Y aquel palacio... Los cuidados jardines que rodeaban la construcción de cuatro plantas, los pavos reales que andaban majestuosamente entre las coníferas y las paulonias, el agua cayendo a borbotones en el estanque cubierto de nenúfares, el pequeño teatro, la capilla neomudéjar, el mirador sobre el Abra, el ruido del surtidor frente al portalón de la entrada, la profusión de arañas, los espléndidos salones, la cúpula de cristal que separaba el último rellano del cielo... ¿Usted conoció la casa? Bueno, en ese caso no tiene sentido que se la describa.

En aquel tiempo, Ángel y yo éramos capaces, o eso al menos creíamos, de emprender grandes hazañas. Sí, íbamos a viajar por el azul del atlas y las ilustraciones coloreadas de las enciclopedias. El Cuerno de Oro, el golfo de Bengala, el mar de la China y de las Antillas... Íbamos a poseer siempre la vitalidad de nuestros modelos literarios.

—Hay algo peor que la sarna —decía Ángel—: los goces y los amores rutinarios, los matrimonios por hectáreas, el patriotismo de los políticos de turno.

Ambos éramos demasiado jóvenes para ser todavía sencillos. Lo nuestro sería una vida impulsiva, bien alta. Era fácil imaginarnos, a los veinte años, convertidos en Fabricio del Dongo o en exploradores de la Corona británica. Solo nos interesaban cosas que no se podían comprar ni vender. ¡La pasión fuerte de los audaces! Esa sí era una moneda de oro inalterable, la verdadera, la única que merecía la pena poseer. Hablábamos de los placeres de una existencia sin hogar, de libros, del pasado, del tío abuelo Gustavo y su intensa vida aventurera. Soñábamos.

¡Cuánto tiempo ha pasado! Allí, a la edad de catorce años, empecé a envejecer. Porque ese porvenir que Ángel y yo fabricábamos con la materia de nuestros sueños, yo lo imaginaba junto a Carmen. A esa edad... Puedo cerrar los ojos y evocar hasta el menor de sus gestos.

—Debería existir una Inquisición establecida especialmente para quemarla —dijo de ella el senador Iturbe en una ocasión.

Las cosas ocurrieron así. En aquel tiempo don Alejandro y sus hijos solían ofrecer a los invitados breves funciones en el teatro del jardín. Una tarde en que vendrían varias amistades de don Alejandro a cenar —especialmente el senador Iturbe y su esposa—, Ángel, Carmen y yo resolvimos interpretar unas cuantas escenas de *Cyrano de Bergerac*. Había, cerca del pequeño teatro del jardín, una casita de madera, un disparatado desván donde hallaban albergue los restos más extraños de lo que hoy podría llamarse un museo romántico: arañas antiguas, jarrones de porcelana, consolas doradas, miniaturas, abanicos comidos por el polvo, varias espadas de la guerra carlista. Pues bien, allí nos encerramos aquella tarde para mudarnos la ropa y convertirnos en Cyrano, Roxana y Christian de Neuvillette.

A la luz de un viejo candil que pusimos sobre un baúl, nos desvestimos. Carmen lo hizo tras un viejo biombo abandonado en un rincón y Ángel tras un despanzurrado ropero. Sin imaginar lo que pronto sucedería, yo me fui quitando la ropa al amparo de un arca del tamaño de un tonel. Súbitamente creí oír el rumor de unas voces, pasos y la risa ahogada del senador Iturbe, y me asomé a la ventana. En efecto, era él. Los invitados habían llegado. Me volví para decírselo a Ángel y quedé como embrujado. Detrás del biombo había un enorme espejo, y en su turbio cristal se reflejaba el cuerpo desnudo de Carmen.

Fue como un deslumbramiento. Póngase en mi piel por un momento. Yo entonces me enamoraba en los libros. Yo no había visto antes jamás a una mujer así, una mujer desnuda. Para mí una mujer desnuda era algo que no existía, algo pintado, de Tiziano, de Velázquez, de Goya. Y, de pronto, en aquella caseta de trastos inútiles, Carmen me reveló sin querer el secreto de la carne femenina, el esplendor de su cuerpo esbelto y hermoso, su blancura alucinante, realzada aquí y allá con ligeras pinceladas de sombra. El corazón me latía con fuerza en el cuello, como si fuera a salírseme del cuerpo.

Quedé hechizado. No puedo precisar cuánto tiempo transcurrió. Recuerdo que después de un rato que me pareció larguísimo sentí que ella se cubría con un vestido. No sé cómo me puse el traje siglo XVI, ni entiendo cómo tuve ánimos para subir al escenario, disfrazado del mosquetero Christian. Tampoco recuerdo nada de la función, aunque debí de actuar como un sonámbulo, porque, después, durante la cena, Ángel me preguntó:

—¿Qué te pasa?

—Nada, qué me va a pasar —respondí azorado.

—En el escenario parecías confuso —insistió.

—¿Yo? —pregunté.

—Te estás poniendo colorado —comentó y, como sucede siempre en esas circunstancias, enrojecí más.

Si le repito que parecía hechizado digo poco. La noche era calurosa, repleta de estrellas, con una luna llena que convertía la superficie del mar en una pista de baile. El jardín estaba lleno de farolillos de papel que iluminaban los árboles y desplegaban sobre el césped una avenida fulgurante. La cena, dispuesta en el mirador, era copiosa. Todos parecían disfrutar de las anécdotas del senador, que hacía gala de su sarcasmo para provocar las carcajadas. Hasta Ángel parecía divertirse, y eso que el senador nunca le fue simpático. Todos se divertían menos yo. La imagen frágil y desconcertante del espejo ardía en mi cabeza como dentro de una hoguera, como si me hubieran arrancado los ojos y esos ojos siguieran asidos al cuerpo desnudo de Carmen.

Sí, me sorbió la voluntad. La miraba reírse, moverse, sentarse y andar y no era dueño de mí. Nada me atrajo ya aquel verano. Ni los libros, ni las excursiones en el velero del señor Bigas, ni las regatas del Sporting, ni las historias de mi amigo, ni los papeles del tío abuelo Gustavo. Día y noche, la visión de la casita del jardín me alimentaba y me consumía. ¿Qué me importaba la llegada del rey al Abra? ¿Qué me importaba que a poca distancia, en la finca de los Martínez de Lejarza-Rivas, hubiera establecido su cuartel general Dorregaray, el jefe de los sitiadores de don Carlos? ¿Qué me importaba la locura de la reina Carlota? También yo tenía mis luchas, mi desgracia.

Al principio, Carmen no comprendió nada de ese deseo febril que la rondaba sin cesar. Yo aprovechaba cualquier ocasión para conversar con ella, y así surgió una amistad confusa. Sí, ella tardó en percatarse de que aquellos ojos de adolescente, aquellas mejillas, tan pronto pálidas como muy sonrosadas, aquellas manos temblorosas y dominadas al mismo tiempo, aquellos silencios, aquel flujo de palabras precipitadas significaban algo distinto de la vergüenza, la duda y la desazón de la edad, e incluso más que el simple deseo romántico.

Tardó, pero al final adivinó las ideas que me alimentaban y a la vez me consumían. Y entonces ocurrió lo que suele suceder en este tipo de historias. Una tarde que ensayábamos para representar en el teatro del jardín una lectura de poetas modernistas, Ángel y yo nos pusimos a hablar de Rubén Darío. Él habló de las noches de París. Y yo cité de memoria esos versos del nicaragüense acerca de las vírgenes locas por la lujuria, madre de la melancolía. Aún los recuerdo:

Te posas en los senos, te posas en los vientres
que hicieron a Juan loco e hicieron cuerdo a Pablo.
A Juan virgen y a Pablo militar y violento.

Ella se rio. Carmen se rio con una risa que yo no había oído jamás. Y dijo:

—¡Qué sorpresa! No sabía que habíamos acogido en casa a un pequeño sátiro.

La odié. No se imagina cómo la odié. ¿Qué era yo para ella? Nada. Un pobre crío. La certidumbre de que no me veía más que como una especie de Oliver Twist me desesperó. No sabría decirle la miseria de los días que siguieron a aquella tarde, la constante, implacable, devoradora angustia interior. La tristeza crecía y rompía todos los diques. Me sentí vencido por ella. Quise más que nunca hacerme marino. Para irme lejos. Por los mares. O desangrarme, como los antiguos romanos de los que nos hablaba don Luis, el maestro. Como Séneca, en un baño de agua caliente.

—Parece que te ha enloquecido a ti también —me dijo Ángel unos cuantos días después.

—¿Por qué lo dices?

—Porque no te has separado de sus faldas en todo el verano.

En los ojos de mi amigo había un destello de comprensión. Entendía mi estado de ánimo.

—No es verdad —mentí, irritado por la observación de Ángel.

Estábamos en el jardín, y solos, pero los dos hablábamos en voz baja, como si alguien pudiera oírnos, como si nos estuviéramos confiando terribles secretos que ni los grillos ni las hormigas debían conocer.

—No te engañes —dijo Ángel reflexivo, mirando a lo lejos, allí donde unos cuantos veleros surcaban la corriente con lenta dignidad—. Ella, Andrés, es la clase de mujer que se casa por hectáreas.

A poco sentí su mano serena, leal, sobre mi hombro. Sus dedos acentuaron la presión.

—No es para nosotros —añadió con una tristeza mortal, presuntuosa, como si tuviera en la boca arenas de sal.

Nunca, ni antes ni después, me sentí tan cerca de mi amigo como en aquella ocasión, ni cuando leímos juntos los papeles del tío abuelo Gustavo, ni cuando nos confiábamos nuestros proyectos para el futuro, ni más tarde, cuando me habló de la ruptura con María Daza o me contó el romance con la rusa.

¿Tiene prisa? ¿No? Eso está bien. No, no. Me alegra que haya venido. En cierto sentido, me conmueve su interés por Ángel. ¿Le parece que cenemos y continuemos después la conversación? Magnífico. Si no le parece mal, pediré a mi esposa que nos sirva una cena fría aquí mismo, en la biblioteca.

Ella se casó con Eusebio Arieta. Fue una boda esplendorosa, digna de la magnificencia de los Bigas. El regalo de don Alejandro fue el plano de una casa que se edificaría sobre los acantilados del Abra, un palacio inspirado en los mismos que decoraban las playas de Ostende. A costa del industrial, claro. ¡Eusebio Arieta! Un ambicioso rectilíneo, sin el menor escrúpulo. Pero ¿de qué sirve darle vueltas a las cosas? ¡Ha pasado tanto tiempo desde entonces! Recuerdo... Recuerdo que la devoción que yo sentía por Ángel a punto estuvo de torcer el curso de mi propia vida. Fue en la época de la universidad, cuando casi lo acompañé en los azares de una carrera hacia la cual no tenía yo inclinación alguna.

—Lo que te conviene es Medicina —insistía mi madre, ignorando las quejas de mis tías, que seguían empeñadas en estimular mi amistad con Ángel—. Medicina es una carrera seria, de porvenir. Lo otro, el Derecho, los viajes, la novelería... déjalo para tu amigo.

Se quedaba pensativa, y después, como si cualquier intento de imitar a mi amigo fuera ridículo, una esperanza sobre la que ni siquiera tenía derecho, añadía:

—Ángel es rico, y los ricos son distintos. Pertenecen a otro mundo.

No tuve más remedio que acceder a los deseos de mi madre, y con la recomendación del doctor Areilza y el empujón económico de don Alejandro ingresé en el Real Colegio de Medicina y Cirugía de San Carlos.

—Andrés —me dijo el señor Bigas con autoridad patriarcal—, emprende tus estudios tranquilo. Después irás a Francia y Alemania. Estudia. No vaciles ante los gastos.

Sí. La universidad me alejó de Ángel, que completó los estudios de Derecho y después preparó las oposiciones al cuerpo diplomático. Al principio seguí viéndole en Madrid, pero poco a poco el rigor de los horarios, mi consagración por entero a los estudios y su afición a las tertulias literarias pusieron entre nosotros una distancia que fue ensanchándose más y más. No, la universidad no le gustaba. Las clases le aburrían. No quería andar con libros viejos y códigos venerables. Quería vivir; escribir; viajar. Necesitaba el mundo, sin confines. ¡Todo de pronto! ¿Hacerle esperar?, ¡qué injusticia! Aún recuerdo la tarde en que se presentó en el café Lyon d'Or y leyó el despacho que acababa de recibir en su casa de Portugalete:

—Su majestad el rey —decía aquel documento— ha tenido a bien nombrarle secretario de tercera clase y destinarle con esta categoría a su Legación en Bucarest.

Ambos habíamos prolongado las vacaciones de verano, y, como acostumbrábamos por esas fechas, nos habíamos dejado caer por el Lyon d'Or, cuya tertulia frecuentábamos desde antes de la Semana Trágica. El Lyon d'Or, sí, en la Gran Vía de Bilbao. El rincón tertuliano se hallaba entrando a la derecha y cabían en él, las tardes de lleno, hasta veinte o veinticinco personas. Allí se fumaba, se bebía y se charlaba de literatura nacional y extranjera, de arte, de filosofía, de historia y religión, y se hacía preferente consumo del tema político. Aquella tarde presidía el doctor Areilza, que conocía a las mil maravillas el secreto de los salones dialogantes del Siglo de las Luces. A su lado se encontraban tu padre y don Pedro Eguillor, y en derredor de Eguillor, como una guardia suiza armada de lecturas, unos cuantos muchachos que aspiraban a beber el cáliz de la literatura. Todos cultivaban una pose artificiosa de artistas del Renacimiento. Eran José Félix de Lequerica, Mourlane Michelena, Sánchez Mazas, Ramón de Basterra... Me acuerdo bien. Era el año 14. El asesinato de Sarajevo había desencadenado la Primera Guerra Mundial. Recuerdo que el doctor Areilza y Pedro Eguillor felicitaron a mi amigo por su nombramiento.

—Ten siempre presente tu Ítaca, mas no apresures el viaje —dijo Michelena alzando su copa.

Todos aplaudimos y brindamos por una buena estancia de Ángel en Bucarest. Al rato, como era costumbre desde el atentado de Sarajevo, la conversación fluctuó hacia la guerra. Unos decían que sería breve y que pronto llegarían los ejércitos alemanes a París. Otros que sería una guerra larga, tremenda... Discúlpeme, divago... Decía que Ángel quería vivir, viajar.

—Existen en el mundo sitios en los que tendría que estar y donde no estoy —recuerdo que exclamaba cuando aún era un adolescente.

Llegó a estar en muchos de ellos, y más pronto de lo que se imaginaba. Ahí están las cartas que me envió desde Rumanía. Sí, Bucarest. Sin esas cartas no creo que pueda encontrar las respuestas que busca. ¿Por qué?, pregunta usted. Porque en Rumanía su existencia tomó un giro que jamás hubiera sospechado. Allí conoció a la rusa. Se llamaba Olga Rykova... Sí. Aún guardo esas cartas. Pero me temo que he vuelto a perder el hilo. El tiempo y nuestras respectivas profesiones, le decía, establecieron entre Ángel y yo una lejanía poblada por otros intereses, otras personas... Resumiendo, otra vida. Por supuesto, cada vez que cayó en mis manos un escrito suyo, le mandé unas líneas, estimulándolo. Y nos vimos a veces en vacaciones, pero sin la antigua intimidad, sintiéndonos, curiosamente, muy próximos y muy distantes el uno del otro, como si nos miráramos desde las dos márgenes opuestas de la Ría. Después llegó su ruptura con Eguillor y la gente de la tertulia del Lyon d'Or. Y ya no lo vi casi nunca. Aquello ocurrió durante la dictadura de Primo de Rivera.

Sí. Fue terrible que terminara así su vida. Aún tan joven, con tantas posibilidades... Así es, le han dicho bien. En aquellas fechas parte de la casa era ya un hotel de lujo. Hotel Ostende. Pero aquel mes de septiembre el único huésped era Ángel.

Recuerdo que el teléfono me despertó a eso de las dos de la madrugada.

—¿Doctor Hurtado? Soy el comisario Sáez. Ángel Bigas se ha suicidado esta noche. Vístase, le envío un coche ahora mismo.

El teléfono hizo clic. Yo insistí:

—Oiga, oiga.

—Han colgado señor —dijo la telefonista—. La comunicación se ha cortado.

Era una noche deliciosa. En el cielo brillaban tímidamente las estrellas y las calles se veían quietas, solitarias. La casa apareció de repente, y lo primero que pensé fue que se había vuelto extrañamente irreal. Nada había cambiado, pero había cambiado todo. Recuerdo que estuve un tiempo mirando el lugar antes de abrir la verja de hierro y que al caminar hacia la casa pensé que aquel lugar ya no era el Edén de mi adolescencia. Se había convertido en una tumba.

Toqué el timbre y abrió un guardia grandote de lacio pelo rojizo. El comisario Sáez y Eusebio Arieta me recibieron en el salón donde, años atrás, mi amigo me había enseñado el retrato del tío abuelo Gustavo. Ambos estaban sentados cuando entré. Fumaban y conversaban en voz baja, y se pusieron en pie en cuanto notaron mi presencia.

—¿Puedo verle? —pregunté.

—Para eso se le ha llamado —contestó el comisario, y esbozó una sonrisa que me pareció servil.

Sáez tenía una cabeza como una bola de billar y la piel del rostro del color de un viejo pergamino. No había cumplido los cincuenta años, pero era fácil atribuirle diez años más. Andaba pesadamente, muy lento, como un animal cansado, o tal vez un animal al acecho.

—Andrés... Carmen y yo le rogamos la máxima discreción —dijo Eusebio—. Comprenderá que un gran desfile de periodistas y reporteros es lo último que nos hace falta ahora.

El comisario hizo un movimiento de aprobación. A esas alturas ya flotaba entre ambos una clara corriente de complicidad.

—El doctor se hace cargo —apuntó el comisario mientras rellenaba su copa de coñac—. ¿Verdad, don Andrés? Todos estamos en la misma balsa. Todos queremos evitar el escándalo.

Eusebio me miró largamente. Tenía una expresión contraída, irónica. Eso me pareció. O tal vez fuese la tensión nerviosa que debía experimentar. Súbitamente resurgió mi antipatía por aquel hombre. Lo detesté. Me pareció un vampiro que se había apoderado de la mujer que yo tanto había deseado en la adolescencia, y ahora quería adueñarse de la muerte de mi amigo. Por un instante, sentí el desmayo de los vencidos.

Se abrió un silencio violento, solo redimido por el sonido de una sirena, tal vez un barco.

—Bueno —dijo de pronto el comisario—, vayamos a ver al muerto. El tiempo apremia.

Hizo un gesto con la mano, invitándome a acompañarlo a la habitación contigua. La puerta del despacho de Ángel estaba entornada y chirrió al abrirse.

—Blanco y en botella —oí que me decía el comisario.

La luz de la luna entraba por los grandes ventanales, proyectando un pálido resplandor sobre las estanterías repletas de libros. Primero vi a Ángel, desmadejado sobre el escritorio de caoba, con la cabeza caída hacia delante, una mano aún aferrada al revólver y un brazo colgando en dirección al suelo. Alrededor todo era rojo, como si la sangre se hubiera convertido en eco de la sangre.

No pude evitar un estremecimiento. La habitación, el cuerpo rígido, las manchas de sangre, los ojos azules de Ángel que aún no habían adquirido la lejanía que necesitamos darle a la muerte... Todo dio vueltas a mi alrededor. Por un momento, sentí que las piernas me flaqueaban y aspiré profundamente el aire. Entonces descubrí la nota. La tinta de la pluma se había mezclado con la sangre, pero aún era legible.

¿Si recuerdo qué decía? ¿Cómo iba a olvidarlo?:

> Basta de palabras. Un gesto. Morir es diferente de lo que todos suponen, y más fácil.

Discúlpeme. Pero esa nota es como un silencio destinado a permanecer ahí, como llagas que no se curan porque les falta tejido para hacerlo. ¿Le importa si lo dejamos? No, no tengo mucho más que añadir. Del alijo de armas en Asturias sé lo que dijeron los periódicos y se habló en la tertulia del Lyon d'Or, en esos días acaparada por la política. Ni más ni menos. No, de ninguna manera. Usted no molesta. Pero entiéndalo. Son recuerdos muy tristes. Y se nos ha hecho tarde. A las ocho de la mañana entro en el hospital.

## DIARIO DE LAS SESIONES DE LAS CORTES

15 de febrero de 1935

## CONGRESO DE LOS DIPUTADOS

*Propuesta de acusación formulada por el Sr. Goicoechea y otros Sres. diputados contra D. Manuel Azaña Díaz.*

**TERCERO.** La gestación de la compra de aquel cargamento de armas y municiones por D. Horacio Echevarrieta fue como sigue:

Echevarrieta estaba en íntimo contacto con un grupo de emigrados políticos portugueses, entre los que figuraban Alberto Moura Pinto, Jaime Alberto de Castro Morais, Cortesão (...), y además tenía como agente suyo al conspirador internacional y traficante de armas Ángel Bigas, relacionado con aquellos portugueses.

Por los años 1931 y 1932 esos emigrados, que trabajaban activamente para promover una insurrección contra el régimen político constituido en su país y que contaban con el apoyo moral y material de muchos republicanos españoles y hasta con el Gobierno que entonces presidía D. Manuel Azaña, propusieron a Echevarrieta que les ayudara en sus proyectos, dándoles dinero. Al principio, Echevarrieta se negó, alegando que no tenía capital. Además les dijo que un movimiento de tal índole necesitaba por lo menos ser apoyado o conocido por nuestro Gobierno, y ellos le contestaron «que el Gobierno de España tenía noticias y había aprobado el movimiento en un consejo de Ministros».

Echevarrieta, con el pretexto de que el Gobierno le comprara un submarino que había construido en sus astilleros de Cádiz, se entrevistó con el Sr. Azaña y este le hizo indicaciones de que apoyaría su deseo respecto al submarino, pero él debía ayudar a los revolucionarios portugueses dándoles un par de millones de pesetas.

El mismo Sr. Azaña, conocedor de que lo que principalmente necesitaban los portugueses eran armas y municiones, de acuerdo con Echevarrieta, que estaba dispuesto en tal sentido, le envió a entrevistarse con el coronel D. Abilio Barbero, vocal del Consejo del Consorcio de Industrias Militares.

**CUARTO.** Entabló Echevarrieta, a partir de aquella presentación, relaciones con el Consorcio, especialmente con Barbero, que representaba al ministro de la Guerra, y con el entonces coronel don Rafael López Gómez, consejero-gerente, a los que hizo proposiciones de compra de armas y municiones para enviar a Etiopía y pidiendo precio y forma de pago.

El Consorcio tenía establecido como norma general para las ventas a particulares que el pago del pedido se hiciera por adelantado o, todo lo más, entregando un primer plazo del precio al hacer el pedido, y el resto al recibir la mercancía, cuya entrega se hacía en los respectivos establecimientos de fabricación. Como estas condiciones no convinieran a Echevarrieta, el Sr. Azaña le expresó a

Barbero que se las mejoraran, porque tenía verdadero interés en servirle.

Lo hizo presente así Barbero al Consejo del Consorcio, y entonces surgió en el seno de este el dilema de cumplir con Echevarrieta las condiciones establecidas para todo comprador o hacerle unas especiales y más beneficiosas, en consideración a los deseos vivamente expresados por el ministro de la Guerra de favorecerle. Se discutieron ampliamente los términos del dilema, y la opinión más generalizada entre los vocales, especialmente entre los que no pertenecían al Ejército, era la de que no se concediera trato de favor a Echevarrieta. Pero el Sr. Azaña insistió por mediación del coronel Barbero para que se accediera a las exigencias de Echevarrieta, alegando que aquello era deseo suyo y del Gobierno, y esta reiterada indicación y el peso que el criterio del ministro ejercía sobre la mayoría de los vocales, que, como militares, eran subordinados suyos, arrastró a todos a tomar el acuerdo de acceder a los deseos de Echevarrieta, saltando por encima de las normas convenidas para las ventas. Influyó poderosamente también sobre ellos la consideración de que el ministro, como jefe del Departamento de Guerra, que era el cliente principalísimo y casi único del Consorcio, podía favorecer o perjudicar decisivamente la marcha del organismo.

Hizo, pues, saber la Gerencia del Consejo a Echevarrieta que para el pago del pedido admitirían letras aceptadas por él, con tal de que las avalase algún banco; pero aquel rechazó la propuesta, alegando que ello daría a entender a los bancos que su crédito no era suficiente para la operación. Enterado de esto por el coronel Barbero, el Sr. Azaña insistió en que era preciso que se complaciera a Echevarrieta, a lo que el coronel contestó que podría avalar las letras el Estado, cosa que rechazó el ministro. Pero, como este repetía que había que complacer al empresario vasco, Barbero pidió que se lo mandase por escrito, a lo que el Sr. Azaña se negó, no sin repetir que tanto él como el Gobierno tenían verdadero interés en atender a Echevarrieta.

Tal era ese interés que el Sr. Azaña, presidiendo una reunión del Consejo de Administración del Consorcio en la que se trató de tal incidencia, defendió calurosamente la personalidad del Sr. Echevarrieta como patriota y como republicano, y capaz también económicamente de pagar aquel pedido, con lo que el Consejo se decidió a facilitar las armas y municiones con la única y mínima condición para el pago de que lo hiciera el comprador en letras aceptadas a noventa días después de la entrega o salida del material de cada fábrica...

**Horacio Echevarrieta y Maruri**
**Punta Begoña, Algorta, 22 de febrero de 1951**

Usted debe de ser el caballero que ha telefoneado a propósito de Ángel Bigas. ¿Sabe cuánto tiempo hace que no oigo mencionar ese nombre? Durante todos estos años he llegado a creer que nadie volvería a pronunciarlo, que su sombra se desvanecería en la noche de la historia, como un barco que se aleja para siempre en medio de la oscuridad del océano. Pero ¿quién le ha dicho...? ¡Claro, el senador Iturbe! El viejo león. ¿Entonces lo ha visto, a don Rogelio? Sé de buena tinta que sus hijos lo tienen recluido en un ala de su palacio del Ensanche por miedo a sus filípicas contra el régimen. Para su desgracia, el senador no tiene pelos en la lengua, y sus hijos temen que se repita el incidente que protagonizó poco después de la caída de Bilbao.

¿A qué me refiero? Ocurrió durante una cena con motivo de la reconstrucción de los puentes de San Antón, de la Merced y del Arenal. Según me contaron, el hijo del doctor Areilza acababa de pronunciar un discurso titulado *Mensaje de los puentes nuevos,* en el que recordaba el verso de Unamuno «Son mi Bilbao, tu corazón, los puentes...», cuando el senador se levantó de lo más tranquilo y dijo:

—¿Cómo es posible que no vean el error suicida que han cometido al desistir del poder político y entregárselo a una cuadrilla de militares ávida de prebendas? La Roma de la decadencia cometió el mismo suicidio, pero al menos lo hizo con la demente grandeza que consignaron Suetonio y Tácito. ¿Qué dirían —se preguntó en voz alta, como queriendo afirmar sus antiguas dotes de hombre público—, en sus abandonados y aparatosos mausoleos, los recios abuelos creadores de tanta riqueza al ver a sus hijos y nietos seguir un camino de servidores?

Aunque hemos tenido nuestras diferencias, aprecio a ese hombre. A pesar de las decepciones y la amargura, de las penurias de la guerra y la soledad, sigue ahí, firme, sólido. Pero debo reconocer que si sus alabanzas saben a gloria, su veneno puede ser mortífero. A mí, por ejemplo, hubo un tiempo en que me llamaba «Horacio Jekyll y Hyde», por mi vieja amistad con Prieto y mis buenas relaciones con Alfonso XIII. Viperino, ¿no cree? Claro que para muchos el senador está loco, pero también para muchos estaba loco Ángel Bigas e incluso yo mismo, sin ir más lejos.

—Don Horacio está loco —dijeron algunos cuando pagué cuatro millones de pesetas por el rescate de nuestros prisioneros de la guerra de África—. Mira que ir al corazón del Rif, negociar con esos salvajes y ofrecerse de rehén para garantizar el trueque.

Eso decían. Y también que yo quería hacerle a Abd el-Krim ¡sultán de la República del Rif!

Discúlpeme, no le he ofrecido nada. Pediré que nos traigan algo. Yo tomaré un té, porque el café me desvela. Me está viendo el doctor Hurtado. No me permite tomar más de una taza al día, la del desayuno. Tal vez usted prefiera una copa. ¿Whisky? ¿Escocés? ¿Cómo lo quiere? ¿Con hielo? Antes yo solía tomar brandi con champán. El champán tan frío como un iceberg, y aproximadamente el tercio de una copa de brandi debajo del champán.

¿Eso le ha sugerido el senador? Todos tenemos algo que ocultar. ¿Quién de nosotros no tiene un secreto? Pero dígame, Agustín. ¿Puedo llamarle Agustín? ¿Qué interés tiene usted en este asunto? ¿Qué quiere de mí? ¿Mi voz, mi historia, la historia de Ángel Bigas? Ah, ¡la verdad, la verdad! Qué cosa extraordinaria. Eso hoy no vale nada. Además, la verdad raras veces es la verdad. Por mi parte, puedo decirle que si Azaña no hubiera sido ministro de Guerra en el año 31 el escándalo del Turquesa no se habría producido jamás. Y aunque se hubieran hallado aquellas armas y cien mil más en las playas de Asturias, todo habría ido a parar al fondo del mar o a perderse en un polvoriento expediente de contrabando. Y aquí no habría pasado nada.

¡La prensa! No, no, caballero. A mi juicio, esa prensa que usted dice haber leído nunca persiguió la verdad, fuera la que fuese. Para ellos era lo de menos. Repare en las exageraciones, los engaños, las calumnias. Aún no habían pasado ni dos días desde mi detención y sus gacetilleros ya se inflamaban soltando adjetivos. Azaña era un pálido Danton de trapo. Prieto, un Robespierre gordo y cínico. Ángel Bigas, un traidor a su clase a quien la revolución no habría dejado muchos días para contemplar el incendio de Roma. Y yo..., de mí —que había rechazado el título de marqués del Rescate por coherencia con mis convicciones republicanas— se dijo que al mismo tiempo que recibía en mi yate de recreo a don

Alfonso XIII estaba financiando la revolución republicano-socialista de 1931. Si uno fuera capaz de fiarse de esas pruebas, el asunto sería más sencillo. ¿No le parece?

Se pregunta el motivo. Por qué me metí en el berenjenal de los emigrados portugueses. Se lo diré. Vi un buen negocio. Uno de esos negocios cuyo desarrollo es inseparable de los Gobiernos: la venta de mi submarino E-1, contratos para la construcción de buques de guerra en mis astilleros de Cádiz. Eso fue lo que me llevó a embarcarme en aquella intriga. Los hombres de negocios nunca hemos sido blancas palomas. Pero usted debería saberlo, usted es un Rotaeche. Su abuelo era de los que creían que, en cuestión de negocios, la moral convencional no existe. ¿Acaso no sabe que ganó una fortuna con la trata de negros?

—Hay que mojar en todos los caldos —solía decir—, sobre todo en materia de política y negocios.

¿Usted cree esa historia? ¿Cree usted que iba a comprometer mi reputación para volar en ayuda de los magnates del socialismo? Fui una marioneta. Todo el mundo me tomó el pelo. Nadie me advirtió del giro dado a la operación. Nadie me comunicó el acuerdo con Prieto. Créame, el más sorprendido fui yo. ¿Qué interés podía tener en ir a la conspiración contra la República?

—Háblenos de su amistad con el señor Prieto —repetía el juez que instruyó el sumario.

—De Prieto —respondía yo— no sé nada. Desde que dejó de llevar boina y cambió las fondas de Montmartre por los palacios de Madrid apenas sé de su vida. Me ve y se hace el desentendido.

Y fue así.

Más claro, agua. Tragué con el cuento. Y, de pronto, me vi enredado en una conjura a la que fui ajeno desde el principio.

Todo fue un enorme malentendido. Una gran burla. Muy desagradable, se lo aseguro. Nada sucedió como me lo había pintado. Nada. Imagínese la sorpresa cuando leí en la prensa la historia del alijo de armas en Asturias. ¿Qué podía hacer? Aquellas eran las mismas armas que habían estado almacenadas, a mi nombre, en Cádiz. Por mucho que me empeñara en esquivar la sombra de la sospecha, no había ninguna salida. Créame, me llevaron los demonios. Primero fui a entrevistarme con Moura Pinto. Parecía otro hombre. Era, como yo, un hombre atrapado.

—¿Por qué no se me informó? —le pregunté sin ocultar mi enfado—. ¿Por qué no se me notificó nada? No tenían derecho a comprometerme de esa manera.

—¿Qué otra cosa podíamos hacer? —contestó encogiéndose de hombros, con el aire agotado de quien desea olvidar una pesadilla—. Dada su antipatía reciente por Prieto, preferimos no darle cuenta del asunto.

Hizo una pausa como para dar mayor peso a sus palabras, y añadió:

—El amor a nuestra tierra... No sé si puede comprenderme.

—Depende de en qué sentido utilice la palabra —puntualicé.

Moura Pinto permaneció un instante absorto, como preparando algún comentario a mis palabras. En aquel momento, no parecía estar muy seguro de si éramos amigos o enemigos.

—Le ruego que no me obligue a entrar en detalles. Cuanto menos sepa, mejor.

—Pero ¿cómo han podido ser tan torpes?

Me callé. ¿Acaso tenía algún sentido insistir? La situación

estaba muy clara. Créame, nunca me he sentido más indignado. Al despedirme de Moura Pinto, no dije ni una sola palabra, ni siquiera adiós. Salí devastado. Quería tiempo para pensar. Pero tiempo era lo único que no tenía. La prensa ya empezaba a especular con el origen y el destino del alijo de armas. Traté de entrevistarme con el señor Valdivia, entonces director general de Seguridad. Pero fue inútil. Solo podía esperar, esperar tranquilamente a que la policía, por orden del juez, irrumpiese en mi casa. Y, como me temía, aquel momento no tardó en llegar. El día 15 me detuvieron y fui trasladado a la Cárcel Modelo. No saldría de allí en meses.

Recuerdo al juez interrogándome, mientras el fiscal seguía atento los progresos de la investigación con los ojos puestos en unas cuartillas escritas a máquina. Han pasado muchos años, pero me acuerdo perfectamente. Con el transcurso de los días, aquel juez se convirtió en una fiera implacable. Tenía una bomba de relojería en sus manos, un explosivo que podía arruinar la carrera política de Azaña y otros grandes figurones de la República, y no estaba dispuesto a concederme ningún respiro. Yo negué cualquier negocio con los socialistas, cualquier trato de favor con Azaña. Dije que no sabía nada, que no sospechaba lo que había podido suceder. Pero el juez objetó mi versión una y otra vez. De una manera u otra ya había tomado sus decisiones. Por fin logró exasperarme y no dudé en exclamar:

—No dejan de hacerme las mismas preguntas y continúo dando las mismas respuestas. Les he relatado mi versión de los hechos. Pero dicen que no se la creen, y además están aburridos de escucharla. Yo también. Todos estamos aburridos.

La cárcel es lo que es, y generalmente no merece la pena hablar de ella cuando se está fuera. Pasa allí dentro una cosa curiosa: en contra de lo que la gente cree, es un buen lugar para estar informado. Estando allí me enteré del suicidio de Ángel Bigas, y también del estallido y del espantoso final de la Revolución de Octubre. Aquello fue peor que un error; fue un crimen imperdonable. Ni siquiera durante la gesta bárbara de los carlistas hubo tanta crueldad, tanto encono y tan pavorosa falta de humanidad. Un día me acerqué a Moura Pinto, a quien habían detenido al día siguiente de entrar yo en prisión.

—No sé quién tiene la culpa de todo este desastre —le dije—, pero nos puede acarrear muchas dificultades. Ya verá usted. Eso sin contar con el mal ambiente que nos ha granjeado en el Gobierno.

—¿Qué otra cosa podía hacerse? —contestó mirando alrededor—. Hubiera sido terrible dejar que las cosas siguieran adelante sin intervenir. Mire mi país. Mire Alemania. Mire Austria. Su compatriota Bigas tenía razón. A este paso Europa dejará de existir.

Siendo sincero, he de confesarle que sentí lástima por Moura Pinto. Sus errores eran tan inexcusables, tan incomprensibles, que superaban el quijotismo, el egoísmo y la estupidez. En aquellos días apenas lograba disimular su tragedia. Era fácil notar que desde el apresamiento de las armas y la muerte de Bigas llevaba un peso encima que no le dejaba dormir. A veces, viéndole dar vueltas y vueltas por el patio de la cárcel, me recordaba al capitán Ahab, paseándose arriba y abajo por la cubierta del Pequod.

—Hicimos lo que se esperaba de nosotros —me dijo una tarde en el patio de la cárcel—. ¿Acaso había otro camino? De todos modos, nada ha terminado. Ahora aguantaremos lo que sea. Pero esta lucha seguirá, y ya veremos lo que pasa. Se aprende de los fracasos. Así fue siempre. Al final, el triunfo será del pueblo.

Fue la última vez que conversé con aquel hombre pintoresco, insomne y delgado como un caballero del Greco, que desesperaba del estado de su país y del mundo.

¿Ángel? Sí, no me olvido. Ángel Bigas era un soñador. Esa palabra lo explica todo para mí, pues sé que las realidades no transigen. Sí, la policía y el juez insinuaron algo peor que eso. Su participación fue primordial, consciente, meditada. Fueron él y Guzmán quienes encarnaron las trampas de la palabra, los sortilegios del idealismo que agita los demonios y luego no sabe qué hacer con ellos. Luis Martín Guzmán, sí, el generalito, confidente, amigo y colaborador directo de Azaña. Bigas y él escondieron a Azaña cuando el león moribundo de la monarquía daba su últimos zarpazos, y en gratitud y recompensa el Azaña ministro les mostraba consideración pública, les tenía de confidentes y consejeros. A Bigas le interesaba la política más que al propio Azaña.

Todo el mundo, empezando por la policía, dijo después: Prieto, los portugueses, Echevarrieta, Azaña y Bigas. Pero nunca fue así. Bigas estaba en combinación con el grupo revolucionario de los Budas mucho antes que yo, quizá antes que Azaña y Prieto. Él fue quien me presentó a sus cabecillas. Sí, sí: los señores Moura Pinto, Cortesão y Morais. Él, que ya había caído en la ciega inclinación de aceptar y embarcarse en empresas que descansaban en el aire, él, y no Prieto, como se afirmó más tarde, puso mi nombre sobre la mesa.

—He pensado en usted —me dijo, sentado en mi despacho de Claudio Coello— para un negocio que exige mucha discreción.

Recuerdo que sonrió. Luego añadió:

—Yo soy una especie de portavoz, un enviado.

—¿De quién? —pregunté.

—De mucha gente. Les he hablado de usted —recalcó—, y están interesados en que un hombre con sus relaciones les apoye. Sería muy valioso para ellos.

Así fue, créame. Él, con esa capacidad que tienen los hombres de letras para encontrar grandes personalidades y causas loables donde no hay ni lo uno ni lo otro, me propuso el negocio de los portugueses, y yo cometí el error de meterme en una empresa donde la muerte había establecido ya sus dominios y preparaba su cosecha de llanto y duelo.

Unos días después se presentaron en mi despacho tres señores portugueses con una carta de Ángel Bigas. Eran el señor Moura Pinto, el señor Morais y el señor Cortesão. Me contaron sus propósitos de derribar la dictadura portuguesa y, una vez conseguido esto, hablaron de llegar a una inteligencia material y espiritual con España, acuerdo que, según Cortesão, reportaría grandes beneficios a las dos naciones ibéricas.

—Juntos seríamos algo en el mundo —dijo Cortesão.

—Ya veo —dije—. Pero me interesaría saber primero qué poderes respaldan esta empresa.

—Muy lógico —intervino Morais—. Contamos con el apoyo del ministro de la Guerra, señor Azaña, y del presidente de la República, señor Alcalá-Zamora.

No hubo apretón de manos ni fórmula de despedida. Tan solo unas frases con las que quise destacar algunos términos de mi colaboración:

—Desearía —dije— que nuestras relaciones se redujeran a una mera contraprestación de servicios. Salvo contadas excepciones, cualquier contacto deben efectuarlo bien a través de mi secretario, bien a través de Bigas. Y, por supuesto, caso de tener complicaciones con las autoridades, dejarán mi nombre aparte.

Discúlpeme, estoy algo cansado. Ha pasado mucho tiempo. Un mundo... ¿Qué edad tiene usted, Agustín? Cuarenta. Cuarenta y uno. Yo tengo ochenta, más del doble, si es que la vida conviene medirla por años. A su edad yo me juraba el dueño del mundo. Da igual. La vida y el dinero son como el agua que resbala por una superficie llena de rendijas. Desaparecen, y cuando lo han hecho no podemos saber qué ha sido de ellos, ni en qué los gastamos... Pero a qué lamentarse. Nada perdura. Nada queda. Han pasado los Bigas, y yo, Horacio Echevarrieta, vizcaíno esclarecido, guipuzcoano honorario, padre de la provincia de Álava, hijo predilecto de Cádiz, exdiputado a Cortes..., pasaré también, y los que vendrán luego, y los otros.

¿Si lo sabía Ángel Bigas? ¿Si estuvo al corriente de las negociaciones con los socialistas? No lo supe entonces. No lo sé hoy. Y no creo que sea fácil averiguarlo. ¡Piense solo en la época! Aquel fue un tiempo especialmente turbio. Hubo una guerra, con eso está todo dicho. Aunque supongo que usted también recuerda esos días.

Podría decirse que sí. El grupo de los Budas jugaba en Madrid una partida de espera que apuntaba a Lisboa. Según me dijo Cortesão en aquella primera reunión, los exiliados debían seguir funcionando como contrapeso de la dictadura, pues solo así servirían de referente. Solo así serían la semilla de un futuro digno.

—Nadie que tenga un mínimo de amor propio soporta quedarse en Portugal. Se va al exilio, huyendo de una tierra sobre la que ha caído la pestilente mano de indignos magistrados, soldados rapaces, siervos traidores, déspotas todos.

Ilusiones. Quimeras.

Recuerdo que la primera vez que vi a Cortesão lo juzgué de una pedantería insufrible, casi patética. Al final comprendí que bajo aquella pose oficial de poeta del Barrio Latino había un hombre infatigable, paciente y tenaz, con una decisión vocacional de conspirador. De los Budas —por si aún no lo sabe, se lo digo— fue él, el doctor Jaime Duarte Cortesão —con ese título y ese nombre se presentaba siempre—, quien se entrevistó con Azaña. Un par de veces, si no recuerdo mal. Su idea era que el Gobierno español apoyara los planes revolucionarios en Portugal y los socorriera en caso de caer en las fauces del enemigo. No. No sé quién conectó a Cortesão con el señor Azaña. ¿Bigas? ¿Guzmán? No sabría decirle. Pero imagino que durante aquella entrevista Cortesão habló de revueltas inverosímiles y exitosas conjuras, de barcos repletos de armas y trenes llenos de soldados. Y todo eso, inflamado de fervor popular, con una voz honorable que parecía brotarle por debajo del bigote de mosquetero.

¿Bigas? Se lo decía antes: Bigas era de la clase de hombres que no transige, y esa especie es peligrosa. Entiéndame bien, era como esos marinos que únicamente funcionan y tienen suerte sobre las aguas, como esos lobos de mar a quienes persigue la tragedia en cuanto descienden del barco. Sin duda, él se tenía por un hombre de mundo de pies a cabeza, una especie de aventurero internacional, y no le voy a ocultar que mucha gente también lo veía así: culto, bien parecido, elegante. Comprendo que las mujeres se sintieran atraídas por alguien como él. Pero a mí siempre me dio la impresión de que se esforzaba demasiado por ser alguien que no era.

Recuerdo la última vez que lo vi. Diciembre de 1933. El tiempo había trabajado a favor de todos los que estaban descontentos con el rumbo seguido por la República. Y en las elecciones de noviembre se había producido otro 12 de abril, pero a la inversa. Aquellos eran días de tristeza meditativa. Todo se estaba viniendo abajo. Todos estaban recelosos de todos. Todos hablaban lenguajes diferentes: Alcalá-Zamora, Lerroux, Azaña, Prieto, Largo Caballero. Por no hablar de Gil Robles, Calvo Sotelo... Había cien naciones en la misma República y todas ellas se miraban con ojos de muerte.

Hallábame en mi despacho, intentando leer los últimos informes sobre los astilleros de Cádiz, cuando Bigas me telefoneó rogándome una entrevista. Dijo que se trataba de un asunto urgente.

—De la mayor importancia —añadió— para la salvación de nuestra común empresa con los portugueses.

Acordamos la reunión para la hora de la cena, en mi casa de la calle Claudio Coello.

Bigas había cambiado. Parecía desconfiado. Tenía un aire sombrío y solemne, como un hombre que estuviera asistiendo a un entierro. Tomamos una copa de jerez en la biblioteca y luego pasamos al comedor. Allí mantuvimos una conversación de tipo general, llena de altibajos y silencios. Por último, después de los postres, sacó el tema de los portugueses. Habló de la situación del país y fuera del país, y señaló la urgencia del momento.

—Anoche hablé con Cortesão —dijo con una voz cuya sequedad me recordó el paisaje del Rif—. Él y el resto de los Budas están de acuerdo en que hay que hacer algo. Opinan que debemos apresurarnos.

Yo le hice saber entonces mi problema de liquidez y las dificultades insuperables para poner remedio a mis cuentas sin ayuda del Gobierno:

—¿Qué quiere usted? Estoy atado de pies y manos. Los acreedores no me dan tregua.

Pude ver en su rostro una expresión de malestar íntimo.

—¿Qué propone entonces? —preguntó.

Parecía agotado, pero sus ojos me miraban adustos, censuradores.

—Lo más aconsejable es apartarse de la primera línea de fuego.

Hubo un largo silencio, durante el cual creí advertir que mis palabras le habían gustado, no porque estuviera de acuerdo, sino porque le iban a dar ocasión de disentir. Y así fue.

—¿Cree usted que puedo hacer eso? —preguntó.

—Por supuesto, sin ningún remordimiento.

—Se equivoca —replicó sombrío—. No puedo elegir. No puedo echarme atrás.

Me encogí de hombros.

—Veo que no entiende la naturaleza del asunto —insistí con voz paternal—. Se trata de negocios. Yo, estimado amigo, solo soy prudente. A mis años, y en mi profesión, la prudencia es una virtud. Hágame caso. Aquí solo queda salvarse uno.

—¿Salvarse uno? —preguntó—. Yo no quiero salvarme. Yo ya he desembarcado en una isla desierta.

Lo miré, sorprendido. Algo parecía removerse en sus ojos con una punzada de nostalgia. Nos despedimos más bien con frialdad.

Mire, joven, ya le he contado todo lo que sé de Ángel Bigas. ¿Yo? Sí. No tiene sentido negarlo: al correr de los meses reanudé la operación con los Budas. ¡La mayor estupidez que he cometido en mi vida! Aún hoy siento que no he acabado de pagarlo... Ahora le ruego que me disculpe. No puedo pasarme todo el día persiguiendo fantasmas. A mi edad, y en mi situación, recordar es peor que morir. Es como si tragara cianuro. Con su permiso.

## DIARIO DE LAS SESIONES DE LAS CORTES

15 de febrero de 1935

## CONGRESO DE LOS DIPUTADOS

*Propuesta de acusación formulada por el Sr. Goicoechea y otros Sres. diputados contra D. Manuel Azaña Díaz.*

**QUINTO.** Las fábricas del Consorcio, apremiadas por la Gerencia, prepararon las armas y municiones del pedido con toda rapidez, hasta el punto de que, antes de que se formalizasen los dos contratos de compra a que se alude en los primeros párrafos, ya estaba gran parte del material empaquetado en ellas y a disposición del señor Echevarrieta.

Aunque era obligación de este último hacerse cargo de dicho material en las respectivas fábricas, estas, cumpliendo órdenes terminantes de la Gerencia, lo enviaron por ferrocarril a Cádiz, con el rotulado convenido y a la consignación de Echevarrieta.

Una vez el material en la estación férrea de Cádiz, Echevarrieta no lo retiró, a pesar de reiterados avisos, por lo que el gobernador civil ordenó, y así se hizo, fuese depositado en el parque de Artillería y castillo de San Sebastián, donde quedó en los primeros días de septiembre de 1933, en su mayor parte.

Echevarrieta no pagó las letras aceptadas, que el Consorcio protestó. Pero este organismo, teniendo todavía en cuenta las recomendaciones hechas por el ya exministro Azaña de que se le guardasen las mayores consideraciones, no las llevó a ejecución, concediéndole nuevos y sucesivos plazos para que pagase, sin conseguirlo.

Todavía después de que el 27 de febrero de 1934 el Consejo de Administración acordara no concederle más plazo, considerando caducados los contratos de venta, se le concedió uno nuevo, al final del cual, el 8 de junio, se presentó al consejero-gerente en Madrid el representante de Echevarrieta, D. Alfonso Castro, acompañado del francés D. Leon Soubie, señalado como adquirente de casi todo el material.

Antes de que se cumplieran las órdenes de entrega, manifestó Castro al Consorcio, de parte de Echevarrieta, que se quedaría con el resto del pedido, excepto las granadas de fusil, y, aceptado, pagó en el acto 50 000 pesetas y entregó como resto una letra aceptada a noventa días por 91 497 pesetas, que tampoco abonó a su tiempo, y protestada se ha presentado a ejecución judicial.

El Consorcio ordenó al comandante de Artillería de Sevilla Sr. Calzada que fuera a Cádiz a hacer entrega a la representación de Echevarrieta del material allí depositado, y dicho comandante, empleando soldados y camiones militares, condujo al puerto dicho material y lo embarcó en el Turquesa el día 3 de septiembre de 1934.

Como la Aduana de Cádiz se resistiera a autorizar el embarque de tales efectos, hubo que avisar al Consorcio en Madrid telegráficamente, y el gerente en persona gestionó con el director general de Aduanas que lo autorizara también por telégrafo.

2

# LOS PAÍSES PARALELOS

**Reproducción mecanografiada de la carta dirigida al juez especial del Supremo Sr. Alarcón. Sin fecha. (Folio 1796 y siguientes del sumario correspondiente al asunto Turquesa.)**

Lo sé.

Sé los nombres de los responsables del alijo de armas descubierto en la noche del 10 al 11 de septiembre en el puerto de San Esteban de Pravia.

He sido testigo del origen de la diabólica maquinación, y también de sus diversas ramificaciones.

Sé los nombres de los tres forajidos portugueses que en 1931 vieron el momento propicio para adquirir armas de los arsenales de España. Son Jaime Cortesão, Alberto Moura Pinto y Jaime Alberto de Castro Morais.

Sé los nombres de los ministros de la República que aseguraron protección política a esos malhechores que siempre han actuado con la complicidad de Alfonso Costa, antaño presidente de Gobierno y jefe del Partido Democrático portugués en el exilio. Son el socialista Indalecio Prieto y don Manuel Azaña. Estos dos señores facilitaron a sus correligionarios portugueses cuanto estos les pidieron para derribar el actual régimen político en Portugal: armas, bombas de aviación, municiones e, indirectamente, dinero.

Sé el nombre de la persona seria y respetado hombre de negocios que se prestó a comprar las armas incautadas por los carabineros del puerto de San Esteban de Pravia. Es el célebre empresario Horacio Echevarrieta. ¡Puedo contarle mil cosas de ese tiburón de los negocios! ¡Y del astuto Guzmán, «el Generalito», y el escurridizo Ángel Bigas, muñidores del rumbo de la vil empresa!

Sé a lo que aspiraban los filibusteros portugueses que conspiraban en España por su cuenta y por la de todos los políticos desahuciados de Portugal, fauna cínica y farsante que nunca se conformó con el merecido castigo aplicado a sus errores, a sus desvaríos morales y a su inteligencia envenenada por los más bajos instintos. No era ya el retorno a sus perdidas posiciones de poder. Ya lo tuvieron y no supieron encontrarse con él, porque el poder es grandeza. Era la proclamación de un bolchevismo desde los Pirineos al Algarve y desde el Mediterráneo al Atlántico: una nueva Rusia donde la familia, la propiedad, la fortuna privada y todo lo que constituye la base de la civilización cristiana serían aniquilados, sustituidos por la más abyecta e inmunda de las tiranías.

Sé lo que los traidores portugueses ofrecieron a sus amigos españoles a cambio de protección política y ayuda económica: Portugal, con todo lo que posee, sus colonias y su patrimonio histórico, su riqueza material y espiritual, sería entregado, convertido en una provincia de España.

¿Sabe su señoría que, el mismo día en que los periódicos daban la noticia del alijo de armas descubierto en Asturias, el señor Morais retiraba de su casa en la barriada de Cuatro Caminos varias cajas con morteros de trinchera y una ametralladora? ¿Se pregunta dónde está ese material? ¿Y por qué la policía no ha hecho nada para aclarar el escándalo de los ejercicios de tiro dirigidos en la sierra por el capitán Nuno Oliveira Meneses? ¿Tiene noticia de la reunión que tuvo lugar en el palacio de Claudio Coello, residencia de Horacio Echevarrieta, a la que asistieron Cortesão y Morais, y donde se convino traspasar a los socialistas de Prieto los fusiles, las ametralladoras y las bombas destinadas (en un principio) a masacrar portugueses? ¿Sabe que el señor Jaime Duarte Cortesão (que por sus relaciones con Azaña es la única persona que puede aclarar todos los puntos oscuros de este tenebroso asunto) continúa paseándose por Madrid, sin que nadie le moleste?

¿Acaso esta conjura monstruosa, sin ideal, sin honor, cerrada a la paz de las naciones y al sol de la patria, como un caracol rencoroso, no merece su justa condena?

Firmado: Fernando Mauricio de Andrade

## Carta de Ramón Pérez de Ayala a Agustín Rotaeche

Buenos Aires, 20 de marzo de 1951

Querido Agustín:

Anteayer, de noche, volvimos Mabel y yo de Mar del Plata, y me encontré aquí una carta tuya. Ayer te puse un cable, que supongo habrás recibido.

Te diré que desde nuestra conversación en el Palace —hace ya cosa de año y ocho meses— he revivido en más de una ocasión los días en que conocí a Ángel, con la correspondiente punzada de nostalgia. Créaslo o no, no hay hipérbole y es la pura verdad. Como te dije entonces, Ángel Bigas es una parte inalterable de mi juventud. Por otra parte, a pesar de lo que insinúas en tus cartas, sigo persuadido de que la tan repetida sentencia de Menandro: «Los elegidos de los dioses mueren jóvenes», debió de escribirse para seres como él. Lo importante es que las vidas se cumplan, que se realicen, y hoy, al pensar en la de Ángel, encuentro que la suya tuvo un sentido, una unidad, un ritmo, a pesar de su anómalo y triste final.

Pero no es cosa de gastar tinta ni de extender esta carta hasta convertirla en un ensayo filosófico-epistolar, como los que, en su correspondencia, escribió Cicerón a su amicísimo Ático. Ya gastaremos algo de saliva cuando estando juntos aquí salga la ocasión de hablar de nosotros mismos. La perspectiva —me atrevo a decir, certidumbre— de tu viaje me ha causado hondísima emoción.

El más cariñoso, apretado y cordial abrazo,

Ramón

**Ramón Pérez de Ayala**
**Buenos Aires, 28 de abril de 1951**

Sinceramente, cada vez que trato de reunir los fragmentos dispersos de la tragedia e intento recordar cómo fue todo, la primera imagen que me viene a la memoria es la de dos señoritos enzarzados en una divagación de cosas remotas por los jardines del Retiro, cuyo amable sosiego finisecular siempre ejerció en Ángel una acción sedante y evocadora. Yo, con el gesto petulante de mayorazgo en corte, luciendo un abrigo de lord que chocaba con la miseria de la poetambre madrileña; él, cuidadosamente afeitado, correcto en el traje, joven, muy joven, ardido ya de literatura, con una intensa mirada azul en la que el brillo parecía una afirmación de lejanos horizontes.

Todos nos creamos ideales. Todos vamos tras ellos. Eso era el poeta Gustavo Bigas para Ángel: un ideal. No necesito decirte que él encontraba en aquel pariente soberbio y galante como un lobo de la aventura algo que respondía plenamente a su espíritu, inclinado hacia los soñadores de quimeras en que tan pródigo se mostró nuestro siglo XIX. A veces, en el borde de esa luz dorada de la tarde madrileña que deja todo como suspendido en el aire, yo creía ver en algún gesto del sobrino nieto al caballero romántico y epistológrafo delicioso, a quien el general Narváez describió como un buen poeta al que había que ahorcar. Todo fugacísimo, por supuesto, un espejismo. Lo real, claro está, era Ángel conversando entre los árboles del Retiro o del Prado, esponjado de sueños, pleno de vitalidad. Siempre recordaré un atardecer en que paseábamos en silencio a lo largo del Botánico y Ángel sacó de los bolsillos de su gabán inglés unos papeles del tamaño de una servilleta, cubiertos con una letra menuda, un tanto temblorosa, febril, diría yo. Allí estaban los primeros capítulos de *La sombra del aventurero,* que leyó como arrebolado en una niebla interior. Sorprendido, le manifesté mi entusiasmo. Y él me contestó:

—Sabía que te iba a gustar.

Luego nos quedamos callados. La evocación del puerto y las aguas de Veracruz había adquirido, durante la lectura hecha por Ángel, tal intensidad que yo tenía la impresión de que, de un momento a otro, aquella playa abrasada de Méjico iba a presentarse ante nosotros allí mismo, en pleno Madrid. Fue Ángel mismo quien rompió el hechizo, cuando al cabo de un rato me preguntó:

—¿Crees que don Benito accederá a escribirme un prólogo?

—No sé —le dije—. Ahora veremos.

Todo eso ha quedado lejos. Parece un sueño confuso de la memoria, como el mismo Ángel y aquel Madrid sumido en el constante chismorreo literario, aquel deleznable villorrio, océano de porquerías y excrementos del alma que me acompañará vaya donde vaya el resto de mi vida.

No. No. Lo primero fue la literatura, el periodismo, las crónicas marroquíes que, ya muy joven, le dieron justa fama en ciertas tertulias de la capital. Antes de conocerle personalmente, yo había leído aquellos artículos publicados en *El País* de don Roberto Castrovido. Desde luego, la guerra y el desastre que muchos periódicos españoles desarrollaban ante los ojos del lector no tenían semejanza con la guerra y el desastre que contaba Ángel. Sin renunciar al escenario geográfico, él ponía el acento en el paisaje interior de los soldados que recorrían los arenales de Marruecos bajo un sol asfixiante. Aún recuerdo la crónica titulada *Historia de un teniente,* que entonces me impresionó mucho. «Yo no puedo contar la historia de los combates en los alrededores del monte Gurugú», decía en un primer párrafo adornado con cierto dramatismo. Pero quizá sea mejor que leas el artículo en voz alta. Sí, debe de estar en uno de esos libros, pues lo incluí en una antología de crónicas de guerra que publiqué en la Biblioteca Corona.

Historia de un teniente

Yo no puedo contar la historia de los combates en los alrededores del monte Gurugú. He estado allí, junto a nuestros soldados, pero no sé dónde. En alguna parte. En medio de sombras que muerden, cornetas que dan el toque de alarma, tiros de fusil, cañonazos y rociadas de ametralladora que baten la tierra y rebuscan en sus entrañas estremeciéndose de impaciencia. Pero sobre todo he estado allí mientras la muerte nos golpeaba con una especie de ritmo lento, cobrándose despacio un hombre aquí y otro allá.

Una mañana regresé a Melilla en un convoy de heridos. Dormí del tirón hasta el crepúsculo. Bien avanzada la noche, fui a cenar a Casa Teresa.

—Es una mezcla de taberna y posada, de salón, tasca y manicomio donde se venden vino y mujeres —me había advertido don Luis López Ballesteros días atrás—. Pero también uno de los pocos lugares de este burdel amurallado donde podrá comer sin que más tarde le reviente la barriga.

Aquella noche conocí a un joven teniente de cazadores que ha pasado por nuestra guerra del Rif como una comparsa que se quita el uniforme después de recitar un papel de una línea. El teniente estaba sentado en una mesa llena de mugre y licores derramados. Bebía solo, mientras en el centro del salón un capitán bailaba con un grupo de prostitutas al son de un viejo fonógrafo. Recuerdo que no pude apartar los ojos de aquel hombre. Tal vez no tenía más de treinta años, pero lo estragado de su rostro, chupado y amarillento, le hacía aparentar más de cuarenta.

Pedí una botella de coñac y me acerqué a su mesa.

—¿Permite que me siente? —pregunté.

—Usted mismo... —musitó con una voz ronca, como de muerto que ha salido de la tumba.

Llenó dos vasos y me alargó uno. Bebimos ambos y al poco tiempo empezó a fluir el diálogo. Me contó que desde que había llegado a Melilla se le habían declarado unas calenturas pertinaces. El doctor le había dicho que sería cuestión de pocos días. Pero ¿de cuántos, en realidad? Todas las mañanas se levantaba de la cama con la sensación de sentirse un poco mejor, caminaba sin apoyarse hasta el espejo, pero allí la imagen siniestra de su cara, cada vez más terrosa, apagaba las esperanzas de incorporarse a su batallón. Frustrado, regresaba tambaleándose a la cama, y maldecía al médico.

Hablaba con febril excitación. Me atreví a sugerirle descanso.

—No vale la pena matarse por ese camino —dije—. La culpa es de este cochino clima, del calor y la humedad.

—Usted no lo entiende —repuso, y blasfemó como se hace ante un enemigo invisible.

Agotado, cerró los ojos. Su respiración se regularizó. Transcurrido un cuarto de hora pareció despertar de un largo sueño. Levantó la cabeza y, después de limpiarse los labios con el dorso de la mano, rompió a hablar nuevamente con delirante ansiedad.

—Se acabó el teniente Villodas. Ya ve, un harapo descosido de la guerra. Si usted viera ese maldito pabellón de infecciosos. Lo llaman el Depósito, porque quien entra allí está listo.

No había nada que comentar a aquellas palabras, que resumían muy justamente el miedo que trabajaba en las entrañas del teniente y el pozo de incertidumbre y melancolía en el que estaba sumergido.

—¡Al diablo, vamos a la calle a que nos dé el aire! —exclamó repentinamente, arrastrándome fuera—. Le confesaré algo —añadió cuando ya caminábamos bajo la calurosa noche estrellada—. Antes de acabar en el Depósito, me reviento los sesos de un balazo.

Estas palabras las pronunció en una voz muy baja, como si se las dijera a sí mismo, tartamudeando ridículamente.

—Estoy decidido a ello —dijo antes de despedirse, dejándome en la boca del estómago un regusto desolado y amargo, una aciaga premonición.

Mis temores no tardaron en confirmarse. Dos días después encontré al teniente en la puerta del hotelucho donde estábamos alojados los periodistas. Tenía las pupilas como el carbón, estaba demacrado y muy pálido, pero se había acicalado y afeitado como un hombre en perfecto estado de salud, y vestía el uniforme de campaña con todos sus arreos.

Al darme la mano, observé que ardía.

—Pero ¿dónde va usted? —le pregunté.

—Ya ve: a incorporarme a mi batallón. Apenas tengo calentura, estoy casi limpio.

Palideció más. Por un momento, sentí que le temblaban las manos.

—¿Cuándo?

—Esta tarde —dijo con una sonrisa.

Yo mismo lo acompañé hasta el campamento del Hipódromo y asistí a su presentación oficial ante el teniente coronel Ceballos, quien le informó de que su compañía estaba destacada en las alturas de Lavaderos, por entonces la posición más peligrosa y desamparada. Fui después con él hasta la zona del Cabo Moreno, y allí nos despedimos con un estrecho abrazo.

—Todo está bien —dijo con un brillo particular de los ojos que indicaba una extrema complacencia.

Lo vi alejarse con la cabeza alta, sin mirar atrás, mientras el incendio del ocaso reventaba sobre el horizonte: un sol poniente malva e inverosímil, como el anuncio de la muerte.

¿Sabéis qué día era?... La víspera del 27 de julio. La víspera del desastre del barranco del Lobo. Pero el teniente no pudo asistir a esa batalla.

—Estaba tomando el rancho —me dijo uno de los soldados de su compañía—, y de pronto oí un disparo. Al volver la cabeza vi que se había desplomado.

Una bala perdida le alcanzó en la ceja derecha y por un desgarrón de tejidos y de sangre se le fue la vida tan fácilmente como a tantos otros que no volverán jamás al hogar del que salieron.

Publicado en *El País,* 15 de agosto de 1909

Por esas fechas, en casa de Galdós se hablaba mucho de Ángel y sus crónicas de guerra. Recuerdo, particularmente, la víspera de hacerse pública la sentencia contra Francisco Ferrer Guardia, después de un largo y complicado proceso por las distintas versiones que se oyeron de los sucesos de la Semana Trágica. Aquellos eran días de intensa agitación, de exaltados discursos en la prensa, de ejecuciones sumarísimas en el castillo de Montjuich, de manifestaciones callejeras contra el Gobierno de Maura y asaltos a las embajadas españolas de Bruselas, Roma, París y Londres. Fue —es difícil olvidarlo— un otoño de ruido y furia. Barcelona aún amasaba el barro de sus calles con la sangre de las turbulentas jornadas del verano y Madrid ardía en la hoguera de sus tertulias. Todas las conversaciones giraban en torno a Ferrer y la guerra de Marruecos. Todos coincidían en afirmar que Maura tenía los días contados y, mientras los cabecillas del Partido Liberal especulaban con la estrepitosa caída de los conservadores, los más radicales acariciaban sin rebozo el sueño de la República.

Como era de esperar, el salón de Galdós también participaba de aquella fiebre general.

—¡Usted no sabe lo que dice! —atronaba Santos Miguel justo en el momento en que José Hermenegildo me invitaba a pasar a la casa de su tío—. ¡Todo esto es inaguantable! No tiene perdón que por interés de unos cuantos capitalistas hayamos ido a una guerra. No, no me duele repetirlo. Marruecos es la mayor desgracia de España, un negocio desvergonzado y una estupidez descomunal.

Santos Miguel tenía aspecto de orador de mitin de barrio, cosa que en realidad era. Malvivía dando sablazos a una viuda que se había encaprichado de sus grandes bigotes castelarinos y escribiendo encendidas soflamas contra Maura y el clero, sus dos bestias negras. Aquel hombre, todas las tardes, al llegar al salón de Galdós y sentarse, sacaba de una cajetilla de a real unos cigarrillos raquíticos como sus dedos y empezaba a la greña con la monarquía y el jefe de los conservadores, a quien consideraba un tirano de la talla de Narváez.

—Hay que tener paciencia —aconsejó Lucas Sobrado con el monóculo incrustado en la ceja y un ojo puesto en Galdós—. Las cosas no marchan bien, pero hay que esperar. Aún debe reponerse el prestigio en África. Como habrán leído en la última crónica del joven Bigas, Mulay Hafid hace cortar cabeza y manos a los soldados españoles que caen en sus garras. ¿Qué derecho, díganme, qué derecho escrito, divino o humano, obliga a pueblos cultos a reconocer la soberanía sobre su territorio a fieras de esa especie?

—¿Paciencia? —gruñó Santos Miguel fulminando a don Lucas con la mirada—. Eso usted, que tal vez tenga intereses en las minas del Rif. Usted, que come todos los días. Así ha echado esa panza.

Don Lucas parecía indignado por el comentario de Santos Miguel. Era un caballero con tierras en Extremadura y negocios teatrales, culto y farsante al mismo tiempo, y dueño de una prosa castellana de solera y rango. Conocía bien los clásicos y la literatura francesa, y debía ser personaje importante de la masonería, que entonces a los jóvenes nos parecía más cosa de broma que seria. Viudo, sin hijos ni querida, don Lucas era feo, gordo y sentimental.

—Discútase si hemos debido llegar al caso presente —dijo don Lucas removiéndose inquieto en el sillón—, pero una vez llegados, por el honor del Ejército, hay que seguir adelante.

—Lo que hay que hacer es acabar con todo esto —sentenció Santos Miguel—. Tocar a degüello. Eso es lo que hay que hacer.

Además de Galdós y su sobrino Hermenegildo, de Lucas Sobrado y Santos Miguel, eran los otros contertulios aquella tarde López Ballesteros, tontiloco y morfinómano director de *El Imparcial,* y Roberto Castrovido, director de *El País* y diputado republicano, que llegó cojeando como Talleyrand, cuando Santos Miguel se precipitaba ya en su tradicional exposición destructiva de la realidad nacional.

—¡La historia se repite! —dijo con grandes gritos Castrovido, entrando en el salón como en casa propia, con el ritmo arrullador de las máquinas de la imprenta de *El País* soplándole todavía su barba plomiza—. Dicen que lo fusilarán. Señores, volvemos a los tiempos de Felipe II. Y, para colmo, ese lunático de La Cierva amenaza con cerrar el periódico si seguimos publicando las crónicas de Bigas. Como era de temer, en la redacción se ha armado un lío de mil demonios.

—¿Dice usted que ejecutan a Ferrer? —preguntó Santos Miguel retrepándose en su silla con los pulgares en los bolsillos del chaleco—. ¡Canallas! Y esos son los que protestan de la leyenda negra.

—Una vergüenza, amigo Santos. Una cobardía —afirmó acongojado Castrovido.

—Sin que yo me pronuncie ni por la inocencia ni por la culpabilidad de Ferrer —protestó don Lucas—, debo decir que es ridículo hacer de él poco menos que un Galileo. Por otra parte, hay pruebas...

—¡Pamplinas! —bramó Santos Miguel—. Todos sabemos que Ferrer no tomó parte en la rebelión de Barcelona ni como jefe ni como actor. Todos sabemos que lo de Barcelona no fue más que la protesta unánime contra una guerra insensata. Y si mañana se condena a muerte a Ferrer será, aunque le pese a usted, don Lucas, una cruel e inhumana revancha por haber inducido a Mateo Morral a atentar contra los reyes el día de su boda, y por sospecharse que tampoco fue ajeno a los preparativos del atentado de la Rue Rivoli contra Alfonso XIII en plena visita oficial a París.

Hermenegildo creyó llegado el momento de mediar.

—Señores, señores...

Intervino entonces Galdós, cuya actitud, hasta ese momento, había sido sosegada, impasible, casi estoica.

—Me niego a seguir escuchando esos argumentos, amigo Sobrado. Ya es hora de que afrontemos las calamidades de estos tiempos, los más azarosos que he visto en cuarenta años. Es hora de oponer a los atrevimientos de nuestros gobernantes algo más que el asombro seguido de la resignación fatalista. La guerra del Rif y las enormidades de Barcelona reclaman enmienda urgente. Y la paz en una y otra parte no puede venir sino por la labor prudente de otras cabezas. Maura no ha acertado en ninguna de sus empresas. Cuanto ha tocado se ha trocado en ruina. En lo grande y en lo pequeño, en la idea y en el procedimiento ha fracasado.

La noche se agigantaba a lo lejos, erizada por la voz de don Benito, que parecía refrescar su desencanto en el magma de los soldados muertos en Marruecos.

—España no será una potencia moderna mientras no apaguemos de un soplo los cirios verdes que alumbran el siniestro Santo Oficio, llamado por mal nombre Defensa Social, vergüenza nacional y escándalo del siglo, y no pongamos fin a las persecuciones inicuas, al enjuiciamiento caprichoso, a los destierros y vejámenes, con ultraje a la humanidad y desprecio a los derechos más sagrados.

—¡Eso digo yo, don Benito, eso! —exclamó López Ballesteros con mirada algo desequilibrada.

—Hay que llevar al pueblo a las barricadas —tronó Santos Miguel—. Dirán las perrerías que ustedes quieran de esos pobres anarquistas, pero a mí me parece que han dado en el clavo. Las palabras dirigidas a la muchedumbre no deben tener como fin sino la acción, y esta, a su vez, ha de ser violenta.

Don Lucas escuchaba dando respingos.

—Halagar la pasiones de la plebe lo juzgo un crimen. España quiere orden.

—No pida usted al Gobierno, amigo Sobrado, lo que este, enredado en la maraña de sus desaciertos, no puede dar ya —zanjó Galdós.

Sí. Me acuerdo perfectamente de aquella noche en casa de don Benito. He olvidado, en cambio, la fecha exacta de mi primer encuentro con Ángel. Sé que fue a finales de aquel mismo año. Habían acabado los combates de Marruecos; Ferrer había sido fusilado en el foso del castillo de Montjuich; Maura había caído. Ángel debió de aparecer por Madrid en aquellos días, con los soldados de África que llegaban a la estación de Atocha en medio de un silencio hostil.

Una noche me crucé con él en la redacción de *El País*. No recuerdo por qué me encontraba yo en aquel viejo caserón destartalado de la calle de la Madera, donde se me miraba de reojo, con la misma hostilidad con que se mira a un intruso, supongo que por decadente, burlón y petulante, ni sé de lo que se hablaba cuando la voz de Castrovido me lo anunció:

—Ángel Bigas.

Volví la cabeza y allí estaba: alto, apuesto, fino. Parecía alegre con la súbita fama del aplaudido reportero de África, de lo cual hablamos de pasada, y también del problema de Marruecos, de los saltimbanquis que acudían allí, convirtiendo la colonia en una especie de desván nacional.

—Yo creo que deberíamos abandonar Marruecos cuanto antes —me dijo en un momento de la conversación, mientras sus ojos recorrían con supremo desdén aquel tabernáculo de redactores, opaco y frío, con las paredes empapeladas de un rojo desteñido, una larga mesa llena de periódicos en el centro y al fondo un viejo diván desvencijado, donde habían dormido sus sueños de borrachos toda una generación de energúmenos y desdichados bohemios—. Aquello solo es un inmenso matadero, un circo de pasiones violentas y un sórdido negocio de chacales —añadió al cabo de un instante, repentinamente serio.

—¿Salir de Marruecos? —repliqué, marcando con una sonrisa el sarcasmo—. Desde luego, no es el reino de Granada. Pero ¿no cree que si abandonamos el Rif a su suerte se terminarán los incendios y sobrará toda la gasolina que nuestros militares y nuestros hombres de Estado necesitan para apagarlos?

—Es usted tremendo —terció Castrovido dándome una cariñosa palmadita en el hombro.

Recuerdo que Ángel y yo reíamos.

Después de ese primer encuentro, coincidimos por doquier, especialmente en la tertulia del Nuevo Café Levante. En aquel tiempo, la época de las noches interminables y el bullicio laborioso y abigarrado de los muchos cafés, en la calle Alcalá, en la calle Mayor, en la Gran Vía, todos pagábamos nuestro óbolo de plata al Nuevo Levante. Aquel café, en la acera izquierda de la calle del Arenal, según se entra por Sol, era un lugar antiguo, con un aire bohemio y oriental, con unos paneles muy de la moda de los biombos que a finales del siglo XIX llegaban de Filipinas, música de melómanos y esa belleza triste y mortecina que poseen los viejos teatros.

En el Levante, rodeado de entusiastas bohemios y algunos escritores jóvenes que le seguían y reverenciaban, tenía Valle-Inclán su tertulia; allí consumía gran parte de su ingenio, como un incienso estéril ante un altar vacío.

—Los españoles nos dividimos en dos grandes bandos —solía decir jugando con su bastón de puño de marfil, como para dar una estocada al aire—. Uno, don Ramón María del Valle-Inclán, y el otro, todos los demás.

Delgadísimo, con las negras y largas barbas fluviales, los quevedos casi de farsa, y su americana negra de predicador exótico, con una manga vacía y la otra ocupada por un brazo de espantapájaro, Valle-Inclán era un teatro viviente que nunca dejaba de fascinar. Por supuesto, no faltaban las razones para catalogar gran parte de sus pareceres repentinos y gestos insólitos de extravagancias rebuscadas. Por ejemplo, cuando decía que el único derecho que él concedía a los accionistas de los bancos era el de una plaza en un asilo, o cuando recogía su bastón y huía del Levante con ligero compás de pies, abriendo la marcha con algunos jóvenes de melenas modernistas en dirección a la plaza de Oriente, y una vez plantado frente al Palacio Real, ante el asombro de los guardias, vociferaba contra sus regios habitantes:

—¡Usurpadores, levantaos y dejad ese trono a don Carlos, su verdadero dueño!

A la tertulia de Valle-Inclán en el Nuevo Levante Ángel asistía cada tarde, después de su periplo por el Instituto Diplomático y Consular, a veces en compañía de un muchacho cargado siempre de libros de medicina. Recuerdo muy bien una noche en que se hablaba del Siglo de Oro, y Valle-Inclán llamó a Cervantes y Shakespeare viejos idiotas:

—El *Quijote* es un libro muy mal escrito —dijo como un papa rodeado de sus cardenales.

Parece que lo esté viendo ahora, tantos años después.

—Eso no lo dice en serio, don Ramón —comentó Ángel con una sencillez tan abrumadora que situó sus palabras muy lejos de cualquier desafío.

—¿Qué dice usted, pollo? —estalló don Ramón, despidiendo centellas por los ojos.

Ángel frunció el ceño y habló de nuevo, algo azarado:

—Digo, don Ramón, que Cervantes es un gigante y no un molino sin aspas, como le gusta verlo a usted con insistencia pasmosa.

—¿Y usted, pollo, de dónde ha salido? —preguntó Valle-Inclán, sacudiendo barbas y quevedos—. ¿Quién es usted para intervenir? ¿Qué ha leído?

—Es el sobrino nieto de Gustavo Bigas —intervine con ánimo de llevar la conversación hacia un tema literario grato a Valle-Inclán.

Se abrió entonces un silencio aguzado de ojos.

—Eso lo explica —habló por fin don Ramón peinándose las barbas—. El pollo ha heredado la bravura de su tío abuelo. Bien, bien. Sepa usted, joven, que, a diferencia de Cervantes, don Gustavo será eterno por su estilo y sus pecados.

Y sin darle tiempo a Ángel de contestar, sonriendo, Valle-Inclán empezó a recitar un poema de Gustavo Bigas:

> Por qué caminos ha llegado el tiempo
> a trabajar en ese rostro tanta lejanía...

Terminó don Ramón en toda su plenitud, como un dios de la Antigüedad. Luego, mudando el gesto con arte de gran actor, comentó triste y burlón:

—Los que achacan la marcha de su tío abuelo a un desengaño amoroso no saben de lo que se hablan. Como supe en Tierra Caliente por un testigo que lo trató en la corte de Maximiliano, Gustavo Bigas se fue a Méjico porque España se le antojaba un insufrible corral de bueyes. Decía que morir delante de un paredón mejicano no era una mala manera de despedirse del mundo.

Sonrió.

—Yo no le habría aconsejado mejor. ¿No era preferible el piquete o la horca en Méjico a la bolsa de los treinta dineros, que es como aquí se hacen las revoluciones y se ganan las guerras, especialmente en tiempos de la desmemoriada y vulpejísima doña Isabel?

Salimos del Nuevo Levante con la madrugada. A don Ramón le había ganado la arrogancia juvenil de Ángel e insistió en que lo acompañara al Kursaal, donde actuaba Consuelo Bello, la Fornarina.

—Aquello hay que conocerlo —concluyó Valle-Inclán después de una larga perorata.

Yo escapé.

Don Ramón decía de Ángel que tenía una mirada de sol y sombra. Y es cierto que la gente que no lo conocía, o que solo lo conocía de vista, suponía que era encumbrado y difícil. Yo creo que no lo era. Su trato era siempre cortés y muy amable. Y si de lejos y poco tratado parecía una hermética puerta de hierro, traspasado el umbral podía verse cuán rico de sentimientos era. Su irradiación, su luz, cuando algo lo conmovía, era como un fanal encendido.

Siempre recordaré una noche, cenando juntos en el Lhardy, la sorpresa recíproca cuando nos descubrimos los dos galdosianos entusiastas. Él me dijo que las páginas de los *Episodios nacionales* eran la mejor brújula para orientarse en el árido desierto de nuestra historia. Y yo le conté cómo crucé el umbral de aquel mundo puramente cervantino.

—Mi padre —recordé— tenía un lector que todas las noches, alrededor de las diez, acudía a casa para leerle. Las obras preferidas eran Alejandro Dumas, el padre Isla, Alarcón y su *Diario de un testigo en la guerra de África.* Un día don Cirilo, que así se llamaba, dejó de ir por la casa y yo tomé a mi cargo la lectura. Elegí el episodio *Zumalacárregui,* que me entusiasmó.

Lo vi mover despacio la cabeza, con un gesto lento y afirmativo.

—Yo tenía once, diez años, cuando descubrí sus libros —dijo tras aparente reflexión, con un lejano estremecimiento de orgullo—. No fue un azar; fue un destino.

Aquella noche parecíamos dos sobrevivientes de un naufragio, dos extraños, felices y secretos poseedores de la verdad. Pues, como sabes, en esos tiempos, que eran los últimos años de su vida, a la tristeza, la doliente ceguera y la arterioesclerosis, Galdós sumaba el desprecio de algunos escritores de renombre y la burla de casi todos lo mandrias y bohemios que habitaban las callejuelas de Madrid, los cuales tenían a gala denigrarlo y reírse del «olor a garbanzos» que había en sus libros.

Precisamente, por aquellos días, Ángel y yo acudimos al estreno de *Casandra* en el Teatro Español. A Valle-Inclán, que también asistió a la representación, no le entusiasmó la pieza, la más anticlerical que haya escrito nunca don Benito. Pero, en cambio, a Ángel y a mí nos hizo la impresión de que era una obra admirable. Recuerdo que en el primer entreacto tomé a mi amigo del brazo y le pregunté si quería ir a saludar a Galdós, a quien aún no conocía.

—Acompáñame. Iremos juntos a ver a don Benito.

—¿Crees que...?

—Estoy seguro —le interrumpí.

Me siguió tenso de emoción. Hoy estoy seguro de que aquella noche señaló en su existencia el alcance de una meta. Galdós estaba sentado en el saloncillo del teatro, rodeado por un grupo de periodistas y unos cuantos políticos aficionados a las letras.

—¡Don Benito! ¡Don Benito!

Entraba y salía la gente.

—¡Soberbio! ¡Admirable! ¡El público está entusiasmado!

Galdós escuchaba con una sonrisa bondadosa y asentía con la cabeza. Y cuál no fue la sorpresa de Ángel cuando, al presentarlos, el viejo maestro le habló de sus crónicas con todo detalle, lo que demostraba que las había leído con el mayor interés y que sus palabras no eran mera cortesía.

—¿No piensa usted reunir esos artículos en un volumen? Yo creo que debiera usted hacerlo.

Sonaron en esto los timbres para el siguiente acto, y cada cual corrió a ocupar su localidad.

—Téngame siempre por amigo suyo —se despidió don Benito mientras su sobrino le conducía suavemente hacia el palco—. No deje de ir por casa: Hilarión Eslava, 7.

Y, efectivamente, unas semanas después, Ángel me pidió que lo acompañara a casa de Galdós.

—¡Oh, pasen ustedes! —celebró el viejo maestro.

Don Benito nos recibió arrellanado en su sillón, con las rodillas cubiertas con una manta y los ojos ocultos tras unas gafas negras que le conferían ese aire misterioso y amenazante de los ciegos.

—Siéntense aquí. Muy bien.

Aquella tarde Galdós estaba en vena de comentar las noticias del día y la cordialidad se impuso como un relámpago. Hablamos de la última crisis ministerial y del pulso que Canalejas mantenía con un Vaticano furioso, dispuesto a movilizar a todos los belicosos mitrados de España contra el proyecto de Ley del Candado, así llamado porque se proponía cerrar la frontera a todas las órdenes religiosas antes de que se hubiese alcanzado un nuevo régimen de acuerdo con el papa.

—Todo lo que le ocurra a la clerigaya de España le conviene

¡como lección! —dijo don Benito—. Se ha abusado tanto. Aquí no existe un pueblo católico. Hay intransigencia, fanatismo. Aquí de la libertad de cultos, por ejemplo, se hace un problema. Un terrible problema.

Recuerdo aquella conversación. Y recuerdo que Santos Miguel irrumpió en la casa echando pestes de Valle-Inclán, a quien motejó de reaccionario y decadente.

—¡Pues no dice hoy en el Ateneo que Ruiz Zorrilla y Salmerón eran agentes de los jesuitas!

Recuerdo que ante los juramentos de Santos Miguel, el fiel Hermenegildo se puso en pie.

—Está cansado, tío. Será mejor que se acueste.

—Sí... Sí... —dijo don Benito obediente.

Nosotros imitamos al sobrino y nos acercamos para despedirnos. Al estrechar la mano de Ángel, dijo:

—Cuando lo desee venga a hacer compañía a este viejo. Charlaremos un poco de otros días y otras tierras. Creo que a ambos nos hará mucho bien.

—No dejaré de hacerlo.

Y así fue. Desde aquella visita y hasta su ingreso en la carrera diplomática, Ángel siguió yendo por casa de Galdós. Naturalmente, con la moderada frecuencia que la discreción le consentía. A don Benito le agradaba la compañía del escritor primerizo; y a Ángel, estoy seguro, le gustaba pasear por el viejo Madrid al lado de aquel Homero de imponente estatura. Y eso pese a que, las más de las veces, don Benito no salía de su mutismo, sumido en un purgatorio hondísimo a donde nadie hubiera podido llegar nunca.

A veces, yo les acompañaba en aquellas rondas vespertinas, sobre todo después de que don Benito me pidiera un informe concienzudo de su obra para la Academia del Premio Nobel. No puedo recordar sino retazos inconexos o medio inconexos, frases envueltas en el humo del puro inevitable, algunas ya usadas en los *Episodios nacionales,* pronunciadas por Galdós entre silencios que tenían algo de atormentada zozobra.

—Los dos partidos que acordaron turnarse pacíficamente en el poder son dos manadas de hombres que no aspiran más que a pastar en el presupuesto —nos dijo una tarde calurosa e inmóvil en el paseo del Prado—. Declarémoslo con toda franqueza: son trepadores de alturas que no mejorarán en lo más mínimo las condiciones de vida de nuestra infeliz raza, pobrísima y analfabeta.

Y en otra ocasión, saliendo de los lóbregos pasillos del Ateneo:

—Aquí todo el mundo prefiere su secta a su patria. Desde la funesta Ley de Asociaciones me he acogido al Partido Republicano porque me parecía la mejor forma de hacer frente al fariseísmo mansurrón y tenebroso que alienta en nuestra grey dinástica. Pero hay días...; en fin, a ustedes puedo confesárselo: este partido se pudre por la inmensa gusanera de caciques y caciquillos. Tiene más que los monárquicos. Para hacer la revolución que proclaman, lo primero, lo indispensable, sería degollarlos a todos. Porque si estos trajeran la República, estaríamos peor que ahora.

Desengañado de la cosa pública, a Galdós le irritaba cada vez más el torneo demagógico que muchos republicanos practicaban en pleno desconcierto nacional. Un día en que Ángel habló en términos elogiosos del Partido Reformista, fundado por Melquíades Álvarez, él meneó la cabeza con un gesto inexpresivo que su ceguera hacía inescrutable.

—No se engañe, amigo Bigas —dijo con voz de oráculo—. Todo seguirá lo mismo. Volverá Maura. Don Melquíades no podrá hacer lo que sinceramente desea. Y así seguiremos viviendo...

—Pero los jóvenes tenemos el deber moral de hacer política activa, don Benito. Hemos de sacudir la conciencia del país. Mientras no se logre esto, aquí no habrá sosiego.

Galdós pareció meditar sobre aquellas palabras.

—Los jóvenes, amigo Bigas. Usted lo ha dicho —se encogió de hombros—. Yo ya he visto bastante historia viva, de esa que pone los pelos de punta.

¡Y lo que la muerte le libró de ver! ¡Las cosas que hemos vivido, Agustín! Tres cambios de régimen, una contienda civil, dos guerras mundiales, revoluciones en todo el mundo, el exilio... ¡Los jóvenes! Mientras nosotros, los jóvenes, comparábamos la charlatanería y politiquería españolas con un ruinoso molino de viento cuyas aspas daban vueltas y más vueltas inútilmente, mientras planeábamos un gesto definitivo contra la farsa vergonzante de los dos partidos que se turnaban en el poder, mientras exigíamos en artículos y conferencias la educación política que nadie se había curado de dar al pueblo español, los pistoleros anarquistas florecían de los bajos fondos como ánimas en pena, clandestinos e insurgentes, y uno de ellos, Pardiñas, dejaba seco a Canalejas en la Puerta del Sol.

Aquel mediodía yo estaba en el Ateneo, hablando de Bombita y Belmonte no sé con quién, cuando Ángel llegó de pronto, pálido y excitado, con una expresión de incredulidad en la mirada.

—¿Qué te pasa? —pregunté.

—Dicen que han disparado a Canalejas.

La noticia se extendió por la Cacharrería como un relámpago, como debió de extenderse a través de todo Madrid. Sin escolta... Dos disparos a bocajarro... Un anarquista... Agentes... Carreras... Más disparos...

Salimos a la calle y al llegar a la Puerta del Sol tropezamos con grupos de curiosos.

—Una tragedia —comentaba alguien.

Ángel se inmiscuyó en uno de aquellos grupos y preguntó.

—¿Se sabe cómo ha sido?

Al parecer, un anarquista había disparado al presidente del Gobierno frente al escaparate de la librería San Martín y, cuando los agentes le iban a dar alcance, se había suicidado. Nadie conocía datos más concretos, salvo que el anarquista había gritado «¡Mueran los tiranos!» antes de volarse la cabeza de un tiro.

Por recoger más detalles, nos acercamos hasta la casa de socorro. En la puerta se agolpaban centenares de curiosos. Uno de ellos resultó ser Valle-Inclán.

—¡Eh, don Ramón! —dije alzando la voz.

—¿Ustedes han visto? —agitó el brazo enardecido—. ¡Qué cobardía! ¡Qué barbarie!

—Vivir aquí y ser un leproso es lo mismo —dijo Ángel.

No había acaloramiento en sus palabras, sino más bien un desapasionado escepticismo.

—¡Somos un gran corral! —rezongó don Ramón, dando voces de gesta—. Un gran corral de bueyes.

Aprovechando el bullicio, un par de vendedores ambulantes iban y venían entre los grupos de fisgones, voceando sus mercancías.

—El drama de España es la falta de genio —comentó don Ramón con una emoción entre imponente e hilarante—. Ni siquiera un asesino de postín. Los Borgia valencianos no nos dejaron la fórmula de sus venenos, y el puñal con gracia es aquí desconocido como todas las saludables enseñanzas del Renacimiento.

Daban las dos del mediodía en el reloj de Gobernación cuando abandonamos la Puerta del Sol y nos dirigimos a una tabernita cercana a la Puerta de Alcalá. Algunos caballeros se decían los unos a los otros:

—Es algo terrible; terrible.

—Ya veréis, ya veréis la que se nos viene encima.

—La que nos echan encima, que no es lo mismo.

—Pero ¿qué va a pasar ahora?

No pasó nada. O sí. Permíteme el cinismo: me casé y cambié mi categoría social. Por las fechas del asesinato de Canalejas llegué a ver claro que Mabel era mi destino y que de no ser feliz con ella no lo sería nunca.

En cuanto a Ángel, aquellos días también marcaron huella en su vida, pues se presentó a la oposiciones del cuerpo diplomático y aprobó.

Estoy de acuerdo. No tengo ninguna duda. Si Ángel eligió la carrera diplomática fue porque prefería vivir lejos de España, porque quería escaparse de Madrid, de los negocios familiares y acaso de la plácida existencia junto a una muchacha de Bilbao con la que se había prometido. Recuerdo que en una carta la describió como la muchacha más encantadora que había encontrado durante nueve lunas. Y recuerdo también una noche, años después, en un intermedio de sus obligaciones diplomáticas, durante una cena en mi casa de la calle de Espalter, en que, a raíz de una pregunta de Mabel, Ángel razonó la ruptura de aquel noviazgo comparándolo con la frágil ilusión de un espejismo.

—Lo que en ella me atrajo —dijo— era, precisamente, aquello que había de desaparecer: su belleza, su ingenua manera de asombrarse por las cosas más sencillas, el clima de juventud intacta en que la conocí.

No, no recuerdo su nombre. ¿María Daza? Puede ser. No estoy seguro. En la vida de Ángel hubo muchas mujeres. Pero es fácil imaginar que de haberse casado con esa muchacha el curso de su vida hubiera sido muy diferente.

No, claro está. No perdimos el contacto. Después de salir para Bucarest, siempre hubo alguna carta esporádica. Alguna postal. Algún telegrama. A Madrid iba siempre de paso, entre un destino diplomático y otro. Luego le destinaron a Roma. Y durante unos cuantos años no supe nada de él. Bueno, eso no es del todo cierto. Oí ciertos rumores sobre la ruina de su padre y no sé qué insensato desliz diplomático que había logrado salvar gracias a la simpatía que el apellido Bigas aún despertaba en determinados círculos.

Volví a verle por el año 28, 28 o 29... Fue en Madrid, en un café hoy desaparecido, el Regina. Recuerdo que se hallaba en compañía de Valle-Inclán, Martín Luis Guzmán, Cipriano de Rivas Cherif y Manuel Azaña, de quien ninguno podía imaginar aún el juego político que iba a dar.

—No tenía idea de tu regreso —le saludé mientras me sentaba a su lado y ordenaba al camarero un whisky.

—Debí escribirte —dijo con distinción, como excusándose.

Hacía cinco o seis años que no nos veíamos. Al margen de la conversación general, una charla deshilvanada y más bien insulsa sobre la soledad y agotamiento del dictador Primo de Rivera, tratamos de ponernos al día en nuestros asuntos, en la vieja y siempre renovada corriente común de recuerdos, experiencias y afectos que nos unía. Pero nos fue imposible. El tema de la dictadura imperaba en la mesa con agobiante insistencia, entre el turbio repicar de las cucharillas de metal.

—En España hay que hacer la revolución con la dictadura —decía Valle-Inclán—. Pero no como la del pobre *zicario* Primo, sino como la de Lenin. Cuando Carlos III quería adecentar Madrid, que era una letrina, justificaba los alborotos de la plebe con una frase: «Los pueblos lloran como los niños cuando se les quiere lavar el rostro». La dignidad no se adquiere; se impone. Los pueblos esclavos la aceptan a latigazos. Recuerdo que el músico Borodin, cuando estuvo en Madrid, me confesaba: «Allí, en Rusia, somos un millón de eslavos y de blancos para cien millones de asiáticos. Y solo a fuerza de latigazos podemos imponerles la dignidad a esa gente». Aquí, en España, tampoco hay otro recurso. ¡Qué se puede decir de un pueblo que aún siente cariño por don Alfonso!

Azaña estaba pálido.

—Hombre, don Ramón —dijo Cipriano.

Sí. Me acuerdo. Recuerdo que, por una palabra que Ángel dejó caer en un silencio de la tertulia, pensé que quería comunicarme algo sin ninguna relación con lo que allí se hablaba. Esta certeza se fue haciendo cada vez más aguda. Por fin, nos pusimos en pie, casi simultáneamente, y, excusándonos, salimos a la calle de Alcalá. Todavía quedaba un rastro de claridad, sobre el que se recortaba la silueta de los edificios próximos al Banco de España. Las primeras farolas empezaban a encenderse, iluminando a trechos aquel espacioso paseo abierto a los vientos de la sierra de Guadarrama y a los chiquillos que gritaban los titulares de los periódicos de la tarde.

—Bueno, ya ves, aquí estoy otra vez —dijo.

Sí, allí estaba de nuevo, en aquel hervidero de gentes sin seso, pandemónium de ambiciones mezquinas y ágora de palabras estériles. Allí estaba, exactamente lo mismo que la última vez que nos habíamos visto, pero por fuera nada más. Por dentro...

Acababa de perder a su padre y había pedido una excedencia para hacerse cargo de asuntos familiares en cuyos detalles no quiso entrar.

—De mil cosas, trágicas y bufas, que yo sé que han pasado, así como de otras infinitas que dicen que han pasado, si bien no me consta, es inútil que te hable, porque ni sabría por dónde empezar y si comenzase sería el cuento de nunca acabar.

Sonreía. Pero había algo que traicionaba aquella sonrisa, una pesadumbre más honda que la recién adquirida de la orfandad.

—Esta vida no tiene plan —dijo de pronto.

Hablamos un rato de literatura y también de la decadencia a la que se abocaban la razón y el derecho en el Viejo Continente. Y algo mencioné de los rumores que circulaban por todo Madrid en relación con su estancia romana: algo referente a un informe interceptado por la policía secreta de Mussolini.

Sobrevino entonces un silencio absoluto, con apariencia de eternidad. Y solo cuando aquel silencio se hizo insoportable, sonó de nuevo la voz de Ángel.

—Lo nuestro es un juego en comparación con aquello.

Su voz adquirió una seriedad inaudita.

—Mussolini es un megalómano —añadió—. Tiene miedo de todo y de todos. Muy pronto necesitará otra guerra para mantenerse en el poder.

Caminábamos en silencio, acercándonos a la plaza de la Cibeles.

—El mundo está pasmado, cuando tendría que estar horrorizado —comentó de pronto.

Aquella alusión al fascismo me dejó algo intrigado. Pero por más vueltas que le di después no conseguí adivinar en qué laberinto se había extraviado mi amigo durante su estancia romana.

Hablamos un poco más de generalidades, algunas intrascendentes. Luego le acompañé hasta el Ritz, donde solía alojarse siempre que estaba de paso en Madrid. Allí se despidió con palabras que me devolvieron al Ángel de siempre, el amigo que siempre había leído con detenimiento mis libros.

—Y aquí, Ramón, ¿cuánto más aguardaremos a que gravite sobre nuestra lengua la pesadumbre de un buey?

—Francamente; creo que poco.

—Eso espero... Saluda a Mabel de mi parte —dijo con lejanía y afecto, y se perdió tras la puerta giratoria del hotel.

No juzgo temerario suponer que muchos españoles hemos experimentado el dolor incurable de hombres frustrados, de no haber podido ser lo que hubiéramos podido ser. Y no por aptitud escasa o deficiente diligencia, sino a causa de nuestro país esterilizador. Esto es, creo yo, contra lo que Ángel se rebeló siempre, lo que le empujó a conspirar contra la monarquía.

¡Cuánto que hacer! ¿Recuerdas los días que sucedieron a la marcha de Miguel Primo de Rivera a París? Los viejos políticos volvían a la palestra de donde habían sido arrojados por el dictador, pero ya no había término medio. Los esfuerzos del general Berenguer por calmar los ánimos eran vanos. Y, en parte, porque la dictadura había roto la unión civil de los españoles. Cuando Alfonso XIII le pegó a Primo de Rivera un puntapié en la tripa con esa frialdad y esa crueldad que gastan los reyes, ya no podía decirse «aquí no ha pasado nada», ni salir del paso con otro general.

Aquel año —lo recordarás— los acontecimientos se sucedieron mordiéndose la cola uno a otro. Era evidente que la monarquía estaba con el agua al cuello. De lo que se hablaba en las tertulias de Madrid cada vez más era de revolución y república. Todo el mundo dio por descontada la marcha de Alfonso XIII cuando en Jaca fusilaron a dos capitanes que soñaban ideas comunistas. La duda se ofrecía en lo tocante a la naturaleza de la república. ¿Se repetiría el mismo fenómeno de las innumerables asonadas, pronunciamientos, motines y revueltas que esmaltaban con rojo de sangre la triste historia española del siglo XIX? ¿Dónde estaban los verdaderos republicanos, los llamados históricos? Ahora, que todo ha pasado, sabemos que la arbitrariedad partidista... En fin, para qué hablar. La historia no se deja fácilmente sorprender. A veces lo finge, pero es para tragarse más absolutamente a los estupradores. A Ortega no le faltó razón cuando escribió aquello de que la república era una cosa y el radicalismo otra. El radicalismo solo es posible cuando hay un absoluto vencedor y un absoluto vencido. Solo entonces puede aquel proceder sin miramientos. Así ocurre ahora con Franco.

Sí, sí... Aquellos primeros días de júbilos republicanos vi a Ángel con frecuencia. Luego, como sabes, yo salí para Inglaterra, donde ejercí de embajador hasta el triunfo del Frente Popular.

Nos despedimos, claro está, con la promesa de darnos mutuamente noticias de tiempo en tiempo. Pero ¿qué puedo decir? Creo que ya conoces mi inclinación a la pereza. Además, mi misión, como embajador de la República española en Londres, en los primeros tiempos, fue difícil y peligrosa sobremanera. La reina Victoria Eugenia destronada, inglesa; Merry, el embajador monárquico, semiinglés y con diecinueve años de residencia en Londres, amigo de todo el mundo; don Alfonso, brujuleando a orillas del Támesis. En suma, que jamás había tomado tantos disgustos. A tal punto que caí enfermo: agotamiento nervioso.

Un día, al recibir el correo matutino, tropecé con una carta de Ángel, fechada en Madrid. Lo recuerdo perfectamente, pero no tengo la carta, desaparecida como tantos otros papeles queridos. Era una cuartilla con el membrete del hotel Ritz, y en ella unos breves renglones escritos en esa letra que retrataba a mi amigo de inmediato. Decía:

> Querido Ramón:
>
> Vivir en España me resulta insoportable. No es nada agradable la situación de nuestra querida República. Parece que se ha helado. Pero ¿qué puedo decir que no sepas ya? Aquí, las palabras que tanto hemos soñado tienen significado de vodevil sangriento. Libertad, Democracia, Patriotismo, Gobierno... Todas saben a locura y asesinato. Aunque el daño, como bien sabía don Benito, no es de ahora, ni tampoco de ayer, sino de siempre.

Había más, claro. Pero, sin duda, ese era el sentido de aquella carta enviada a mi residencia en Londres como botella al mar. El resto, el tiempo que transcurrió entre esas líneas y su muerte, es un enorme silencio. Un día, al abrir los periódicos cotidianos, me atravesó la retina la noticia del suicidio. Por medio de la prensa, que ha desempeñado papeles tan diversos a lo largo de mi vida, me enteré del asunto Turquesa. Para mí fue una pérdida singularmente dolorosa.

¿Si el final de Ángel no me pareció anormal, absurdo? Los asuntos del alma, querido Agustín, aun de las almas más claras, son siempre tan nebulosos que yo no me atrevo a formular juicios temerarios. No me arriesgo a entrometerme en la región de las intenciones. No me siento capacitado para juzgar la vida oculta de los demás: sus cavilaciones y amarguras. Dejemos a cada cual con su verdad.

**Fernando Mauricio de Andrade**
**Lisboa, 28 de mayo de 1951**

¿Quería hablar conmigo? Tiempo tengo bastante. Pero ¿de qué se trata? Mi pasado no le interesa a nadie. ¡La historia! ¿De verdad lo cree? ¿Sabe usted quién hace la historia? En París, los periodistas; en Lisboa y Madrid, los criados. ¡Vaya unos personajes!

¿Mi nombre en un sumario de la Segunda República española? Debe tratarse de una confusión. ¿Y usted ha leído ese sumario? Cuesta creer que alguien pueda interesarse hoy por ese asunto.

¡Yo! ¿Un espía, un agente secreto de Salazar? ¿Quién dice eso? ¿El conde de Foxá? Si ese cínico gordinflón dedicase a escribir el tiempo que malgasta en hablar. Típico de él. Sí, puede decirse que fuimos amigos.

¿Y qué más le ha dicho de mí, se puede saber? ¿Fanfarrón? ¿Arribista? ¿Embustero? ¿Confidente? ¿Tal vez asesino?... Foxá es un hombre intoxicado de literatura, pero en una cosa tiene razón. Aquella fue una época curiosa. Hizo de mí un individuo poco recomendable. Pero no fui peor que cualquier otro. Tan solo me dejé llevar por la corriente. Eso es todo.

Si mira los periódicos de marzo del año 37, podrá leer que el general Franco había lanzado una nueva ofensiva sobre Madrid. El 10 de ese mismo mes los diarios informaban de cómo había traspasado las defensas de la ciudad y al día siguiente *O Século* publicaba que el victorioso general se hallaba a veinte kilómetros de Guadalajara. Pocos días después, el mundo entero supo que no solo Madrid resistía, sino que los legionarios italianos de Franco, el Corpo Truppe Volontarie, el orgullo del *duce*, totalmente motorizado y equipado con las armas más modernas, habían sido aplastados por un ejército republicano que cuatro meses antes ni siquiera existía.

Pues bien, fue por esas fechas, una o dos semanas después del ridículo italiano en Guadalajara, cuando hice mi segundo viaje a España. Regresaba a su país como agregado de prensa de la Misión Militar Portuguesa de Observación, siguiendo la estela del batallón Viriato, el contingente militar portugués que combatía en su cruzada. Mi primer destino fue Salamanca. Después, recibí la orden de trasladarme a Burgos.

Entonces conocí al conde de Foxá. Fue en Burgos, un día invernal, con tristísimos cielos blancos.

Recuerdo que se conmemoraba la muerte de José Antonio Primo de Rivera. Había retratos del fundador de Falange en cada esquina y colgaduras, con negro crespón, en los miradores de las casas. Recuerdo una cuadrilla de obreros raspando las piedras seculares de la catedral para grabar el nombre del Ausente, y al generalísimo entrando bajo palio en el templo gótico, entre un palmeral de brazos alzados. Vuelvo a ver aquella mañana lluviosa de noviembre. El gentío. Las aclamaciones. Los monjes de Silos cantando en la capilla del Corpus Christi. Recuerdo también el *Cara al sol*. Los brazos extendidos, unánimes y violentos. La guardia mora con guerrera azul, turbantes de lino y capas blancas. El embajador alemán, con la indumentaria nazi, con platas y puñal. Y vuelvo a oír el comentario que un señorito de Falange —camisa azul, corbata negra— lanzó en voz baja, al salir de la catedral:

—Todo esto recuerda los cartularios de la Edad Media...

Acierta usted. Era el conde de Foxá.

Recuerdo las cosas de vuestra cruzada como si hubieran ocurrido ayer mismo. Por eso, tengo todavía presente a ese cínico y mordaz gordinflón del conde de Foxá.

Mientras los soldados caídos, amontonados en los campos de batalla como escombros, se pudrían bajo la sangrienta luna, con los ojos abiertos, coagulados de pavor, mi vida en Burgos transcurría entre despachos oficiales, algunos restaurancitos de lechón y clarete y, con más frecuencia, la tertulia falangista del Condestable, que el conde de Foxá frecuentaba con otros escritores genialoides embriagados de fascismo.

Foxá había pasado los primeros meses de la guerra en el Madrid republicano, y en Burgos, en el Condestable, sentado en un cómodo sillón, con una copa de coñac en una mano y un habano en la otra, experimentaba de nuevo las delicias de la civilización. Allí, divagando en torno a las recias y saludables especialidades de la cocina castellana, el conde sentía la alegría de estar vivo y se horrorizaba al pensar que con unos minutos menos de audacia su cuerpo estaría criando malvas en una hondonada de la Casa de Campo.

—A lo que hemos venido a parar. A bocados, igual que fieras. Entre los tranvías, los autos y los edificios han vueltos los terrores de la selva.

Acostumbrado a la buena vida, al conde se le oscurecía la mirada cuando evocaba los meses de espanto y miseria pasados en Madrid.

—Mientras los requetés, entre las rocas de la altura, rezan al atardecer —decía dejándose llevar por los recuerdos—, los milicianos recorren las calles de Madrid erizados de fusiles. No se sabe a cuántos han fusilado ya. Todas las noches cogen a algunos pobres acusados de fascistas. Al amanecer aparecen los cadáveres en las tapias del cementerio, en los alrededores de la plaza de toros de Tetuán, en la Moncloa. Parece 1808.

La voz del conde atronaba en la tertulia del Condestable, sobre todo cuando se echaba a reír estruendosamente o cuando ponía en acción las páginas de la novela que escribía a ráfagas y a rachas. Sí. Así iba a titularla: *Madrid, de corte a checa.*

¡Cómo brillaba Madrid por la noche! Todo, según Foxá, a quien las palabras parecían romperle la comisura de la boca, era de los milicianos. No había autoridad. Madrid era una ciudad inhóspita, sitiada por el miedo y las delaciones.

—Madrid ya no es Madrid —exclamaba mientras se le caía la ceniza del puro en la solapa del traje y, en vez de sacudirla, la aplastaba de un manotazo, absorto en la noche que los milicianos se habían desparramado por su casa de Atocha—. A pesar de la geografía y de que aún quedan residuos del mundo antiguo, aquello ya no es España. Aquello es Rusia, con sus laboratorios, su plan quinquenal y sus tractores.

A juicio del conde, la ciudad se había quedado sin historia. Todo había sido pisoteado por los milicianos, que irrumpían con blasfemias y culatazos en las más recónditas alcobas.

—Hasta hoy —comentaba apurando una copa de coñac— la revolución se había detenido en la puerta de los hogares. Los hombres luchaban con valentía en la barricada o en la Puerta del Sol. Discutían, fogosos, en el mitin o en el Parlamento. Pero el hogar era un recinto sagrado. Allí reinaba la mujer, la sombra de los desaparecidos. Allí se acudía a vendar la herida recibida en la calle, a beber un vaso de agua después del discurso, a consolarse de los fracasos y de las fatigas de la lucha. A las casas se iba a morir. Allí se nacía, y, fueran cuales fueran los trastornos del país, permanecían altas y, cerradas, con su perfume de hogar y de intimidad... A Prim —añadía el conde acariciándose la panza— lo tirotearon una noche de nieve dentro de su berlina de plateados faroles y a Dato en su automóvil cerca de la Puerta de Alcalá. A Calvo Sotelo, no: lo sacaron de su casa... Hoy el hogar no inspira respeto. Al contrario, es el sitio seguro de la caza, la madriguera conocida.

A Foxá, que había tomado íntegra posesión de Burgos como si se tratara de una mujer, le gustaba prolongar las sobremesas indefinidamente. Adoraba las tertulias interminables y las noches regadas de coñac o whisky.

—No hay nada más fecundo que perder el tiempo, y para perder el tiempo ningún sitio como la tertulia —me dijo un día, saliendo del Condestable.

Situado entre la Edad Media mística y nuestro siglo XX ahíto de placeres, el conde era un virtuoso de la conversación en busca de su público ideal, dotado del no menos ideal insomnio, y un insaciable comilón que siempre andaba por la ciudad descubriendo tabernas donde se cocinaba buena comida casera. De él se comentaba:

—Le cambias el interlocutor y no se entera.

A mí, una noche, después de una cena pantagruélica en una taberna penumbrosa con sus botas y pellejos, me confesó:

—No se trata de una lucha de ideas...

Paseábamos a altas horas de la noche, disfrutando de la paz celeste de Burgos cuando toda España era un infierno en llamas. Paseábamos entre los árboles sin hojas del Espolón, despacio, silenciosos y lejanos.

—Es el crimen... El odio andando por la calle... —añadió después de tirar un puro a medias, mientras prendía una cerilla para encender otro—. La caza del hombre por el hombre.

Había detenido en seco su paso de elefante fatigado y posado la mirada, fija, profunda de desilusión, en las aguas turbias del Arlanzón. A lo lejos, en las tapias del cementerio, sonaban disparos.

Sí, recuerdo bien aquellos días en Burgos. El conde y yo hablamos entonces de lo divino y de lo humano: Portugal, el príncipe Navegante, los Borgia, el retiro de Carlos V en Yuste, las memorias del marqués de Pombal... Sí. No miente. También hablamos de Ángel Bigas. Foxá decía que Bigas había muerto de desencanto, arrepentido de su pacto con los marxistas españoles y portugueses, desesperado por la pérdida del paraíso en que ardiera su infancia.

A mí, ¿qué quiere que le diga? Aquella conclusión siempre me pareció fruto del incurable romanticismo del conde.

Buen elemento, ese Bigas. ¿Y usted quiere saber la historia de su negocio con los Budas? Pues no hay problema. No seré yo quien le cierre a usted la puerta en las narices. Sí, le diré lo que sé. Hablaremos del pasado, si así lo desea. Pero ya que ha sido usted quien ha venido a buscarme, seré yo quien diga cuándo y cómo cuento. No quiera saberlo todo de golpe. En otras palabras: déjeme explicar y explicarme, escalón por escalón.

Antes de nada, debe saber que Fernando Mauricio de Andrade solo es un alias. Al menos lo fue al principio. Mi verdadero nombre es Basilio Gonzaga de Noronha. Soy el último de los Gonzaga. No puedo decir que lo que fluye por mis venas sea azul, porque ese tono ya no es de recibo en los tiempos que corren, pero sí que la grandeza de mi linaje incluye en su árbol genealógico guerreros temerarios de la Reconquista, maestres de la Orden de Calatrava, consejeros áulicos del agostado tronco de la casa Avis, obispos de hábitos crapulosos, embajadores de augusto rostro y ministros de Indias que regresaron de su misión más pobres de lo que partieron. Tampoco puedo decir que ser un Gonzaga me haya beneficiado en algo, pues, antes de nacer yo, mi padre ya era un gran señor sin dinero, heredero de un patrimonio esquilmado por las convulsiones del país y las locuras de mi bisabuelo, cargado de hipotecas y con la obligación de pagar legítimas, legados y pensiones interminables.

Toda historia tiene un origen, y la mía comienza el mismo día en que un grupo de republicanos fanáticos mató a tiros al rey don Carlos y al príncipe don Luis Felipe. Un crimen bárbaro, uno de esos actos monstruosos cuyo relato hace estremecer de indignación a todas las gentes honradas.

1 de febrero de 1908. Puede creerme. No hay hecho histórico que haya marcado mi destino de la manera en que lo hicieron aquellos disparos asesinos que resonaron a lo largo y ancho de Portugal, a no ser la posterior marcha al exilio del joven Manuel II, a quien la historia llama hoy el Rey Perdido, y la proclamación de la República en 1910.

—Yo lo supe en ese momento. Esos disparos eran los ruidos que anunciaban una época de caos —dijo más tarde mi padre en tono de oráculo.

Probablemente los hechos ocurrieron como otros los cuentan, pero yo los reconozco como el paisaje donde viven mis primeros recuerdos. Sigo preguntándome cómo era mi padre antes de que la ruina se abatiera sobre la dinastía de los Braganza, o cómo era mi madre antes de que los marineros republicanos desembarcaran en el Terreiro do Paço agitando los fusiles, antes de que mi padre, huyendo de los gritos roncos del populacho, llegara a nuestra casa de la Rua des Chagas, pálido, triste, vacilante, como el borracho último de la madrugada.

—¡Dios mío, qué es! ¿Qué te sucede? —preguntó mi madre, asustada, temblorosa.

—El rey se ha ido —lamentó mi padre.

Y a continuación ordenó cerrar todos los balcones.

—¡Cierra los balcones, que entran gritos de cementerio!

Lisboa cambió de manos de la noche a la mañana. Y mi padre se encerró en sí mismo para no contagiarse del aire alborotado, de promiscuidad plebeya, que empezó a respirarse en las calles de la ciudad, convencido de que el mundo entero le había dado la espalda como parte de una conspiración liderada por maestrillos carbonarios, sargentos anarquistas y escritorzuelos de gorro frigio.

—¡Buitres! —gritaba desde la biblioteca—. ¡Vándalos!

Sí, ese era mi padre: el señor de noble linaje que se convirtió en una figura de cera, resentido y rencoroso con la atroz coyuntura social en que se hallaba metido..., el hombre alto, escuálido y huraño que me ponía una mano en el hombro y me miraba alzando una ceja solemne, para contarme que él había predicho esto, que aquello lo había adivinado.

—Se veía venir a la legua —me dijo cuando en el año 18 asesinaron a Sidónio Pais, antiguo masón de quien los viejos correligionarios de mi padre esperaban que trajese al rey Manuel del exilio.

O bien, en referencia a la noche sangrienta del 21, en la que fue brutalmente asesinado el presidente António Granjo, aplastado por un torbellino de hoces y martillos que se llevó al cementerio a otros prohombres de la República:

—No sé cómo no se dieron cuenta.

Así habló mi padre en aquella ocasión, mientras en el Arsenal de la Marina se oían los tiros secos, aislados.

—El enemigo les surge como a nosotros, de las plantas de los pies —explicó a mi madre con el aire de una fiera acosada, asegurándose de que los balcones de la casa estuvieran bien cerrados.

Ah, mi pobre padre... Ha pasado mucho tiempo. Pero lo recuerdo perfectamente. Había un mundo, que se llamaba Rua des Chagas, 20, un palacete con un pesado portalón y un llamador de bronce, de maderas apolilladas y salones descoloridos, y era la tierra de los Gonzaga, donde él, agazapado como un gato en la penumbra de la biblioteca, predecía los acontecimientos cuando ya habían ocurrido y recitaba nombres de monarcas que hablaban de una edad ya irrecuperable. Había ese mundo de sombras, que limitaba con el pesado portalón de la Rua des Chagas. Más allá, inmensa y al acecho, estaba Lisboa, Portugal, la República..., las llamas del infierno.

—Los reyes y no los Tribunales de Salud Pública hacen a los pueblos —solía decir levantando el índice hacia lo alto, como poniendo al cielo por testigo—. Un buen pueblo, un pueblo bueno, no necesita leyes.

Yo oía la voz de mi padre como si me hablase desde las catacumbas de algún sueño; escuchaba su monólogo de fantasmas, sin saber muy bien de dónde nos habían echado, adónde se me prohibía regresar.

—Tú eres un niño —trataba de explicarme mi madre a veces, muy pálida, con una blancura de mármol corrompido, presa de la podredumbre espiritual que se almacenaba en los salones de tapices roídos—. Pero nosotros, que hemos visto al pobre don Manuel cuando tenía tu edad... —añadía intentando amortiguar el sollozo.

Y para consolarse de su miseria actual me repetía:

—Todo esto no es de nuestro tiempo. Tu padre y yo somos de otra época. Una época con coches de caballos y ópera, y con el rey Carlos en lucha con el Parlamento.

¡Mi padre! Él ni siquiera recuperó el pulso de los tiempos cuando los generales golpistas del 26 hundieron en sangre las coordenadas republicanas, proclamaron la dictadura militar y llamaron al profesor Salazar para poner orden en las finanzas del país. Anticuado e incomprensible, se enteró de aquellas noticias por boca del hermano de mi madre, mi tío Sebastián, uno de los militares implicados en la conspiración, que intentó convencerle de que los días de felicidad y prestigio habían retornado, instándole a volver a la vida pública. Pero él, a modo de prueba de lealtad irrebatible y fehaciente para con su destino, apuntó con el dedo índice al Palacio Real.

—Dichosos aquellos que quieren interpretar el orden como legitimidad y la amenaza como una actitud real. Yo no puedo. —Las arrugas se agrupaban en torno a sus ojos—. No insistáis. Ya no hay lugar para mí en este país.

Acababa de cumplir cincuenta y cinco años y semejaba ya un anciano decrépito.

Además, para entonces, mi padre ya tenía al enemigo en casa: yo, su hijo. Yo, que para alejarme lo más posible de su patético ejemplo, había mudado de nombre, de apellidos y empezado a frecuentar los círculos estudiantiles radicales y las tertulias revolucionarias de Lisboa.

Sí, como lo oye. Así fue como se produjo el cisma de los Gonzaga, así se abrió la zanja que nos separó para siempre, como una especie de mar bíblico. Recuerdo la sorpresa de mi madre el día en que mi tío Sebastián informó en casa de mis actividades subversivas. Y también la mirada desorbitada de mi padre, hasta el blanco de sus ojos parecía de sangre, cuando, entre mis libros, encontró las *Odas modernas,* de Antero de Quental, con ese viejo prólogo en prosa donde el poeta había escrito:

> La revolución es el nombre que el sacerdote de la historia, el tiempo, dejó caer sobre la fatídica frente de nuestro siglo.

—¡Fuera de casa! —gritó mi padre desde el salón.

—Por Dios, Octavio —lloraba mi madre, pálida de espanto—. Es tu hijo. ¡Ay, Dios mío! ¡Señor, señor! Tu hijo, Octavio.

—¡Fuera de esta casa he dicho! —vociferó mi padre desde el umbral de la puerta—. Y tú, mujer, te callas. Yo no tengo hijo. Ese canalla no es digno de la sangre que corre por sus venas. ¡Por el cielo que no lo es!

Un muchacho que mira la nobleza de su apellido con orgullo y desprecio al mismo tiempo, un muchacho lleno de resentimientos, perfumado todavía con el aroma dulzón de la adolescencia. Así era yo entonces, de triste, de extraño, de indeciso, de soñador, de turbio y añorante.

Vuelvo la vista atrás y me veo exagerado y mudo en aquellas reuniones clandestinas donde mis correligionarios conspiraban como una maraña de chicharras que vuelan amarradas a un mismo hilo. ¡Qué ingenuo era! ¿Pensaba que derrocaríamos al mariscal Carmona y al profesor Salazar como si de dos viejos monarcas se tratase? Vuelvo la vista a aquella loca aventura. Vuelvo la mirada hacia aquel verano del 31, y esto es lo que encuentro: el eco de la pisadas sobre el césped mojado del parque Eduardo VII, los primeros tiros bajo la luz adormilada del alba, el Batallón de

Cazadores avanzando por la avenida Marqués de Pombal y la calle Herculano, las balas y las bombas crepitando en torno nuestro, de pronto un escalofrío recorriéndome las tripas, una sustancia biliosa trepando a la garganta, desbordando los labios, un joven oficial que grita «¡Todo está perdido!», un camarada que se desploma como una gaviota desvencijada... Y, después, la estampida, el sálvese quien pueda, que todos obedecimos, como ratas.

Sí, aquello fue una locura. Fue un día de payasos y principiantes. Y, también, la causa de mi primer viaje a España. Y la razón de que mi vida se cruzara con la de Ángel Bigas.

Pero todavía no. Todavía es pronto para hablar de Bigas; para explicar su papel en ese embrollo que los periódicos de su país llamaron el asunto Turquesa.

Llegué a Madrid como tanta gente lo hacía por entonces a España de tan diversos lugares: huyendo del Gobierno de mi patria. Por aquel tiempo, cualquier exiliado portugués que arribaba a la capital de España pasaba necesariamente por la casa de Jorge da Souza, en la calle Bravo Murillo, entre la glorieta de Quevedo y los jardines del depósito del canal de Lozoya. Perseguido político, y poeta modernista, Jorge da Souza había llegado a Madrid varios años atrás y presidía con su barba de eremita y amplia boca de batracio una pensión diseñada como un Ateneo. Yo busqué aquella dirección que alguien, en los días previos al pronunciamiento de agosto, me había facilitado en Lisboa. Y, cuando di con la pensión y el propio Da Souza me abrió la puerta, expliqué mi caso, farfullando:

—Soy un revolucionario del 27 de agosto. Un evadido. No

conozco a nadie en Madrid. No tengo un duro. Estoy verdaderamente desamparado.

Da Souza me miró de los pies a la cabeza, me hizo pasar a través del corredor que comunicaba las habitaciones de los huéspedes con el salón, me sirvió una copa de coñac Napoleón y después afirmó que un joven de mi edad no debía desmoralizarse por la catástrofe que se había abatido sobre Portugal.

—En España hay un Gobierno republicano que cree en el progreso y entiende nuestra lucha. Y, escúcheme bien, nos apoyan, muchacho, sí, con armas y fondos. ¡Vaya si lo hacen! Puede apostar el alma en ello, que no la perderá —añadió, bajando progresivamente la voz, mojando los labios en la copita de coñac que él también se había servido.

Recuerdo con pesar las sobremesas desperdiciadas en el cochambroso salón de aquella pensión. Todas iguales. Da Souza había sido en otro tiempo un temible jacobino, un iconoclasta, un carbonario que había sostenido con ardor que las dos aportaciones decisivas para la historia de la humanidad habían sido la imprenta y la guillotina. Pero entonces, en las fechas en que yo lo traté, resultaba un pedante republicano del siglo XIX que hablaba del progreso y de la libertad y de la maldad de la guerra y del peligro de ir a la revolución en malas compañías. El mundo cambiaba demasiado deprisa para él, y lo iba dejando rezagado en la cuneta, como una mercancía averiada. No transigía con el socialismo y desconfiaba tanto de los anarquistas que llegaba a ver en sus movimientos la sinuosa mano del Vaticano:

—¡Fíjense ustedes —decía desdeñoso y olímpico—, jamás se les ocurre atentar contra un cardenal o un obispo!

Cuando alguien le recordaba a Soldevila, el cardenal tiroteado en Zaragoza, replicaba:

—¿Soldevila? Una cortina de humo.

Resignado, yo fingía que aprobaba sus disparatadas argumentaciones, sus ditirambos al señor Azaña, sus diatribas contra el barbarócrata Salazar.

—Me agrada conversar con usted —me confesaba sirviéndose su copita de coñac—. Usted es de los pocos compatriotas que saben escuchar. En eso, los portugueses nos parecemos a los españoles. Vivimos en permanentes guerras civiles. Todos contra todos. Entre nosotros, generalmente, no hay diálogo. Cada cual habla por su cuenta, sin escuchar al otro. Usted es una excepción, y el joven capitán Oliveira, otra. Por eso me agrada conversar con los dos.

Sobra decir que me harté de aquel creyente vuelto del revés. Oírlo se convertía por momentos en una tortura. Era algo irreal, como mi padre. Lo mismo que aquel jugaba a exiliarse de Lisboa, el señor Da Souza jugaba a creer que pronto volvería. Dios sabe cómo me aburrían sus anécdotas juveniles y sus sermones anticlericales, infalibles como los del papa. Por no hablar de sus sonetos o de sus reproches a los dirigentes republicanos del exilio.

—La maldita improvisación, como siempre. Como si hubiera enemigo despreciable.

Por fin, al cabo de unos meses, no pude más y, gracias a los veinte duros que mi madre comenzó a enviarme regularmente, cambié aquel nido de conjurados sin conjura por una pensión de la calle de las Infantas que me recomendó el capitán Oliveira.

—Ese Da Souza es un cretino. ¿No viste cómo durante la reunión se escarbaba los pelos de la barba como buscando restos de comida? ¡Qué manera de manejar una situación! Y que Cortesão lo tenga en buena estima. No es más que un reaccionario del siglo pasado. Usa el bigote como si fuera el manubrio de la historia.

Hacía una noche de neblina, los faroles se perdían en un nimbo difuso y Oliveira, delgado, enigmático y juvenil, parecía complacido por mi pequeño plan de fuga:

—Váyase de ahí. No se quede ni un minuto más.

La Montañesa, pensión moderna... No puede imaginarse qué cueva. Doña Eulalia, la dueña, era una viuda obesa y destartalada, que vivía con una hija solterona y trataba a las sirvientas como Cleopatra a sus esclavos. ¡Qué espanto de mujer! Tenía una papada casi lunar y una voz brusca, como un arañazo. Vestía siempre de negro, oía tres misas diarias, aseguraba que todos los que habían votado por la República eran unos herejes y creía que el diablo se aparecía en las reuniones de los masones, bajo la figura de un señor respetable y distinguido, vestido de frac.

—Son cosas que debemos respetar —me decía refiriéndose a la monarquía.

La habitación que me destinó era pequeña y deprimente, con muebles sarnosos y mutilados, del tiempo de la juventud de Alfonso XII. Todo era profundamente triste y catastrófico. A la luz del día, el lugar parecía a propósito para el suicidio. Había una densa colonia de chinches, corrientes de aire; la puerta y la ventana no cerraban bien y, para colmo, de la cocina llegaba un olor negro a cucaracha muerta, porque las cucarachas huelen.

¿Qué quedaba de mi rebeldía en aquella pensión de la calle de las Infantas? Yo se lo diré: nada. Cuando evoco aquel tiempo, solo encuentro desconsuelo, soledad, insomnio. Todo idealismo se había extinguido. Toda ilusión se había roto. Ya no soportaba la lectura, y malgastaba los días deambulando por cafés y prostíbulos o encerrado en mi habitación de La Montañesa, recordando la voz oscura de mi padre, las calles de Lisboa, los reflejos cambiantes del Tajo a la caída del crepúsculo. La *saudade* corroía mi espíritu como un óxido, como una rata. Al final me hundí en un estado depresivo del que ni siquiera conseguían rescatarme las encantadoras caderas de Rosarito, la criada más ilustrada de la pensión. Una muchacha fresca y viva como un mirlo roqueño, con la que fornicaba de madrugada para combatir el miedo, o para ahuyentarlo, o para hundirme aún más en la carcoma negra de la tristeza.

Una noche, cuando regresaba de mi habitual ronda callejera, me encontré con Rosarito en el rellano de la pensión.

—Hay una carta urgente para usted —me susurró con una voz de azúcar en llamas—. La ha traído el cartero al mediodía, y ha tenido que firmar la señora.

Aquella carta era de mi madre, y comenzaba:

> Querido hijo:
>
> A las mujeres de Portugal solo nos llegan rumores. Los hombres creen que mantenernos en la ignorancia nos protege. Todas las semanas me visita tu tío Sebastián. Todas las semanas le pregunto por tu perdón. Pero él solo me contesta que, en esos asuntos, mientras menos se pregunte mejor va.

Así empezaba mi madre aquella carta donde venía a decirme que, por fin, mi tío Sebastián había hablado con el mariscal Carmona sobre mis disparates de juventud.

«No se preocupe, general Noronha, escribía mi madre que había contestado el mariscal. Ese muchacho ya conoció el infierno y yo le digo que no recae.»

Según contaba en la carta, ella había respondido a ese secreto con un grito, y gracias al fuerte abrazo de mi tío no terminó en el suelo, desvanecida.

«Lo importante es que la experiencia le haya servido a mi sobrino para reformarse», decía mi madre que había continuado

Sebastián, mientras ella miraba a un lado y al otro, asombrada de estar hablando de esas cosas en la casa de Rua des Chagas, con un miedo infinito a que mi padre transcendiera la puerta de la biblioteca para asomarse al salón de grandes tapices raídos. «Hijo mío», continuaba mi madre unos párrafos más adelante. «Hijo mío, escúchame muy bien: tu tío siempre te ha adorado.»

Mi madre sostenía que el tío Sebastián siempre había velado por mi futuro. Y también me contaba que antes de abandonar la casa de Rua des Chagas había insistido:

«Dile a Basilio que se cuide mucho. Hay lecciones que la vida nos da una sola vez. Dile que no insista en sus locuras. Y dile también, aseguraba mi madre que tío Sebastián le había advertido antes de marcharse, que si está dispuesto a ser el hijo pródigo que todos anhelamos que sea, dile en ese caso que acuda a nuestro embajador en Madrid. El señor Joaquim Luciano de Castro es un buen amigo y hará cuanto esté en su mano para ayudarle.»

Imagínese el vuelco al corazón. ¡Imagínese!, vencido como estaba por el miedo, la tristeza, la abrumadora sensación de fracaso.

«Hijo mío, concluía mi madre, ahora debo pedir tu comprensión. Haz caso de tu tío Sebastián. Aléjate de todo eso. No insistas. Tu madre, que te adora.»

No puedo precisar el día en que me entrevisté con Joaquim Luciano de Castro, pero recuerdo que era una mañana gris, de plomo. El embajador me recibió en su residencia, un suntuoso palacio de la calle Lista. Me acuerdo. Oh, sí, no podría olvidarlo. Recuerdo que, al entrar en el despacho, el embajador se levantó lento y deferente.

—Siéntese —dijo familiarmente, indicándome un sillón con brazos de caoba—. Así que usted es el sobrino del general Noronha.

Me alegro de verle. Su tío me ha hablado mucho de usted: «Tiene un corazón muy noble, me dijo. Por eso, muchas veces, actúa como un idiota».

Recuerdo que soltó una risa jovial y corpulenta, como la de un gigante. Tenía sus buenos cincuenta años, pero parecía que acabase de cumplir los cuarenta, erguido, elegante, con un traje oscuro y una perla gris en la corbata.

—No se incomode. No hay nada de qué avergonzarse en este mundo...

Ahora había un punto de condescendencia en su voz.

—... Salvo de deshonrar al padre o a la madre.

—La verdad —recuerdo que balbuceé— es que seguí los impulsos del corazón.

Los ojos del embajador brillaron como los de un animal al acecho.

—Las razones del corazón son las más importantes —me interrumpió—. No hay duda. Sin embargo, cuando usted tenga más edad... ¿Cuántos años tiene? ¿Veinte?

—Veinticuatro.

En ese momento entró por una puerta lateral un hombrecillo regordete y bien vestido. Tenía un bigote fino y horizontal, perfectamente paralelo al suelo, una boca fina, que dejaba ver, más de una vez, una sonrisa maliciosa, callada, como para sí mismo, y unos ojos grises, inquietantes, de mirada perspicaz y minuciosa. Eran los ojos de una pantera: cautelosos, atentos, llenos de siete vidas de secretos oscuros.

—Señor Fernandes —dijo el embajador—, le presento a Basilio Gonzaga de Noronha, sobrino del general Noronha, aunque según el pasaporte se llama Fernando Mauricio de Andrade.

El señor Fernandes ni siquiera se tomó el trabajo de darme la mano. Hizo un ligero movimiento de cabeza y me miró pensativo.

—Aquí, el señor Fernandes estará de acuerdo conmigo —continuó el embajador—. No hay nada malo en que un joven tenga bellos ideales. Bien está la pasión a los veinte años, no lo niego. Pero hasta un límite. Sí, hasta un punto. Porque esos ideales, por nobles que sean, porque sin duda son nobilísimos, no están hechos para los hombres. Perfectos para escribir libros, pero imposibles de llevar a la práctica. Ahí tiene el ejemplo de Rusia. Millones de esclavos muertos de terror. O sin ir tan lejos. Fíjese, fíjese en España. Vea usted la anarquía que se respira en todas partes, la persecución a la Iglesia, la lucha disgregadora de los partidos.

El embajador se levantó como si le hubiera dado miedo aquella palabra, avanzó hacia la ventana y se quedó mirando con hosquedad a través de ella.

—En Sintra su tío me dijo que usted estaba dispuesto a reformarse. Pues bien, vamos a confiarle una misión.

Sentí un hilo de sudor que bajaba por la espalda.

—El señor Fernandes —añadió el embajador— está aquí para hacerle una propuesta.

—¿Una propuesta? —pregunté confundido—. ¿Qué propuesta?

El embajador miró a Fernandes, y este me sonrió ambiguamente.

—Un trabajo que debería realizar para mí —dijo con parsimonia—. Para nuestro país, quiero decir. No sé si comprende usted que en España hay un Gobierno subversivo, esa es la palabra, subversivo, que presta refugio a la canalla más execrable de Portugal. Sabemos que las bombas que emplearon los conjurados del verano pasado en Lisboa llegaron a nuestro país con la autorización del señor Azaña. Y sospechamos que un grupo de emigrados está negociando en Madrid una compra importante de armamento.

Hablaba con suficiencia glacial.

—A uno y otro lado de la frontera, comunistas y agentes traidores al servicio de potencias extranjeras conspiran sin descanso. Nuestro deber —añadió Fernandes— es neutralizar a esos indeseables lo más rápidamente posible. Y por eso le necesitamos. La misión de usted será introducirse en los conjurados que operan aquí e informarnos de su vida y milagros. Debemos seguirlos y conocer sus costumbres para poder anticiparnos a sus planes.

El embajador me observaba con gravedad, como si estudiara las reacciones de mi rostro, como si pudiera divisar cosas ocultas bajo la superficie.

—Su patria le necesita —enfatizó después de un silencio que se me hizo eterno—. Vivimos tiempos peligrosos, ¿comprende?

Me señalaba la distancia entre él y yo con toda claridad. Para él las fiestas en los salones de las embajadas y las intrigas de guante blanco. Para mí los sucios trabajos del espionaje y la traición. El papel de Judas.

—Entiendo perfectamente sus reparos —añadió en un tono indulgente, paternal—. No obstante, en estos momentos hay que escoger el mejor partido.

—¿Por qué yo? —susurré con una voz casi implorante.

—Por algo elemental, queridísimo muchacho —dijo Fernandes pacientemente, sin desdibujar la sonrisa—. Usted es uno de ellos. Sabemos dónde estuvo el verano pasado y también que a su llegada a Madrid ha frecuentado amigos, camaradas, socios de espíritu, cómo lo diría, de esa desafortunada aventura. Sabemos del mismo modo que pertenece a una familia de las más fieles al régimen y que, por lo tanto, tiene una sana educación. Confiamos, pues, en su lealtad y voluntad de colaboración, considerando también que hemos sido muy indulgentes con usted, dado que podríamos haberlo detenido antes de pasar la frontera y no lo hicimos.

El embajador hizo un imperceptible gesto con la cabeza, como quien ha escuchado exactamente aquello que esperaba escuchar. Parecía encantado con la situación, saboreando una broma que hubiera estado reservando para el final.

—De usted no sospechará nadie —dijo.

Esta vez no añadió: «¿Comprende?». Estaba claro que yo comprendía.

—Medítelo.

El embajador se puso en pie y me dio la mano, una mano larga, fina y nerviosa.

Anochecía cuando salí a la calle. Hacía frío, y los escasos transeúntes pasaban a toda prisa bajo la lluvia. Recuerdo que caminé durante horas y que llegué a la pensión pasada la una de la madrugada. Entré en el dormitorio de Rosarito como una alimaña que escapa a las trampas de los cazadores furtivos, y la encontré somnolienta y arisca.

—¿Qué sucede? ¡Estás empapado!

Y, después, una Rosarito nueva, que respondía a mis besos y caricias, susurrando que me amaba, que la llevase conmigo, lejos de doña Eulalia, de aquella casa, de Madrid, de España, que sería mi esclava, que haría lo que fuera. ¡Ah, Rosarito! A ella, ¿sabe usted?, también la traicioné. Pero esa, que diría el redicho de Kipling, es otra historia.

No. La virtud no es rentable, se lo aseguro. Ni divertida. Yo no creo en la bondad natural del hombre. Creo en la paciencia. El espionaje es una larga paciencia. Y, si me apura, una forma de arte en sintonía con la época que nos ha tocado vivir. Aquellos tiempos exigían cualidades excepcionales tanto en el heroísmo como en la traición. Yo, verdaderamente, no desentoné.

—Nosotros... Fernandes, en concreto —me dijo el embajador el día en que decidí mudar otra vez de piel y empezar una *vita nuova* al servicio de la dictadura de Salazar—, le proporcionará la lista de los sujetos en cuestión. Necesitamos información precisa y pormenorizada: qué hacen, qué traman, dónde viven, dónde se reúnen, quiénes los ayudan, qué intelectuales o políticos españoles frecuentan. Cuento con usted.

Los hombres acosados son figuras cautelosas, pero aquellos pobres diablos de los Budas, que habían perdido sus carreras por la República, por el pueblo, según el decir de Da Souza, se movían con total impunidad en Madrid. Tenían una tertulia en el café Moka, en la calle de Alcalá, un refugio de fracasados donde empleaban la tarde en la meditación y elaboración de proclamas, ahuyentando los errores recientes y los tiros sin vocación de victoria que devoraban el poco prestigio que aún les quedaba.

Yo al café Moka acudí por primera vez con el capitán Oliveira, quien no dudó de mi sinceridad cuando le confesé el deseo de unirme al grupo.

—La revolución está preparada como un árbol cargado de frutos maduros —me dijo con los ojos brillándole como dos brasas—. Y nosotros vamos a sacudir el árbol.

Pobre capitán Oliveira... Murió antes de sacudir el árbol de la historia. Lo hizo en España, en la batalla de Brunete, arrollado por un tanque que le aplastó una pierna y parte del vientre. A él también, creo yo, le hubiera gustado terminar sus días en Lisboa. Encontrar la tranquilidad y el silencio después de tantos años de tumultos, vértigos y espejismos. ¡Pobre Oliveira! Como le decía, fue él quien me presentó a Cortesão y al resto de los Budas en el café Moka.

—Aquí os presento a Fernando Mauricio de Andrade. Un camarada.

El capitán Oliveira habló de mí con entusiasmo: la tristeza que sentía después de la derrota, mi deseo de reanudar la lucha...

Así les empecé a tratar.

Multiplicado por los espejos, el café Moka se prestaba admirablemente a las quimeras del grupo. Allí se conspiraba contra el mariscal Carmona sin necesidad de hablar de política. Era una atmósfera, sencillamente. Recuerdo a Cortesão y su oratoria torrentosa, que todos aplaudían como focas amaestradas. Recuerdo a Moura Pinto, alzando la voz cada vez que algún comentario removía los últimos fracasos del grupo; recuerdo a Da Souza, socio honorario de aquella tertulia que le recordaba sus tiempos juveniles, tamborileando con los dedos sobre el mármol del velador, impaciente por recitar sus sonetos; y a Morais, que todavía se detenía a mitad de frase, como un perro sarnoso, para rascarse las picaduras de los insectos de las colonias africanas donde había sido gobernador. Otras caras se me aparecen. Muy borrosas, la verdad. Sus francos apretones de manos, sus miradas leales. La mayoría, evadidos, como yo, jóvenes oficiales, algunos civiles. Eran los buenos amigos, e iban llegando a lo largo de la tarde o de la noche, casi siempre solos, o en pareja, como objetos más o menos inservibles que las olas dejan en la playa.

—Hágase con su confianza, que cuenten... —me decía Fernandes, evaluando con sus ojos de pantera el valor de los informes que yo le entregaba—. A usted, con esa carita de Niño Jesús, no le será difícil. Tiene usted una sonrisa que favorece la confidencia. Y bonitos ojos, muchacho.

Sí. Ellos hablaban, se lamentaban, bebían... En cuanto a mí, yo me retraía, silencioso y ceñudo, ganándome la fama de republicano de íntegras y severas convicciones. Escuchaba y guardaba con la precisión de un disco de gramófono todo lo que decían para redactar después el informe que debía entregar al señor Fernandes en los jardincillos polvorientos de la Virgen del Puerto, en el borde del Manzanares.

—Usted me gusta —me decía Fernandes, visiblemente encantado con el curso de los acontecimientos.

Llegaba en un pequeño Chevrolet, vestido de oscuro, con unas gafas negras que ocultaban su siniestra mirada.

—Es inteligente. Y ha perdido velozmente los escrúpulos.

A todos jodí, sí. Y al capitán Oliveira, que tanta confianza depositó en mí, el primero. Nunca olvidaré el día en que me comunicó que una parte de las armas ya estaban depositadas en Cádiz, aguardándonos, pero que Echevarrieta no se decidía a pagar las letras para proceder a su retirada.

—Ese cabrón se está haciendo el loco para no comprometerse. Todo aquel que se ha visto en la desgraciada necesidad de respirar el mismo aire que él conserva una desagradable sensación de no estar tan limpio como uno deseara. Pero tú no puedes comprender...

Sí, sí. Por el café Moka también deambulaba Ángel Bigas. ¿Usted me pregunta por la clase de persona que era? Bigas era algo así como la interpretación mundana de la revolución. Muy orgulloso, seguro de sí mismo. Muy finolis, muy correcto y cortés, reservado, casi impenetrable. Su amabilidad, diría yo, provenía de una especie de obligación irrenunciable, de una educación altiva, más que del deseo de agradar. En el café Moka tenía su propia leyenda. ¿Cuáles de las cosas que se decían eran ciertas, cuáles exageradas, cuáles inventadas? Nadie lo sabía. Se decía, por ejemplo, que se había atrevido a desairar a Mussolini en persona y que el general Primo de Rivera le había apartado de la carrera diplomática de un plumazo. Se decía que había tenido serios problemas con Martínez Anido, ministro de Gobernación del dictador, y que había salvado el pellejo de milagro.

—De milagro —repetía Da Souza.

También se decía que había vivido un tiempo en el exilio, de donde no quiso regresar hasta los últimos estertores de la monarquía. Todo eso, sumado a la razonable fortuna de que parecía gozar, lo situaban automáticamente, al menos a los ojos de Fernandes, en la categoría de la canalla distinguida.

—¿Quién es ese Bigas? ¿Qué sabemos de él? —me preguntó un día.

Fue después del fracaso de la sublevación del general Sanjurjo cuando me dijo que me convirtiera en su sombra.

—A partir de ahora, quiero que sea su sombra. Tengo entendido que es uno de esos intelectuales... Una firma prestigiosa del periodismo... Un hombre de cultura. Bien, quiero saberlo todo.

Podría decirse que durante unos meses seguí sus pasos como un perro de caza. Era mi nueva presa.

—Por lo visto, este caballero no para. Parece una criatura de otro mundo —exclamaba Fernandes cada vez que leía uno de mis informes.

Allí estaba todo cuanto había que saber sobre Bigas: sus amistades, sus itinerarios, los periódicos que leía, los artículos que escribía, la marca de whisky que bebía...

—Se aloja en el Ritz. Es amigo de Azaña. Anda con socialistas y comunistas. Y además frecuenta el salón de esa dama...

—La señora Chávarri...

—... ese salón repleto de monárquicos. ¿Qué diablos es esto, Gonzaga?

Me encogí de hombros como un burócrata despreocupado.

—Un poco de todo, me atrevería a decir.

—Un bicho raro. No le quite los ojos de encima.

¿Su relación con los Budas?, dice. Bueno, él era objeto de respeto y admiración entre los Budas, no solo por su leyenda, que corría como una mecha prendida entre los espejos y veladores del café Moka, sino también por sus relaciones con Azaña, a quien ellos llamaban señor Proeza. Cuando se achispaba de coñac Napoleón, Da Souza solía decir que Bigas era un precioso maná caído a Portugal desde los cielos de España.

—¡Bigas es el hombre! ¡Bigas es el indicado! Es nuestro Marco Bruto. Muy a propósito para la empresa.

Y lo era. Vaya si lo era...

Pasó lo de Casas Viejas: la matanza de unos campesinos anarquistas por los guardias de asalto, un episodio que levantó gran indignación contra Azaña y su ministro de Gobernación, Casares Quiroga.

Una mañana el capitán Oliveira fue a buscarme a La Montañesa y me pidió que le acompañase.

—Necesito que vengas conmigo —dijo—. Sube.

Fuimos en un Dodge Coupé de color negro a un garaje de Las Ventas.

—Hay una remesa de armas que Cortesão quiere que examinemos —me explicó Oliveira.

Y con mucha más melancolía que acritud fue detallando los líos con el dinero del financiero Echevarrieta. Parecía cansado.

—Hemos llegado —dijo de pronto.

Vi entonces sus ojos. Vi su mirada. Era una mirada dura, como una paletada de tierra sobre un cadáver, como si estuviera en el umbral de adivinar la verdad. Pensé entonces que lo había comprendido todo: mi papel de espía. Se lo juro. Por un instante lo vi claro: Oliveira tenía la misión de liquidarme. Sentí que las sienes me zumbaban. Me faltaba el aire. Sudaba a chorros. Escuché el eco de una frase.

—Hoy se ha acabado la República de los republicanos. De ahora en adelante tendrán que elegir entre perder una república o ganar un cementerio.

Por fortuna, mi temor no podía ser más irreal. Aquel garaje de Las Ventas tenía una actividad impropia del lugar, pero no era mi pasaporte al infierno. Detrás de una camioneta, había unas cuantas cajas con ametralladoras y granadas. También había varias personas vestidas con monos de mecánico, que iban depositando en otra camioneta, algo más grande, una serie de bultos con el rótulo ECHEVARRIETA. Allí también estaba Bigas. El capitán Oliveira salió del automóvil y fue a su encuentro. Hablaron cosa de media hora sin que yo pudiera oír lo que decían.

—Tienes mal aspecto —me dijo más tarde, como si me notara en los ojos algún resto del reciente espanto—. ¿Estás enfermo?

—Son solo los nervios —musité.

—Eso también es una enfermedad.

Cuento lo que he visto. No invento nada. Azaña cayó de su pedestal después de aquel asunto de Casas Viejas; las derechas triunfaron en las elecciones de noviembre del año 33; Lerroux, el viejo Lerroux, se las ingenió para convertirse en la clave del arco político de aquellos días.

—Sobre todo, ¡viva la República! —repetía a los periodistas el veterano caudillo republicano, teatral y grandilocuente—. Yo soy un viejo león obligado a luchar con serpientes —se encrespaba con Azaña en el Parlamento, mientras en los despachos, según un artículo de Bigas, se las ingeniaba para echar mano de todos los restos, de todos los saldos del triste y anacrónico republicanismo anterior a la República.

Sí. Sí... Para los Budas el giro de los acontecimientos fue un desastre: la ayuda que habían recibido hasta entonces del Gobierno español se fue al garete. Sin Azaña en el poder, todos sus planes comenzaron a hacer agua. También Bigas pareció esfumarse en el aire.

—Paradero desconocido —me repetía Fernandes—. Ya sabe lo que eso significa.

Me dice usted que le hable del palacio de la calle Claudio Coello. Pues bien. Le diré que allí se acordó con Echevarrieta traspasar las armas a Prieto y los socialistas. No, Bigas no asistió a las últimas reuniones con Echevarrieta. Yo tampoco, pero el capitán Oliveira sí. Por él supe del ambiente sombrío, de las idas y venidas, de las conversaciones donde la prisa y el dinero eran cartas habituales de la baraja.

—Suscribo lo que dice el señor Bigas —me contó Oliveira que dijo Cortesão en una ocasión—. Hay que hacer honor a los compromisos. No queda más remedio. No hay tiempo para dilaciones. No hay armas de guerra más afiladas que las agujas del reloj.

Una tarde, mientras en el café Moka se hablaba de los discursos de Gil Robles, el capitán Oliveira insistió en conducirme a la calle para hablar a solas.

—Tengo que darte una noticia —me dijo de golpe.

Y bajando el tono de la voz, como si temiera que le oyesen, añadió:

—Ya está decidido. Pasamos a la acción.

—¿La acción? ¿Qué acción?

—Derrocaremos al Gobierno. Iremos a la revolución con los socialistas. Hoy en España, mañana en Portugal. La lucha es por la libertad en Europa: democracia contra fascismo.

Y, mientras el sol se hundía más allá de los edificios, como un presagio de la hoguera de sangre que se avecinaba, empezó a contarme los detalles de la reuniones en casa de Echevarrieta.

—Espero que cuando llegue el momento —comenté entre ofendido y solemne— se sepa distinguir entre quienes nos batimos el cobre desde el principio y la chusma oportunista.

¡Ellos y sus revoluciones! Pero usted ya sabe cómo acaba esa historia. Un baño de sangre.

No. No volví a ver a Bigas. ¿Escribí eso? ¿Qué quiere que le diga? Probablemente me dejé llevar por el lenguaje de aquellos años. Blanco y negro. Buenos y malos. Ahora, respóndame usted. ¿Por qué tanto interés en Ángel Bigas? Es un muerto más. Aquella época está llena de muertos. Europa entera, caballero, es una enorme fosa común. ¿Eso cree? ¿Que su tragedia esconde un secreto esencial? Mire, es fácil inventar leyendas. Por un tiempo vas lejos de casa y alguien dice: «Ha ganado y perdido una fortuna»; «En París tenía tres mujeres»; «Entregó su vida a la quimera de los ideales». La historia de la fortuna y la de las mujeres se desmontan con una sonrisa. Pero, en cuanto a las luchas ganadas o perdidas, el heroísmo, la guerra... Qué le voy a contar. Supongo que sabe a qué me refiero. En cuanto a Bigas, he conocido a otros como él. Nosotros, que les hemos sobrevivido, hemos construido un mundo mejor.

¿Que no todo es perfecto? Toma, pues claro. ¿Quién lo duda? Pero escúcheme con atención, señor Rotaeche, se lo diré con las palabras de su amigo el conde de Foxá. Aquí no hay terror. Aquí no hay crueldad. Aquí hay burocracia. Aquí hay orden. Aquí hay paz.

## Carta de Ramón Pérez de Ayala a Agustín Rotaeche

Buenos Aires, 25 de junio de 1951

Mi querido Agustín:

En la última carta que recibí me adelantabas tu viaje a La Habana. A estas fechas, te supongo ya en la isla. Espero que las charlas tropicales con el conde de Foxá den algún fruto.

Me preguntas por la situación explosiva de Argentina, y recuerdas que había prometido hablarte sobre mi posible retorno a España.

Respecto a lo primero, te diré que este país se derrumba por instantes y, hasta donde se puede prever, no ofrece porvenir ni seguridad ninguna para nadie.

En cuanto a lo segundo... Créeme, no hay día que no piense en el epitafio de Escipión el Africano: «Patria ingrata, no serán tuyos mis huesos».

El más cariñoso, apretado y cordial abrazo,

Ramón

**Agustín de Foxá, conde de Foxá**
**La Habana, 8 de julio de 1951**

¿Entonces ya ha hablado con Mauricio de Andrade? Un tipo poco recomendable, ¿no cree? ¿Más ron? Magnífico. Sí, resucita a los muertos. Igual que esta isla de azúcar, café y tabaco. Otra España, pero sin sus eminencias los cardenales y con mujeres que sostienen sin timidez la mirada de amor.

Bigas... El Turquesa... Para mí, como ya le dije, siempre fue Bigas a secas. No fue nuestra relación una amistad personal. No pudo serlo. Para ello me sobraba a mí reverencia y a él edad. Cuando se han cumplido los veintiséis, los cuarenta y tres son muchos años.

Le conocí en el otoño del año 32. Seamos un poco intimistas. En aquel tiempo, yo era un caso maravilloso de intoxicación literaria en un mundo miserable de taxis, tranvías y tenderos. Había asistido al último baile de la corte celebrado en palacio, escogido la carrera diplomática por impulso poético —pensaba entonces que los diplomáticos eran los inquilinos de los últimos palacios de las extinguidas aristocracias— y no me resignaba a abandonar a

Dios en la sordidez de la Cacharrería del Ateneo, a la novia en los libros de Freud y a la patria en los debates parlamentarios de una república de alpargata y brasero. Por aquellos días estaba afiliado a la Juventud Monárquica. Pero más que a empresas de subversión política, a lo que realmente aspiraba era a forjarme un nombre en los periódicos aprovechando el tiempo libre que me brindaba el escaso trabajo de cancillería. A Juan Ignacio Luca de Tena le había confiado mis proyectos. Un día me presenté en su despacho con una carpeta de poemas y prosas, mi cosecha literaria de varios años, y le dije:

—Voy a Bucarest y quiero escribir.

Luca de Tena vio la carpeta con ojo de experto y me contestó:

—Bueno, bien. Como yo me suponía, es usted un fino escritor. Hagamos una cosa. Mande usted sus artículos: si son buenos, se publicarán.

—¿Sobre qué?

—Sobre lo que quiera. A su aire.

A mi regreso, Bigas entró dentro de aquel «lo que quiera». Yo había leído con envidia y fascinación sus dos novelas. Y su ensayo sobre las *Memorias del tiempo viejo*, de Zorrilla, publicado aquel año de fracasadas conjuras monárquicas, acumulaba tanta riqueza de imagen y aventura que había logrado interesarme lo suficiente como para intentar la peligrosa experiencia de una interviú con alguien que había caído en la maraña demagógica de Azaña.

Luca de Tena dio su visto bueno a esa interviú recomendándome dureza:

—Bueno, pero a ver si zarandea usted bien a ese pollo.

Ahora recuerdo que nos citamos para almorzar en el Lhardy. Como suele ocurrir, Bigas no se parecía en nada a lo que yo había imaginado. No tenía el menor aspecto de solemnidad ni ese aire chabacano del conspirador de café. Era un espécimen de clase, eso es lo que era: un hombre apuesto, petrificado en una especie de dura juventud.

El almuerzo fue muy agradable. Hablamos al principio un poco de todo. Teatro, poesía, novela... Su gran admiración era Stendhal, del que me habló con erudición y simpatía. La conversación se escapó entonces hacia el siglo XIX: el ocaso de los imperios, de los Bonaparte, nacidos a la historia cuando ya no se hacían dinastías, y del ruinoso sueño de Maximiliano de Habsburgo en Méjico, cuyo esplendor y ceniza evocaba en sus memorias Zorrilla.

—¿Qué guio a Napoleón III a fundar un imperio mejicano? —comenté—. ¿No buscaría Napoleón el Pequeño su revancha de *parvenus* de la sangre real, regalando una corona a un príncipe perteneciente a la más antigua casa de Europa?

—Aquello —recuerdo que dijo Bigas— fue una quimera propia del romanticismo de la época.

Hablamos entonces de las memorias de Zorrilla, excusa de aquella entrevista en el Lhardy, y de una parte de su vida apenas conocida. Sus años como director de los teatros imperiales de Méjico. De pronto, dos alusiones centraron la conversación en un tema que hoy recuerdo como singularmente profético: los pésimos versos que el joven Zorrilla recitó ante la tumba de Larra, en el cementerio de la puerta de Fuencarral, y el suicidio de este en su piso de la calle de Santa Clara. El torrente desarticulado en que habíamos caído se ordenó entonces, por obra de Bigas, en un lento canal de aguas melancólicas.

—Moralmente, la vida bien pocas veces ha dejado de ser tan inclemente como cuando vivía Larra. Casi nadie, sin embargo, ha tenido, tras él, el valor de mirarse al espejo y confesarse la verdad.

—¿Instinto de supervivencia? —pregunté.

—Probablemente... Siempre he pensado que nuestra educación

política debería pasar por una época en que todos nos mirásemos en aquel último espejo que repitió el rostro de Larra.

Llegó el café, la copa de whisky, el puro. Recuerdo que Bigas me preguntó por mis impresiones de Bucarest, ciudad que, curiosamente, también había sido su primer destino diplomático.

—Es una ciudad única —dije—. Yo, por lo menos, me he sentido en ella como sobre una isla flotante, empujada de París a Rusia, de Occidente a Oriente. Cuando llegué allí, a finales de agosto, era como una alegre ciudad francesa. Después, el invierno empujó la ciudad hacia las estepas rusas, como un banco de hielo sobre el Danubio.

Bigas asentía con aire ausente, como si mis comentarios arañaran en su interior esas nostalgias que uno guarda para sí mismo.

Recuerdo que hice alguna alusión a las redondas cúpulas de las iglesias ortodoxas y un comentario sobre la región petrolífera de Ploiesti.

—Acaso Rumanía necesite los pozos de petróleo —dije—. Pero a mí esos árboles industriales y grasientos me parecen un sacrilegio.

—Usted nació tarde, Agustín —dijo él, ocultando la mitad de su sonrisa tras la copa de whisky.

Cuando nos levantamos de la mesa y salimos a la calle, ya empezaban a encenderse las primeras farolas, iluminando a trechos la Carrera de San Jerónimo. Recuerdo una despedida cortés, más bien protocolaria. Al llegar a la Puerta del Sol, compré un periódico a un pobre muchacho adormilado. Traía la noticia del viaje de Azaña a Barcelona, donde los nacionalistas catalanes le habían recibido con una tremenda ovación.

Mediada la tarde del día siguiente, me acerqué a la redacción de *Abc* y le entregué la interviú a Luca de Tena. Él estuvo a punto de no publicarla.

—Casi le da usted coba.

—Coba no. Pero ¿cómo quiere usted que coloque a un hombre así en el mismo plano que Azaña y su corte de parásitos?

—¿Tan buena impresión le ha dado?

—Mucho mejor de lo que digo en el artículo, desde luego.

—Ya comprendo, joven. Ya comprendo. Usted, por mucho que quiera dárselas de cínico, es un sentimental. En fin, daremos la interviú.

Hay personas que tienen un algo que desconocemos, pero que despierta una viva curiosidad y espolea nuestra imaginación hasta forjar pequeñas novelas. Bigas era de esa clase de personas. A menudo coincidíamos en la tertulia del Regina, en torno a Valle-Inclán, o en alguno de los restaurantes selectos de Madrid. Algunos días en el bar del Ritz. Otros en la casa de Marichu de la Mora, la señora Chávarri, musa de un pequeño salón literario al que acudía también Rafael Sánchez Mazas.

—A Bigas le ha pasado lo que a mi hermana —diría más tarde Marichu de la Mora cuando todo hubo terminado—. Se pasó de rojerío.

Ella le había conocido en las tertulias de Eva Fromkes. Por supuesto, él no la dejó indiferente, ni ella a él. Bigas era un hombre de mundo en el mejor sentido de la palabra. Le gustaban la conversación, el whisky y las mujeres. Y procuraba paladear esos placeres a menudo.

No, en el salón de Marichu de la Mora no tenía muy buena fama. Muchos le censuraban su compromiso republicano. Y, ciertamente, la política ya había empezado a afilar la cuchilla que sajaría grupos, fragmentaría tertulias y hasta desgarraría hilos familiares.

Algo de eso le había pasado ya a él con no pocos amigos del Lyon d'Or, según me comentó en una ocasión Sánchez Mazas. No obstante, en aquellos días, aún había relaciones y afinidades que contaban más que la filiación política. La guerra todavía no estaba dentro de nosotros.

Sí, como Larra. Hubo rumores de todas las especies, claro. Pero ninguno de ellos aportó alguna luz sobre las razones que lo habían llevado a matarse. Con el paso de los días, recordé nuestra charla en Lhardy, reconstruí frases y gestos suyos, y creí descubrir cuán firmemente había escogido el camino de la derrota y la vergüenza, porque en el fondo le daba igual. Supongo que ya tenía escogida su última carta.

¿Le parece que sigamos la conversación en el Floridita? Allí nos servirán un daiquiri granizado que es la delicia de La Habana. ¿Sí? Vayamos, pues.

Bien, volvamos a Bigas. Antes le decía que nuestros encuentros siempre se produjeron en sociedad. En una tertulia o en el salón de una dama, un hombre se siente obligado, aun si el ambiente es de confianza, a sostenerse en la superficie y dar a los demás lo que de él esperan. La máscara. La imagen brillante. Probablemente, de no ser por el azar, yo jamás habría tenido una imagen aproximada del otro Bigas, la imagen del alma, ni sentido los monstruos que arrastraba a su alrededor y dentro de él. El azar puso en marcha ruedecillas muy sutiles para que yo tropezara con esa imagen. Ese azar lo constituyó la carrera diplomática, a la que correspondió el papel de Parca acechante, enredando la trama de mis destinos con los jirones de su historia.

No hay daiquiri como este: el secreto está en el ron de la isla. Pero hablábamos del azar, que hizo su primera jugada en Bucarest... A Bucarest llegué huyendo del infierno del Madrid rojo. Me salvé por los pelos, sí. A diferencia de otros pobres desgraciados, pude esconderme en el Ministerio de Estado. Y, más tarde, conseguí que el ministro Álvarez del Vayo me nombrara encargado de Negocios en Rumanía. ¡Imagínese! Por supuesto, una vez allí seguí las consignas de Burgos. Sí, actué como agente doble. El Gobierno republicano me ordenaba que tomara posesión de la Legación española, cuyos integrantes habían pasado en bloque a ser facciosos. Según, claro está, la terminología roja. Pero yo fingía obstáculos insalvables. Achacaba la falta de éxito al rey Carol y a su camarilla palaciega. Y en mis informes al señor Álvarez del Vayo empleaba el estilo de *El Heraldo* de Madrid, que sabía que tanto placía al ministro. Hablaba de hordas vaticanistas y de la embajada facciosa donde todavía ondeaba la bandera monárquica. Aquel lenguaje, claro está, desvanecía todas las sospechas.

Otoño de 1936. ¡Qué tiempos aquellos! Entonces la vida era una novela. Ahora, en cambio, no pasa de una tercera en el *Abc*. Es lo que tiene ser diplomático de carrera. A veces nos parecemos a los jesuitas del XVII y XVIII, que regresaban a Europa enriquecidos con un tesoro de exóticas latitudes. Pero esa imagen solo es un reflejo en el agua. En el fondo, nos quedamos en todo a mitad de camino. Nos desangramos lentamente, con los cambios de destino.

Sí, ¡qué tiempos! Aún me veo llegando a Rumanía, sin equipaje, con lo puesto y un cepillo de dientes envuelto en un ejemplar de *El Heraldo*. Bucarest seguía siendo Bucarest: la ciudad de la alegría, la voluptuosidad, el ocio y el adulterio. Durante el día, yo era un diplomático de la República. Restaurantes, recepciones, cócteles y la obligada *tournée* de presentación al cuerpo diplomático, empezando por los países amigos, Rusia y Méjico. Por la noche, un conspirador. Reuniones de tapadillo con el embajador de Franco en Rumanía, conversaciones con los italianos y alemanes... Debido al doble juego que tenía que realizar, recibía telegramas tan antitéticos como los del ministro de Estado en Valencia, Álvarez del Vayo, y los del jefe diplomático del Gobierno de Burgos, José de Yanguas Messía.

Una noche —creo que la víspera del día de Navidad— asistí a una cena que ofreció en su palacio la princesa Kaftandzoglou. Yo había sido invitado con una nota sorprendentemente ceremoniosa.

Sofía Kaftandzoglou era famosa por sus fiestas, durante las cuales despegaban los más altos vuelos sociales y políticos. Aquella noche el salón principal del palacio brillaba despreocupado y alegre bajo las gloriosas arañas compradas en París. Había muchos diplomáticos y muchas damas generosamente escotadas que iban y venían, semejantes a polillas, entre los susurros, el champán y una orquesta de música a la que la proximidad del Danubio llenaba con prestigios de vals. El whisky y el vodka, desde luego, eran excelentes. Era yo quien tropezaba con la atmósfera. Por la tarde había recibido malas noticias de España. Los republicanos, apoyados por los tanques soviéticos, habían ocupado tres pueblos. Me sentía tremendamente solo. Y estaba a punto de emborracharme como una cuba, de pura tristeza, cuando, de pronto, Tanzi Sorne me susurró al oído:

—Larguémonos. Esto es tan aburrido... En el palacio hay un

fantasma. Uno de los presentes lo ha comentado. Es una mujer asesinada en 1840. Vamos a buscarla.

Me sobresalté al oírle decir tal cosa. Pero su voz resucitó el antiguo amor. Con el dorado brazo de Tanzi apoyado en el mío, salimos del gran salón y empezamos a pasear por una guirnalda de galerías y salones. De repente, nos encontramos en una estancia estilo Luis XV. Un cuadro en la pared atrajo de inmediato mi atención. Era el retrato de una mujer, una señora antigua de Centroeuropa, cuya belleza se ofrecía teñida de no sé qué matiz oriental de intensa sensualidad.

—Qué guapa es —susurró Tanzi—. Apuesto un beso a que por ella se suicidó algún joven poeta en las aguas del Danubio.

Perdimos, en la contemplación de tan admirable rostro, la noción del lugar y del tiempo. La inesperada voz de la princesa Kaftandzoglou nos hizo regresar a la realidad.

—Hermosa, ¿verdad?

—¿Qué? —pregunté confuso.

—Es la tía Helena —explicó mientras nos miraba con la naturalidad de quien ha asistido, ya muchas veces, a la misma escena.

Tanzi miró a la princesa con alegre vivacidad, sin decir palabra.

—Fue una mujer encantadora —continuó la princesa—. Con ella pereció el mundo de antaño. Y habría fallecido de una muerte plácida de no ser por la desgracia de mi primo Nae, ejecutado por los alemanes en el año 17.

La princesa se estremeció. Tanzi, también.

—Yo era casi una niña —recordó al cabo de unos instantes— cuando una tarde vino a nuestra residencia de Iasi un señor desconocido con el que mi padre y la tía Helena se encerraron en el salón más de una hora. Antes de irse, mi padre los dejó a solas un momento y entró en la alcoba de mi madre, para volver después y acompañar al inesperado visitante a su carruaje. Por la noche me enteré de que el primo Nae había muerto. «Demasiado valiente para sobrevivir a una guerra», me dijo mi padre, impresionado por semejante golpe.

No supe qué contestar. Me sentía como si hubiese violado un secreto de familia.

—Mi tía Helena tenía una admiración muy grande por España y por su pueblo, señor conde —dijo de pronto.

Descubrí entonces una mirada de complicidad entre Tanzi y la princesa. Sí, Tanzi y Sofía habían organizado aquel extraño encuentro. ¿Por qué? Lo ignoraba.

—Para ella los españoles eran los últimos caballeros de Europa. Especialmente su rey, Alfonso XIII, de quien hablaba con admiración. Y había también un diplomático —añadió la princesa—, un joven arrogante que movió cielo y tierra a fin de salvar a Nae de la horca.

La princesa cerró los ojos, identificando voces que únicamente ella podía oír. Después parpadeó, como si regresara de otro tiempo, y sus ojos buscaron los míos.

—Cuántas veces —dijo— me repitió... Si alguna vez encuentras a un diplomático español que se llama Bigas, abrázale.

Cuál no fue mi asombro cuando oí aquel apellido.

—Ahora tengo la ocasión de pagar esa deuda familiar con su país. —Sus ojos grises se volvieron de duro acero—. No se incomode. No tengo intención de abrazarle. Pero estoy segura de que sabrá apreciar cierta información.

—¿Qué información?

—Me temo que está en peligro. Es mejor que lo sepa. Los rusos han descubierto su juego.

Aunque Sofía Kaftandzoglou había dicho esto último en voz baja, como de confidencia, quedé aturdido por un gran estruendo.

—¿Está segura? —pregunté desconcertado.

La princesa me miró fijamente. Después levantó las cejas y sonrió enigmática.

—Ostroski lo sabe —dijo.

¡El embajador Ostroski! La tarde anterior había almorzado con él como si nada. Miré a la princesa, confuso. Tres años después, tras la caída de Barcelona, vería en el Ministerio de Estado mi expediente dirigido por los rusos a Álvarez del Vayo. Decía textualmente:

> La actitud del señor Foxá con respecto al Gobierno de la República es la de un traidor.

—Me hago cargo —dije.

—Bucarest es una ciudad peligrosa —sonrió la princesa—. Temo, querido conde, que usted no estará a salvo hasta que no salga de ella. Ahora —añadió posando una de sus manos largas y blancas sobre el corazón— les ruego que me disculpen.

Era bien pasada la medianoche cuando abandoné con Tanzi el palacio de los Kaftandzoglou.

—A casa —me sonrió Tanzi después de dar su dirección al conductor de uno de los taxis que aguardaban estacionados a pocos pasos del puente de Mogosoaia.

Nos sentamos juntos en el estrecho asiento tapizado de cuero, y ella dejó descansar su cabeza en mi hombro.

—Dime —susurró— que no te has molestado. Fue idea de la princesa. Para serte sincera, me gusta bastante. Es muy refinada, y también inteligente. Aunque me da la impresión de que solo conoce historias muy tristes. ¿Será verdad esa de su primo Nae y el diplomático español?

La nieve seguía cayendo sobre la calle Victoria y los tejados de Bucarest. Copos suaves y perezosos que flotaban en la luz rubia de las farolas. Toda la ciudad estaba blanca, llena del silencio de los campos.

—Sabía que no eras un rojo —prosiguió Tanzi sin darme espacio a una palabra, abstraída quizá en los días felices de mi primera estancia en Bucarest, cuando ambos habíamos jugado a querernos y a hacernos daño—. Pero me juré que no diría nada. Siempre la política. En todas partes. Tal vez deberíamos escaparnos a una isla desierta.

—Iría contigo. Pero tendríamos que aprender el malayo —dije más perdido y melancólico que nunca.

Luego la abracé y la besé durante un largo rato, en busca de esperanza y calor, porque al menos no estábamos solos, y porque habría sido de mala educación no hacerlo.

Subimos a su casa cogidos del brazo.

—¿Me has extrañado? —preguntó—. ¿Has pensado en mí estos años?

—Sí. Muchas veces.

—Yo también —dijo ella con una sonrisa deliciosamente lasciva—. Te he querido mucho.

Todavía conservaba las cartas que yo le había escrito desde Madrid. Las guardaba en un ropero, junto a los retratos de los dos seres que más quería: el de su hija Pandelica y el mío, de uniforme diplomático con la banda de la nobleza de Cataluña. Debajo, mi dedicatoria:

A Tanzi Sorne,

que ha pasado por mi vida como el pájaro que vuela.

Agustín.

Naturalmente, volví a besarla, e hicimos el amor como si fuéramos los mismos amantes del pasado, antes de la revolución, de la guerra, antes de todo. Después me dormí con el presentimiento de que su cuerpo ya no era mío ni estaba en mi tiempo.

¿Otro daiquiri? ¿Sí? Me alegro de que no sea usted de la secta hache-dos-o... Bien, ¿por dónde íbamos? Bucarest, sí. Ya me acuerdo. Aquella noche en el palacio de Sofía Kaftandzoglou solo fue mi primer tropiezo con el espectro de Bigas. Pero, de todos cuantos tuve, ninguno me acercó tanto al fondo de su trágica existencia como el ocurrido en Finlandia. De no haberse producido esa revelación, hoy no me acordaría de Ángel Bigas.

Era el año 42. Yo había ido a pasar la Pascua con Curzio Malaparte al frente de Leningrado, la antigua San Petersburgo. Recuerdo Viipuri, donde Malaparte me esperaba en compañía del capitán Leppo. Recuerdo el lago Ladoga, inmenso, brillante bajo el sol, como un Sahara de hielo. Recuerdo los trineos tirados por caballos rusos, y el cielo, del color de un viejo pergamino, y aquella imagen impensable que me dejó sin habla. Los blancos edificios y las relumbrantes cúpulas de las iglesias, los muelles de granito, los puentes italianos que cruzaban los canales... Leningrado, la ciudad que construyó Pedro el Grande para cumplir su delirio de autócrata genial. Mar, piedra, cielo... Todo se confundía en un fascinante espejo cubierto de nieve. «¡Qué idea para un ruso!, pensé. Fundar la capital del imperio de los eslavos en tierra finesa y frente a los suecos.» Y al momento se removieron en mi memoria los versos de Pushkin. ¿Los conoce?

Sobre una orilla, junto a las olas desoladas
él se situó, con elevados pensamientos,
y contempló la lejanía...

Las chimeneas humeantes de las fábricas y una inmensa bandera roja, ondeando sobre la fachada del almirantazgo, me devolvieron a un presente sobrecogedor. Leningrado agonizaba bajo la artillería y la aviación del Tercer Reich. Su situación era desesperada. En ello coincidían los generales alemanes que no cesaban de bombardearla y las declaraciones de los prisioneros capturados. La más bella ciudad de Europa tenía el aspecto de una antigua fortaleza asediada, roída por el hambre, el tifus y la miseria. Una preciosa mortaja. Sí, un infinito cementerio de casas donde cada día dejaban de latir miles de corazones.

Malaparte, que en ese momento miraba por los prismáticos, comentó:

—Se calcula en diez mil a doce mil el número de personas que mueren diariamente. La mayoría de los muertos no son enterrados, y cuando venga el deshielo el olor será insoportable.

Su tono era áspero. Habían bastado los dorados destierros y unos cuantos años de guerra para convertir al *enfant terrible* del fascismo en un hombre angustiado, perseguido por visiones tan espeluznantes como las que se estremecen en las pinturas negras de Goya.

—Mira esa cúpula, es la de la catedral de San Isaac —dije después de un largo silencio, embebido en la contemplación de un milagro que estaba seguro nunca más volvería a ver—. El día que los marxistas sean capaces de construir una ciudad así, yo seré rojo.

De pronto se oyeron los disparos de los cañones alemanes y acto seguido el rumor de abeja de las ametralladoras.

—Por el amor de Dios, Agustín, esa ciudad es obra de un loco —dijo Malaparte con una súbita expresión de vergüenza y molestia casi física—. Aquí, Pedro, el gran Pedro, dio vida a las piedras a costa de arrebatársela a los hombres. Es una ciudad de muertos.

Miles y miles de muertos. Igual que ahora. No hay salida para nadie. Fallamos como especie.

Hacía un frío de lobos. Dolía respirar. El aire, saturado de una especie de escarcha gris, cosquilleaba y pinchaba la piel de nuestros rostros.

—La historia —continuó Malaparte— es un cubo de mierda, una espiral ascendente de mierda y sangre.

—Oh, pero qué sería de la civilización sin estos actos de soberbia —repliqué—, sin el afán de soñar y de vivir locuras únicas. Piensa en Constantino y la antigua Bizancio, en Carlos V y el Sacro Imperio Romano Germánico, o en ese califa cordobés que bautizó la ciudad de quince mil puertas y cuatro mil trescientas columnas con el nombre de su concubina, que se llamaba Azahar. Así, decía un cronista, el viajero podía entrar en la ciudad como en una mujer desconocida y en el frescor de su sombra sentir la tentación de no abandonar nunca semejante recinto.

—Es curioso lo que dices —dijo Malaparte—. Una vez conocí a un español que hubiera bautizado Leningrado con el nombre de una mujer... Se llamaba Bigas.

Fue así como volví a tropezarme con su espectro, un encuentro tan irreal como la dorada y blanca anunciación de la capital de los últimos zares.

—¿Dónde? —pregunté sin dar crédito a las palabras de Curzio.

—¿Cómo?

—¿Dónde conociste a Bigas? —insistí.

—En Varsovia —respondió Malaparte.

Y entonces me habló de Varsovia, de los años que sucedieron inmediatamente a la Primera Guerra Mundial y los días lejanos en que un ejército bolchevique recorría Polonia con prisa de animal sediento. Me habló de las veladas musicales en el salón blanco de la Regia Legación de Italia; de las largas tardes de estío en la

Nunciatura Apostólica, con el nuncio monseñor Achille Ratti, más tarde Pío XI; de las noches pasadas en el Club Mysliwski, hablando de política, mujeres, duelos y amores. Poco a poco, sobre la gélida silueta de Leningrado se sobrepusieron aquellas sombras amables que surgían del fondo de su memoria.

—A Bigas lo recuerdo muy bien —dijo Malaparte—. Tenía debilidad por las maneras y costumbres de los ingleses, y a menudo esa debilidad lo ponía en evidencia, pues olvidaba que los británicos habían sido los más acerbos enemigos de la libertad de Polonia.

Malaparte me contó que una noche Bigas le habló de una mujer rusa con la que había vivido un romance en Bucarest.

—Toda su obsesión era reunirse con ella.

—¿Cómo se llamaba? —pregunté.

Pero los ojos de Malaparte se habían apartado de la ciudad. Miraban a unos metros de nosotros, al otro lado de las trincheras de alambrada: clavado en la nieve, un palo, y sobre el palo un gorro soviético, indicando que allí había enterrado un espía rojo.

—¿Qué pruebas tenían contra ese pobre diablo? —dijo de pronto.

Volvimos a los trineos sobre nuestros pasos, despacio, mudos, cada cual hundido en sus pensamientos. Aquella noche dormí mal. Me desperté varias veces, y una de ellas tuve la impresión de que Bigas me observaba desde el umbral de la casa de madera donde nos habían alojado nuestros anfitriones. Parecía muy viejo y su ropa era la misma que los alemanes empleaban para andar por las trincheras. Entonces, a saber cómo, pensé que no estaba muerto y que podría preguntarle por aquella mujer rusa. Recuerdo que me desperté antes de que él llegara a contestarme. No había nadie; la puerta, desierta. Volví a dormirme. Y soñé con los cadáveres de los soldados de Napoleón en los caminos de Rusia. Olas y olas de soldados que se rendían para entregar al hielo sus cuerpos extenuados.

Sí. Olga Rykova. Así se llamaba. No. Malaparte y yo jamás reanudamos aquella conversación frente a Leningrado. De Bigas sí volvimos a hablar, en Helsinki. Y más de una vez, sin duda. Malaparte no sabía nada de su colaboración con los socialistas. Ni siquiera sabía que estaba muerto.

Fue años después, a mi regreso de Helsinki, cuando conocí la identidad de la rusa. Un día, hablando con Sánchez Mazas de literatura y política, surgió, por casualidad, el nombre de Bigas. Yo le pregunté entonces si alguna vez había oído algún rumor referente a una mujer rusa.

—¿Te refieres a la Rykova? —preguntó sombrío—. Una mujer hermosa. Tenía unos ojos grandes y rasgados, como de mosaico bizantino.

—¿Qué fue de ella? —pregunté.

—Murió en Roma. La asesinaron.

Eso es todo, sí. Lo ignoro... ¿Qué es esto? ¿Son las diez? Venga, le invito a cenar en el Miami.

## Carta de Andrés Hurtado a Agustín Rotaeche

Las Arenas, 10 de octubre de 1951

Apreciado Agustín:

Ayer se me ocurrió visitar la antigua casa de los Bigas. Tenía curiosidad por ver aquel lugar con ojos más perspicaces y sensatos que los de otra época. Pero, como usted dijo, la casa que conocí ya no existe.

A falta de guardianes que velen por su adorno, el jardín se ha transformado en una selva de dimensiones tropicales. Nadie lo ha cuidado en años. Anárquica, tumultuosa, la vegetación ha borrado los caminos y se ha apoderado de las decapitadas estatuas de mármol, el pequeño teatro, el estanque... ¡Cuánta ruina! Asediado por la marea verde, el edificio ha adquirido el aspecto de un animal tuberculoso y peludo. En cuanto al interior, mejor no hablar. Todo está sucio, revuelto. Los espejos manchados y rotos; el parqué mugriento; las puertas sin picaportes; los muebles desaparecidos; los grandes ventanales sin cortinas; la baranda de la escalera herrumbrosa; el mármol de los escalones roído por un ejército de caries.

Por todas partes, grietas, telarañas... Y el olor, el olor que anda como desatado, un olor que nada puede vencer, que persistirá aunque derriben los muros. Olor a rata, a basura, a orín de gatos, a cosa podrida y fea.

¿Es la misma casa? Ni siquiera el puerto, el mar, la entrada de la Ría, la antigua playa eran reconocibles. Aturdido, cansado, me alegré de no ver espejos que reflejaran la expresión de mi rostro.

Pero ciñámonos al verdadero motivo de estas líneas. Este no es otro que hacerle entrega formal del puñado de cartas que Ángel me envió desde Rumanía en los años de la Primera Guerra Mundial. Estos días he releído y repasado con creciente interés su contenido, y más de una vez la antigua voz del amigo de la adolescencia ha levantado en mi memoria las mejores aspiraciones y los mejores sueños de la juventud. Pero el tiempo no pasa en vano. Los hombres envejecemos también por dentro, a medida que lo hace el corazón. Y está también el final, como si un viento frío pasase súbitamente sobre la tinta. Aquel disparo.

Sin más, lo abraza afectuosamente,

Andrés Hurtado

## 3

# LOS DÍAS DEL FIN DEL MUNDO (EPISTOLARIO DE BUCAREST)

**Bucarest, 2 de octubre de 1914**

Querido Andrés:

Me encuentro destinado en una ciudad que jamás pensé visitar. Esto me ha puesto a digerir cuanto veo con especial avidez.

—Aquí se divertirá usted mucho —me aseguró el embajador Multedo el mismo día de mi llegada—. Bucarest es una ciudad para un hombre joven. Las mujeres son deliciosas y resulta muy fácil enamorarse desde el primer día.

Y después, mientras salíamos de la Legación para cenar en Capsa, una especie de Lhardy de Valaquia, exclamó:

—Esto es el París de los Balcanes.

Multedo sabe de qué habla. Bucarest es una ciudad fascinante, algo así como una urbe de recreo edificada a imagen y semejanza del París del Segundo Imperio, con majestuosos edificios, elegantes carruajes, extravagantes mantenidas y jóvenes peripuestos que parecen trasplantados de los cuentos de Guy de Maupassant.

Seguramente, nuestros afrancesados nunca amaron tanto París como hoy la aman los rumanos cultivados. Créeme, Andrés, son más franceses que los propios franceses. Su obsesión por convertir París en madre nutricia es tal que, a menudo, tiene uno la sensación de vivir entre esos niños que, al aprender las primeras y más elementales nociones, están de buena fe persuadidos de que las han descubierto ellos por primera vez y, al volver del colegio a su casa, miran con cierto desdén compasivo a su padre, y le quieren adoctrinar y educar y poner al día.

No creas que exagero. Hace tres noches, durante una cena, el agregado militar de la embajada francesa tuvo la pésima ocurrencia de hablar de Rumanía como de un reino balcánico más.

—¡Por favor! —exclamó ofendida una señora—. ¡Cómo pueden confundirnos ustedes con griegos y eslavos semisalvajes!

Aunque difícil de entender, no se permite que nadie olvide jamás esto: Rumanía es una isla latina rodeada de mares eslavos.

—Roma es la arteria aorta de Rumanía —me han dicho—. Nosotros decimos «agro» al campo y «regina» a la reina, como Virgilio.

Cuando discutimos el asunto, el embajador Multedo me ofrece su análisis:

—Palabras, joven. Nada más que palabras. Todo eso de que Trajano es a Rumanía lo que Colón a América no deja de ser una prueba más de que en los Balcanes la historia no pasa de una novela mal escrita.

Historia o simple retórica, oyendo a este pueblo hablar en una lengua que evoca el latín ingenuo de nuestro bachillerato, más de una vez me ha venido a la cabeza la imagen de los veteranos instalados por el emperador Trajano en estas tierras: soldados de las legiones de Tarso, de los arrabales de Jerusalén, del sur de Alemania, fatigados guerreros acostumbrados al tumulto de las armas. Más de una vez, sentado en un café de la calle Victoria, he pensado en ellos, y también en los hombres que echan raíces en lugares inesperados, en esos milagros que les suceden a quienes están de paso y por alguna casualidad, fatal o providencial, terminan viviendo en una parte del mundo que jamás imaginaron.

Un tiernísimo abrazo muy prieto,

Ángel

**Bucarest, 20 de octubre de 1914**

Querido Andrés:

He vivido días interesantísimos y tristes, con motivo de la muerte del rey Carol. Aquí también se habla mucho de la guerra. Fernando, el nuevo monarca, ha heredado las angustias de su antecesor en el trono. ¿Seguirá Rumanía fuera de la guerra? Y si no es así, ¿de qué lado luchará? Naturalmente, un nuevo rumor circula cada cinco minutos. Día y noche, efímeras opiniones inundan las calles y los innumerables cafés con títulos rimbombantes:

¡LA BARBARIE GERMANA HA INVADIDO BÉLGICA, DESTRUIDO UN PAÍS NEUTRAL, BOMBARDEADO CATEDRALES E IGLESIAS!

¡FRANCIA E INGLATERRA PRETENDEN LLEVARNOS A LA GUERRA POR LA ALCOBA!

INGLATERRA POSEE COLONIAS RIQUÍSIMAS; ALEMANIA, NO, QUE LAS CEDA.

¿PUEDEN LOS ALEMANES ARRASAR PARÍS? ¿PUEDE HABER UN EJÉRCITO CAPAZ DE TAL BARBARIE?

¿Y el pueblo?, me dirás. ¿Qué piensan los campesinos? Nada. La entrada o no en la guerra es una partida lucrativa que se juega muy por encima del pueblo. ¡Cuántos políticos sin escrúpulos cotizan, estos días, al alza! ¡Cuánto oscuro abogado se está enriqueciendo gracias a la guerra! La perfidia de los despachos, las intrigas de los salones, la traición de los pasillos parlamentarios, los chantajes a medias, el ruido de la clave de la caja fuerte que se abre para corromper a generales y ministros, los sobres de los periodistas; todos estos resortes de la maquinaria política funcionan a plena luz del día. Hoy, en Bucarest, no gira una rueda sin oro de por medio. Todo está en venta: diarios, cargos, licencias, pasaportes... Todo se vende: el honor, la patria, la verdad...

—Bratianu —me decía el otro día un diplomático francés— se comporta igual que un vendedor en un bazar oriental. Se le ha ofrecido Transilvania a cambio de entrar en la Entente. ¿Y cuál cree que ha sido su respuesta? Pedir Bucovina y el Banato.

En verdad, las aspiraciones nacionales de Rumanía son prácticamente ilimitadas.

Ayer tuve la ocasión de comentar este asunto con el poeta Alexandro Stelescu.

—¿Qué espera? Ya se sabe cómo son los asuntos en esta parte del mundo. Bucarest sigue siendo fiel a su viejo pasado de perdición. Estamos a las puertas de Oriente, joven.

Alexandro Stelescu es el más excéntrico de los intelectuales rumanos que he conocido. Tiene el físico de Mallarmé: el mismo perfil altivo, la misma barba puntiaguda. Formado en los semilleros intelectuales de la Haute École de París, se ha pasado la vida rompiendo y volviendo a escribir su manuscritos. Me han contado que, recientemente, la reina viuda y también poeta Isabel de Rumanía le ha dicho:

—Escribir es poner negro sobre blanco.

Desde entonces, dicen que ya no ha escrito más.

Paseábamos a lo largo del parque Cismigiu, al atardecer.

—Oriente ... —repitió la palabra como si le produjese una especial tristeza—, en el sentido otomano del término, como el pez que empieza a pudrirse por la cabeza.

Stelescu vive en el ayer. No puedes imaginar hasta qué punto aborrece cualquier manifestación de la realidad. Nunca lee los periódicos. No le importa la guerra. Para él, el asalto turco contra los muros de Constantinopla, la antigua Bizancio de los helenos, es el último hecho histórico en el que se siente envuelto.

—Ahí estuvo la última posibilidad. Después de 1453, comienza lo que estamos viviendo. Y no es que los emperadores bizantinos fueran unos santos.

Sus amados historiadores y poetas latinos, sus amadas bailarinas, son su mundo diurno y nocturno respectivamente. Por supuesto, evita por todos los medios las tertulias. Según dice, no soporta la pelea de gallos.

—Aquí nos separamos —suele decirme, señalando las puertas del Capsa—. Le dejo en compañía de los graves hombres de la patria.

Todos los personajes importantes de Bucarest, o quienes aspiran a serlo, se exhiben cotidianamente en los salones del Capsa, donde se arreglan los asuntos vitales de Rumanía. Yo, anoche, me había citado allí con Nae Kaftandzoglou. Al principio, mientras degustamos un delicioso foie, hablamos un poco de todo. Pero la guerra tiene a Nae muy preocupado. Naturalmente, sus simpatías están del lado de Francia.

—Si vencieran las potencias centrales —me dice—, sería todo

mucho peor. Los alemanes son la apoteosis de la raza, el orgullo criminal... Atila, los bárbaros de Atila.

Pero de Nae ya te hablaré en otra ocasión. Temo haber perdido la noción del tiempo y llegar tarde a una cita.

Un abrazo de tu mejor amigo,

Ángel

## Bucarest, 11 de diciembre de 1914

Querido Andrés:

Hoy te hablaré de Nae Kaftandzoglou y de su madre, la princesa Helena.

Nae es mi Virgilio en los descensos al infierno de fábula de Bucarest.

—Ahora, por tu bien, veo que debes seguirme —dice con cierta guasa, justo antes de que nos engulla la noche.

Todo, en su compañía, ocurre a la velocidad del sueño de una noche de verano. Unas veces somos doce, otras ocho, otras grupos de cuatro en distintos coches de caballos. Todo parece organizado al ritmo acelerado de los violines zíngaros. La gente se nos une como por arte de magia, nos acompaña un rato y luego desaparece y le sucede otra gente.

Aunque ronda los cuarenta, Nae parece un verdadero adolescente. Es un libertino incurable y sabe conquistar la simpatía y la adoración de cuantos le tratan. Las mujeres, claro está, se prendan de él.

—Ah, pero la princesa me considera un borrachín. Dice que me comporto como un pajecillo de la vieja corte. Es una discusión que siempre hemos tenido. Ella no cesa de decirme: «Algún día abrirás los ojos. Un hombre está hecho de segundos..., de minutos».

Nae aventura comentarios de este tipo en las contadas ocasiones que habla de su familia, pero creo que se equivoca. Su madre, la princesa Helena, lo adora. Esto es evidente. Y, en ningún caso, parece censurar sus costumbres. Ella, que perdió a su marido a finales de siglo, es la superviviente de un mundo más razonable que el nuestro, por ser precisamente más frívolo. Aunque su belleza no es más que un recuerdo —Nae me ha comentado que, en vez de espejos, en su habitación tiene los retratos de otros tiempos—, dicen que ha inspirado vivas pasiones y que también las ha sentido.

—Supongo —me dice el embajador Multedo, visiblemente interesado en todo lo concerniente a la familia Kaftandzoglou— que con esas pasiones le ha ocurrido igual que le ocurre con los trajes de noche. Solo se los pone una vez, pero los guarda todos, así que tiene armarios de recuerdos.

La princesa Helena es la abeja reina en el panal pro-Entente de Bucarest. Yo voy raramente a su salón, pero siempre me recibe con afecto, como si fuera un amigo esperado y nada molesto. Fiel a sí misma, fiel después a su árbol genealógico y, por último, fiel al empleo de ese francés dulce y fluido del siglo de Versalles que da a las menores palabras la gracia anticuada de una lengua muerta, su conversación es de lo más amena: un río de erudición asombrosa, veloz y laberíntico, con referencias casuales a personajes literarios, acontecimientos históricos, mitología, citas filosóficas...

—París sobrevivió a Robespierre, al zar Alejandro, a Bismarck. Ellos creyeron construir sobre la roca; París tomó el partido de los poetas: construyó sobre las almas —le dijo hace unos días al embajador alemán cuando este aventuró para la capital francesa la misma suerte sufrida por Bélgica.

—Querida amiga —repuso sorprendido el embajador—, en la guerra actual no hay poesía.

—Sí, la de los aeroplanos —murmuró inexpresiva.

La princesa vive entre libros recién llegados de Francia, intrigas más o menos políticas y fastuosas recepciones que reúnen lo más refinado y distinguido que encierra Bucarest. Pasado mañana estoy invitado a una de ellas. Prometo contarte los detalles.

Tu amigo,

Ángel

## Bucarest, 14 de diciembre de 1914

Querido Andrés:

Me parece que fue Balzac quien escribió: «El carnaval de Venecia ya no es nada. El verdadero carnaval está en París».

Pues bien, anoche Venecia entera estaba en el palacio de Helena Kaftandzoglou. Te escribo, claro está, con la memoria visual a flor de piel. Nunca antes había visto una fiesta de disfraces de gusto tan audaz. En la sala de baile, la princesa había ordenado instalar un estanque donde se deslizaban ocho o diez góndolas. Lo cruzaba un puente arqueado, engalanado con lámparas como hermosas naranjas luminosas. Las paredes del gran salón habían sido especialmente decoradas con telas de oro y en el techo se había bordado un enorme mapa con las grandes rutas del comercio veneciano: los Dardanelos y el mar de Azov, Siria, Alepo y Beirut, Alejandría, Persia, la India y China, España, Inglaterra y Flandes.

—Ah, ¡Venecia, Venecia! —oí que decía un apuesto anciano disfrazado de gran Khan—. Nada más fácil en este palacio que presentarle sus respetos a la leona solitaria del Adriático.

Estaba allí todo el mundo; es decir, todas esas personas que componen «el mundo» y no se cansan de encontrarse, siempre los mismos, para festejar que existen todavía. Estaban, también, todos los siglos. Filósofos con togas dóricas, Nerones y Petronios, un Otelo de mirada decrépita, lansquenetes con picas que habían participado en el saco de Roma, la duquesa de Urbino pintada por Piero della Francesca, dos o tres húsares engalanados con los dorados adornos de su dolmán rojo, Catalina II con el pecho cruzado por una gran banda azul celeste, estrellada, como un glaciar, con los diamantes del Ural...

Yo me había vestido de lord Byron. El embajador Multedo, de Quevedo.

Ante nosotros flotaban las bandejas de cócteles y el deslumbrante brillo de las joyas que decoraban los hombros de las mujeres, muchas de ellas disfrazadas de reinas. Parecía un río de diamantes, perlas, rubíes, zafiros, esmeraldas, topacios: un río de luz y de fuego.

—¿Qué le parece? —me preguntó Multedo risueño—. Una gran fiesta, ¿no cree? A la princesa Kaftandzoglou le encanta sorprender a sus invitados. ¿Le ha presentado usted sus respetos? Le diré un secreto que corre a voces: donde vea usted a una madame de Pompadour con una canasta llena de amapolas y fresas, seguida de un sirviente disfrazado de Boucher, la habrá usted encontrado. Aunque con la princesa nunca se sabe. A veces le da por desaparecer en mitad de la noche para ponerse otro disfraz. No me extrañaría nada que se haya transformado, por ejemplo, en una madame de Staël como la descrita por Chateaubriand.

La primera cena —después de medianoche habría otra— estaba siendo servida en uno de los salones contiguos, y Multedo me invitó a unirme a su grupo, que debatía las últimas noticias de la guerra.

—Ustedes, los españoles, los rumanos, son como los americanos

—decía el conde Olsufief con ojos vivos y fulgurantes—. Asisten al drama europeo como si ocurriese en otro planeta. Son unos niños grandes.

Olsufief ni es conde ni se llama Olsufief. Es un aventurero de origen armenio que trabaja para los servicios secretos del zar Nicolás. Pero está en lo cierto. Yo creo que, al final, será la guerra total, aunque no quieran los norteamericanos. Las guerras son como la muerte, no dependen de uno; son, además, fenómenos paradójicos y profundamente irónicos que con frecuencia transforman aquello que se quería conservar, fomentan lo que se quería impedir, destruyen lo que se quería proteger.

—Algún día despertarán del sueño —profetizaba el conde, ataviado de viejo dux.

Mientras tanto, nevaba... Y por las escaleras del palacio de la princesa, cada vez que entraba o salía un invitado, se colaba un poco de nieve, añadiendo aún más irrealidad a las ilusiones de una fiesta que ya de por sí era puro artificio.

Todavía nevaba al amanecer cuando todos comenzaron a retirarse a sus casas. Nevaba sobre el puente de Mogosoaia. Nevaba sobre la calle Victoria. Caía la nieve, salvaje y antimunicipal, en cada zona de Bucarest. Nevaba sobre las cúpulas de las iglesias ortodoxas, sobre los trineos tirados por caballos, sobre los faroles que ardían todavía con un fulgor rojo en el aire lóbrego de la mañana.

Aún nieva ahora. A través de las ventanas veo caer los grandes copos, de algodón y de sombra, hacia las luces; caen espesos, al azar. Quisiera escribirte muchas otras cosas, pero la melancolía se ha apoderado de mí como una enfermedad. Así pues, dejo un cántaro de anécdotas para la próxima vez.

Felices fiestas para ti y los tuyos. Un abrazo de tu mejor amigo,

Ángel

## Bucarest, 26 de enero de 1915

Querido Andrés:

¡Estoy perdido! Amo sus ojos. Amo su boca, el principio de su sonrisa. Amo su cabello, del color de la miel.

Se llama Olga... Olga Rykova Annenski. Está divorciada. Tiene una hija de cinco años que vive con su abuela en San Petersburgo. Su padre es el príncipe Pablo Sergio Boris Rykova, embajador ruso en Rumanía; su bisabuelo materno un almirante a quien ennobleció el zar Nicolás I por los servicios prestados a la Marina imperial.

—Pronuncia bien. Así, mira: Annenski... Apoyando la lengua bajo los dientes delanteros —suele comentar con sorna en un francés fluido y perfecto, como el de los personajes de Anna Karenina.

Su alma, sus gestos, su cara los ha heredado de su madre: cierta secreta armonía de sabor muy antiguo, como una pintura de Botticelli.

Podría recordarla ahora tal y como la vi por primera vez. Estaba resplandeciente y parecía saberlo. Sus pequeños y perfectos pechos abultados justo por encima del escote... Fue en el salón de la princesa Helena. ¿Cuántos días han pasado desde entonces? Una vida. Un siglo... La cena era más bien de sociedad, con algún componente de intriga política. Había varias señoras oficialmente guapas y Nae me presentó un sinfín de gente, pero yo solo podía verla a ella. Atrapado en las conversaciones más aburridas del mundo, no la perdí de vista en toda la noche. Hubo un momento en que quise preguntarle a Nae. Sin duda, la persona más adecuada y la ocasión más inadecuada, porque Nae intentaba rendir a la mujer del agregado comercial inglés, que tiene fama de enamoradiza, y apenas me escuchó.

—Ah, sí. Se llama Olga no sé qué.

Después de aquella ocasión, estaba seguro de que no la volvería a ver. Y, de pronto, una semana, y la tenía al alcance de la mano en un baile organizado por la embajada francesa.

Nos presentó Nae.

—¿No se conocen? La señora Olga Rykova. Ángel Bigas, español.

Hablamos de viajes, de Rusia, de París, que ella conoce a la perfección.

Ya lo sé. Sé que el amor es frágil —estoy pensando en María, pobre María, cuánto daño le he causado—, que a veces solo se salvan los pedazos. También me doy cuenta de que todo esto es muy parecido al razonamiento de un niño enamorado, de que lo que estoy poniendo por escrito solo tiene importancia para mí y carece de sentido referirlo. Sin embargo, para mí, que solo voy a vivir una vez en la historia del mundo, ella significa más que el descubrimiento de América, más que las guerras napoleónicas o la batalla de Salamina.

Termino esta carta con el más cariñoso, el más sincero abrazo. Tu amigo, que tiende a los cielos,

Ángel

**Bucarest, 3 de marzo de 1915**

Querido Andrés:

Dice La Rochefoucauld que, si no existiese la palabra *amor*, la mayor parte de la gente no sabría que está enamorada. Añado que algunos, aunque no existiese esa palabra, la inventaríamos.

Anoche, cenando en Ciria, ella me habló de su infancia. De San Petersburgo y sus calles repletas de organilleros, traperos y hojalateros tártaros. De la claridad fantasmagórica de las noches blancas y los jardines de melancólica penumbra. De los parques nevados y los primeros paseos junto a su *nianna,* que es como llama a su niñera.

—Los días de invierno —me contaba mientras yo intentaba imaginar cómo debía de ser ella entonces— es un gran placer alquilar una troika y deslizarse a través del río helado hacia las islas.

También me habló de la casa en el canal Moika, toda columnas y ventanas, de un gusto francés que prevaleció en la época de Catalina.

—Supongo que mi bisabuelo la compró para satisfacer las ansias de lujo de su esposa, para organizar en ella fiestas. Todas las casas del siglo XVIII son así: parecen haber sido construidas para recibir a los invitados.

Después de Ciria, fuimos a Zissu. Bailamos y bailamos. Más tarde, de camino a mi hotel, ella dijo en voz baja:

—Quisiera ir a Roma contigo, con Stendhal; y al Cáucaso, el único lugar en Rusia donde me imagino a Stendhal.

Temblaba, no sé si de frío o de tristeza.

—También me gustaría ir contigo a Egipto, con lord Byron. No para ver momias ni pirámides, sino simplemente el Nilo. Dicen que el agua del Nilo es como cristal verde fundido. Y a Grecia. A Troya, con Pushkin.

El caballo trotaba desganado bajo el cielo sombrío.

—Dime, ¿por qué Troya?

No ha respondido enseguida.

—Troya no existe. Por eso.

Ah, ¡cuánta razón tenía Larra! El amor no debe escribirse nunca. Las palabras que cuentan el amor son como animales disecados.

Un abrazo muy fuerte,

Ángel

## Bucarest, 20 de abril de 1915

Querido Andrés:

Olga duerme aún, como un objeto en el fondo del océano. Muy pronto abrirá los ojos y encontrará los míos. Desayunaremos juntos. Y luego ella se pasará toda la mañana leyendo en voz alta, traduciéndome al francés sus pasajes preferidos de *Eugenio Oneguin.*

Siempre ha querido las palabras, los libros. Se ha criado con ellos. Anoche me dijo:

—Los libros son más bellos que las personas. Más esperanzados, más tristes y con más vida.

Después leyó un poema.

Fuera, la lluvia golpeaba los cristales de la ventana.

Ayer murió el rey de los ojos grises.
En la tarde otoñal, sofocante y púrpura,
mi marido regresó y dijo con calma:
«¿Sabes? Acaban de traerlo de la cacería.
Encontraron su cuerpo bajo un viejo roble.

Pobre reina... Con lo joven que es...
En una sola noche se le encaneció el cabello».
Luego agarró su pipa de encima de la chimenea
y salió a realizar su tarea nocturna.
Yo corrí a despertar a mi hija pequeña
y miré en el fondo de sus ojos grises.
Ahora, bajo mi ventana, susurran los álamos:
«Mujer, ya no pisa la tierra tu rey».

Ella había cerrado los ojos. Algo parecía estremecerse con languidez bajo sus párpados.

—Es de Anna Ajmátova —dijo al cabo de unos instantes, como si regresara de un sueño—, una amiga de San Petersburgo.

Luego acercó su boca a mi pecho.

—Para escuchar tu corazón con los labios —sonrió.

Sí, Andrés, ella me ha envenenado de por vida. Y si ella me ha reducido a eso, ¿a qué la he reducido yo, que me bebo su alma a sorbos? Y lo peor de todo es que no me he vuelto idiota. Conozco los peligros. Sé todo lo horrible que ha de tener para mí lo venidero.

Tienes que perdonarme. Debería comprender que, en los días que corren, estas confesiones a lo Musset resultan desproporcionadas. Silencio, pues. Te abraza fraternalmente,

Ángel

**Bucarest, 24 de mayo de 1915**

Querido Andrés:

Ayer, a excepción de *La Politique,* del germanófilo Marghiloman, y *L'Indepéndance de Roumanie,* del primer ministro Bratianu, los periódicos rumanos clamaban al unísono por entrar en hostilidades al mismo tiempo que Italia, cuya declaración de guerra al Imperio austrohúngaro ha dejado perplejo al embajador alemán.

Por la mañana, se rumoreaba que el Gobierno de Bratianu había firmado un pacto con el de Roma para que la intervención de las dos naciones fuera simultánea. También se decía que los austríacos habían cerrado su frontera con Rumanía y concentrado en ella a cuatrocientos mil soldados dispuestos para marchar sobre Bucarest.

Al mediodía, acompañé a Nae a casa de la princesa Helena, que insistió en que me quedara a almorzar. Para mi sorpresa, me encontré allí a Alexandro Stelescu. Al parecer, ayuda a la princesa a escribir sus memorias.

—Andamos sobre columnas de fuego —me dijo saliendo del palacio de la princesa—. Es necesario ponerse a salvo, joven.

Al atardecer, la calle Victoria bullía en el polvo de oro del sol poniente. Todo el cielo estaba rojo y la muchedumbre, alegre, palpitante, parecía una apoteosis. Ante los cafés, multitudes de personas arrancaban de las manos a los vendedores de periódicos la edición vespertina de *La Roumanie,* recién salida de la rotativa. En portada:

RUSIA FRENA LA OFENSIVA ALEMANA.

Los ánimos también estaban alborotados en el Capsa. Las conversaciones eran ruidosas, apasionadas, fervientes. Nae me esperaba en compañía del secretario de la embajada italiana y un diputado del Partido Liberal. Este curioso caballero no paraba de ensalzar al pueblo italiano.

—¡Un pueblo admirable! Sí, señor. ¡Admirable! En cuanto a nosotros —añadió dirigiendo sus grandes mostachos a Nae—, ¿para qué vamos a entrar ahora si podemos tener Transilvania sin guerra? ¿No se dan cuenta de la formidable situación que tendrá Rumanía cuando todo termine?

Salí del Capsa con Nae, que cree a pies juntillas la propaganda proaliada de *La Roumanie.* Las noticias más absurdas, las más tendenciosas y vulgares encuentran en él un oyente crédulo. Y tiene una forma ingenua de exasperarse, de indignarse ante los rumores más irracionales que corren por los salones de Bucarest. Si yo me encojo de hombros con incredulidad, él me mira apesadumbrado, con un ligero movimiento de cabeza, como si estuviera ante un hombre definitivamente perdido para la verdad.

Al salir del Capsa, dimos un pequeño paseo por la calle y me expresó de nuevo su indignación con el gabinete de Bratianu.

El día terminó con un momento de calma: oyendo con Olga, en el gramófono, el primer concierto para piano de Chaikovski. No había luz. Todas las lámparas de la habitación estaban apagadas. El cielo a oscuras.

Hoy, convaleciente y espectral. Un abrazo de tu verdadero amigo,

Ángel

## Postal desde Constanza, 17 de julio de 1915

(La postal reproduce la escultura de Ettore Ferrari *Ovidio en Tomis*. A los pies del monumento: «Bajo esta piedra yace Ovidio, el poeta / de los amores delicados, vencido por su talento. / Oh, tú que te paseas por aquí, si es que has amado alguna vez, / reza por él, para que sea leve el sueño».)

Querido Andrés:

Hace dos semanas que llegamos a la antigua Tomis. Estamos, pues, en la Cólquide, la tierra del vellocino de oro. Esta es la ciudad donde murió Ovidio, el poeta de los tiernos amores, expulsado de Roma por el emperador Augusto.

—No comprendo —me dice Olga mientras cenamos en la terraza del casino— por qué el mar Negro le pareció tan triste. A mí siempre me ha parecido uno de los mares más hermosos y alegres. ¿Y cómo se puede hablar del frío escita en una región donde no nieva todos los inviernos, donde, cuando nieva, la nieve cuaja solo durante unos días y cuando desaparece deja la tierra con un ligero perfume a primavera?

Ya te escribiré. Mi más cariñoso abrazo,

Ángel

## Constanza, 7 de agosto de 1915

Querido Andrés:

Ayer Olga recibió carta del frente ruso. De su primo Kyril. Varsovia ha caído. Al parecer, el ejército ruso ya no se retira, sino que huye en desbandada. El más pequeño rumor sobre el enemigo provoca el pánico.

Por la noche, las palabras de Kyril temblaban en la boca de Olga.

«Día y noche, riadas de humanidad doliente ruedan por los caminos interceptando el tráfico militar y desorganizando la retaguardia de nuestro ejército. Son inagotables, lentas. Ancianos, mujeres y niños escupidos de sus hogares como un cráter en erupción escupe la lava.»

Mientras me traducía las tristes noticias, Olga trataba de mantenerse calma y aplomada, pero no conseguía quedarse quieta, se levantaba con cualquier pretexto, para encender alguna lámpara más o recoger la copa que acababa de olvidar en la mesilla.

¿Qué contaba Kyril?

«El zar dice ahora que la retirada continuará tan lejos como sea necesario y añade que el pueblo ruso tiene la misma unanimidad en la voluntad de vencer que tenía en 1812.»

Más adelante, se preguntaba:

«¿Qué estamos haciendo en esta guerra? Por mi pelotón ya han pasado varios centenares de hombres y al menos dos tercios de ellos han terminado en los campos de batalla, muertos o heridos. ¿Qué sacará de la guerra el teniente Petrov, a quien una bomba le ha arrancado las piernas? ¿Una cruz de san Jorge? ¿A quién le importa esa antigualla? Les he preguntado a mis compañeros si les importa, y todos piensan lo mismo que yo. Pero estas son cosas en las que no tenemos que pensar. Menos aún, en voz alta.»

Antes de terminar la carta, con una voz que le flaqueba y se quebraba, Olga estalló en sollozos. Sollozos ruidosos, convulsos, como si se asfixiara. De repente, me pareció una anciana. El recuerdo de la guerra la había vaciado de energía, como si en aquel momento se hubiera dado cuenta de que no merecía vivir en la diminuta y secreta isla que ambos hemos construido en los últimos días a orillas del mar Negro, como dos páginas de un libro cerrado.

Termino esta carta con el más cariñoso abrazo,

Ángel

**Bucarest, 26 de diciembre de 1915**

Queridísimo Andrés:

Tus cartas son de queja, legítima. Las mías de excusa, no menos legítima. Es obligado que tanto las tuyas como las mías empiecen de esa manera, protocolaria ya.

A finales de octubre fui a Salónica. Los ejércitos austríaco, alemán y búlgaro acababan de invadir Serbia; los Gobiernos de la Entente habían decidido trasladar dos divisiones de infantería a Salónica para intentar abastecer a sus aliados por ferrocarril; y nuestro rey Alfonso, que se ha convertido en el caballero neutral más solicitado por las víctimas de la guerra, quiso a bien enviarme allí como una pieza más de su oficina de información y ayuda internacional.

Amanecía cuando llegué a Salónica. El cielo era azul, semejante a la cola de escamas de una sirena. Desde lo alto de los blancos minaretes, los muecines gritaban su eterna salmodia, como un puñado de semillas arrojado a la tierra: ¡Allahu Akbar!... ¡Allahu Akbar!..

En Salónica se sabía ya todo: la caída de Belgrado, la retirada del ejército serbio, el avance búlgaro...

—En Serbia todos los hombres están en el Ejército o están muertos —me dijo, mientras almorzábamos, un periodista americano que había conocido aquella misma mañana en el vestíbulo del hotel Roma.

Almuerzo un tanto lúgubre, pues ninguno de los dos veía fin a la guerra.

—Esta guerra parece ser la expresión suprema de la civilización europea —dijo él con sarcasmo, después de contarme sus aventuras de corresponsal en Francia, Rusia y los Balcanes.

Con el café, le pregunté si había alguna posibilidad de llegar a Monastir, primera población serbia después de la frontera con Grecia.

—Bueno —comentó—, para un periodista no es fácil. Los caminos están infestados de bandidos o bajo control búlgaro, y la línea del ferrocarril, único medio más o menos seguro que hay para llegar, es de exclusivo uso militar. En cambio, para un diplomático como usted será pan comido.

Pagamos la cuenta y dimos una vuelta por el barrio de los muelles y almacenes. Soplaba un viento cálido, que acentuaba el olor a pescado y a sal. A lo lejos, un barco de guerra inglés hendía lentamente la lisa superficie del mar; otro francés estaba amarrado en la dársena.

—Viene de los Dardanelos —me explicó el americano—. ¡Y después dicen que Salónica es un puerto neutral!

—Sobre los mapas, no cabe duda —comenté.

—Sí, los mapas... —repitió.

Y señaló la inmensa bahía, verde y azul.

Miré donde miraban sus ojos. Soldados, armas y ganado desembarcaban ante nosotros, entre los gritos de los mozos de cuerda árabes y los cantos de los marinos de las costas del Asia Menor y del mar Negro al izar las velas triangulares de sus embarcaciones. El sol cambiaba constantemente de lugar entre los cordajes y, con el balanceo de los pequeños veleros, parecía estar saltando como un bailarín que danzara erráticamente encima de una red de mallas muy abiertas.

—A excepción de Venizelos, que quiere luchar, los griegos son tan sencillos, tan infantiles, que realmente creen poder eludir la guerra cediendo a los aliados las infraestructuras de Salónica. Pero usted y yo sabemos más. Los británicos vacilan, pero los franceses están decididos a quedarse.

Descendía ya el sol, rodando sobre las aguas de la bahía como una cabeza cortada, cuando nos dirigimos al cafetín que el americano había adoptado como oficina, un local griego, pequeño y sucio.

Recuerdo ahora un comentario que le escuché aquella misma noche, antes de regresar por pequeñas y oscuras callejuelas a nuestro hotel.

—Hace unos días, un corresponsal francés me aseguraba que la guerra podía ser para Oriente una varita mágica creadora de futuro, un poderoso agente de renovación. Resulta cómico, ¿no cree? Muchos aún no se han dado cuenta de que, cualquiera que sea el vencedor, esta guerra es el fin de Europa.

Nueve días después salí rumbo a Monastir. Por fortuna, obtuve el permiso para viajar en el único tren diario que circula por la línea Salónica-Karaferia-Vodena-Monastir, acaparada por las autoridades militares griegas y franco-inglesas. Me acompañaba un capitán británico que me aseguró que la situación era desesperada.

—No se puede imaginar el consuelo que supone, en estos parajes bárbaros, tropezar con un hombre de Europa —dijo a modo de presentación—. ¿Ve esto? —preguntó, señalándome un enorme sable que abandonó en un rincón del compartimento—. No sé qué hacer con ese maldito trasto. Ya no se lleva sable en el Ejército. Pero aquí sí. Aquí, si no tienes sable, los serbios no creen que eres un oficial. Aún no comprenden que las ametralladoras y la artillería han arrinconado el caballo y el sable.

Aquel capitán británico había combatido en el Marne y Galípoli. Debía de ser disciplinado, paciente y orgullosamente reprimido, pero al hablar de los serbios su voz arrastraba un tono que conozco bien desde mi experiencia en Marruecos: resignación, ausencia de ilusiones sobre el éxito o fracaso de la empresa, resolución fatigada, silenciosa, desprovista de interés salvo por los detalles técnicos, desconfianza en el Gobierno convertida casi en dolor físico.

Era medianoche cuando llegamos a Monastir. Hacía frío y los mudos copos de nieve se diluían en un silencioso torbellino de agujas finísimas.

Habías de ver la ciudad a plena luz del día. A lo largo de las calles pasaba una ininterrumpida procesión de fugitivos, gente hambrienta, enferma, exhausta. Aquí y allá rostros ateridos de espanto y frío. Te confieso, querido amigo, que ninguna, entre las escenas que he presenciado, me ha producido la patética conmoción que me causó aquella larga nube de campesinos sucios y harapientos, barridos de sus tierras como apestados.

El coronel al mando de la guarnición serbia de Monastir estaba ausente y nos recibió un oficial demacrado, con una mata de cabello lacio peinado hacia atrás y un rostro de niño partido por dos horribles cicatrices.

—Aquí ya no hay nada que hacer —me dijo apesadumbrado en francés—. Avanzan como fieras salvajes, quemando y saqueándolo todo.

Después de un rato, añadió:

—Mi deber es recordarle que si se queda aquí más de veinticuatro horas, al regresar a Salónica las autoridades griegas le detendrán en la frontera. Monastir es una ciudad asolada por el cólera y el tifus.

Salí a la calle con la decisión de no pasar en Monastir más tiempo del necesario.

—¡El tifus! —exclamó el capitán inglés en la cantina de oficiales—. Menuda sorpresa. Aquí se propaga a velocidad de vértigo porque los serbios se ríen de las medidas sanitarias que les hemos recomendado. ¿Ve esas cruces blancas pintadas en las puertas? Cada una significa un caso de tifus en la casa.

Salí de Monastir dos días más tarde. A Bucarest he llegado hará dos semanas, tras pasar por Constantinopla y Sofía.

Sí, has leído bien. Por fin, las mágicas palabras de la adolescencia que parecían cubiertas de encendidos diamantes —Bizancio, Bósforo, Cuerno de Oro— han dejado caer su telón irreal y se han transformado en esencias vivas. He estado en Constantinopla: la ciudad donde murió aquel condotiero genovés al que mi tío abuelo dedicó uno de sus poemas. ¿Recuerdas?:

Al primer claror de la mañana
una lluvia de flechas le anunció su fin...

*Constantinopla, Constantinopla...* Tengo que repetir la palabra para convencerme de ello, como si la ciudad que emergió frente a mí, hecha de piedras ásperas, roída por la podredumbre, no fuera una realidad, sino un pensamiento extraño y bello, algo así como una ilusión suspendida y trémula que enseguida, como el espejismo de los sueños, pudiera derrumbarse. Constantinopla... He visto el Bósforo, a lo largo del cual se alinean los palacios de las embajadas, últimos restos de la época en que cada una de ellas era una concesión imperial. He visto el Cuerno de Oro, estremecido de cruceros turcos y de varios acorazados alemanes. He visto el recinto tres veces santo de Hagia Sophia, la mezquita azul del sultán Ahmed, la mezquita de Solimán el Magnífico y la del sultán Bayaceto. He paseado por el Hipódromo, que decoran la serpiente de bronce traída de Delfos y el obelisco egipcio de Teodosio. He recorrido las ruinas de los palacios bizantinos. En cuántas ocasiones, paseando a través de pasajes abovedados, muros derruidos y patios de mezquitas, he querido poseer mil ojos, como Argos, para que nada se me perdiera...

Ahora mismo ha surgido el embajador Multedo, que viene con noticias asombrosas del frente oriental. Me cuenta que los aliados han trasladado a Salónica todas las tropas que quedaban en los Dardanelos y que el general francés Sarrail ha arrestado a los cónsules de las potencias centrales y encerrado a sus agentes y espías en las mazmorras de la fortaleza bizantina. El embajador me cuenta también que Sarrail se ha apoderado del fuerte que protege la entrada de la bahía. Yo le he dicho que esa acción es más propia de una fuerza colonial que de un huésped que ha entrado en una nación neutral sin ser invitado.

—Más bien —ha observado Multedo— parece una maniobra de asedio contra el rey Constantino, que no parece dispuesto a entrar en la guerra.

Sea como fuere, estas noticias me han cortado el curso de la carta. Escríbeme unas líneas y dime cómo estás. Un abrazo muy fuerte,

Ángel

## Bucarest, 29 de enero de 1916

Queridísimo Andrés:

He comenzado el año sustrayéndome de las ocupaciones habituales y dedicando el tiempo a una siesta de cuatro semanas, con conversaciones, lecturas, café, frutas y vinos. Para acabar Olga, que parece conocerme hace muchos años. ¡Cuánto daría por construir un nuevo mundo junto a ella, en una soledad de náufragos! ¡Cómo me gustaría huir de la cháchara de la guerra y dejarme llevar por los sueños a ese lugar del que hablan los exploradores de los polos: «Más allá del círculo polar no hay ya ni franceses ni alemanes ni ingleses...»!

Sí... Estaría bien poder olvidar el hedor de las naciones. Hacer como si la guerra no existiera. Hacer abstracción de ella. Pero ¿es posible? Me temo que no. No en Rumanía. No en Bucarest. Hay aquí un ambiente de corrupción digno de la pluma de Tácito, como de hienas a la espera de que el león mate a su presa. Todo son rumores y más rumores. Por tres veces, el Gobierno ha intentado ponerse de acuerdo con la Entente para entrar en guerra y las tres veces ha dado marcha atrás. Temo que sonrías si te digo que desde que he comprobado cómo funcionan las alianzas, he perdido algo de mi admiración por Napoleón.

Tu amigo, que te abraza,

Ángel

## Bucarest, 3 de septiembre de 1916

Querido Andrés:

Ayer una explosión cortó en seco el bullicio y la alegría de Bucarest. Una semana escasa han tardado los primeros aeroplanos alemanes en sobrevolar la ciudad y arrojar unas cuantas bombas sobre las calles que tanto han vitoreado la declaración de guerra a las potencias centrales.

¡La guerra!

—Me temo —me dijo Multedo tan pronto como me vio aparecer por la embajada— que Rumanía va camino de convertirse en otra Bélgica.

Yo también lo temo. Ningún país ha ido jamás a la guerra tan pobremente equipado, tan mal dirigido, tan tontamente optimista como este. Por no tener, no tiene ni artillería pesada.

—Los alemanes solo saben hacer salchichas —reían ayer tres caballeros en el Ateneu, al término de la conferencia del más firme propagandista de la Entente, el atildado y elocuente Take Ionescu—. Basta tirar las gorras al aire para hacerles correr.

Pero lo desagradable no son las muestras de arrogancia. Más pavor produce aún la generosa despreocupación por la vida humana que me parece tan característica de Bucarest estos días.

—¿Que no tenemos cañones? —exclamaba otro caballero—. Pero, bueno, ¿para qué necesitamos los cañones? Vamos a ver... Vamos a ver... ¿Ustedes saben cómo es el campesino rumano? Lo suyo es la bayoneta. Miren, así..., así...

Y daba imaginarios golpes con saña mientras sus oyentes lo observaban encantados.

—Me juego lo que sea a que nuestros soldados le dan una paliza a ese Hindenburg. Sí, una paliza. Que me cuelguen de una farola si los alemanes superan nuestras fortificaciones del valle de Prahova.

Me pregunto cómo ha podido extenderse con tanta celeridad esta mentalidad de caníbales.

¡Y Nae! A él tampoco le ha costado mucho dejarse arrastrar por el bien urdido histerismo de la guerra. Resulta que hoy nos hemos encontrado en la plaza de la Victoria. Después de comer. Quería hablarme. Muy apuesto, por cierto, con su uniforme.

—No nos quedemos fuera —ha dicho señalando el interior de un café—. Vamos adentro. Esta terraza está como para freír huevos.

Al instante ha salido a relucir en la conversación la conferencia de Ionescu, que él ha leído en *La Roumanie*.

—Un hombre adulto —ha dicho entonces, con tono doctrinario— debe compartir el destino de su patria.

Muy serio, muy orgulloso de señalar verdades tan oportunas, con una fina sonrisa de húsar, me ha confesado que hace días que no duerme. Solo piensa en el frente. Lo demás le agobia, incluidas las mujeres.

De toda la conversación, me quedo con dos cosas: que los que mueren jóvenes gozan del encanto de lo inacabado y que, en el alba de la humanidad, la gente también vivía ansiosamente, guerreaba contra otros pueblos, creaba sin cesar y moría pronto.

—Me cuesta creer que alguien que come bien todos los días y duerme bien todas las noches pueda aportar algo al tesoro de la cultura espiritual.

¡Y eso lo afirma él! ¡Él!, que lleva en la sangre la añoranza de la vida disoluta de los aristócratas de la vieja corte.

Tampoco quiero olvidar la explicación que me ha dado de su misticismo guerrero:

—Yo solo creo en la primacía de lo espiritual.

Nae no es un farsante ni un demente. Es, simplemente, un ingenuo. Pero existen ingenuidades catastróficas.

He prolongado esta carta demasiado y temo aburrirte. Sé que hace tiempo que no tenías noticias mías, pero olvida mi abulia anterior y no tomes la represalia de no contarme cosas de ahí. Según me dice el viejo Rotaeche, la división entre aliadófilos y germanófilos produce gestos tan cínicos de plebeyez e irracionalidad que bien podrían inspirar una nueva serie de *Caprichos* de Goya: «El cura cree que si ganan los alemanes habrá más culto; el militar, más ejército; el aristócrata, más aristocratismo; el maurista, que vendrá Maura; el carlista, don Jaime; el republicano supone que, si vence la Entente, vendrá la república; y el orador, el periodista, el artista francófilo piensan que el triunfo de los suyos les traerá la simpatía y la devoción de Inglaterra y de Francia y, sobre todo, el prestigio de París, el tan anhelado prestigio de París».

¿Quién escribirá la novela de estos años?

Te abraza tu amigo,

Ángel

**Bucarest, 23 de octubre de 1916**

Querido Andrés:

Hoy los alemanes han tomado Constanza y las noticias que llegan del frente no son nada halagüeñas. El viento de la derrota sopla sobre Rumanía, que ya empieza a añorar la confortable neutralidad. Al pánico de los bombardeos se suma ahora un nuevo motivo de preocupación: el miedo a los espías, que se ha contagiado a todo el mundo como si fuera una enfermedad infecciosa. La gente sospecha una de otra. A muchos les basta observar un atuendo inusual para lanzar los brazos al cielo. Anteayer, cerca del Ateneu, una ancianita se agarró a mí:

—¿Ha visto? ¡Un espía, seguro! —chilló señalando con los ojos a un hombre—. ¿No lo ha visto? Llevaba pantalones y abrigo de colores distintos.

No pude contenerme.

—Y un bigote de general prusiano —añadí.

Me clavó su mirada enfurecida.

—Disculpe —dijo, soltándome.

Después, me siguió unos pasos por la acera.

¡Los alemanes!... Los habitantes de Bucarest los perciben desde hace semanas, en torno a ellos, arruinando Rumanía, saqueando, matando, sembrando el hambre. Y una especie de terror supersticioso se suma al odio que destilan los periódicos contra el káiser.

—Mírelos —me decía Stelescu ayer—. Todos se mueven a tontas y a locas.

Estábamos sentados en un café de la calle Victoria.

—Son como bárbaros. En la antigua Roma, se marcaba a los esclavos en el rostro con la leyenda: *Cave furem*. Pero estos rostros no precisan de aclaraciones escritas. ¡Basta con mirarlos!

Más tarde, aprovechando que los aviones alemanes parecían haberse dado una tregua, me acompañó a la casa de la princesa Kaftandzoglou. Allí, desde hace una semana, está Nae, recuperándose de una herida en una pierna. Ha llegado del sur, donde las victorias de las potencias centrales se suceden como relámpagos en una noche de tormenta.

—Diríase que estábamos en una tumba —me contó—. La artillería alemana montó en cólera y era como si hubiera multiplicado el número de sus bocas de fuego. Nosotros no replicábamos porque no teníamos nada para replicar. Nuestras defensas son de broma. Una broma sin gracia.

Nae aún cultiva una pose de húsar. Pero sus ideas espirituales de la guerra se han aclarado. Su rostro estaba fatigado, arrugado por la falta de sueño y la ansiedad.

—Órdenes y contraórdenes. Un sinsentido descomunal. Miles de hombres arrojados aquí y allá. Si me parece estar oyendo las carcajadas de Julio César, Napoleón y Von Clausewitz. Todas a la vez.

De pronto, sus ojos adquirieron una fijeza de plomo, como si se detuvieran en un muro de proporciones colosales. Su labio inferior temblaba ligeramente.

—¿Cómo salvar nuestro país?

La llegada de los alemanes a Bucarest le atormenta.

Un fuerte abrazo,

Ángel

## Bucarest, 3 de noviembre de 1916

Esta noche Nae me ha pedido disculpas.

—Te ruego que me perdones. No sé lo que me pasa. Siempre he tenido horror a los sentimentalismos.

Después, ha vuelto el Nae de siempre, el Nae que conocí a mi llegada a Bucarest. Con cuánto candor y cuánto esfuerzo ha querido contagiar a Olga esa alegría juvenil, esa exuberancia que antes le seguían día y noche, donde estuviera y con quien estuviera. Cenábamos en un restaurante de ambiente zíngaro y se trataba de ver quién contaba la anécdota más divertida, quién inventaba el cotilleo más absurdo. ¿Habrá en esto un esfuerzo por recobrar una alegría en el fondo irremisiblemente perdida?

—Vamos a beber —ha propuesto— a la salud del general Boulanger, de quien se cuenta que prefirió vivir tranquilamente en Bruselas con su amante a convertirse en el dictador de la Tercera República.

Y, viendo la botella de champán y las tres copas que había pedido al camarero, añadió:

—Cuando la botella esté vacía pediremos otra y luego iremos

al salón de la princesa y tú, querida Olga, nos cantarás alguna melodía popular del tipo *¡Adiós mi angustia, adiós mi ardor!*

Con voz estentórea entonó:

¡Adiós mi sueño, adiós mi dolor!
Ya nunca nos encontraremos
en los senderos del jardín viejo...

Entre dos carcajadas, la mirada de Olga fue a posarse en mí. Son esas miradas, esas pequeñas caricias las que acallan momentáneamente una inquietud que no me abandona.

Un fortísimo abrazo y muy nostálgico, pues hace ya más de dos años que no hablamos cara a cara,

Ángel

## Bucarest, 28 de noviembre de 1916

Querido Andrés:

No son rumores. Los diarios que has leído en Madrid están en lo cierto. Mientras escribo estas líneas las tropas alemanas se acercan a Bucarest como una masa gris de termitas. Aterrorizadas, las gentes huyen a millares. Montadas en carretas, a pie, en tren. Todo el mundo que puede se va o habla de irse.

Hace poco más de dos años, en un día como hoy, yo llegaba a Bucarest y me encontraba una ciudad luminosa y alegre. ¡Qué cambios espantosos han tenido lugar desde entonces! Aquel día había nevado copiosamente y el sol brillaba con fuerza; refulgían las ventanas de las casas y de noche los escaparates de la calle Victoria se cuajaban de luces. Hoy, apenas hay gente en las calles. De día la ciudad está sucia, desquiciada, hambrienta. Por la noche, parece un panteón inmenso. Silencio absoluto y sepulcral. No hay una farola encendida. No se oye una pisada. No se mueve un vehículo. Bucarest entera sabe que su suerte se halla unida a la de los perdedores y su corazón está lleno de espanto. Se parece a una casa donde un moho enfermizo lo cubre todo. Se parece a los demonios de los cuentos infantiles, a la mantequilla echada a perder, a los improperios dichos por un borracho en la oscuridad.

Esta mañana leía la prensa cerca de la estación del Norte cuando he escuchado la siguiente conversación:

—No, si ahora esos mercachifles de Ionescu y Bratianu se están cagando en los pantalones. Hasta hace nada iban a echar a los austríacos de Transilvania. ¿Que vienen los alemanes? Pues que vengan, decían. Pero ahora que la cosa se ha puesto fea de verdad, ahora todos corren a refugiarse a Iasi.

—¿Y los franceses? ¿Y los ingleses? ¿Qué es lo que están haciendo? ¿Por qué no combaten a los alemanes? Miserables. Prometieron, prometieron...

Preguntarás: «Y en medio de todo esto, ¿qué haces tú?». Muy sencillo. Deambular. Esperar la invasión alemana... Anteayer Multedo siguió a la corte y a los funcionarios del Gobierno a Iasi, dejándome a cargo de la embajada. Ayer tarde, la princesa Kaftandzoglou y el conde Olsufief. Olga se ha ido esta misma noche.

—Quizá la situación mejore dentro de cinco o seis días —ha susurrado, apretando contra sí mi mejilla, santiguándome aprisa.

Cinco días..., seis...

—Así me lo dice el corazón y creo en su voz —ha añadido.

El tren no se paró en el andén, sino en el campo, en un apartadero. La estación estaba a oscuras por temor a los aeroplanos y los zepelines. Así son hoy las noches de Bucarest. Alarmantes, imponentes. Noches de guerra. Únicamente, en el interior de las casas, a cubierto de puertas, ventanas, cortinas y mantas, la gente se atreve a sentarse bajo la luz de la lámpara familiar. Como yo ahora.

Adiós, mi abrazo más cordial,

Ángel

## Bucarest, 27 de diciembre de 1916

Querido Andrés:

Dos líneas para que sepas de mí. Mejor dicho, una frase: Bucarest ya es alemana.

Todo esto, créeme, es como la muerte de un ser querido. Uno no entiende cómo ha pasado, no cree que haya pasado. En la mañana del 6 de diciembre un regimiento de ulanos, salidos de no se sabe dónde, cruzó la ciudad con rapidez.

—¡Alemanes! —gritó una voz.

El frío era intenso y toda Bucarest humeaba.

—¡Alemanes! —empezó a oírse por todas partes.

Poco después, las tropas alemanas hacían resonar el empedrado con su paso duro. Los oficiales iban rígidos sobre sus caballos y con cascos rematados en punta en la cabeza. Nada en ellos indicaba que acababan de llegar del frente. Los soldados estaban sucios, pero no desanimados o rendidos, como los andrajosos soldados rumanos que habían cruzado las mismas calles una semana atrás, rumbo a Moldavia.

—¿Qué es esto? —preguntaba una anciana en plena calle Victoria.

—Un castigo de los dioses —respondió lacónicamente un caballero.

Las columnas de soldados parecían alargarse sin fin. Algunos comerciantes les sonreían al pasar, pero la mayoría de la gente se quedaba mirándolos en silencio. Varias mujeres lloraban.

Por la tarde aparecieron carteles en las paredes y en las vallas, en alemán y rumano. Resaltaban especialmente las palabras *Streng verboten,* «estrictamente prohibido». Y establecían el toque de queda, que rige desde las nueve de la noche. También decretaban que —a excepción del cuerpo diplomático de los países amigos y neutrales— todos los extranjeros debían abandonar Bucarest en el término de veinticuatro horas y que los súbditos de las potencias aliadas, ya fuesen hombres o mujeres, sorprendidos dentro de los límites de la ciudad después de ese plazo, serían fusilados sin fórmula de juicio.

Era la ocupación después de la invasión.

Un abrazo,

Ángel

**Bucarest, 5 de enero de 1917**

Querido Andrés:

Son días tristes. Bucarest empieza a desprender un hedor insoportable.

—¡Qué ola de vulgaridad! —me decía esta tarde Stelescu mientras cruzábamos la calle Victoria, cuyos restaurantes y cafés hierven a todas horas de soldados alemanes y muchachas que se muestran amables con ellos—. Y todos se ahogan en ella. Qué novela no hubiera escrito Petronio.

Son días tristes, sí. En el Ateneu, donde los antiguos germanófilos empuñan las riendas y cabalgan a placer, se suceden comentarios como estos:

—Mejor estos demonios que Bratianu y sus compinches.

Se trata de recitar el papel de pueblo vencido, de cantar, palmotear y saltar de alegría entre las ruinas del orgullo patrio, de hacer ondear banderas que se consideraban enemigas hace tres semanas y ser amables con los soldados que hormiguean en las calles y usurpan a los civiles sus sitios en los cafés, restaurantes y cervecerías.

A veces, esta amabilidad da lugar a desagradables incidentes. Anoche fui testigo de uno en el café Riegler. Un sargento de ulanos se había encontrado allí con una mujer que se dedica a estafar a los soldados y al momento la agarró por el brazo y empezó a propinarle puntapiés. Todo esto en medio de un enorme griterío por ambas partes. El hombre, completamente fuera de sí. Y la mujer vuelta hacia él como una comadreja que se hubiera topado con una serpiente. Un oficial hizo que arrestasen a los dos.

Tu amigo,

Ángel

**Bucarest, 15 de enero de 1917**

Querido Andrés:

Esta mañana he recibido carta de Olga. Todo se derrumba en San Petersburgo. Por todas partes reinan las calumnias y las sospechas. Ministros recién nombrados son destituidos sin que se sepa muy bien por qué. Hay colas en todas partes. Los precios de los alimentos no paran de subir. Las huelgas y manifestaciones se multiplican. Incluso los pájaros han dejado de cantar y el álamo temblón de mecerse. A esta descripción, ella añade el agotamiento nervioso del zar Nicolás. Por lo visto, el asesinato de Rasputín le ha sumido en un oscuro abismo.

Copio sus palabras: «¿Es posible que la muerte de un hombre cambie el destino de un país? Todos, aquí, tienen tanta confianza en ello. Kyril, que ha pasado unos días en casa antes de volver al frente, dice que la revolución es inminente. La caída del zar, dice, será acogida con alegría porque en sus decisiones pesa más la perniciosa influencia de la emperatriz que las más sinceras palabras de advertencia de sus ministros».

Vivimos tiempos únicos.

Te abraza,

Ángel

**Bucarest, 23 de enero de 1917**

Querido Andrés:

Dos narcóticos me ayudan a escapar de Bucarest. Los diarios de Stendhal y una bella edición ilustrada de las *Cartas de Rusia* del marqués de Custine. Este libro es, desde hace unas cuantas noches, mi más leal compañía. Ni tan siquiera en sueños me abandona. Anoche me desperté de pronto oyendo estas palabras:

—Te irás, y no quedará ya nada hermoso en el mundo.

Eso lo decía Olga, en mi sueño... Me encontraba en el Palacio de Invierno, en una fiesta dada por el zar Nicolás I. Yo, desde luego, no esperaba encontrar en aquel lugar placer alguno, ya que me sentía completamente extraño a las personas y a los objetos que me rodeaban. Era el verano de 1839. Lo sé porque el presente que yo estaba viviendo en el sueño se conciliaba con el pasado del testimonio del marqués de Custine. A pesar del frescor de la noche, la atmósfera del palacio durante la fiesta era sofocante. Por eso, al levantarme de la mesa, me refugié lo más aprisa que pude en el alféizar de una ventana. Allí, sentí un extraño temblor. El cielo había descendido sobre la tierra: una cortina de bruma cristalina, lechosa, húmeda, envolvía San Petersburgo. Era como estar ante un cuadro de Brueghel de Velours.

Me arrancó de aquella contemplación cada vez más profunda una voz de mujer.

—¿Qué hace usted aquí?

—Admiro la vista, señora. Hoy no sabría hacer más que esto.

Era la emperatriz Alejandra. Se hallaba a mi lado.

—Yo, en cambio —respondió la emperatriz—, me estoy asfixiando. Como usted ve, esto es menos poético. Pero hace usted muy bien en admirar la vista.

Se puso a mirar conmigo. Y después añadió:

—Estoy segura de que usted y yo somos los únicos aquí que contemplan esta maravillosa noche blanca.

Sus ojos parecían tan serenos que uno podría perderse eternamente en ellos.

—Todo cuanto veo es nuevo para mí, señora. Y no me consolaré nunca de no haber venido a Rusia en mi juventud.

—Siempre se es joven de corazón y de imaginación.

Yo no me atreví a responder, pues la emperatriz, al igual que yo en el sueño, carecía ya de esa juventud cuya pérdida lloró Espronceda, y era precisamente lo que yo no quería hacerle sentir. Al alejarse, me dijo con gracia:

—No olvidaré que hemos sufrido y admirado juntos.

Salí del salón donde se había servido la cena para pasar a la sala donde se celebraba el baile, y me acerqué a otra ventana. Esta daba al patio interior del palacio.

—Mi querido Ángel... —susurró Olga a mi espalda, produciéndome una maravillosa sensación de caricia y de perfume.

Estaba guapísima, con un vestido de tarlatana azul y flores en su cabello de niña.

—... Ayer, en el malecón, bajo la luna, cuando nos despedíamos y usted tenía mi mano fría en la suya, sentía unas ganas locas de besarle, y si no lo hice fue porque la luna era demasiado grande.

Me pareció triste.

—No temo su partida —me dijo de pronto—, sino mi desaparición. Usted se irá en invierno y dejará de verme y me entregará a la noche, a los puentes, a los transeúntes, a todo, a todo. Y me olvidará...

La voz le temblaba un poco.

—Nunca sabrá usted —dijo—, no sabrá nunca, hasta qué punto es suya mi alma.

Desperté...

*Voilà tout,* querido Andrés.

Un abrazo,

Ángel

## Bucarest, 16 de marzo de 1917

Querido Andrés:

Veo que las cosas en España mejoran extraordinariamente.

«Es evidente», me ha escrito Ramón, «que nos hallamos en vísperas de agitados sucesos. Hay en el aire un hartazgo generalizado de la vieja política. Para muchos, Alfonso XIII ya tiene cara de Luis XVI».

Sería todo un comienzo reformar al rey Alfonso, ¿no crees? Por mi parte, estoy con Napoleón: un trono no es más que cuatro maderos y un pedazo de brocado, todo depende de quién se siente en él.

El más apretado abrazo,

Ángel

## Bucarest, 2 de mayo de 1917

Querido Andrés:

Han pasado tantas cosas las tres últimas semanas que no me será fácil contarlas. Por dónde comenzar. Sumariamente... Han ejecutado a Nae. Acusado de espionaje y conspiración. ¡Nae espía! Aún no soy plenamente consciente de ello. Tengo la sensación de que no voy a salir de mi aturdimiento hasta dentro de unos días. ¡Nae involucrado en un complot para asesinar al general Von Falkenhayn! Nada lo destinaba a ello. Es un error. Un malentendido. Una trágica broma.

Déjame contarte. La primera noticia la tuve dos días después de su detención, por cable del embajador Multedo. Según el cable, a Nae le esperaba una sentencia severa e implacable: muerte en la horca. Desde aquel mismo día, me puse en comunicación con la princesa Helena e indagué sin cesar, cerca de unos y de otros. Pero ya ves: nada se ha podido hacer por él. Ni siquiera apelando a la alcurnia de su apellido y posición. La pobre princesa puso en movimiento todas las influencias secretas que aún conserva en Bucarest. Algunos secretarios privados recibieron fuertes sobornos. La amante de cierto coronel húngaro obtuvo una importante suma de dinero. Nada.

—Van a matar a Nae. No dejéis que maten a mi hijo —me rogaba la princesa en un telegrama puesto desde Iasi a nuestra embajada en Bucarest.

Primero quise llegar hasta el mismo Von Falkenhayn, e incluso estuve en su cuartel general. Pero me advirtieron expresamente contra él. La única consecuencia de una entrevista con el general sería una aplicación inmediata de la sentencia. El embajador alemán, conde de Tattenbach, la segunda opción, me recibió cordialmente y escuchó con helada cortesía mi defensa de Nae.

—*Mein lieber* Bigas —me interrumpió con sus ojos de pescado—. No es posible que sienta usted aprecio por ese pobre diablo. Ni los rumanos simpatizan con su plan.

—Bueno, yo no soy rumano.

—Estamos en guerra. Y la guerra no conoce la piedad —replicó dejándose caer en un sillón que pareció engullirlo—. En cualquier caso —añadió al cabo de un corto silencio—, los civiles pesamos poco en estos tiempos.

Llamé a más puertas. Pero el asunto que llevaba era sumamente desagradable y nadie quiso mezclarse lo más mínimo. De manera que me dispuse a tratar con quienes por oficio tenían que ocuparse de él, como el mariscal de campo August von Mackensen, sustituto en Rumanía del mismo emperador Guillermo.

A mi carta demandando una entrevista, contestó el mismo día.

—Me admira que un diplomático de su majestad Alfonso XIII haya considerado digno de su causa un asunto como este —me dijo Von Mackensen después de escuchar mi petición muy educadamente—. Sin embargo, le diré que no consideramos la clemencia. Al menos, en este caso. No permitiremos que un complot contra un general del Ejército alemán quede sin castigo.

Todo lo que conseguí del orgulloso mariscal fue una entrevista con Nae. Ayer por la mañana pude verle en la cárcel. Hoy, al amanecer, le han ahorcado.

Su voz era por completo serena y natural. Me dijo:

—Los demás han vivido su juventud. La mía fue un sueño. Habría valido más, sin duda, la realidad.

Había pasado la noche en vela, pero con los ojos cerrados y sin emitir el más mínimo suspiro que fuese audible, para que el oficial de prisiones pudiese testimoniar que el condenado dormía con un sueño de plomo, como si le esperara su boda y no su muerte.

—No me asusta la muerte. Descansaré, dormiré. Mira, he empezado una carta para la princesa. Pero no es absolutamente necesario que la termine. Lo único que me importa ahora es conservar la dignidad que cabe esperar de un Kaftandzoglou.

No creas que lo que digo es hipérbole u ofuscación de la amistad. Así fue; ni más ni menos. Entre los papeles que ha dejado he encontrado un pequeño diario, que termina con esta frase: «El que más lejos llega es el que no sabe adónde va».

Estoy muerto de cansancio. Mañana salgo para Iasi. Allí veré a la princesa Kaftandzoglou y cumpliré el último deseo de Nae:

—Besa las manos de mi madre, tan hermosas y delicadas en mi recuerdo, aunque ahora estén tan ajadas.

Es aburrido vivir, Andrés. Como dijo el poeta: en cualquier sociedad el hombre es tirano, prisionero o traidor. Yo agregaría: en cualquier época.

Tu amigo que te abraza,

Ángel

## Iasi, 4 de mayo de 1917

Querido Andrés:

Te envío unas cuantas líneas a toda prisa, solo para darte alguna señal de vida. Llegué a Iasi ayer tras un viaje espantoso. Tristeza, gente hambrienta, basura. Soldados por todas partes.

Hoy, durante el funeral de Nae, he pensado en la conversación que Stelescu y yo sostuvimos sobre el estoicismo la víspera de mi salida de Bucarest.

—La puerta de la muerte —dijo el viejo poeta— está siempre abierta para los seres humanos. Solo con ese trasfondo resulta posible actuar con decisión.

Antes del funeral había entregado a la princesa los últimos ecos de Nae: el diario, la carta...

—¿Cree que era puro? —me ha preguntado con su mejor tono de voz.

—Era un hombre libre —he respondido.

Más tarde, mientras salíamos de la iglesia, como si hubiera

adivinado que quizá no nos volvamos a ver, se ha acercado a mí y me ha susurrado:

—Es mi hijo. Se lo agradezco.

Esas palabras me han hecho bien.

Perdona la prisa y la mala letra. Tu amigo,

Ángel

**Bucarest, 8 de junio de 1917**

Querido Andrés:

He recibido carta de Olga. La revolución la aterra.

«Papá dice que durante la Revolución francesa también se cometieron barbaridades. Los excesos, la estupidez, la vulgaridad y la cobardía del vulgo, los saqueos, la sangre derramada...; todo eso no puede evitarse, dice. Ninguna revolución ha ocurrido nunca en ningún sitio sin eso. Eso dice. Pero yo estoy asustada. Esto ya no es una capital, sino una sentina. Nadie trabaja. Las calles están atestadas de inmundicias. Hay montones de basura hediendo en los patios...»

Sin duda, el príncipe Pablo Sergio tiene razón en una cosa. Nos guste o no, solo la sangre puede cambiar el color de la historia.

¡Qué tiempos son estos, Andrés! Y nosotros los vivimos. Es como si un vendaval nos arrastrara. Y no hay nadie que nos guarde. Rusia, la guerra, España. ¿Es verdad que se prepara una huelga general? ¿Es verdad que las gentes prefieren la España vital a la oficialucha del turno? Cosas así ocurren una vez en siglos. Y, sin embargo... Aunque no me fío mucho de amores que tienen tantas fronteras por medio, no dejo de insistir en mis cartas a Olga que deje Rusia. «Iremos a Egipto. A Troya»...

Termino ya. Tengo que volver a la embajada. Y no debo molestarte en tus estudios. Un abrazo fraternal,

Ángel

**Bucarest, 28 de julio de 1917**

Querido Andrés:

Los días, en Bucarest, transcurren monótonos. El verano es particularmente caluroso y asfixiante este año. Algunas veces paso horas enteras en un banco del parque Cismigiu, sentado inmóvil en medio del perfecto silencio de la caída de la tarde, sin que la más leve brisa mueva las hojas. No puedo quitarme de la cabeza la espantosa tormenta que azota el mundo entero. Después de la gran derrota francesa en la Champaña, la última ofensiva rusa se ha derrumbado también. Por lo que parece, la estrella de Kérenski declina. No solo los cadáveres de los soldados han quedado colgando de las alambradas de espino del frente, sino también los últimos vestigios de la paciencia del pueblo.

Un abrazo,

Ángel

## Telegrama desde Bucarest, 12 de enero de 1918

Hace ya varios días que pensaba escribirte, pero ando de la ceca a la meca, ocupadísimo y malhumorado. Aprovecho este minuto de libertad para darte la noticia de mi inminente traslado, en comisión de servicio, al ministerio. Hasta pronto, con el más apretado abrazo,

Ángel

4

## QUIÉN AMÓ JAMÁS QUE NO AMASE DESDE EL PRIMER ENCUENTRO

**María Daza**
**Las Arenas, 15 de mayo de 1952**

No podré darle mucha información. Fue en tiempos del diluvio. ¿Cómo dice? Sí, a su manera, me quiso. Pero dígame, por curiosidad, ¿cómo sabe eso? Claro, el doctor Hurtado... ¡Carmen! ¡Pobre mujer! Cómo ha acabado. ¡Ella!, que vivía sin noción alguna de la desgracia.

—Es la tristeza de la morfina —comentaba hace unos años mi cuñada—. No sé por qué razón el hijo no hace por quitarle ese vicio.

¿Y le ha recibido? Cuentan que es como ver una momia egipcia. Tan consumida está por los disgustos que los vestidos bailan a su alrededor como sábanas tendidas en el patio. No tiene carne ni para sostener la ropa quieta. ¿Sabe una cosa? Con todo el resentimiento que le tuve, cuando pienso en ella siento pena. La compadezco. Sí, sí, también me acuerdo de la casa. Y de Ángel, claro. Por él ha venido usted. Está escribiendo un libro, ¿verdad? Ángel era encantador. Tenía estilo. La gente se daba cuenta inmediatamente de que era un espíritu selecto. Y no solo porque tuviera aires extranjeros, que eso siempre ha gustado aquí, ni porque actuara como si le hubieran ofrecido el mundo y él lo hubiera rechazado, o porque tan joven pareciera haber vivido mucho, y una vida de novela. Su voz. Era porque su voz, exacta en la modulación armoniosa, segura en sí misma, parecía a prueba de mentiras. Sus palabras no importaban, importaba cómo salían de su boca. Y los ojos, el brillo de sus ojos. Y qué expresión en ellos... Qué expresión. Desde luego, no se portó bien. Pero yo no soy rencorosa. Él está muerto. Se suicidó. ¿No es terrible acabar así? Pobre. Puedo verle aún, en el Sporting, en el Marítimo, en el salón de la Bilbaína. Puedo ver sus ojos.

Fue en el gran baile que dio la Sociedad Bilbaína para inaugurar su nuevo edificio donde coincidimos por primera vez. Dos niños... Yo tenía diecisiete años, acababa de regresar del colegio del Sagrado Corazón de Roehampton. En Londres. Si me hubiera visto entonces... Yo era vergonzosa. Sin malicia todavía. Soñaba con vivir en Viena dando recitales de piano. Me encantaba el piano. Era algo donde perderme. Una válvula de escape. Una isla que descubrí gracias a *mère* Philomène. Ella había llegado al internado huyendo de la persecución religiosa de Francia. Por las tardes, *mère* Philomène, nunca podré olvidarlo, exigía que me sentara a tocar las notas aladas del *Revolucionario* de Chopin. Una y otra vez. Una tarde tras otra... Pero pierdo el hilo... ¿Él?... Él parecía el favorito de los dioses. Rico, apuesto, arrogante, feliz. Acababa de publicar su primera novela. Y eso, naturalmente, era un gran afrodisíaco.

Seré franca con usted. Aquel baile es un recuerdo muy bello y muy feo. Muy bello por los sentimientos que experimenté. Muy feo por cómo terminó después todo. Yo estaba espléndida. Recuerdo la alegría de mi padre:

—Magnífico —exclamó al verme—. ¡Qué vestido, María!

Sonrió a mi madre, que lo había elegido en una revista de París.

—Este collar —era un collar que había pertenecido a mi abuela— es un acierto —dije.

—El acierto eres tú —dijo mi padre.

—María —intervino mi madre—, estás radiante.

Qué tonta si a mis años estoy triste al rememorar ese paso que ellos tenían planeado para mí. Durante un año o dos yo podría ir a fiestas y bailes. Flirtear, divertirme. Nunca lejos de mi madre, por supuesto. Entonces mi padre empezaría a preocuparse de la situación económica y social de mis pretendientes y más tarde me pondría en relaciones para casarme con un joven sensato, de sólida posición y buena familia. Ay, las buenas familias. El matrimonio era para ellas una comedia de salón sembrada de ternuras y sonrisas en la que la felicidad aparecía al llegar el último acto. Claro que, a menudo, la felicidad no llegaba.

Recuerdo aquella noche con absoluta claridad. Llegamos a la fiesta en el Hispano Suiza que mi padre había comprado para sustituir la vieja berlina de la familia. Tengo muy vívidas las imágenes: la sensación de maravilla que bañaba los inmensos salones empanelados de madera, con techos de inusitada altura, los abrigos y los vestidos vaporosos que ponían manchas claras en la noche de enero, como si fueran un juego de luna, los lacayos de calzón corto que nos rodeaban mientras ascendíamos por la escalera de honor, el primer rigodón, los valses, el derroche de champán. ¡Juventud! Qué trivial, qué tierna. Cuánto, cuán poco... Aquella noche, él me comprometió todos los bailes. Sí, sí, lo que oye. Yo le miré con asombro mientras tachaba de arriba abajo las páginas del carné.

—No hay ninguna regla que prohíba bailar con la misma pareja toda la noche —dijo él sonriendo, mirándome de la forma en que toda jovencita sueña que alguna vez la miren.

Fuimos la sensación de la noche, el objeto de todas las murmuraciones. Mi timidez, mi torpeza, que contrastaba con su seguridad, llamaron la atención. Las madres de las demás muchachas recién puestas de largo se inquietaron, con ese olfato que tenemos las madres ante cualquier amenaza desconocida para nuestras hijas. Y ellas, tan sorprendidas como yo, me miraban de reojo, creyendo ver en mí una rival peligrosa. Muchos años después, mi amiga Ana Eugenia, para entonces ya marquesa de Avendaño, recordándome la fiesta, que yo nunca he olvidado, me dijo:

—Aquella noche me causasteis una de las más fuertes impresiones de mi vida. ¡Estabais tan absortos el uno en el otro!

Tras el primer rigodón bailamos sin cesar un vals tras otro hasta más tarde de la medianoche. Hubo, luego, un momento en que nos acercamos al bufé para tomar una media cena y beber champán. Yo no cabía en mí de gozo. No recuerdo mucho de lo que Ángel me dijo, ni de lo que yo le dije a él. Recuerdo que, con las copas de champán en la mano, buscamos un rincón donde poder sentarnos tranquilos. La fiesta duró hasta el amanecer. Pero me pareció un suspiro. Recuerdo las caras de las señoras: lívidas y ajadas, con los ojos rodeados de ojeras. Las de los hombres eran pálidas y parecían arrugadas. Y recuerdo el aliento del alba al salir de la Bilbaína. Flotaba en la noche un frío glacial que empañaba los cristales. A intervalos llovía sobre el empedrado; gotas como alfileres. Él, educadísimo, me ayudó a ponerme el abrigo. Y después, a subir al automóvil.

—¿Nos vamos? —dijo mi padre.

A duras penas no me eché a llorar, y tuve que hacer un gran esfuerzo para no decirle a mi madre cuán feliz era. Tenía la impresión de que las cosas habían cambiado, de que ya no volverían a ser del todo como hasta entonces.

«Toda mi vida será como esta noche», me decía mientras el automóvil se arrastraba crepitando por la carretera, sin sospechar que lo que estaba sintiendo en ese momento era irrecuperable para siempre.

Al poco de llegar a casa se produjo en mí una reacción. Dormí mal, porque de pronto sentí un enorme miedo del mañana. ¿Quizá él ya me había olvidado? ¿Quizá había sido un error comprometer todos mis bailes? ¿Debería haber bailado con los otros pretendientes que se habían acercado para invitarme, aunque me parecieran insípidos y sin interés? A todos había otorgado una sonrisa, a todos había mostrado mi carné, donde a cada rigodón o vals seguía la misma firma obsesiva: Ángel Bigas... Seguí torturándome así, hasta que por fin me sumí en un sueño inquieto.

¡El primer amor! Solo era el primer amor. ¿Hay algo más conmovedor, algo más hermoso y patético? Al día siguiente recibí una nota muy breve. De Ángel, claro. Decía que debía ir a Madrid a terminar sus estudios de Derecho y preparar la oposición a la carrera diplomática. Volvería para las vacaciones de Semana Santa.

«Me voy esta tarde. ¿Puedo escribirte?»

Todos los días, una carta. De haber prestado atención, mis padres hubieran podido leer en mis ojos los latidos del corazón. Allí estaba, con el correo de la mañana, cada mañana, la carta, escrita en tinta sagrada sobre papel bendito. ¿Si las conservo? No. Las quemé. Murieron en el fuego. Las palabras. Las promesas como yo entonces no había conocido nunca. Para la vida. Para el mundo... Pasto del fuego. Purificadas.

Recuerdo los primeros días de noviazgo. Aquellas dos semanas de vacaciones. A él le gustaban, igual que a mí, los largos paseos que no conducían a ninguna parte. Yo tampoco necesitaba que condujeran a sitio alguno. Me bastaba con sentirme a su lado. Aunque calláramos juntos. A veces le interrogaba sobre su vida en Madrid, sobre la ópera que se representaba en el Real, sobre Consuelo Bello y las artistas de vida más ligera.

—¿Es tan guapa la Fornarina? —le preguntaba.

—Sí, pero nada más.

Todo conspiraba entonces para rodearle de prestigio.

Una tarde fuimos a tomar té a casa de Carmen, con media docena de sus amigos. ¡Carmen! ¿Sabe cómo era ella? Muy, muy hermosa. Un poco estatuaria, eso sí. Tenía fama, y con razón, de caprichosa, extravagante, orgullosa, derrochadora. Era, sobre todo, una mujer culta, una mujer de buen gusto. Por su casa solían aparecer José Félix de Lequerica, Rafael Sánchez Mazas y algunos más de la tertulia del Lyon d'Or. A ella le complacían la conversación ingeniosa y las frases agudas. Y estaba muy satisfecha de su colección de pintura, que solía ampliar con alguna adquisición en las exposiciones locales, asesorada por amigos entendidos. Había un cuadro del que se sentía especialmente orgullosa. Un Sorolla que escandalizaba mucho a las señoras que entraban en la casa. El lienzo representaba una dama desnuda sobre un diván. Ella, imagínese, lo tenía en el lugar más visible de la casa, el hall. Un hall espaciosísimo.

Cómo una mujer así se casó con Eusebio Arieta es un gran misterio.

—¿Te imaginas las conversaciones entre Carmen y Eusebio? —me preguntó una vez Ana Eugenia—. Yo no.

—No se me había ocurrido —confesé.

Y no se me había ocurrido porque la juventud es generosa; en su sana actitud ante la vida, está dispuesta a descubrir paraísos incluso donde jamás existieron. Hasta en aquel matrimonio, que ya es decir.

—Querer nunca le quiso —decía mi cuñada—. Ni a los hijos. Si ahora vive como dentro de un mausoleo es por el hermano. Ahí está su pena; el hermano.

¿Eso ha contado el doctor Hurtado? Pobre. Las relaciones de Carmen con los hombres fueron siempre complicadas, porque en algún momento de su vida todos han estado enamorados de ella. Ángel probablemente también. Pero Carmen solo quería poder. Acudía a todas las fiestas, tan hermosa o más que las noches de junio. Y siempre había seis o siete personajes que la seguían por todas partes, como una guardia de sonámbulos.

—Es brujería —recuerdo que bromeaba Ana Eugenia—. Les chupa la sangre.

No sé en qué estado se habrá encontrado la casa cuando fue a entrevistarse con ella. Pero entonces parecía el palacio de un antiguo embajador de la Sublime Puerta. Un poco sobrecargado, pero de un gusto exquisito. Aquella tarde de la que le hablaba hace un rato fue deliciosa. De amable conversación, de música íntima después del té y las pastas. Yo quizá hablé demasiado. O, por lo menos, con demasiado entusiasmo. Pero Carmen me escuchaba y me animaba, y Ángel, con una mirada que me hacía sentir una dulce seguridad, también. Finalmente —oscurecía a lo lejos, sobre el mar; el resto de los invitados ya se había despedido—, Carmen señaló el piano.

—¿Por qué no tocas alguna pieza? —dijo.

Toqué un poco de Liszt y algo de Chopin. Al principio con precaución, uniendo mis manos a las teclas suavemente, como si tuviera que dormir a mi alma dentro de mí. Pero mi alma no quería dormir. ¿Percibieron cuánto de mí, de mis sueños, de mi tristeza, de mi ser íntimo pasaba por la música ajena?

—Has estado maravillosa —me dijo Ángel más tarde, mientras conducía camino de casa de mis padres.

Eso fue en la Semana Santa del año 13. Ese mismo año, cuando el verano tocaba a su fin, se declaró. Fue durante una de aquellas fiestas que don Alejandro solía celebrar en su casa. Frívolas, alegres y ruidosas. No puedo recordar si le besé una o varias veces. Recuerdo, eso sí, que pasamos una hora o más sentados en un pequeño y apartado rincón del jardín, rodeados de árboles y estatuas francesas del siglo XVIII.

Aquel verano... Lo recuerdo bien. Ay, sí. Unos días después de que Ángel se declarara, él y don Alejandro vinieron a casa a pedir mi mano. Mi padre se puso como loco y lo celebró descorchando botellas y botellas de champán. ¿Qué sabía, entonces, yo del amor? Nada: palabras, besos, hastíos. Anunciamos el compromiso en la fiesta de Navidad. La noticia apareció en todos los periódicos locales. Figúrese. La nieta de Simón Daza, fundador y consejero del Banco Bilbao, se casaba con el único hijo varón de Alejandro Bigas... Pero entonces murió el abuelo Simón. Yo debía guardar luto. La boda se pospuso. ¡Un año! Era como si la vida se burlara de mí. Sí, sí. Casi enfermo del disgusto.

¿Qué sucedió? ¿Algún romance? ¿Una aventura más seria de lo predecible? ¿Alguna intriga? ¿Alguna habladuría? Lo ignoro.

Una noche me dijo:

—María, tengo que hablar contigo seriamente.

Es inútil recordar todo eso. ¡De qué modo, durante tantos años, ha quedado grabada en mi memoria esa escena en casa de mis padres!

—¿Y sobre qué quieres hablarme tan seriamente? —dije, siguiéndole con buen humor hasta la salita de estar.

—Siéntate —murmuró.

Tomé asiento. Y él esperó a que me encontrara bien acomodada en la silla.

—María... —dijo—. No pienso casarme.

Me reí. Pensé que bromeaba. Pensé en la fecha. Estábamos en abril.

—Estoy hablando en serio, María. No puedo. No debo hacerlo.

Nunca. Nunca hubiera imaginado una cosa así. Le oía y tenía la impresión de que conversaba conmigo como con una extranjera. Me hablaba de la precipitación del enlace, del miedo a que un matrimonio prematuro embotara todo lo que en él había de ímpetu y de entusiasmo, de las trampas de la costumbre. Yo le escuchaba como desde una distancia infinita, como si toda la escena fuera irreal, y las palabras fueran fragmentos, astillas, de una pesadilla.

Cerré los ojos.

—¿Hay otra? —pregunté.

—No, no hay nadie —suspiró.

Recuerdo, creo recordar, que lo abracé y que intenté torcer aquel momento cruel, torcerlo a fuerza de besos para convencerle de que nos casáramos inmediatamente, para que se modificara el rumbo inexplicable de las cosas y todo volviera a ser lo que había sido. Mi reacción pareció conmoverle. Una pausa de silencio cayó sobre los dos.

—Es mejor que te vayas. ¡Vete, vete, vete! —grité por fin, mientras le empujaba hasta el recibidor, tan alto que mi madre se asustó.

—¿Ha pasado algo? —preguntó sofocada.

—Adiós, doña Victoria —dijo él, aturdido, poniéndose el abrigo en el umbral de la puerta.

—Adiós —grité yo cegada por un odio repentino—. Que tengas muy buenos viajes.

No lloré. Ni siquiera se me pasó por la mente llorar.

—Pero ¿qué sucede? —insistió mi madre—. ¿Es que habéis discutido? María, contesta. ¡María!

—Por favor, mamá, calla —susurré clavándome las uñas en las palmas de las manos hasta hacerme sangre, intentando esconder el dolor y el nerviosismo con una sonrisa—. No digas nada. Él no me quiere; no me quiere...

Así fue. Hace casi cuarenta años. Sí, fue una ruptura sonada. Figúrese el escándalo. Corrieron muchos rumores, claro.

—La verdad es que Ángel no ha pedido mi opinión —me contó Ana Eugenia que comentaba Carmen cuando salía a relucir el asunto en su presencia, o, al menos, eso se decía—. De hecho, no hemos hablado mucho de ello. Es tan impulsivo... Pero su actitud no me sorprende. En verdad, es bien sencilla: no quiere ser un hipócrita. Hay tantos.

Aquel era el gran defecto de Carmen: cualquier cosa que hicieran los Bigas le parecía bien, y muy especialmente si se trataba de su hermano Ángel.

Mi padre se tomó el asunto horriblemente.

—¡Mal bicho! —gritaba cuando creía que yo no podía oírle—. ¡Qué deshonra! ¡Qué deshonra!

—Pobre niña —decía mi madre—. Se le veía tan interesado por María.

—¿Y qué? —replicaba mi padre—. ¡Qué desvergüenza!

Nunca me he sentido más desgraciada, más débil. Me creía perdida, muerta. Todo había sido tan rápido. Ojalá hubiese sido un sueño. Ojalá no se hubiera tratado de la vida real, de mi vida. ¡Resulta tan grotesco sufrir de amor! Es tan poco civilizado.

—Todo se arreglará —repetía mi madre.

La pobre se propuso colaborar a fondo en mi rescate siguiendo al pie de la letra los consejos del doctor Areilza: vida con los amigos, viajes al extranjero...

—No deje que se encierre en casa —le dijo el doctor.

Uno de sus grandes sueños había sido siempre conocer Italia, visitar las iglesias, rezar con el papa, deslizarse por el Gran Canal de Venecia, entre el ir y venir de las góndolas. Así que, durante todo un año, ella y yo nos dedicamos a descubrir Venecia, Roma, Florencia, Pisa, Siena, Milán, Génova, Nápoles...

Y acertó. Aquel viaje me sentó muy bien. No hay nada como las voces de la vida para ahogar la pena. Volví a estar alegre y más tranquila. Sí, tan alegre como siempre. A mi regreso, me presenté en sociedad como si nada. Y un año y medio después me casé con Antón en Begoña. Luego sucedió algo no tan insólito: floreció la segunda vida y pasó a borrar la primera.

No es el amor quien muere. No. No es el amor. Somos nosotros. ¿Está de acuerdo? Nosotros... Transcurrió mucho tiempo. Más de quince años. Quince años durante los cuales no tuve más noticia de él que la que surgía muy de vez en cuando en alguna conversación aislada. Si no hubiese sido por la bancarrota de don Alejandro y los comentarios que despertó, es posible que no me hubiera acordado más. Pero la muerte de don Alejandro hizo que lo recordara. Antón y yo asistimos al funeral. Sí, sí... Muy poca gente. Ángel acababa de llegar no sé si de San Juan de Luz o de París. Se decía que había estado con don Miguel de Unamuno en Hendaya y que conspiraba con un grupo de políticos e intelectuales contra la dictadura.

Dos años después coincidí con él en casa de la marquesa de Avendaño. Era el último verano de la monarquía. Primeros de agosto, si no me falla la memoria. Recuerdo que los invitados de Ana Eugenia estaban impacientes. Se esperaba al rey, que esa misma mañana había llegado a puerto a bordo del yate Giralda, y había prometido asistir a la fiesta de la marquesa después del ágape en el Sporting. No era la primera vez que don Alfonso acudía a la casa de mi amiga. Siempre que venía a tomar parte en las regatas veraniegas del Abra, el rey aprovechaba la ocasión para hacer un poco de política y otro poco de charla amorosa. El salón del Sporting y nuestros palacetes de Neguri servían para ambas cosas a la perfección.

De aquellas visitas reales guardo un grato recuerdo. Antón era aficionado a la vela y el remo, y solía tomar parte en las regatas que organizaba el Sporting. Aún puedo oír los vivas y los aplausos con los que los socios recibían la aparición de la lancha real. Ay, cuando pienso que el pobre murió en Roma, tan lejos de la tierra a la que sirvió con tanto sacrificio. Ni los políticos ni los intelectuales quisieron ayudarle. Fue como una tromba, como un huracán... Sí... Sí... Volvamos a la fiesta en casa de Ana Eugenia. Aquella noche produjo gran revuelo de comentarios la inesperada llegada de Carmen. Era el primer baile al que asistía desde la muerte de don Alejandro. Y lo hacía sin su marido. La acompañaba Ángel, quien daba la sensación de que había acudido a la fiesta únicamente por no dejar sola a su hermana.

He de decir que ella estaba espléndida. Entró en el gran salón de baile, y fue como si caminase dentro de los hombres. Qué distinta del fantasma con quien se habrá entrevistado usted. Aquella noche llevaba un vestido de seda azul celeste, de un celeste extraordinario, casi blanco, al que se adhería la luz amarilla de las arañas como ciertas tonalidades del mar al amanecer. Sí, estaba preciosa. Aquella noche parecía concentrar en su persona toda la seducción de la madurez.

—Mi marido —oí, después, que Carmen había dado como única excusa— está algo cansado. Pero yo no quería renunciar por nada del mundo a la fiesta de la marquesa.

¿Y Ángel? Ángel también sonreía. Pero la suya parecía una sonrisa llena de cansancio. Recuerdo que el corazón me latió violentamente. Los años habían pasado. Las aguas se habían calmado. Quiero decir: no quedaba ni sombra, no digo ya del amor, ni siquiera de las recriminaciones o del rencor. Pero lo veía en casa de Ana Eugenia, vestido de esmoquin, y volvía a verlo en aquel jardín de la mansión de los Bigas. Allí estaba. Y de repente, sin saber por qué, me sentí vieja. Como si el aire se hubiera colmado de fantasmas. Cuando nuestros ojos se encontraron tuve que contener el aliento para no transformarme en una estatua de sal.

Recuerdo que un rato después de su entrada llegaron los reyes. Se produjo un gran revuelo, una especie de ¡aaah...!

—Don Alfonso y doña Victoria Eugenia —dijo alguien.

Al instante, la orquesta tocó la marcha real.

No creo que pueda olvidar esa noche. Ángel se condujo admirablemente. Aprovechó, para acercarse, que el rey había sacado a bailar a Carmen y Antón conversaba con el marqués de Buniel y algunos otros. Su rostro, algo más viejo, expresaba exactamente lo que él quería que expresara: la sorpresa agradable de encontrarse con una amiga de juventud.

—Tantos años —dijo mientras yo le tendía la mano— y estás igual de hermosa.

Debió de notar el temblor de mi mano, porque vi que algo pasaba por su mirada, fugazmente.

Es extraño lo bien que recuerdo la conversación. Hablamos del tiempo, de las fiestas de Ana Eugenia, de Antón, a quien él no conocía.

—La vida de diplomático debe de ser maravillosa —comenté—. La de líos que habrás tenido en el mundo.

—A menudo resulta mortalmente aburrida —contestó con una mirada como de náufrago.

Habló entonces de las incomodidades vividas en Venezuela y contó alguna anécdota de Varsovia.

—¿Y tú? —preguntó de pronto—. ¿Cómo estás tú?

Suspiré.

—Mi vida ha sido muy sencilla. Antón y los niños: eso ha sido todo. Me casé al año de regresar de Italia.

Aquella evocación pareció desconcertarle.

—Si supieras la de veces que he tenido un ataque de nostalgia de aquella jovencita del salón de la Bilbaína... —me interrumpió sonriendo.

Pero por el tono comprendí que prefería evitar las alusiones al pasado.

—¿Y el piano? A nadie, ni siquiera a Paderewski, sentado ante el piano del salón rojo del Palacio Real de Varsovia, he oído interpretar tan bien los nocturnos de Chopin.

Descubrí entonces cuánto le había desgastado el tiempo. La antigua expresión de sus ojos, aquel fulgor que resultaba casi insoportable, había desaparecido; el ideal juvenil de vivir en países lejanos se había extinguido, como un vaho que enseguida se disipa; y la inventiva, la deliciosa corriente verbal que aleteaba en sus cartas... ¿Cuánto tiempo había pasado desde la publicación de su último libro? ¿Diez años? ¿Más? Aquel sueño de escribir la novela del siglo también había quedado atrás, en el cementerio de las ilusiones. Todo aquello ya no formaba parte de Ángel. Había existido y ya no existía.

Todo el tiempo que aún estuvimos conversando me acosó la misma duda. ¿Sentía él lo que yo estaba sintiendo? ¿Veía en mí lo que yo había visto en él? Yo también había cambiado. Ya no era una niña sin experiencia. Tampoco era la pianista que hubiera querido ser. Después de casarme, simplemente había perdido el interés. La pasión seguía ahí. Pero, en fin, los niños, la familia... Y Antón, ay, él también había cambiado. Pero mucho menos que nosotros. Tal vez porque Antón tenía menos que cambiar.

—¿Qué te ha traído a Las Arenas? —pregunté para escapar de la atmósfera de blanda melancolía que se estaba imponiendo en mi espíritu.

—¡Oh!, nada importante. Mañana voy a Madrid.

Apenas volvimos a hablar. Recuerdo que llegó Antón. Les presenté. Y al cabo de un tiempo de conversación trivial, Ángel se despidió.

No. No lo volví a ver. Supe de él cuando se proclamó la República, claro. Y casi siempre cosas feas. Pero usted ya conoce lo que sigue. Pobre, pobre Ángel. Yo estaba en Biarritz y seguí con escasa atención las noticias sobre sus andanzas revolucionarias.

—No tenía conciencia moral —recuerdo que comentó mi padre.

¡Qué tiempos, Dios mío...! ¿Qué sentí? ¿Amargura? ¿Melancolía? ¿Tristeza? Me quedé estupefacta. Nada más. Por supuesto, estuve en su funeral. Eso es todo. No. Nunca supe los detalles. Verá, no quise saber. A lo sumo, podría contarle alguno de los rumores que corrieron entonces de boca en boca. Pero basta de preguntas por hoy. Se acabó. Me perdonará que dé por terminada esta agradable conversación. Tengo otra visita, y la puntualidad es una virtud a la que no quiero renunciar. ¿Una pregunta más? ¿Por qué le da tantas vueltas a las cosas? ¿Qué hacía Ángel Bigas en tratos con Prieto y Echevarrieta?, quiere saber usted. Mire, yo siempre he despreciado la política, pues conozco las bajezas que conlleva. En cualquier caso, le responderé a esa pregunta. Hacía lo de siempre, conspirar contra el Gobierno. Desde que murió su padre, no hizo otra cosa.

**Kurt Erich Suckert (Curzio Malaparte)**
**Capri, 28 de abril de 1953**

Ah, Varsovia. Los días y las noches de Varsovia... Sin duda, entre los paisajes que sirven de fondo a mis correrías juveniles, ese es el más querido. Aquel torneo de sombras que siguió a la Conferencia de Paz de Versalles. Aquel inverosímil país que había sufrido cuatro invasiones distintas en el transcurso de una sola guerra. Aquella capital amenazada por el Ejército Rojo de Tujachevski. Aquellas largas veladas en la fresca sombra de la Nunciatura Apostólica, con el nuncio monseñor Achille Ratti, más tarde Pío XI. Reunidos al atardecer, monseñor y yo departíamos sobre los temas que le fascinaban: Dante, Maquiavelo..., Miguel Ángel y sus planes fabulosos para la tumba del papa Julio II.

—Delirios —me decía monseñor con un gesto solemne que a menudo intimidaba a los demás.

Es extraño... Después de los años de cárcel y confinamiento, después de mi expulsión del Partido Fascista y de las experiencias pasadas en la Segunda Guerra Mundial, después de los bombardeos, los fusilamientos, las matanzas, el hambre, después de la posguerra donde solo importaba salvar la piel..., es extraño, le decía, lo cerca que siento aquella ciudad, aquel tiempo. Las alianzas cambiantes, la prevaleciente atmósfera rusa, la incertidumbre crónica de las fronteras... 1919. 1920. Todavía recuerdo el día que entré por primera vez en el Palacio Belvedere para asistir al homenaje del cuerpo diplomático al general Pilsudski, jefe de Estado de la renacida Polonia.

—Es un soldado testarudo y rencoroso —me dijo el embajador de Italia Tommasini mientras recorríamos lentamente el hermoso parque que conduce al patio de honor del Belvedere.

Días antes, durante un baile en la embajada inglesa, la anciana princesa Czartoriska también había querido prevenirme:

—No es uno de los nuestros. Pese a ser todo un personaje, no deja de ser uno pequeño: un campesino.

Qué sorpresa después, al descubrir en el agotado rostro del mariscal la mirada arrogante de un patriarca bíblico. Suyas eran unas palabras que yo había escuchado en París, durante la Conferencia de Paz.

—Todo lo que podamos ganar en el oeste depende de la Entente, de la medida en que quiera estrujar a Alemania. El este, en cambio, es otro asunto. Allí hay puertas que se abren y se cierran; depende de quién las abra y hasta dónde.

Me acuerdo, sí. Por aquellas fechas, a todos nos parecía una aventura pisar suelo polaco. Eran los hermosos días de la resurrección nacional. Y la vieja nobleza y los miembros del cuerpo diplomático se reunían a menudo por la noche en el Belvedere, alrededor del piano de Ignacy Paderewski, para escuchar las polonesas de Chopin. Por desgracia, los días de la independencia iban a ser bien breves. Los nazis, primero, y, luego, los soviéticos...

Todo fue una ilusión, cuyo destino ya nadie recuerda. Pero entonces, nada, ni la extrema pobreza de los hogares ni los muertos por inanición ni el tifus que asolaba provincias enteras ni la espiral de pequeñas guerras que recorrían el este con furia de perros rabiosos, podía apaciguar la excitación y el entusiasmo febril que se vivía en Varsovia. Uno de los mayores crímenes de la historia había sido reparado. Después de ciento veinte años de intolerable infamia, las cadenas habían sido rotas. Rusos, austríacos y alemanes se habían ido, y los discursos, los gritos y hasta las canciones eran como promesas de un tiempo mejor, un billete de vuelta al siglo XVI.

—¡Libertad! ¡Independencia! ¡Un Estado propio! —coreaba la muchedumbre en las aceras de Nowy Swiat.

Imagínese... Yo llegaba de un país que había vendido su juventud por nada. Más de medio millón de mis compatriotas habían muerto en Isonzo y Caporetto a cambio de una paz a la francesa. Europa me parecía entonces un montón de carne putrefacta. Y algo de aquella desesperación salvaje que entonces anidaba en mí debió de notar el embajador Tommasini cuando me contó que días antes, durante una cena en su palacio de la avenida Ujazdow, la anciana princesa Czartoriska había hecho servir vino de 1772, fecha de la primera partición de Polonia, que su familia había guardado, año tras año, para brindar por el difícil renacimiento.

—Aunque parezca mentira —me dijo el embajador Tommasini, echándose a reír—, podía beberse.

Tommasini; monseñor Ratti; la anciana princesa Czartoriska... Del fondo de mi memoria surgen riendo las amables sombras de aquel tiempo. Toda la larga sucesión de bailes, cenas, conciertos, recepciones. Bigas también. Sí. Él también es una sombra de aquella época prehistórica. Por entonces, no tendría más de treinta años. Lo recuerdo bien. No era uno de esos diplomáticos que solo deben tener cualidades negativas, abstenerse de hacer ciertas cosas, redactar informes rápidamente y hablar francés para cumplir bien su misión, sino que pertenecía a aquellos a quienes les gusta ser elegantes y espirituales.

Sí. Foxá tiene una memoria prodigiosa. Ambos frecuentábamos el Club Mysliwski y formábamos parte del mismo grupito compuesto exclusivamente de diplomáticos y militares que el capitán Rollin, uno de los caballeros más serios y cultos de la misión militar francesa, llamaba *les nôtres*. Reconozco las voces. Me acuerdo. Vuelvo a escuchar a Carton de Wiart y a Miecislaw Napierski hablar de cacerías, de caballos, de perros, de mujeres, de duelos y amores. Vuelvo a ver a Cavendish-Bentinck, secretario de la embajada británica; al teniente de ulanos Potulicki con sus espesas patillas rojizas y aquel pie herido que reposaba de lado sobre una silla; al gordo, elegante y plácido Bulow, que escribía crónicas para importantes periódicos de Alemania y garabateaba unos versos que eran el infeliz reflejo de un alma noble y encantadora de Westfalia. Algunas noches salíamos todos juntos rumbo a la avenida Marszalkowska, una animada y elegante arteria llena de árboles y clubes nocturnos. Otras veces la conversación nos arrastraba poco a poco hacia la política, y pasábamos largas horas hablando acerca del almirante Kolchak o discutiendo sobre las causas del fracaso de la intervención aliada en Rusia y sobre el porvenir del Tratado de Paz de Versalles.

Cuántas veces me acuerdo de aquellas noches interminables del Club Mysliwski. Hay una sobre todo... Era el verano de 1920. El entusiasmo por la entrada de Pilsudski en Kiev se había tornado en negro presagio al saberse que la caballería roja no solo había reconquistado aquella ciudad, sino que además había expulsado a las tropas polacas de Ucrania. Los ejércitos bolcheviques volaban hacia Varsovia como un vendaval. La vida saltaba hecha pedazos a su paso. Los incendios se retorcían en el horizonte. Aquella noche el teniente Potulicki comentó los crímenes espantosos cometidos por los cosacos rojos en Sitomierz y Berdichuff. Y Bigas, que había regresado de Kiev, a donde había ido por razones que todos desconocíamos, sacó a relucir la proclama de Tujachevski, el jefe supremo del Ejército Rojo en el frente occidental, a sus soldados.

> ¡Soldados del Ejército Rojo! Ha llegado el momento de la verdad... Antes del ataque llenad vuestros corazones de ira... Vengaos de todas las humillaciones que los malditos polacos han infligido al revolucionario pueblo ruso... Las tierras saqueadas durante la guerra imperialista serán testigo de la sangrienta venganza que la revolución hará caer sobre el viejo mundo y sus lacayos...

Sí. Tujachevski también hablaba de extender la revolución al mundo entero.

> Volved los ojos hacia el oeste. Allí es donde se está decidiendo el destino de la revolución... ¡Ha llegado la hora del ataque! ¡Hacia el oeste!

Casi todos callamos cuando Bigas repitió estas últimas palabras del general ruso.

—Un hombre atractivo, ese bolchevique —comentó por fin Bulow—. Combina los modales de Napoleón con una crueldad que hace honor a las tradiciones mongólicas.

—Polonia es un país más resistente y una sociedad más cohesionada de lo que Trotski y Tujachevski sospechan —protestó Napierski, mirando a todos con aire significativo.

Y, suponiendo que tendría oportunidad de hacer una descripción erudita, preparada en su mente, de lo que sabía y de lo que sentía respecto a su país, añadió:

—Pilsudski...

Pero el capitán Rollin sonrió y le interrumpió:

—Lo cierto es que cuando se abalanzó sobre Ucrania, su mariscal nunca se paró a pensar qué haría al llegar a Kiev.

—La idea —replicó Napierski— era ayudar al atamán Petliura en la creación de un Estado ucraniano amigo de Polonia.

—¡Oh, oh! Si esa era la idea —dijo Bulow mordaz, haciendo un gesto vago con la mano— tengo motivos para estar doblemente admirado.

En su inglés de Oxford, Cavendish-Bentinck se sumó a la conversación:

—Pilsudski ha demostrado un apetito parecido al de un gorrión que acaba de salir del cascarón.

—¿Cómo? ¿Cómo? —se quejó Napierski con aire de obtusa sorpresa—. Nuestra entrada en Ucrania nunca fue una invasión de tropas extranjeras. Todo habría salido como un reloj de no ser por Petliura.

—¿Y qué esperaban de semejante aliado? —preguntó Bigas—. Personalmente no me imagino cómo han podido entenderse con él ni un minuto.

Por el rostro de Napierski cruzaron vagas sombras.

—A mí los rusos no me preocupan —dijo entonces Carton de Wiart—. No son más que una horda harapienta. Lo que temo es una puñalada por la espalda: la chusma del gueto y los suburbios de Varsovia... Un golpe de Estado, señores.

—¿Qué golpe de Estado? —se agitó Potulicki desde la torre de sus ensoñaciones.

—Ustedes, los aristócratas polacos —dijo Carton de Wiart—, no tienen arreglo. Piensan que Polonia es como la Iglesia, donde solo los papas y los cardenales pueden dar golpes de Estado. En cambio, yo lo huelo.

¿Me pregunta qué impresión tenía Bigas de los bolcheviques? La peor. Ellos eran contrarios a los aristócratas con castillos y a eso que los jóvenes escritores comunistas de hoy llaman gusanos liberales. Y Bigas, no se engañe, era un intelectual burgués. Y un liberal. Sí, los bolcheviques le inspiraban una hostilidad de casta, natural en una época en que los muchachos de la burguesía todavía no se avergonzaban de ser lo que eran. Pero los generales blancos tampoco despertaban en él mucha simpatía. Pensaba que el antiguo régimen con el que soñaran Denikin, Wrangel o Kolchak no tenía ningún sentido.

—Para bien o para mal el pueblo ruso ha escogido a Lenin —me dijo en una ocasión—. No tiene ningún sentido intentar atrasar el reloj.

Por otra parte, la guerra civil había quitado a los blancos aquellas virtudes de caballerosidad, corrección y disciplina que eran su orgullo en los tiempos del zar. Su marcha por el sur solo había dejado un inmenso reguero de sangre.

—¿Qué esperaba? —le dijo Carton de Wiart una noche que se hablaba de Kolchak en el Club Mysliwski—. Cuando el infierno estalla en la tierra no puede ser dominado por alas de ángeles.

—Algo de nobleza —recuerdo que suspiró Bigas.

Y se apresuró a añadir:

—La crueldad de esos oficiales tan distinguidos oscila entre el sadismo y la necedad.

Sus ojos miraban fijamente al general inglés…

Pero le decía que aquel verano pintaba realmente mal para Polonia.

—Nos están machacando, los muy canallas —se lamentaba Napierski en el Círculo de Caza—. El brazo de su caballería asoma por todas partes. O podemos con ellos o nos liquidan. No hay más salida.

Mientras tanto, la situación interna empeoraba cada día. Aquel verano Varsovia estaba tan abarrotada de gente temerosa, de gente evacuada de otras zonas, como debió de estarlo la Viena de los Habsburgo asediada por los doscientos mil soldados turcos del gran Solimán. El miedo, el más desesperado miedo, llenaba la ciudad. Por las calles desfilaban bandas de soldados, prófugos de las regiones del este y campesinos que venían huyendo de los pueblos conquistados por el Ejército Rojo. Era como si un cráter en erupción escupiera lava. Y las noticias que traían alimentaban el ambiente de pánico. En los pasillos de la Dieta, en las antesalas de los ministerios, en las redacciones de los periódicos, en los cafés, en los cuarteles, corrían los rumores más extraños. Se hablaba de una posible intervención de tropas alemanas, solicitada a Berlín para contener la ofensiva bolchevique. Se decía que los caminos estaban infestados de desertores; que el Ejército polaco era una masa sin esqueleto, propicia al pánico y a la desbandada; que el reino del anticristo avanzaba con funesto silbido por toda Polonia.

—Esto no es una guerra —reflexionaba atónito el capitán Rollin en el Club Mysliwski—. ¡No hay cadáveres! Las divisiones polacas retroceden sin que nadie sepa por qué.

Aún puedo oír la risa de Bulow:

—Polonia es un fracaso histórico y siempre será un fracaso. Aquí todos parecen viejos de quinientos años.

—Querido Bullow —decía Potulicki con despecho—, en Rusia también son viejos.

—No —replicaba Bullow—. Los rusos tienen alas. ¡Las alas de Trotski!

Bigas, sí. No me olvido... Todos los días se reunía el cuerpo diplomático en la Nunciatura para discutir la última hora del frente en una especie de conciliábulo de náufragos. Yo acompañaba a menudo a Tommasini, y Bigas al embajador español. La atmósfera era sombría. Todos esperaban algo devastador y catastrófico, como la propia muerte. Recuerdo el rostro pesado del embajador inglés, sir Horace Rumbold, cuyo temor a una revuelta en los barrios obreros y en el gueto ganaba consistencia frente a las premisas de monseñor Ratti, partidario de mantener la calma.

—¿Qué hacemos aún aquí? —preguntaba Rumbold—. Señores, esto se ha terminado. El Ejército polaco ha dejado de existir como fuerza cohesionada.

Puedo ver su rostro igual que si oyera las herraduras de los caballos de Atila galopando contra Varsovia.

—Ha mandado a su esposa e hijos a Londres —me comentó Bentinck al salir de la Nunciatura una tarde—. Deberías ver su domicilio. Ha empaquetado toda la vajilla, los cuadros, los grabados, la porcelana, las fotografías, los mejores libros, las alfombras... Los cajones de los muebles están abiertos y hay ropa y papeles esparcidos por todas partes.

¿Quedarse o marcharse? Esta era la pregunta que se hicieron todos los diplomáticos extranjeros cuando llegó a Varsovia la noticia de que los bolcheviques se habían apoderado ya del pueblo de Radzymin. Estaba claro que había que buscar una solución de inmediato. Y así se hizo la noche siguiente, cuando la caballería roja atacó la entrada del puente de Varsovia. La mayor parte del personal de las embajadas huyó de la capital a toda prisa para buscar refugio en Posen. Del cuerpo diplomático solo nos quedamos monseñor Ratti, el embajador Tommasini, el secretario de la embajada de Francia, algunos agregados militares..., Bigas y yo.

Los motivos de monseñor Ratti y el embajador Tommasini estaban claros. Lo cuento en uno de mis libros. Ambos deseaban entrar en relaciones con Moscú. A mí me movía la curiosidad; el deseo de estar en el centro de la historia. Pero a Bigas, ¿qué razones le empujaron a quedarse? ¿Qué le impulsó a desobedecer las tajantes instrucciones de Madrid?

Lo supe una de aquellas tardes de agosto. Verá..., desde que el Ejército Rojo estaba acampado a poca distancia de Varsovia, Bigas y yo íbamos casi a diario con el capitán Rollin a las avanzadas polacas para seguir de cerca las peripecias de la batalla. Aquella tarde hice un comentario sobre el aspecto andrajoso de los soldados bolcheviques. Mi larga experiencia de la guerra en el frente francés y en el italiano me impedía comprender por qué retrocedían los polacos ante semejantes soldados.

—Son una horda, sí —recuerdo que comentó Rollin más tarde, cuando ya remontábamos la calle Jerozolimskie—. Y ahí, precisamente, radica su fuerza. En que son una horda.

Bigas preguntó a Rollin si cabía alguna esperanza o de verdad todo estaba perdido irremisiblemente. El capitán francés le respondió que si el frente de Varsovia resistía unos días, la arriesgada estrategia de Pilsudski de golpear por los flancos y la retaguardia podía tener éxito.

—Pero no hay que hacerse muchas ilusiones —dijo.

Anochecía cuando dejamos al capitán Rollin en la puerta de su embajada. Debía repasar la estrategia con el jefe de la misión militar francesa y más tarde inspeccionar el ambiente de los barrios obreros. Poco después, al pasar por la iglesia de la Santa Cruz, Bigas y yo tropezamos con una imagen que me pareció sacada de una pintura barroca del siglo XVII. Frente a la iglesia, una marea de gente rezaba a coro, rodilla en tierra, plegarias con las que pedía la salvación de su patria. Había allí de todo: sacerdotes, enfermeras, soldados heridos, ancianos, amas de casa, niños, campesinos. Aquella multitud dirigía sus oraciones al cielo.

—Cuánto sufrimiento hay aquí —comenté cuando ya habíamos dejado atrás la iglesia.

Y recordé la triste historia política de Polonia.

—Cuánto sufrimiento... —repetí—. De Polonia y del mundo.

La conversación nos arrastró entonces hacia las guerras napoleónicas y los voluntarios polacos que lucharon en la Grande Armée. Hablamos de Marie Walewska, la bella amante de Napoleón, y del príncipe Poniatowski y su arrojo en Leipzig.

—Solo para los vanidosos, todo es vanidad —dijo Bigas—. ¿Quién puede decir cuánto amor a la vida le quedaba al príncipe Poniatowski cuando la caballería cosaca se le pegó a los talones sin ánimo de soltar su presa? ¿Qué porción le quedaba de aquel sentido del deber que le hizo permanecer junto a Napoleón cuando toda la aristocracia de Polonia lo había abandonado? Murió como un hombre libre.

La experiencia de la guerra del 14 cruzó entonces mi mente. Y, con el barrizal de las trincheras, reviví la insoportable sensación que todos teníamos en aquellos días de ser meros juguetes en manos de los intrigantes más cínicos del mundo. Los soldados rasos, y los pobres oficiales, las explosiones, los cuerpos destrozados, el miedo... Todos aquellos inmensos cementerios bajo la luna solo habían servido para promover la vanidad de unos pigmeos.

—Así se debe morir —dije de repente—, y no de ese modo vergonzoso en que se nos sacrificó durante la guerra pasada.

Seguíamos caminando. La noche era muy hermosa; el calor ahogante; ni un soplo de aire en las calles de trémulas farolas. Recuerdo que llegamos a la plaza Saxon y que Bigas propuso tomar una copa en el bar del Europejski, que a esa hora de la noche era un hervidero de periodistas extranjeros... Han pasado muchos años. Más de treinta. Pero me acuerdo muy bien. Fue entonces cuando Bigas me habló de la rusa. Supongo que el alcohol abrió en su espíritu la compuerta de las confidencias. Bebimos muchísimo aquella noche.

Al principio me dijo:

—Cien años han pasado sin ver su cara. Hace cien años que ella me espera en una ciudad. Hace cien años que en la noche corro tras ella.

De esta manera tan sorprendente supe de esa mujer que tiempo después recordé con Foxá ante la gélida estampa de San Petersburgo. Se habían conocido en Rumanía y se habían separado de forma algo brusca, antes de la entrada de los alemanes en Bucarest. Pese al tiempo que pasaba alejado de ella, tres años y no cien, él la recordaba como la había visto la última vez. Sus últimas palabras, su mirada, sus gestos... Recordaba los años de la Gran Guerra como si fueran una mujer, la memoria, la nostalgia de una mujer. Todo se había complicado con la Revolución de Octubre, el destino de Rusia y el de Europa, el de ella y el suyo propio.

—Llámame loco si quieres —me dijo—. Supe, en cuanto la vi, que no había existido nadie antes que ella, que no habría nadie después...

Se llamaba Olga, sí. Su nombre era Olga. Sí, puedo asegurárselo. Bigas amaba a aquella mujer como se ama un hogar. A veces, ella se le aparecía en sueños, y entonces era como un peso de plomo que lo inclinaba hacia el pasado. Pero hacia un pasado que jamás habían tenido juntos. Siempre ocurría igual. Se encontraban en San Petersburgo. Se separaban. Todo muy tranquilo, encantado por la luna. Ella hablaba del verano y de lo absurdo que resultaba vivir separados. Él susurraba: «Vayámonos de Rusia». Y entonces todo se alejaba: ella y los finos copos de nieve y los palacios de piedra blanca y la casa del zar y la fortaleza de Pedro y Pablo y las iglesias de azucaradas cúpulas. Todo desaparecía de golpe, como engullido por el Nevá. Y a la mañana siguiente, al despertar, él intentaba retener unos segundos más su rostro, su voz...

—Daría años de vida por estar con ella —me dijo—. Estar a solas, en algún sitio, a salvo. París, Madrid, Roma... No importa. Daría un siglo.

Al decir esto, Bigas no se parecía en nada al joven diplomático español que, arrellanado en uno de los antiguos sillones de cuero del Club Mysliwski, hablaba con elegante erudición de la historia de Europa o daba su opinión sobre la fragilidad del nuevo orden internacional surgido de la Conferencia de Paz de París. Su rostro se ensombrecía. Todo se reducía a dos preguntas. ¿Estaba viva? ¿Volvería a verla algún día?

—A veces sueño con terror que alguien cercano a mí sabe algo sobre ella, y yo no: que está muerta, o que está con su familia y vive lejos de Rusia.

Entonces me confesó que había ido a Kiev en busca de noticias. Bigas guardaba consigo unas cuantas cartas que ella le había escrito confesándole sus planes de abandonar San Petersburgo en dirección a Kiev.

¡Las cartas! Las releía con el recuerdo... En aquel tiempo, en Rusia era realmente difícil que la correspondencia llegase a su destino. Muchas cartas debían enviarse como en la Edad Media, a mano, y de etapa en etapa, y había que darse por satisfecho si el destinatario las recibía con medio año de retraso.

«San Petersburgo, me dijo que ella le había escrito, se está muriendo como ciudad. Todos la abandonan: a pie, a caballo, en tren. Por las calles yacen los caballos muertos. Los perros se los comen. Casi a diario recogen a gente que se ha desplomado víctima del hambre. El Moika y el Fontanka están llenos de basura.»

Las cartas... Ni eso tenía ya para alimentar aquel amor iluso. Se habían acabado. De la última, fechada el año 18 en Kiev, habían transcurrido casi dos años. En el antiguo imperio de los zares, la guerra civil era un silencio, una ausencia, un temor que crecía.

—Pensé que en Kiev podría averiguar algo —se justificó.

Supongo que me sorprendió oírle contar lo que a continuación me confesó. Pero lo que ahora recuerdo más nítidamente, sepultando todo lo demás, es aquella tristeza que emanaba de su mirada. Sus ojos adquirían a veces la vaciedad de los ciegos. Otras veces contemplaban intensamente algo invisible para mí. Recuerdo que pensé en el caballero del viejo grabado de Alberto Durero. ¿Lo conoce? El caballero arrastra al diablo cansado y se niega a pagar su óbolo de plata a la muerte. Pues bien..., los ojos de Bigas eran los mismos ojos que los de ese caballero. En ellos se reflejaban las cosas que había visto en Ucrania: campos arrasados, cosechas ardiendo, aldeas en ruinas, ancianas ocupadas en desenterrar algo de las cenizas de sus casas para esconderlo en otra parte.

—Kiev —me dijo— ofrecía una imagen aterradora a la luz de la luna. Nunca olvidaré aquella noche ni lo que vi por la mañana.

La ciudad estaba casi en ruinas, como si la hubiera barrido un huracán. Las casas parecían viejas tumbas abiertas en cementerios olvidados. Las calles estaban sucias y abandonadas. Por doquier se hallaban las huellas de la guerra. Kiev había cambiado de manos varias veces. Primero, los alemanes. Tras estos, los bolcheviques. Después, el atamán Petliura. Otra vez los bolcheviques. Más tarde, Denikin y su Ejército Blanco. Budienny y sus cosacos rojos. Petliura en compañía de las tropas polacas... ¡Qué no habían sufrido los habitantes de Kiev bajo aquel torbellino! Saqueos, bombardeos, infamias, fusilamientos, venganzas personales, torturas, extorsiones...

—Aquella ciudad daba la razón a la vieja máxima: el hombre es un lobo para el hombre —dijo de repente.

Y permaneció callado un rato. Luego prosiguió:

—La muerte se había agarrado a su corazón. La gente caminaba como si fueran sombras vivientes. Hombres, mujeres y niños se veían azotados por la misma angustia: la búsqueda de un trozo de pan.

Bigas tenía muy vivas en la memoria aquellas estampas de Kiev. Yo callaba. Y, mientras los últimos clientes del Europejski abandonaban las mesas de mármol para perderse después en la noche, imaginaba a mi apuesto y arrogante amigo persiguiendo el fantasma de una mujer a través de una ciudad aterrada, famélica, situada en plena zona de combates, expuesta a las sorpresas y a los ataques de ejércitos que iban y venían como las plagas de la Antigüedad. Lo imaginé atravesando un laberinto de calles ensombrecidas, plazas destartaladas, farolas caídas, edificios ametrallados.

—No me resultó difícil encontrar la dirección —me dijo—. Una calle de familias acomodadas, de amplias aceras y altos portales para que entraran los coches de caballos. Un viejo palacete de estilo neoclásico.

Me acuerdo bien. Si algo invento, son pequeños detalles.

—Aunque faltaban todavía varias horas para el ocaso —dijo—, las primeras sombras de la tarde empezaban acumularse sobre las ventanas de la casa, que poco a poco se tornaban más oscuras.

Aquellas ventanas reflejaban una tranquilidad pesada y sombría, y desde el primer momento Bigas pensó que era la tranquilidad de la muerte. La puerta de la entrada principal colgaba fuera de los goznes, así que cruzó el umbral. Temía descubrir que tras aquella puerta no quedaran ya más que las pruebas del pillaje a que habían sido sometidos muchos palacios de Kiev. Y, en efecto, el interior del edificio era aún más mortecino y oscuro que el exterior. Paso a paso fue registrando los salones desiertos. Todo lo que había dentro estaba roto. Ni un mueble sano. Todos habían sido despedazados para hacer leña. Ni rastro de la antigua vida. Solo los susurros y los chillidos de las ratas que corrían por los oscuros rincones. ¿Dónde estaban sus dueños y qué había sido de ellos? ¿Habían sido asesinados? ¿Se habían escondido? ¿Se habían ido de forma precipitada? ¿Tal vez al extranjero?

Una voz interrumpió sus pensamientos. Alguien lo llamaba desde la escalera. Era una mujer. Una mujer envuelta en una toquilla enorme y deshilachada. Una anciana con los ojos turbios y enloquecidos, como los de un envenenado. Tenía la cara hinchada y con una mitad desfigurada por marcas de quemaduras.

—¿Qué desea? —preguntó la anciana.

Se había detenido a pocos pasos de Bigas.

—Quisiera —respondió este en una particular mezcla de francés y ruso— información acerca de una mujer y una niña de San Petersburgo.

La anciana abrió los ojos como platos.

—¡Ya no están aquí! —dijo con voz alterada—. Nadie vive aquí. Desaparecieron. Se fueron al sur. ¿Es usted extranjero?

—Sí, español —respondió Bigas.

—¡Váyase! —exclamó la anciana de pronto—. ¡No puede estar aquí! ¡Nadie puede estar aquí! —gritó en francés, cogiendo a Bigas por la muñeca.

El eco de los gritos conmocionó brutalmente el silencio de las paredes.

—¡Márchese! No quiero que me vean con usted.

—¿Por qué? —preguntó Bigas tan desconcertado que no pudo sentirse ofendido.

—¡Silencio! —exclamó la anciana presa del pánico—. Cállese —añadió, bajando la voz—. No se da cuenta de que nos observan. Nos están escuchando. Todos están conchabados con ellos. No paran de entrar. Se llevan todo lo que pueden, lo que tiene más valor, lo que más cuenta para el señor. Roban, saquean, desvalijan. No dejan de observarnos.

—¿Quiénes?

—¿Está usted loco o qué? ¿Acaso tengo que explicárselo? ¿De dónde ha salido usted? Ellos no tienen conciencia. Bondad, ni un ochavo. Ellos son los dueños de todo. Aquí ya no hay señores. Solo muertos. Al señor se lo llevaron una noche. Después, ellas se fueron. ¿No tiene ojos? Todo lo que hay aquí es suyo. Casa por casa, sacan a los muchachos y los ahorcan en sótanos como a los perros en las zanjas. Sin decir palabra. Luego los dejan en la calle, sobre la nieve, sobre el barro, sobre el polvo. Da igual. ¡Márchese! ¿No me ha oído?

Eso es lo que me contó Bigas en el bar del Europejski aquella noche. Eso es todo, sí... He olvidado las interminables veladas que siguieron a la agonizante victoria de Pilsudski. He olvidado las marchas, las músicas marciales, los discursos... Pero no olvidaré jamás aquella conversación con Bigas. El aspecto de Varsovia era el de una ciudad destinada al saqueo. El rugido de los cañones envolvía las plazas y los edificios. Y él, como si hubiera olvidado dónde se encontraba, qué ocurría a nuestro alrededor, me hablaba de la rusa y de su viaje al sur, me hablaba de Crimea, donde tenía pensado ir a toda costa, como si Crimea fuera un milagro, una imagen de salvación, como si aquel lugar no lejano del Mediterráneo estuviera a tiempo de detener el viento de la historia, de hacer que la revolución respetara las promesas y los regresos de los amantes. Y así he de verlo siempre, pensando para sus adentros en aquella mujer hecha de luna y sueño y en las tardes sepia de los bailes de Bucarest y en los destinos cortados a medio camino, entre las rojas banderas y los incendios rojos.

No. Aunque aún pasamos juntos muchas veladas en Varsovia, jamás escuché de él una confesión más. Su apostura. Su serenidad. Aquella arrogancia... Todo eso era como una armadura que lo mantenía a salvo de las confidencias. A veces, ciertas noches, se quedaba mirando al vacío, pensativo. Pero nunca más le oí contar nada referente a la mujer rusa ni a su propósito de ir a Crimea.

Años más tarde coincidimos en Italia, durante la revolución fascista. Bigas estaba en la embajada española, como secretario de primera clase ante el Quirinal. Lo vi en Roma, sí. Y en Capri. No obstante, en aquella época apenas nos tratamos. Los dos llevábamos vidas muy activas, pero de índole opuesta. Yo andaba muy ocupado en escribirle al *duce* mis sugerencias acerca del Estado, tal como los arbitristas del Renacimiento escribían a los monarcas o a los cardenales. Aquellos eran los años arrogantes. Roma dormía con las puertas abiertas, y nadie se planteaba el problema de juzgar al fascismo en conjunto, como ahora nadie se atreve a mencionar lo bien que chillaba para aclamar a Mussolini o lo bien que lucía en el ojal de la solapa la insignia del partido. ¡Qué susto!

Bigas, sí. No me olvido. Como ya le he dicho anteriormente, él era un liberal de mentalidad estrictamente burguesa. Tenía vocación de anticuario. Por mucho que luego se le acusara de ser un agente del comunismo internacional.

—Quien elogia a un tirano se convierte en su esclavo —me dijo el día que le ofrecí colaborar en *La conquista del Estado* con algún artículo.

No le volví a ver.

¿Cómo? ¿Eso le ha dicho el conde de Foxá? Y ¿qué otras cosas le ha contado? Supongo que le habrá mencionado las claves que los diarios de Azaña aportan a ese asunto del contrabando de armas en el que Bigas se enredó antes de mandarlo todo al diablo. Sí, el Turquesa. Así lo llamaba el conde. Lo recuerdo muy bien. Supongo que le ha contado que él tuvo la ocasión de husmear en las páginas de esos cuadernos en los que el presidente de la República española anotaba cuidadosamente los detalles más mínimos de la revolución y la guerra. ¿No? Aquellos diarios habían sido robados en Ginebra por un español que los utilizó como aval para pasarse al bando de Franco. Que yo sepa no han sido publicados, pero tampoco destruidos. El conde de Foxá los había leído y una noche me habló de ellos como de un documento extraordinario.

Fue una de esas noches transparentes del verano finlandés. Evocando el asombro de la lectura, Foxá me describió a Azaña como un hombre cansado que deambulaba por las doradas cámaras de los reyes rodeado de generales, políticos, financieros, masones, anarquistas, socialistas, intelectuales jacobinos...

—Eran sus meninas, sus bufones.

Así me habló aquella noche del antiguo presidente de la República.

—A Azaña le gusta lamentarse como una señorita neurótica de las servidumbres del poder. Solo parece feliz cuando está delante de sus cuadernos. Allí juzga con lengua viperina, critica, concede patente...

Y siguió, sin dar tregua:

—Como ese día que escribe sobre los exiliados portugueses y sus planes para derribar a Salazar con ayuda del Gobierno español.

Entonces me habló de Bigas y sus actividades revolucionarias y de aquel turbio negocio de las armas y de la revolución de Asturias y de la implicación de Azaña en todo ello. Todo esto me lo contó con una copa de coñac en una mano y un habano en la otra, mientras me escrutaba entre inquisidor y sonriente.

—Todos tenemos una estrella. Y no por nada —recuerdo que dijo—. En la Edad Media, los astrólogos palaciegos hacían horóscopos y predecían el futuro de los reyes. Y qué sabios eran... He aquí que Bigas tenía una estrella desgraciada.

# 5

# SE FUE MURIENDO TODO, PERO LAS PALABRAS NO MURIERON

## Carta de Agustín de Foxá, conde de Foxá, a Agustín Rotaeche

La Habana, 28 de mayo de 1953

Querido Agustín:

Me ha encantado tu carta y más aún esa paciencia hormigueril en rastrear aquello que queda después de la muerte, en las palabras y en la memoria de los demás.

Mucho me alegra que Curzio guarde tan buen recuerdo de mí. Parece que por un jirón de luna le estoy viendo hablar de literatura, de política y de viajes mientras Helsinki se hunde lentamente en la nieve. Me pregunto si aún piensa aquello que, riéndose estrepitosamente, dijo sentado en un café de Roma, en presencia de muchos escritores italianos y alguno español.

—Si yo no fuese Curzio Malaparte, me gustaría ser el conde de Foxá.

¡Cuántos cambios desde entonces! Pero regocijémonos, tanto él como yo hemos mejorado en popularidad.

Me figuro que te gustará saber que en mi biblioteca de Madrid cuento con una edición de esos diarios robados de los que te ha hablado Curzio, y que mi activísima madre ya está avisada en el caso de que quieras echar un vistazo a la prosa fría y poco humana del señor Azaña. Una aclaración previa. Las memorias no están completas. El diplomático del que habla Curzio —Espinosa— solo robó tres de los nueve o más cuadernos que componen el dietario completo de quien fuera presidente de la República. Yo tuve en mi mano esos tres cuadernos. Fue en mis trashumantes días de la guerra. En Burgos. Hoy, únicamente dispongo de una copia mutilada que el periodista Joaquín Arrarás editó en el año 39, pues los originales fueron a parar al Pardo, y supongo que allí seguirán.

El caso de Azaña es único. Créeme si te digo que he leído muchas memorias de estadistas. Memorias políticas y de guerra. Pero no conozco a nadie que con la responsabilidad de gobernar se dedicara a llevar un diario de esta naturaleza. Azaña escribía sus apuntes al cerrar el día y, junto a los sucesos de la jornada, las conversaciones, las visitas recibidas, apuntaba los detalles más mínimos, con efusiones líricas incluidas. El color del cielo a cierta hora del día; ese visillo rosa que se alza en una calle de Medinaceli; unos frailes cantando la misa mayor en la basílica de El Escorial; el olor de los bojes en la Galería de Convalecientes; el candor luminoso de la Moncloa abandonada...

Revolviendo viejos papeles, he encontrado el original de unas notas que escribí en Burgos para redactar un artículo sobre el señor Azaña y sus diarios. Creo que dan el justo matiz del personaje. Copio aquí algunos párrafos:

> Azaña es un pequeño intelectual. Un pesimista del 98, muy sobrio. Así lo imaginaba la Institución Libre y aquel Giner de los Ríos, que iba a la sierra despechugado y se ponía debajo de una encina para soñar con una España pedagógica y telegrafista, de clase media y brasero, sin príncipes, ni santos, ni guerreros. Azaña es el símbolo galdosiano de esa España. Es un hombre

que no tiene hígado, ni riñones, ni sangre. Es un intelectual puro. Por sus arterias corre la tinta de la pluma estilográfica.

Coloca un reloj de La Granja en la Presidencia.

—¿Te gusta, Cipriano?

Ese día pudo ser el de Casas Viejas.

Azaña es un espíritu superior, un pequeño Nerón burocrático que puede ver arder una ciudad para trazar una frase irónica en su cuaderno.

Ahora ya puede estar contento, huele a muerto en Madrid. Y es ceniza la Biblia miniada de san Luis, el misal y la arqueta de marfil cuyo detalle más imperceptible hubieran ocupado toda una página en su diario.

Pero ¡qué importa! Allá en los albores de la revolución, en la noche desvelada del Madrid rojo, Azaña ha podido escribir la frase refinada:

—Día 18 de julio. Doy orden de armar al pueblo.

Y a continuación:

—Estoy triste. He visto una mariposa negra entre las encinas del Pardo.

En cuanto a las opiniones de Azaña sobre Bigas y las anotaciones relacionadas con el asunto del contrabando de armas con los portugueses, es mejor que saques tus propias conclusiones. Mucho me temo, sin embargo, que la aclaración del misterio que quieres desvelar pueda hallarse en los cuadernos que conserva la viuda en Méjico.

Ahora debo dejarte. Esta noche tengo una gran cena en los jardines de Tropicana. Allí te recordaré en tu caserón de Bilbao; es una maravilla tener una gota del siglo XVIII en esta nerviosa era atómica.

Un fortísimo abrazo,

Agustín de Foxá, conde de Foxá

**Dolores de Rivas Cherif, viuda de Manuel Azaña**
**Méjico D. F., 23 de septiembre de 1953**

¿Que si me acuerdo todavía de Ángel Bigas? Ay, claro que me acuerdo. Un perfecto caballero. Y luego la vida que decían que llevaba. ¡Qué vida! Para mi marido, que le conocía de los tiempos del Partido Reformista y sabía de sus idas y venidas contra la dictadura de Primo de Rivera, aquel hombre fue siempre un enigma. Tenía una mirada... como si estuviera diciendo adiós al mundo. A todo, sí. Tenía ojos de despedida.

—Una mirada de príncipe muerto —decía Manuel.

Pero no vaya a pensar que era un hombre tristón. De ningún modo. Pese a esa fatalidad que había en sus ojos, no era ningún mustio. Era muy sociable. Manuel decía que el hecho de que Ángel Bigas hubiera nacido en España era un accidente histórico. París era su reino. Siempre decía:

—Bigas es de salón y yo de Ateneo. Pero él tiene una enorme ventaja sobre mí: en el Ateneo más austero y sencillo también estaría a gusto.

Fueron él y Martín Luis Guzmán quienes ayudaron a mi marido a burlar la vigilancia de la policía cuando lo del levantamiento de Jaca. Y eso que a él también le pisaba los pies la secreta. Aquel gesto nunca lo olvidó mi marido. Ni yo, claro.

Pero discúlpeme. No le he ofrecido nada. ¿Tomará algo? Puedo ofrecerle café o té. ¿Café? Muy bien.

Sí. Estar lejos de casa es duro, claro. Dejo a cargo de su imaginación y buen sentido reconstruir los ahogos y congojas del principio. Mi marido, enterrado en un cementerio de un pequeño pueblo francés. Mi hermano, en la cárcel, en Madrid. Pero lamentarse no sirve de nada. El mundo es de humo. Aquí, en esta casa de Méjico, después de todo, vivo como si estuviera en Madrid. Fíjese bien. Todo lo que nos rodea —cuadros, fotografías, muebles, porcelanas, libros...— pertenece a un lugar que ya no existe. Mi antigua casa en Madrid, mía y de Manuel, claro. Puede usted verlo. Vivo rodeada de ecos. Esta es una casa llena de evocaciones, repleta de bellos recuerdos. Todo, ironías de la historia, sobrevivió en un almacén de mudanzas de París a la invasión de los alemanes.

Pero, dígame, ¿cómo está el embajador Rodríguez? ¿Bien? No sabe cuánto me alegro. Y ustedes, ¿de qué se conocen? ¿De París? Mis recuerdos de Francia no son agradables. ¡Neutralidad! ¡Vichy! Me parece que con esas dos palabras le digo todo.

—¿Será posible —repetía mi marido cuando ya cualquier esperanza había terminado para nosotros en España— que los franceses no vean qué significado tiene para ellos la derrota de nuestra República?

Más tarde, ya en Montauban, le escuché quejarse del poco caso que le hacían las autoridades francesas:

—¡Quisiera que alguien pudiera saber a este lado de los Pirineos que no soy un bandido!

¡Ay, Luis Ignacio Rodríguez! Mientras viva le estaré agradecida. A él y al presidente Lázaro Cárdenas. De no ser por la presencia protectora del embajador de Méjico, cuánto más difícil y sombría hubiera sido nuestra vida en Francia, con Laval y Pétain y la Gestapo y los agentes de Franco y los gendarmes franceses cumpliendo con celo escrupuloso la tarea de detener judíos y extranjeros para entregárselos a las autoridades alemanas.

Sí, sí. Luis Ignacio me llamó hace cosa de una semana.

—Doña Lola —me preguntó—, ¿accedería a una entrevista con un español amigo mío?

Aún conservo una de sus tarjetas. Me la dio cuando por fin embarqué para acá. En esa tarjeta, Luis Ignacio era Luis Ignacio Rodríguez Taboada. Embajador extraordinario y ministro plenipotenciario de Méjico en Francia. Había llegado a Francia con un encargo especial del presidente Lázaro Cárdenas. Debía poner en funcionamiento el plan para dar asilo en Méjico a los republicanos que habíamos cruzado la frontera francesa y no podíamos regresar a España. Esa era su misión. ¡No vaya a creer usted que se trataba de poca cosa! Éramos miles, cientos de miles los que llegamos a Francia. Los restos de un gran naufragio. Eso éramos.

Lo veo ahora llegar a La Prasle, la casa de mi hermano en Collonges-sous-Salève, acompañado de su caudal de diplomáticos. Lo veo casi un año después, abrazando a mi marido. Estamos ya en la casa de Pyla-sur-Mer. ¿O es Montauban? No, no. Es Montauban. Todos esos pueblos. Todas esas casas... Lugares de paso, al fin y al cabo, como lo son las estaciones de tren, los puertos de mar o los cafés de las ciudades. A Montauban nos trasladamos en ambulancia días antes de que llegaran los alemanes a Pyla-sur-Mer. Lo recuerdo como si estuviera sucediendo ahora.

Veo al embajador Rodríguez hablar con mi marido. Puedo oír sus palabras. Mi marido parece una sombra. Su rostro se ha consumido hasta lo indecible. Tiene la palidez de un cadáver.

—Sé que tratan de llevarme a Madrid. No lo conseguirán. Antes habré muerto.

—Debo insistir, señor presidente. Venga conmigo a nuestra embajada en Vichy. Este pueblo no es seguro.

¡Señor presidente!... Ay, el embajador Rodríguez... Después de que Laval hiciera la de Pilatos y el prefecto de Montauban nos dijera que sin una orden del Gobierno francés mi marido no podía abandonar Montauban, él mismo nos acompañó al hotel du Midi y puso a nombre de la Legación de Méjico la habitación que ocupamos. Luego avisó a tres de sus diplomáticos para que vinieran y velaran por nuestra seguridad mientras él salía en dirección a Vichy con el objetivo de ablandar al mismísimo Pétain.

—Pétain... —dijo Manuel aquella tarde—. Un gran militar que murió el mismo día que pidió el armisticio a Hitler.

Recuerdo su tristeza al decir estas palabras, como si escarbara entre la niebla, como si supiera que no solo no había salvación para él, sino que tampoco la había para España, ni para la inundación de refugiados que había cruzado la frontera, ni para Francia, ni para aquella ciudad que amaba: París... Él, que tan buenos momentos había pasado en París. Y ahora la sabía ocupada por los alemanes, amedrentada bajo la esvástica de los nazis. Esa misma mañana yo había descubierto un grupito sospechoso de tres españoles rondando la oficina de correos y la recepción del hotel.

—Son agentes de Franco —me dijo uno de los diplomáticos puestos a nuestro servicio por el embajador Rodríguez—. Llegaron ayer.

El cerco se estrechaba. Además, estaba el otro asunto. Mi hermano Cipriano, mi cuñada, mis sobrinos, mi hermana Adelaida... Ellos se habían quedado en Pyla-sur-Mer por no dejar aquella casa expuesta a los ultrajes de la ocupación alemana. Todos habían desaparecido de la noche a la mañana, sin que se supiera nada de ellos.

Una madrugada, me contó después mi hermano, se habían presentado de golpe varios agentes de la Gestapo. Les acompañaban dos policías españoles vestidos de civil. Mi hermano fue el primero en oír cómo aporreaban la puerta. Al principio, pensó que era el general de la Wehrmacht para quien tenían dispuesto el alojamiento. Pero después escuchó unas voces que en el silencio de la noche sonaban ásperas y brutales. Preguntaban por mi marido. La criada les dijo que no estaba.

—Don Manuel no está.

Pero ellos no se contentaron con eso y decidieron revisar toda la casa. Recorrieron las habitaciones. Abrieron puertas y cajones sin contemplaciones. Miraron debajo de las camas y detrás de los armarios. Tenían cara de aburrimiento, dijo mi hermano años más tarde. Puede preguntarle usted si quiere. También me buscaban a mí.

—Mi hermana no está —dijo Cipriano—. Ambos se han ido.

Aquella noche se llevaron detenidos a todos: mi hermano, su mujer, los niños, Adelaida... Los trasladaron a la comandancia alemana de Burdeos. A las mujeres y a los niños les permitieron regresar poco después a la casa de Pyla-sur-Mer. Allí les pusieron bajo custodia de soldados alemanes. A mi hermano lo trasladaron a un calabozo de España. A la espera de ser fusilado.

¡Imagínese! Como muertos. Así nos quedamos mi marido y yo cuando nos enteramos de lo ocurrido.

Para Manuel aquello supuso el golpe definitivo.

—¡Bien saben lo que han hecho! —dijo—. ¡Esto sí que no lo resisto!

Todo, a partir de ese día, ocurrió con una lentitud de pesadilla. La espera, el no saber qué ha sido, qué será... No hay infierno más terrible. Fue entonces cuando Manuel sufrió un amago de infarto cerebral. Murió meses más tarde.

Allí está, en Montauban, ya ve usted. Una sencilla lápida de piedra con dos cipreses a su cabecera, y en la piedra una cruz de bronce sobre la inscripción:

MANUEL AZAÑA
1880-1940

¡Cuántos recuerdos!

—El oro es duro —me dijo mi hermano una noche.

Aún no habíamos salido de España. Creo que estábamos en La Barata, desde donde mi marido se trasladaba al castillo de Pedralbes para cumplir con sus funciones presidenciales

—No te preocupes, Lola. Él lo resistirá.

Pero no lo hizo. No resistió. No señor. No lo consiguió.

—Desde el 18 de julio del 36 —sé que le dijo a Negrín—, soy un valor amortizado. Desde noviembre del mismo año, un presidente desposeído. Cuando usted formó Gobierno, creí respirar, y que mis opiniones serían oídas, por lo menos. No es así. Tengo que aguantarme. Soy el único a quien se puede violentar impunemente en sus sentimientos, poniéndome ante el hecho consumado. Me aguanto por el sacrificio de los combatientes de verdad, lo único respetable. Lo demás, vale poco.

Ay, sí... Aquella dichosa guerra acabó con él. Los campos, el pueblo, los pueblos, las muertes, el hambre... No podía soportar que España rodara otra vez al abismo de la miseria.

—¡Esto no, esto no! —nos dijo a mi hermano y a mí una de aquellas noches de La Barata.

Estaban bombardeando Barcelona. Un resplandor de incendio iluminaba la noche a lo lejos, más allá de Montjuich. No había luna. Ni estrellas. Solo llamas sobre el cielo.

—¡No hay justicia en el mundo que valga la pena del horror de una guerra así! ¡Ni República ni nada!

Aquella noche, contra lo que era su costumbre, se retiró muy pronto a su despacho. Recuerdo que miré sus hombros cargados, y pensé que nadie llegaría a conocer nunca el peso que soportaban.

Los cuadernos. Los cuadernos que usted ha venido a buscar. Ahí permanece escondido ese peso. Porque son los diarios de mi marido lo que le traen aquí, ¿verdad? Eso me dijo por teléfono el embajador Rodríguez. Sí, claro. Lo recuerdo. ¿Y qué espera encontrar? ¿Sabía usted que una parte de esos diarios fueron robados? A mi hermano, sí. En Ginebra. ¿El Turquesa? ¡Ay, aquel asunto! No. Manuel no tuvo nada que ver. Aquello de que animó la rebelión de Barcelona y organizó el contrabando de armas en Asturias obedeció más al deseo de algunos que a la verdad. A Barcelona se trasladó por el entierro de Carner. Y si se quedó unos días más fue para conjurar la ruptura entre la Generalitat y el Gobierno de la República. No lo consiguió. Ni siquiera tuvo conocimiento exacto de lo que se tramaba.

Pero dio igual. También lo prendieron. Lo cuenta todo en su libro. ¿Lo ha leído usted? Entonces sabrá que mientras estaba en casa del doctor Gubern, leyendo *La Atlántida,* de Benoit, unos guardias se precipitaron a su encuentro poniéndole los fusiles en el pecho. Los acompañaban dos hombres vestidos de paisano.

—Bajen los fusiles —les dijo—. Bájenlos —así lo cuenta él mismo—. ¿A quién se imaginan ustedes que vienen a detener? ¿No me reconocen?

Nunca olvidaré aquellos días. Desde su detención yo me instalé en Barcelona e iba todas las mañanas a verlo al barco prisión. Hacía de mujer fuerte, sobre todo cuando Manuel me decía que lo de Asturias podía tener, en política, las mismas consecuencias que lo de Annual.

—Será milagroso que esto no desemboque en una dictadura. Esperemos que yo no esté preso cuando surja el suceso. Los estadistas republicanos se han dado maña para ponernos otra vez en las manos de los militares. No queda más que nicetismo, CEDA, fascio y milicia. Los de enfrente estamos para mucho tiempo perdidos. Y yo más que ninguno. No es amargura, ni despecho. Es la realidad, Lola.

Una mañana, sería diciembre, me confesó:

—Barrunto que cuando salga de aquí voy a defraudar a mucha gente, que sin duda espera de mí cosas tremendas.

Luego se quedó inmóvil y en silencio.

—No tengo ganas de lucha, ni vocación de estatua, Lola. Si he de volver al comité, al Congreso, al mitin, a las comisiones y al visiteo, en que he perdido estúpidamente un año, prefiero el barco. Prefiero vivir tranquilo, si me dejan, en nuestra casa y mis libros, contigo y tu hermano, como cuando nos casamos. O, mejor aún, como en los tiempos en que tu madre me convidaba a cenar todas las Nochebuenas para que no estuviese solo, como si hubiese adivinado todo lo remolón y casero que soy. Después de todo, nunca lo he pasado mejor que cuando no tenía nada que ver con la vida pública.

¡Estuvo tres meses preso sin que nadie lo procesara! Ni siquiera le dejaron acudir al entierro de su hermano Gregorio. ¡Y claro!, como no pudieron procesarle por la rebelión de Barcelona, intentaron arrastrarlo a la cola del contrabando de armas en Asturias. Lea usted los periódicos de esos días. Se escribieron cosas ridículas. ¿Qué tenía que ver mi marido con el alijo de armas de los socialistas? Nada. ¡Si Manuel había dejado el Gobierno un año antes!

¿Por dónde he venido a recordar estas cosas? ¡Ah, sí!: los cuadernos, Ángel Bigas...

—Bigas, Bigas, Bigas... —musitó Manuel cuando se enteró del suicidio.

Si pudiera ver la tremenda impresión que le hizo la mañana que se lo telefonearon. La noticia le cayó tan de improviso. Y luego, claro, no dejaron de decirse las majaderías que se dicen siempre. Las novelerías de toda la vida en Madrid: de los corrillos del Congreso a las mesas de café. Y los periódicos y las redacciones de los periódicos... Se habló de su presencia en la ría de Pravia la noche del alijo de armas. Se dijo que antes de regresar a su casa de Portugalete había cruzado la frontera hacia Francia. Se especuló con que el tal Leon Soubie era él. Recuerdo que mi marido le preguntó a Prieto. Pero Prieto dio la callada por respuesta. Jamás le contó lo que había de cierto o no en lo publicado por la prensa sobre Ángel. Prieto, creo yo, sabía de la amistad de ambos. Y no quiso emborronarla.

¡Cuántas emociones desde entonces! ¡Cuántos recuerdos! Sí. Ahí tiene los diarios. Puede leerlos. Pero nada más. ¿Tomar notas? Está bien. No veo ningún inconveniente. Considérese en su casa. Es lo menos que puedo hacer por un amigo del embajador Rodríguez.

**Fichas de los diarios de Azaña. Notas manuscritas de Agustín Rotaeche**

| | |
|---|---|
| PRIMER CUADERNO. | Del 2 de julio al 30 de agosto de 1931. |
| SEGUNDO CUADERNO. | Del 1 de septiembre al 6 de noviembre de 1931. |
| TERCER CUADERNO. | Del 6 de noviembre de 1931 al 12 de febrero de 1932. |
| CUARTO CUADERNO. | Del 14 de febrero al 22 de julio de 1932. |
| QUINTO CUADERNO. | Del 22 de julio a finales de septiembre de 1932. (ROBADO). Utilizado por ARRARÁS. |
| SEXTO CUADERNO. | Desaparecido. |
| SÉPTIMO CUADERNO. | Del 1 de diciembre de 1932 a finales de febrero de 1933. (ROBADO). Utilizado por ARRARÁS. |
| OCTAVO CUADERNO. | Del 1 de marzo al 31 de mayo de 1933. |
| NOVENO CUADERNO. | Meses de junio, julio y agosto de 1933. (ROBADO). Utilizado por ARRARÁS. |

CUADERNO DE LA POBLETA. Año 1937.

CUADERNO DE PEDRALBES. Años 1938-1939.

*25 de julio de 1931*

Hoy me anuncian que la revolución en Portugal será mañana. La noticia viene de parte de Cortesão, que le ha dicho a Guzmán cuán agradecido me está. La otra noche me presentaron en la calle de Alcalá a un expresidente del Consejo de Portugal, no recuerdo el nombre. Estaba muy esperanzado. Bigas, que juega a conspirador e hizo las presentaciones, también parecía optimista.

*5 de agosto de 1931*

Por la noche, después de cenar, voy a casa de Guzmán. Acaba de llegar de la sierra. Le entero de lo que sucede, haciéndole ver con qué razón he desatendido las últimas peticiones de Cortesão y sus amigos. Guzmán acaba de hablar por teléfono con Cortesão y se han citado para cenar juntos mañana. En vista de lo que yo le cuento, Guzmán envía un recado a Cortesão para que venga a verle. Al cabo de un rato, se presenta Cortesão, a quien Guzmán hubiera querido recibir a solas. La situación es un poco embarazosa. A Cortesão me lo presentó Bigas hace dos meses en El Henar; es alto, de nariz larga, los ojos de mirar duro, la barba roja, crecida en un mazo primitivo y afeitadas las mejillas. Hombre solemne, ceremonioso, habla con dificultad el castellano, muy despacio, lo que aumenta su solemnidad.

Está muy cortés conmigo, me da las gracias muchas veces y, preguntándole yo por la marcha de los trabajos revolucionarios, averiguamos lo que Guzmán quería preguntarle a solas. El material está en España, cerca de la raya, y es tan numeroso como Bigas nos ha dicho.

Es evidente que Cortesão no se explicará bien mi presencia en casa de Guzmán, coincidiendo con la llamada de este. Se le ve un poco cohibido. Guzmán se decide a disipar su extrañeza, diciéndole que deseaba adquirir noticias de un movimiento que parecía inminente, y que yo he llegado por casualidad.

El movimiento republicano portugués se ha detenido por acuerdo de los emigrados, hasta que tengan reunido el material suficiente para apoyar el movimiento de las guarniciones con que cuentan. Cree que aún puede tardar un mes o dos. Y están decididos a no salir sino cuando el buen éxito sea seguro.

Cortesão está indicado para ministro de Instrucción en el futuro Gobierno, pero él prefiere la embajada en Madrid. «Se puede hacer más historia en Madrid que en Lisboa», dice.

Cortesão es historiador. Tiene grandes miras respecto de su país y España. Hablando esta noche de la situación en que está Inglaterra, dice que la decadencia del poder inglés favorecería la verdadera libertad de Portugal, que ha sido desde hace un siglo un protectorado británico. Inglaterra, fiel a su política tradicional, ayuda a mantener la división peninsular, y ha favorecido a la dictadura portuguesa. Establecida la república en España, las dos democracias se entenderían fácilmente. Eso dice Cortesão. Hay que prepararlo desde lejos, comenzando por las cuestiones económicas y de cultura. Poco a poco, los dos países podrán llegar a una unidad política; por lo menos, a cierta unidad política. Hay que contrarrestar muchos prejuicios seculares.

La conversación me interesa mucho y, aunque ya me disponía a marcharme, permanezco aún un rato largo. Como yo abundo en las opiniones y planes de Cortesão, sonríe satisfecho. «Juntos seríamos una gran cosa en el mundo, le digo. Eso es, y no solo por el número, dado que tendríamos el acuerdo con la América hispana, sino en el orden moral», corrobora Cortesão.

«Los países europeos están dominados por el egoísmo. Francia no piensa más que en el franco. Inglaterra en la libra. Los pueblos ibéricos aportarían el desinterés, la nobleza, la elevación de miras, el idealismo que siempre les ha distinguido en la historia.» Esto último me gusta mucho menos, y me suena a provinciano.

Cortesão está muy contento de Prieto y de mí, y también de Marcelino Domingo. Poco o nada, de Lerroux. De Bigas, habla muy bien.

Nos despedimos con muchas cortesías. Yo le digo que espero continuar esta conversación cuando él sea ya embajador de su país.

*26 de agosto de 1931*

En el Congreso me han dicho esta tarde que ha estallado la revolución en Lisboa y que han matado al mariscal Carmona. Cuando llego a casa, me telefonean del ministerio que han aterrizado en Sevilla y Huelva unos aparatos que vienen huyendo de Portugal, después de bombardear la capital. Lo cual es señal de fracaso. El mariscal sigue vivo. Todo permanece igual.

«Esos tiranos tienen suerte», se lamenta Bigas por teléfono. Llamaba desde el Ritz.

«Y la pelleja dura», contesto.

En verdad, siento el fracaso de la tentativa revolucionaria en Portugal. No conozco los detalles, pero sospecho que cuando se sepan, que se sabrán, darán a Cortesão y a sus amigos una imagen de atolondrados.

*31 de octubre de 1931*

En casa de Guzmán. Asisten Cortesão y Moura Pinto. Voy con Bigas, después de cenar. Me dan cuenta de sus conversaciones con E. Les había ofrecido dos millones a cambio de que el Gobierno revolucionario respetase el contrato para la construcción de una escuadra, que E. gestiona con el Gobierno actual. La mayor parte de la suma quedaría en poder de E. para la compra de material. Últimamente, E. aplaza la conclusión del convenio; dice que está apurado de dinero. Según los portugueses, E. contaba con que se constituyera un Gobierno Lerroux, y que sea yo el presidente puede haberle retraído. Me propongo hablar con E. para ver si puedo animarlo.

Que este asunto se me lograse colmaría todas mis ambiciones, y ya podría decir que había hecho un servicio a España.

*3 de noviembre de 1931*

En las Cortes, hablo con Prieto del asunto portugués, en relación con E. Resulta que Prieto no está enterado de los tratos de E. con Cortesão y los otros. Prieto cree que E., para asegurar un contrato naval con el Gobierno portugués actual, desea que los revolucionarios se lo respeten, si llegan al Gobierno; pero ignora, y lo pone en duda, que E. les haya ofrecido ayuda de ninguna clase. No tiene medios para ello; está muy mal de dinero; ha hipotecado la finca de su hermana en Málaga, y el contrato portugués sería lo único que pudiera ponerlo a flote. De esta conversación resulta que, para abordar a E., no puedo decirle que estoy enterado por Prieto de sus conversaciones con los portugueses.

*19 de noviembre de 1931*

Voy a la Presidencia, después de despachar en el Ministerio de la Guerra, y entre muchas visitas recibo la de E., que viene sin que yo le haya llamado. Ha hablado con Prieto, que, como se usa, le ha contado todo lo que yo le dije de su asunto con los portugueses, incluso lo que E. parecía esperar de un Gobierno Lerroux. Sobre esto quiere darme E. una «satisfacción». Le opongo que no es necesario. Me describe las dificultades financieras que le impiden atender ahora a los portugueses. Protesta que ni la dictadura ni el rey le ayudaron en el asunto de los arsenales ni en lo del submarino, que se construyó por orden de Primo y ahora no se lo quiere comprar el Estado. Yo le planteo las cosas con toda claridad y le digo el interés que tengo, por considerarlo ventajosísimo para España, en que se ayude a los portugueses. Como él me ha hablado de sus dificultades actuales, yo me atengo a lo que ya pensé cuando Bigas y Cortesão me hablaron del caso: «Será que pide algo», dije entonces. Y hoy le disparo a bocajarro: «¿Qué habría de hacerse para que esas dificultades desapareciesen?». «Comprarme el submarino», responde E.

«He aquí el precio del servicio», me digo.

E. añade que estaría dispuesto a cobrarlo en varios años, y se contentaría con que ahora le diesen dos millones. Con eso reanudaría su trato con los Budas. Quedamos en que lo estudiaré, y al retirarse me ruega que no diga nada de su visita a los periodistas. Pero difícil será ocultarlo, porque le han visto cien personas.

*23 de enero de 1932*

Por vía indirecta me llega el deseo de Juan March de tener una entrevista conmigo. Asegura que él no ha hecho ninguna de las cosas malas que le imputan, ni ha sido nunca contrabandista. Está deseando servir a la República y apoyar al Gobierno. Las indicaciones se las ha hecho a Amós, que se ha escandalizado, y al emisario le ha dicho que yo nunca recibiría a March.

Amós se equivoca. El asunto de los portugueses ya no puede hacerse por mediación de E., y pienso que quizás March se prestaría a servirlos, y que les pusiese después la cuenta a ellos. Quienes resultarían gananciosas serían la República y España.

*2 de febrero de 1932*

He pasado la mañana en casa. Después de comer voy a El Escorial con Ángel Bigas. Paseamos por la Herrería. Silencio, qué silencio. Y nada más. Ni de ayer, ni de mañana.

Al regreso, nos detenemos un momento en la barbacana de Los Alamillos, sobre La Huerta. Una luz de naranja y granadina cubre la vista. El monasterio avanza sobre el jardín, colosalmente.

«No manche sus galones», dice de pronto Bigas.

Se refiere, naturalmente, a Juan March. Ahora resulta que soy yo el único que defiende la idea de recurrir a la bolsa de March para costear la revolución portuguesa. Se me ha vuelto una rutina, y no con todos puedo usar la treta de callarme.

La explicación de la alergia de Bigas hacia March es comprensible: aún tiene fresco el recuerdo de la monarquía, cuando March se burló del comité revolucionario y alargó las negociaciones para entretenernos y darse cuenta de los recursos con que contábamos, para decírselo al Gobierno.

«E. lo resolverá. Yo creo que lo resolverá», dice Bigas.

Según Bigas, E. tiene grandes deseos de servirme y de servir al Gobierno en este asunto. Veremos.

*19 de febrero de 1932*

Ayer por la mañana tuvimos consejo de ministros en palacio, presidido por don Niceto.

Yo hablé de política internacional y aproveché la ocasión para exponer mis puntos de vista sobre lo que debe ser la política de la República.

Hablé de la cuestión de Portugal y sin entrar en detalles insinué algo de lo que he hecho y de lo que quería hacer.

*31 de mayo de 1932*

Conversaciones, recados, idas y venidas de los portugueses y E. Breve conversación con Bigas. Vuelve a andar el asunto. Intervenciones de gentes oficiosas, que todo lo embarullan. Recabo que se entiendan exclusivamente conmigo.

*25 de junio de 1932*

Viene E. Ya está arreglado lo del suministro de armas a los portugueses. Ahora necesitan dinero. Si E. consigue liquidar su participación en la fábrica de torpedos, podrá adelantárselo. Los portugueses tienen prisa.

A última hora veo a Bigas. No le oculto mi satisfacción. Cuando se marcha, me quedo solo. Asomado al balcón, disfruto de una noche hermosa. Hay fuegos artificiales en el Pardo. Detonaciones, luces de colores, ráfagas. El jardín, frondoso, fresco, en silencio. Unos oficiales se pasean y fuman.

*11 de julio de 1932*

Hoy, después de despachar con el subsecretario, he recibido a E. para hablar del asunto de los portugueses.

*11 de enero de 1933*

Por la noche, a las once y media, vino Alfonso Costa, con el coronel Poppe y Guzmán. Trataba como presidente del futuro Gobierno portugués. Larga conversación, en francés, aunque ambos hablan y entienden el castellano. No quieren nada con «los hombres de negocios»; lo que se haga, que sea por orden mía y por hacerme a mí un servicio; esta cuestión es de política internacional, etcétera.

Retuve a Guzmán para darle instrucciones y que viese a Bigas y a E. lo antes posible, a fin de poner en claro este importante asunto.

*18 de enero de 1933*

El embajador de Alemania me ha visitado para interesarse por la Sociedad Deffries, que tiene un lío de cuentas y dinero con E. Al parecer, E. ha dado un poder irrevocable a los alemanes para que cobren en el Ministerio de Marina todas las cantidades que haya que abonarle. ¡Y esto después de que Marina cediera a pagar a E. un millón, a cuenta de liquidaciones, con el cual pensaba cumplir sus compromisos en Portugal!

El embajador me dijo que Echevarrieta es un mal pagador y que con la sociedad se ha portado muy mal y que está explotando su propia y tantas veces anunciada suspensión de pagos. Añadió que Deffries está dispuesto a una transacción con Echevarrieta, y me pedía que se demorase el pago para dar tiempo a que se formalice un convenio. En otro caso, se querellarían contra Echevarrieta por estafa.

Le contesté que me enteraría de los términos exactos del asunto, en cuanto concierne a la Administración, porque, en las cuestiones pendientes entre Echevarrieta y Deffries, el Gobierno no tiene que mezclarse.

Hablando después con Giral, me contó que le han visitado los Deffries, y entre otras cosas le han dicho que se pagaba a Echevarrieta porque el presidente tenía mucho interés en ello, «por las cosas que quiere hacer en Portugal». ¿Cómo han relacionado una cosa con otra?

*22 de enero de 1933*

La otra tarde llamé a E. para que me explicara su enredo con los alemanes y qué significa el poder irrevocable que ha dado a Deffries para cobrar en su nombre las cantidades que debe pagarle el Ministerio de Marina, y por qué habiendo tratado conmigo de las cosas de Portugal ha adquirido un compromiso que las hace casi irrealizables. Me dio explicaciones confusas, habló del almirantazgo alemán, y de no sé qué otras cosas. Embarullado y, a veces, ruborizado. Todo se redujo a decirme que no me preocupase, que le dejase a él, que los alemanes pedían un arreglo y él se negaba, que el informe de lo Contencioso era contrario, pero lo arreglarían, etcétera. Me produjo muy mala impresión, y le dejé marcharse, porque comprendí que estaba acorralado y en un potro. En adelante prescindiré de este señor, que me parece demasiado lioso. Cuanto menos se hable con los financieros, mejor. Y sobre todo, yo.

*22 de marzo de 1933*

Ayer vino el gobernador del Banco de Crédito y hablamos del asunto de los portugueses. Cree que hallará una manera de hacerles el empréstito, puesto que lo de E. ha fracasado. Le insté para que lo haga cuanto antes.

*7 de abril de 1933*

Hace unos días que no sigo estos apuntes. He estado tan atareado que no me ha quedado tiempo ni voluntad para continuar mi borrador. En los primeros días de la última semana de marzo todo parecía tranquilo en las Cortes. Pero, entre tanto, iban y venían las intrigas, al parecer capitaneadas por Maura. No habiendo podido derribar al Gobierno por lo de Casas Viejas, ni a consecuencia de los «consejos» que vino a darme en el ministerio, urdió otra cosa, a su parecer, incontrastable.

Entraron en bureo los jefes de los grupos de oposición y el

viernes 31 de marzo, al llegar a las Cortes, los periodistas me dijeron que iba a publicarse una nota, especie de manifiesto contra el Gobierno, suscrito por los grupos republicanos de oposición; que la nota, redactada por Miguel Maura, era violentísima contra mí, y que no la habían dado aún a los periódicos porque estaban *limándola* un poco.

La nota, efectivamente, me trata muy mal. Me llama caprichoso, desdeñoso, rencoroso, etcétera.

Se ve la pasión de Maura contra mí. Vuelven a decir la estupidez de que la República no puede confundirse con un Gobierno ni «menos con un hombre». Esta última expresión, que estaba en el ejemplar que a mí me dieron, ha desaparecido del texto que he visto impreso en algunos periódicos. Se conoce que en eso consistió la lima; creo que quitaron alguna otra cosa más.

Que me traten de ese modo gentes que se llaman mis amigos, que han sido compañeros míos y que no pueden desconocer mis servicios es difícil de tolerar. Mi primer movimiento fue el de ir a entregar al presidente la renuncia de mi cargo.

«Pero eso sería entregarles la cabeza», me dice Bigas.

Está francamente desilusionado, con todo y con todos. Opina que así vamos al precipicio.

«Esta gente va a abrirle un panteón a la República, dice. El cementerio está dentro de la República. La República es el cementerio.»

Paseamos por La Quinta, donde le cité ayer porque tenía que decirme algo de parte de los portugueses. Por lo visto, lo del Banco de Crédito no marcha. De Echevarrieta no quiere hablar.

«Desconfiamos el uno del otro, me dice. Pero yo, por lo menos, tengo la conciencia tranquila. Él no.»

De lo que calla, intuyo que aún espera un arreglo con E. Estoy tan fatigado que apenas puedo sostener la conversación.

«Hay demasiadas fuerzas agazapadas», dice Bigas.

Se refiere a don Niceto, que pudiera haber dado esperanzas a Lerroux de un cambio de Gobierno.

«Aquí está por brincar más de un tigre.»

Estos días tengo la sensación de que he hecho el primo con tanto trabajar en la cosa pública. Y no se me olvida que podía estar escribiendo tranquilo en mi casa, sin meterme en estas aventuras.

**Indalecio Prieto**
**Nuevo León, 25 de junio de 1954**

Bigas... Bigas... Qué ayer más amargo el nuestro. Y no crea usted —en mi caso, al menos— que la amargura proviene del recuerdo de nada deshonroso que muerda mi conciencia. Nada de eso; mana de un insondable fondo de tristeza. Aquí, en Méjico, mis recuerdos giran más en torno a personas que a sucesos. Y las personas a quienes más quise se han ido ya del mundo. Son solo sombras.

Me acuerdo, claro que me acuerdo. Sepa usted que fueron Bigas y Morais quienes se presentaron ante el gerente del Consorcio, el general López Gómez, para pagar las armas y poder sacarlas de Cádiz. Sé lo que usted piensa. Es muy difícil separar lo verdadero de lo falso en todo este asunto. Para colmo, parte del sumario abierto por el juez Alarcón ya no existe. Ardió en Oviedo junto a otras muchas cosas. Solo queda la ceniza. Sin embargo... En fin, míreme a los ojos. Yo le aseguro que fue Bigas quien hizo de intermediario nuestro. Y también fue él quien nos mencionó la existencia de aquel barco que podíamos adquirir a precio de saldo. Nada puede cambiar esos hechos. Así como nada puede cambiar lo que sucedió después.

¿Don Horacio?, dice. ¿Eso le ha contado? He de confesarle que recordar a Echevarrieta me pone triste. Y, francamente, prefiero no hablar de su papelón en el embrollo de las armas. Le diré, porque eso no puede perjudicarle, que nuestra amistad de más de veinte años se vino a pique cuando siendo yo ministro de Hacienda no quise recibir a March. ¿Acaso debe recibir un ministro a un contrabandista notorio que mina artera y cuantiosamente rentas del Estado? No lo recibí. Y March, que prometía sacar a don Horacio de su apuradísima situación económica si yo cedía a entrevistarme con él, se negó a lanzarle el salvavidas.

Fue Bigas, sí. Así fue. Yo creo que él veía las cosas desde lejos. Lo que ahora leemos hacia atrás, a mí me da la impresión de que él lo venía rumiando hacia delante. Después de Italia, después de Alemania, después de Austria..., tocaba España. Era solo cuestión de días. La República se desplomaba.

—Diría —recuerdo que me comentó en los pasillos del Congreso, con motivo del feo drama de Casas Viejas— que se ha acabado la época de los errores y ha comenzado la de las traiciones.

No, no... Él nunca militó en partido alguno. Él era un idealista, un romántico. ¿Qué pasaría por su cabeza? ¿Qué temores? ¿Qué desengaños? Agotamiento nervioso, dijo el médico de la familia. Y algunos comentaron que dijo eso por no decir locura, como tendría que decirse de no existir ese moderno eufemismo. Pero la locura no es una puerta por la que se salga y se entre cuando uno quiere. Y Bigas no era un loco. A mí me da la impresión de que se le echó encima todo su pasado. Vamos, que su apellido le traicionó; que al final no solo no le sirvió de nada, sino que empezó a herirle como un perro rabioso. Puede también que fuera un hombre débil, dominado, no sé, resentido por haber perdido la corona. ¿Qué corona?, dice. La corona de su abuelo. La corona de su padre. Como sabrá, los Bigas tuvieron el mundo a sus pies. Parecían capaces de dominarlo. Y creían merecerlo. En la época que yo llegué a Bilbao, eran una especie de realeza, casi infalible. Aún recuerdo los comentarios de la gente acerca de los bailes que daba don Alejandro en su Palacio de Portugalete y las caricaturas que mostraban a don Ramón, el abuelo, mirando sobre una cerca un toro llamado Socialismo. ¿Sabe usted que una vez, siendo apenas un gacetillero, escribí en la prensa un artículo flagelante, titulado «La torre del orgullo», en el que criticaba el frívolo esplendor de aquellas fiestas?

«Los Bigas, escribía yo, son la flor más exótica de los potentados enriquecidos con el tesoro de las Encartaciones. Mientras el peón castellano, extremeño, gallego o andaluz parte su vida entre el sombrío hormigueo de las canteras y el dantesco barracón inmundo, o es arrastrado a morir en los yermos arenales africanos, ellos parecen vivir en una nube dorada, gastando sus riquezas con la misma indolencia y naturalidad que si fueran hojas de los árboles. Pero a su lado está la ley. Y con la ley, los fusiles de la Guardia Civil.»

No sé qué pensó don Alejandro de aquel artículo. De lo que estoy seguro es de que jamás imaginó que, veinte años después, su hijo andaría en conspiraciones con un socialista.

No. A Ángel le conocí en Madrid. Me lo presentó Valle-Inclán en el café Regina, allá cuando la dictadura de Primo de Rivera.

Un año más tarde coincidimos en las reuniones del Comité Revolucionario del Pacto de San Sebastián. Fue en el Ateneo.

Al principio, es verdad, el comité se congregaba a diario en casa de Miguel Maura. Allí nos visitó el general Villabrille, segundo jefe de la capitanía de Burgos. ¡Qué hombre más simpático el general Villabrille! Aquella noche invernal, sentados los miembros del comité en torno a la chimenea, Villabrille desplegó unos planos, señalando el camino que seguirían las tropas bajo su mando.

—Es la misma ruta de invasión de los godos —explicó.

Días después, avisados de que la policía vigilaba el domicilio de Maura, decidimos utilizar para nuestras reuniones una salita del Ateneo. Allí sí estuvo Ángel. Quienes, como él, tenían hábito de frecuentar la docta casa entraban por su puerta principal, y otros, que carecíamos de ese hábito, accedíamos por un edificio de la calle Santa Catalina, uno de cuyos pisos comunicaba con los pasillos interiores del Ateneo. De ese modo no despertábamos sospechas... ¡Qué recuerdos! Figúrese, en aquella salita hicimos todos los preparativos para instaurar la República. Arreglamos también la distribución de ministerios. A mí me adjudicaron el de Hacienda... ¡Qué tiempos!, sí. Cuántas promesas... Ahora me parece que fuimos pequeños Segismundos. Aquella insurrección fracasó y determinó la prisión de Alcalá-Zamora, Miguel Maura, Largo Caballero, Fernando de los Ríos, Albornoz y Casares Quiroga. Pudieron librarse de la cárcel Azaña y Lerroux, que permanecieron ocultos en Madrid. A Bigas, si no recuerdo mal, ni siquiera le molestaron. Otros conseguimos pasar a Francia.

Allí, en París, conocí yo a los Budas: Morais, Cortesão, Moura Pinto...

Todos acudieron la noche del 14 de abril a la estación del Quai d'Orsay para despedirme cuando emprendí el regreso triunfal a

España. Me acuerdo muy bien. Todos, al cabo de pocas semanas, se instalaron en Madrid.

Pequeños Segismundos, sí, eso fuimos. Pero aquella expatriación fue infinitamente más corta y la pasé cerca de España. Esta de ahora, en cambio, no abre ninguna rendija a la esperanza. Por eso la soporto peor. Cada día que pasa me aterra más la presunción de morir aquí. Paso horas muy negras... No... No se preocupe... No es nada. Algo de tos. Un poco de fiebre... Pero será mejor que me acueste. Sí, sí. Vuelva mañana.

## Carta de Indalecio Prieto a Agustín Rotaeche

Nuevo León, 23 de julio de 1954

Querido Agustín:

La última vez que nos vimos fue al declinar el pasado mes de junio. Hablamos entonces de Ángel Bigas y del asunto Turquesa. Por usted supe la versión de Horacio Echevarrieta, y yo le conté detalles curiosos que usted ignoraba. Pero ni yo estaba bien de salud ni me sentía capaz de formularle en rápidas pinceladas el episodio del alijo de armas en Asturias.

—Se lo daré por escrito —le dije cuando nos despedimos.

¿Se acuerda? Prosigamos, pues, el relato...

Como usted sabe, en 1931, a poco de instaurarse la República en España, varios revolucionarios portugueses refugiados en París se trasladaron a Madrid, donde los Gobiernos monárquicos no les habían permitido establecerse. Desde Madrid veían factible derribar la dictadura. Pusiéronse con esta idea a conspirar contra el general Carmona, y se las arreglaron para comprar una partida de armas cortas y comprometer la adquisición de otra, mucho más importante, de armas largas con sus correspondientes municiones. Para esta última operación contaron con la simpatía de Azaña y sirvioles de intermediario don Horacio Echevarrieta. Bigas, como ya sabe usted, estaba metido en el ajo.

Pero el negocio del contrabando con fines políticos es caprichoso y variable. Pasó el tiempo, y los portugueses no llegaron a hacerse con los fusiles porque Echevarrieta no pudo pagarlos. Fue así como quedaron almacenados en Cádiz, dentro de cajas señaladas con el supuesto destinatario: Horacio Echevarrieta.

A pesar de lo que se dijo después en la prensa, yo, por ser ministro de Hacienda, no tuve ningún papel en la conjura. Estuve apartado de ella, pero siguiendo su curso a través de informes fidedignos que nunca me suministró Azaña, porque jamás le pregunté nada ni me dijo media palabra sobre el particular.

Veo qué se está preguntando ahora:

—¿Quién le entregaba a usted aquellos informes?

Y yo le contesto de inmediato: Morais.

Todo, como se dice en las novelas, dio un giro insospechado a principios de 1934, cuando el señor Alcalá-Zamora franqueó la puerta del Gobierno a personajes (piense en Gil Robles y su CEDA) que, por ser contrarios a la República, se habían abstenido de dar su voto a la Constitución. Fue entonces cuando el Partido Socialista Obrero y la Unión General de Trabajadores decidieron ir a la revolución. Y yo me valí de Bigas y Morais para adquirir el cargamento estancado en Cádiz. Lo gracioso, en este caso, fue que el Gobierno de entonces, ávido de deshacer aquel lío administrativo de una venta de armas a Abisinia, metía prisa para entregar cuanto antes fusiles que habían de utilizarse contra él.

—Déjeme ver si lo he entendido —preguntaba Morais—. ¿Quiere decir que es el Gobierno quien nos apremia a que saquemos el armamento presto en Cádiz?

—Suena a chiste —admitía Ángel—. Pero así es.

Mas sin un transporte era difícil no dejar rastro del verdadero destino de las armas. Fue por eso por lo que Bigas, comisionado por nosotros, le compró uno de sus mejores barcos pesqueros al excontralmirante Ramón Carranza, armador andaluz, reaccionario hasta el tuétano, diputado monárquico que en las Cortes de 1934 se distinguía por su agresividad contra Azaña y contra mí. El señor Carranza no se detuvo en averiguar qué uso tendría la nave. Le pareció bien el negocio, y asunto concluido.

—El Gobierno —recuerdo que dije en cuanto se cerró el asunto del transporte— proporciona las armas y un enemigo acérrimo nos facilita su transporte. ¿Cómo puede sospechar nadie de tales auxiliares?

—Excelente —se animó Morais.

Como sabe, aquel barco se llamaba Turquesa.

Según referencias que se dieron para su despacho reglamentario, el Turquesa navegaría, primero, a Francia; y en Francia el cargamento se trasbordaría al buque que debía llevarlo hasta Djibouti. Aquel era el puerto por donde se efectuaba entonces el comercio marítimo con Abisinia. Sin embargo, subiendo por el Atlántico, el Turquesa no llegó al litoral francés, pues echó anclas en el fondeadero gallego de Estaca de Bares. Allí, un diputado socialista y el capitán del barco convinieron lugar, día y hora para el primer desembarco. Estaba acordado que parte de la mercancía se destinaría a Asturias y parte a Vizcaya.

Aunque mis amigos de Asturias pretendieron disuadirme, yo resolví presenciar ambas operaciones.

—Voy a ir a Asturias —le dije a Bigas por teléfono—, y he pensado que tal vez le gustaría venirse conmigo. Salgo dentro de media hora.

Recuerdo aquella conversación y que ambos partimos de Bilbao a media mañana. Nos acompañaba un joven portugués delegado de los Budas. Un tal Oliveira.

Era casi medianoche cuando llegamos a la playa de Aguilar. Recuerdo que se nos acercaron cuatro compañeros y que nos tumbamos sobre la arena a esperar.

Todo era frío, negro y quieto, como la pistola que el portugués se había metido debajo de la americana al salir del automóvil. A veces, al apagarse el rumor del oleaje, yo oía cuchichear a otros grupos próximos que no conseguía distinguir. Pasada la medianoche, un sinfín de linternas enfocaron hacia el mar. Parecían luciérnagas. Aquella era la señal convenida. Pero del mar no venía ninguna respuesta. Pasó media hora. Pasó una hora. Y nada. De pronto, un emisario nos avisó de que el Turquesa se había presentado frente a la ría de Pravia.

—Allí aguarda a las lanchas transbordadoras.

Entonces salieron de las sombras hombres y más hombres y comenzaron a trepidar motores de camiones. Una procesión de estruendo, alborotando dormidos pueblecitos, emprendió la marcha hacia Soto del Barco como una larga mancha vacilante de la luna. Bigas, el portugués y yo nos pusimos algo distanciados, a la zaga del estrepitoso cortejo.

Cuando llegamos a orillas del Nalón, cerca del puente por donde lo cruza la carretera, varios camiones ya estaban cargados. Aún quedaban muchas cajas sin transportar cuando uno de los centinelas, descendiendo presuroso, avisó:

—¡Viene la Guardia Civil!

Oí descorrerse el cerrojo de no sé cuántas pistolas.

—No vale la pena verter sangre por salvar una mercancía que se perderá irremisiblemente —expliqué al pronto, con ánimo de imponer mi autoridad a quienes querían resistir—. El tiroteo atraerá más guardias. Retírense ustedes.

Como advertí que nadie se movía, reiteré la orden:

—¡Retírense ustedes, he dicho!

Esta vez obedecieron. Nos quedamos solos Bigas, el portugués y yo. Sin hablar, salimos a la carretera y seguimos cuesta arriba. Frente a nosotros, cada vez más cerca, sonaban recios pasos. Muy cerrada, la noche no nos permitía ver nada.

—¡Alto! —gritó una voz.

—¡Alto está! —respondí yo.

Entonces vimos como dos sombras, dos guardias que venían en pareja, se separaban y, quedando uno tras otro, se echaban los fusiles a la cara, apuntándonos.

—¡Arriba las manos! —gritó la voz que había sonado antes en la oscuridad.

Levantamos los brazos y continuamos inmóviles. Uno de los guardias avanzó hacia nosotros sin bajar el fusil.

—¿Quiénes son ustedes? —preguntó.

—Soy el diputado Indalecio Prieto —contesté bajando los brazos.

—¿Indalecio Prieto, el exministro?

—Sí, señor: el mismo.

Bajando el arma, se acercó para reconocerme.

No se trataba de una pareja de guardias civiles, sino de carabineros, y entre ellos gozaba yo de mucho afecto. El cabo, pues cabo era el jefe de la pareja, me tendió cariñosamente su diestra mientras exclamaba:

—¡Qué sorpresa encontrarle y qué alegría saludarle!

A seguida del saludo, vino una pregunta inevitable:

—¿Pero qué hace usted por aquí a estas horas?

Improvisé entonces una historieta:

—Estamos entre hombres cabales —dije—, y no procede hablar con remilgos. Estos dos amigos y yo vamos de excursión con tres muchachas. Y como yo, por mi significación política, estimé escandaloso llegar los seis en pandilla al hotel de Avilés, donde debemos pernoctar, acordamos que el automóvil con las mujeres fuese por delante y que luego de dejarlas en aquella villa retrocediera a fin de recogernos a nosotros. Mientras tanto, paseamos para estirar las piernas.

Aquel cabo consideró acertadísima la decisión. A su vez explicó:

—Pues nosotros dormíamos tranquilamente en nuestro cuartel cuando un vecino ha venido a avisarnos de que ahí, en la ría, se está haciendo un alijo. Nos hemos puesto el uniforme y vamos a ver qué hay de cierto en ello.

Temeroso de que la cosa terminase a tiros, yo procuraba mantener el diálogo en voz muy alta para que percibieran su tono cordial cuantos aún estaban escondidos. El cabo nos estrechó la mano y siguió carretera abajo.

—Con Dios...

—Con Dios —murmuró el portugués, con la barbilla apoyada en el pecho, como si lo hubiera adormecido mi explicación.

Proseguimos la caminata, a la espera de que algún compañero acudiera en nuestra ayuda. Pero nadie lo hizo. Como desconocíamos el terreno, nos extraviamos. Mientras tanto, el teléfono había funcionado con presteza. De varios puntos salieron patrullas de guardias que fueron apresando a los fugitivos. Mas nosotros caminamos kilómetros y kilómetros sin topar con alma viviente.

Nunca hice yo caminata más larga.

Amanecía cuando dimos con un rapaz que sujetaba la yunta de bueyes a una carreta. Nos miró con desconfianza aldeana. En verdad, tres señorines, fatigados, polvorientos y lejos de todo poblado urbano, eran dignos de recelo. Hube de discurrir una nueva historieta: nuestro automóvil se había averiado y necesitábamos otro, pues al chófer, que quedó guardándolo, no le era posible repararlo.

—¿Dónde hay un garaje para alquilar un coche?

—No haylo hasta Avilés.

—¿Y falta mucho hasta Avilés?

—¡Oh, sí, mucho! Pero si aprietan el paso llegarán a Piedras Blancas a tiempo de tomar el tranvía que baja hasta Avilés.

Disipada su desconfianza, el zagal nos asesoró cumplidamente. Piedras Blancas estaba en la ladera opuesta.

Sacamos fuerzas donde parecía no haberlas y emprendimos la ascensión a paso redoblado. Poco antes de la cumbre, vimos salir de una casita que la coronaba a un hombre cuyo atuendo me sorprendió, pues no era de labriego, sino de obrero fabril. Al divisarnos, se sentó en el pretil del camino, frente a la casa.

—Ustedes no son de esta comarca —nos dijo ofreciéndonos una jarra llena de agua y tres vasos—. Porque de serlo —añadió con ojos de felino— no se les hubiera ocurrido subir hasta aquí por el camino real, sino por el atajo, ahorrando más de la mitad del recorrido.

Nos señaló la empinadísima y zigzagueante senda que cortaba la carretera en varios puntos.

—Pero ¿cómo es posible? —exclamó de pronto, contemplándome con ansia—. Para mí que es usted Prieto.

Me eché a reír.

—Es la segunda vez que me confunden hoy con Prieto. Por lo visto, tengo algún parecido.

—Usted es el compañero Prieto —reiteró con su mirada de gato, y al momento agregó que podíamos fiarnos de él, pues militaba, y desde hacía mucho tiempo, en el Partido Socialista.

Confesé.

—Vamos a tomar el tranvía para Avilés.

—Iremos juntos —se ofreció.

Echamos a andar. Otros obreros afluían por caminitos y veredas a la carretera. Supliqué a nuestro samaritano que no me identificara ante los camaradas, pero el secreto, retozón, se le salía del cuerpo.

Abandonándonos por instantes, juntábase a grupos de delante o de detrás, y yo adivinaba qué les decía.

—Ese, el más gordo de los tres que van conmigo, es Indalecio Prieto, pero callaos porque no quiere que se sepa.

Así llegamos a la estación tranviaria.

—Cuidado con esa tía —me previno señalando a una mujer de aire gazmoño—. Es la cacica de los clericales y, si supiera quién es usted, lo denunciaría en Avilés.

El tranvía, que iba atestado, se paró frente a la fábrica de Arnao. Allí quedó casi vacío. Todo el mundo se apeó menos la cacica, Ángel, el portugués y yo, que seguimos hasta Avilés.

Fuimos de Avilés a Oviedo en un automóvil de alquiler que condujo Ángel, y de Oviedo a Bilbao en otro auto perteneciente al diario socialista *Avance*. Durante el viaje casi no hablamos, pero yo tampoco esperaba otra cosa. En los ojos y en los hombros nos pesaba la noche. Toda una laguna de sueño.

Llegamos a Bilbao a mediodía. En los periódicos vespertinos ya se publicaban relatos detallados del alijo de armas en Asturias y de mi sospechosa presencia en la zona, cosa sorprendente para cuantos se cruzaban conmigo en la calle o me veían en los cafés. Dormí pocas horas y a la mañana siguiente viajé a San Sebastián para concurrir al entierro del exdirector general de Seguridad, mi buen amigo Manuel Andrés, asesinado dos días atrás por pistoleros de Falange. Recuerdo que le propuse a Ángel que fuera conmigo a San Sebastián, sin conseguirlo.

—Me quedaré aquí hasta que sepa algo del barco —me dijo.

—Tenga cuidado. Conviene que le vean en público.

Sonrió. Y prometió tener en cuenta mi consejo.

El resto ya lo sabe. El Turquesa convirtiose en un buque fantasma hasta ser descubierto tranquilamente atracado en el río francés Adour, cerca de Bayona. Y Ángel... Bueno... Ángel se fue a morir. ¿Qué importa por qué?

## 6

# VENDRÁ LA MUERTE Y TENDRÁ TUS OJOS

**Rafael Sánchez Mazas**
**Coria, 23 de septiembre de 1954**

No sabes bien cómo me apenó el fallecimiento de tu padre. ¿Cuánto hace ya? ¿Tres, cuatro años? ¡Cinco! Alguien me dijo, al volver de la iglesia de las Mercedes, que con él enterrábamos una época. ¿Sabes lo que le contesté?

—Una época, sí. Pero de palacios, jardines, carrozas y libreas.

A tu padre siempre lo imaginé como el producto final de una tradición peculiarmente vascongada: la de los Caballeritos de Azcoitia. Desde los conciertos de cámara y las cenas de etiqueta hasta la selección de sus citas y lecturas, siempre me hacía pensar en uno de aquellos aristócratas ilustrados que encontraron la fórmula mágica para ser perfectos cortesanos y perfectos caballeros de provincia. Aún lo recuerdo inclinado sobre una guía ilustrada del año 1852 con la palabra *París* en letras doradas sobre la cubierta. Aquellos lugares desaparecidos —la Maison Dorée, la sala de Frères Provençaux, el Jardin Mabille—, él los leía como una novela de Proust. También lo recuerdo riéndose con los versos de Arquíloco, el poeta griego del siglo VII antes de Cristo.

—A los antiguos les debemos todo —decía en la tertulia del Lyon d'Or—. Ante todo les debemos agradecimiento.

Yo tomaré un whisky. ¿Otro? ¿Con hielo?... Sí. Aquí, en Coria, voy estando muy bien. Mientras Liliana se ocupa del campo, yo disfruto de la lectura o me entretengo montando y desmontando relojes antiguos. Agustín de Foxá, que también ama las casas palacio con jardín y naranjos, relicarios y archivos, me dijo hace unos años:

—Desengáñate, Rafael, te has convertido en un terrateniente.

Me temo que ya entonces tenía razón... Ministro, consejero nacional, procurador en Cortes, académico de la Lengua... ¿Cómo dice la sombra de Aquiles? «Prefiero ser un labrador en casa de mi padre que un monarca entre los muertos.» Después de todo, ¿qué son esas reuniones a las que he tenido el privilegio de asistir? Asuntos administrativos, discusiones burocráticas... No. No hay nada más agradable que dejarse ir a la sombra de estos naranjos, junto a un libro y un buen whisky. Apartado de Roma y del césar, que diría Horacio.

Bien es cierto que al principio —Liliana puede decírtelo— me horrorizó la obligación de tener casa y residencia en Coria. Sin embargo, ahora encuentro el pueblo paradisíaco. Ya dicen los místicos que las cosas de áspero principio son las de Dios y acaban con mil gustos del alma, mientras las del demonio empiezan con halago y dulzura para acabar dejando un sabor triste y amargo...

Pero tú has venido a conversar sobre Ángel. Los Bigas, decías en tu carta. Ángel Bigas. La rusa. Sí. Claro que sé quién es Olga Rykova. Él la conoció en Bucarest. En los años de la Primera Guerra Mundial, creo recordar. Yo la traté un tiempo en Roma. Entonces debía de tener unos treinta años y, según me dijeron después —Roma, en cuestión de cotilleo, no se distingue de un burdel o de una peluquería de señoras—, su marido, nieto de un gran duque, había muerto en la guerra civil rusa. Era muy hermosa, sí. Una belleza antigua. Parecía una de esas blancas Magdalenas pintadas en el ocaso de la escuela italiana. Qué clase de mujer, no sé decirte. Para mí fue un misterio. Una infinidad de misterios. Tal vez Ángel los conociera todos, pero no lo creo.

Foxá, sí... Por supuesto que recuerdo esa conversación con Foxá. Fue en casa de Aurora Lezcano, marquesa de O'Reilly, durante uno de aquellos almuerzos que se alargaban hasta el amanecer. Alguien, creo que fue Ruano, al dirigirse la conversación hacia la enigmática muerte de Ángel, dijo que este había tenido dos períodos:

—En el primero —comentó— fue un *bon vivant* mediocre que escribía en un castellano estropeado. En el segundo fue un *bon vivant* estropeado que escribía en un castellano mediocre.

Observación maligna que Foxá se apresuró a combatir con gesto de abate girondino.

—Querido amigo, no niego que Bigas fuera un hombre de mundo dispuesto a morir por la democracia, que es como morir por el sistema métrico decimal. Pero sugerir que su prosa era mediocre no resulta nada elegante. Moralmente, al menos. Bigas era un gran escritor. Un hombre culto, de talento, al que fulminó la política.

—Todo un Hamlet —replicó Ruano—. Un Hamlet convencido de que si caía Alfonso XIII, al día siguiente todos los españoles seríamos más honrados.

—Así de misteriosa es la aristocracia del dinero, y esos son los hijos que engendra en pleno ocaso —contestó Foxá, rápido como una centella—. Arrogantes, ilusorios, inevitablemente derrotados.

Recuerdo que, para calmar las discrepancias, Aurora hizo que nos sirvieran un refrigerio en el que predominaban los dulces en versiones admirables que ella misma había supervisado. Sí. Me acuerdo bien. Aquella tarde hablamos de todo lo que se había dicho de Ángel cuando lo del contrabando de armas y el estallido de Asturias. Que si cumplía órdenes de Azaña; que si había añadido un sangriento eslabón a la desgracia de su linaje; que si había estado en los preparativos de la Revolución de Octubre para vengar la ruina del padre; que si con el suicidio había comprado un silencio de siglos... El caso es que el aire trágico de tales rumores suscitaba en Foxá un gran interés. Ya lo conoces. No creo que exista mucha gente a la que la vida y la edad hayan cambiado tan poco como a nuestro amigo el conde. Hasta el día de su muerte seguirá siendo el mismo: un impenitente soñador, atraído siempre por lo lejano y misterioso, con un jardín borbónico por fondo y un ocaso de otoño en la distancia.

—¿Sabes algo de una dama rusa? —me preguntó en un aparte.

—¿La Rykova? —le contesté yo.

Y entonces le dije que sí. Sí que sabía. Y le conté lo ocurrido en Roma. Lo que había sido de ella. Lo que yo sabía. No mucho, por cierto.

No ha pasado tiempo. Ha pasado un mundo. Te parecerá cosa de transmisión de pensamiento, pero, días antes de que me anunciaras tu visita, me acordaba yo de la tertulia del Lyon d'Or. Fue allí, entre el doctor Areilza, Pedro Eguillor, tu padre y muchos más, donde conocí a Ángel. Presidía, como siempre, Eguillor. Por cierto, que ya entonces, al hablar de nuestras desventuras nacionales, don Pedro tronaba desde su escaño cafeteril contra los charlatanes del Parlamento.

—Aquí no queda ya más que apelar a la espada y que el juicio de Dios imponga con la sangre la sentencia —repetía.

Pero me estoy desviando. No era mi intención ponerme a hablar de Eguillor. En realidad, me ha venido ahora a la mente porque su exaltado militarismo terminó por ahuyentar a Ángel de nuestra tertulia del Lyon d'Or.

—Uno de estos días —me dijo antes de salir para Bucarest— a don Pedro le van a dar la medalla del Mérito Militar.

No tengo que decir que yo buscaba con afán el diálogo de Eguillor, cuya elocuencia e intuición histórica me fascinaba. Parodiando la observación del filósofo, nada de cuanto ocurría en el mundo le era ajeno.

—A la hora de la historia, basta de historias —recuerdo que exclamaba después de la tragedia de Annual, cuando los que no se habían dolido jamás de nuestras guerras civiles españolas se dolían de que Francia y España encendieran en Marruecos la guerra civil, la guerra entre indígenas.

También recuerdo de Eguillor algo que me han contado. Algo que, según parece, dijo después del suicidio de Ángel, a quien siempre protegió con paternal simpatía:

—Sí. Él traicionó a su país. Sí. Puede que lo hiciera. Pero ¿quién de nosotros no ha traicionado algo o alguien más importante que un país?

A Ángel no lo volví a ver hasta la época en que ambos coincidimos en Roma. Fue después de que Torcuato Luca de Tena me ofreciera la corresponsalía de *Abc* en Italia.

¿Cómo olvidar el primer contacto con la Ciudad Eterna? Roma es como el mar: antigua, siempre nueva, misteriosa. Recuerdo mis primeros paseos. Peregrino apasionado, todo me deslumbraba.

Ahora bien, mis preferencias estaban no con los césares, sino en la ciudad de los papas. Te aseguro que si alguien, en aquellos días, me hubiera preguntado ¿qué te gustaría ser?, no habría tardado ni un segundo en contestar que un príncipe de la Iglesia. Sí, un cardenal del Renacimiento. Al igual que Urbano VIII, que no vaciló en arrancar las piedras del Coliseo para construir el Palacio Barberini, entonces magnífica residencia de la embajada de España en el Quirinal, yo habría dado todo el Coliseo por la Villa Médicis, el Foro por la plaza de España, el Arco de Tito por los frescos de Rafael o el retrato de Inocencio X en la Galería Doria, el Panteón por la iglesia de Il Gesú. Los Colonna, los Borghese, los Barberini, los Farnese o los Della Rovere me interesaban mucho más que los Julio-Claudios, los Flavios o los Antoninos.

¡Qué época aquella, Agustín! Eran las vísperas de la marcha fascista sobre Roma. Los socialistas asaltaban los trenes; en las calles explotaban granadas de mano; los escuadrones de camisas negras gallardeaban de acá para allá dando tiros y palizas. Por todas partes se repartían boletines escritos a máquina en las oficinas del *fascio*. Allí se hablaba de las huelgas boicoteadas victoriosamente y de la bellaquería de los caudillos del *Lavoro*, emboscados en los pasillos de Montecitorio.

Aquellos días, Mussolini se parecía a Cromwell y a Napoleón.

—Hoy somos un partido y mañana —proclamaba despectivo y sonriente, con un gesto crudo, de dientes afilados y ojos alegres— seremos el Estado.

Recuerdo mis primeras crónicas para *Abc*. Yo recogía en mis artículos aquellos momentos de exaltación patriótica. Me acuerdo de «La guardia sin rey ni tambor». Una crónica premonitoria, pues la escribí meses antes de que Mussolini tomara el poder. Allí decía yo que sin rey ni tambor, sin identificación con la casa de Saboya y con el Ejército, el invento del *fascio* no funcionaría. Decía también que los grandes cardenales —Mazzarino, Richelieu, Cisneros— habían sabido disfrazar la dictadura como mandatarios del rey, y añadía que, lejos de aquella lección, el movimiento de Mussolini corría el riesgo de evaporarse.

—Si el *fascio* quiere ganar la partida —escribía allí—, tendrá que gritar «¡Viva el rey!» y poner la mano en los cañones. No basta hacer sonar el clarín de Italia. Mussolini necesita también un tambor.

Después, pero eso ya lo sabes, el fascismo se hizo monárquico. Después, se hizo Gobierno. Después, militarizó a sus huestes, las armó y equipó. Después dio la batalla a los masones e hizo renacer el cristo en las escuelas. Sí. Años después, el tambor llamó a la guerra. Acabó como acabó. Una guerra no ganada nunca es popular... Pero volvamos a la historia que te interesa. Otoño de 1922. Marcha fascista sobre Roma. Oh, sí, recuerdo a Mussolini gritando «*Viva il Re! Viva l'Italia! Viva il fascismo!*» como si estuviera ocurriendo ahora mismo, aquí mismo, entre el whisky, la cena y el naranjal. Aquella noche dormí en el Bristol, y quise tener de par en par abierta la ventana a la plaza Barberini, que era donde estaba el cuartel general fascista. Recuerdo los camiones y autobuses cargados de escuadristas que llegaban para recibir órdenes. Recuerdo las columnas con gallardetes negros. Las hogueras. Los clarines. Aquella canción que había resonado estrepitosamente a lo largo del Corso:

*Giovinezza, Giovinezza, Primavera di bellezza...*

Me acuerdo también de las escuadras inacabables desfilando ante el rey. Eran miles, cien mil camisas negras pasando frente al balcón del Quirinal con rosas en los puñales y en los fusiles. Durante cinco horas, en pie, Víctor Manuel III presenció, saludando, aquel homenaje. El sol se apagó al fondo, sobre el Tíber. Se hizo de noche. Pero las escuadras seguían desfilando y el rey continuaba en el balcón entre candelabros encendidos.

Dos noches después, nuestro embajador ante el Quirinal, el marqués de Villaurrutia, Ángel y yo comentábamos el comportamiento del rey, de quien Ángel decía:

—Se cree que tiene ideas, pero jamás se las ha comentado a nadie.

El marqués no acertaba a comprender cómo podían existir hombres tan fatuos que se pasearan de aquella guisa por las calles de Roma.

—¡Qué opereta! —repetía.

Estábamos reunidos en la biblioteca del Palacio Barberini.

—Estos fascistas —tornó a decir el marqués con su sonrisa de caballero galante— son niños anticuados. Aún no saben que a los héroes, después de haber salvado el tesoro a costa de mil fatigas y peligros, siempre se les dice que tal vez hubiera sido mejor no salvarlo. Créanme. De aquí a unos años, todos ellos dormitarán roídos por la hormiga de lo vulgar. Ya me parece verlo. Alguna penuria. Una mujer ajada y agria. La ilusión de otra hembra. La taberna. El burdel...

—Se equivoca usted, don Wenceslao —dije yo—. Por sus almas corre aquel sueño de Maquiavelo, aquel Arno imperial que va pidiendo sangre. Hoy Roma tiene un papa, un rey y un césar.

—Supongo que Italia volverá a vivir las luces del Renacimiento si Mussolini llega al poder —intervino Ángel al conjuro de mi comentario.

—¿Por qué no? —dije yo—. Alguien tiene que restaurar el orgullo en este país. Alguien tiene que traer orden.

—Claro. Y, para restaurar el orden, ¿quién mejor que el hombre que está armando todo este lío? Ya le veo la lógica —dijo Ángel.

Y contó que aquella misma tarde, paseando por el Corso,

había visto una cuadrilla de camisas negras apaleando al secretario del Partido Comunista en las mismas narices de los *carabinieri.* Antes le habían afeitado sus barbas y melenas de apóstol ruso, pintándole la testa con el tricolor italiano. A una oreja le llegaba el verde y a la otra el encarnado.

—Todo esto es estética y mala estética —insistió el marqués, que podía decirlo todo porque no esperaba ya nada de los hombres.

No. Pese a nuestras diferencias políticas, yo no abandoné la cordialidad amistosa con Ángel. ¿Él? Bueno... Ángel es otra historia. Por aquel entonces, le veía con frecuencia en el café Greco. Él vivía muy cerca, en la Trinità dei Monti, en un palacio un poco conventual que le había alquilado a una marquesa tronada que aseguraba ser prima de los Borghese. Sí, una suerte. En la Trinità dei Monti, es cierto, está guardada toda la soberana dulzura de Roma. ¿Qué decía D'Annunzio? Ah, sí: «Entre el obelisco de la Trinità y la columna de la Concezione está suspendido como un exvoto mi corazón católico y pagano».

Pero hablábamos del café Greco, ¿verdad? Antes de acercarme a la redacción de *La Tribuna,* a comentar las noticias del día con su director, yo tenía la costumbre de desayunar en aquel adorable y viejo rincón de Roma. Todas las mañanas veía allí a Ángel. En su mesa de costumbre, creo yo, le gustaba evocar a Keats, a Shelley, a Byron. Tú, que has estado, sabes bien que aquel café es como un perfume, un aroma que te arrastra al tiempo de los *sans-culottes* y las locuras de Napoleón. Pues bien, una mañana me encontré a Ángel con el *Abc* desplegado sobre la mesa. Para mi sorpresa, estaba leyendo mi último artículo, uno en el que yo comentaba mi visita a un convento del siglo XVI.

—¿Sabes, Rafael? —me dijo después de elogiar la prosa de

aquel artículo—. A veces, cuando leo alguna de tus crónicas, tengo la sensación de estar ante un contertulio de Pico della Mirandola o un polémico acompañante de Poliziano.

—Yo hubiera preferido a Leonardo —sonreí.

Fue entonces cuando me dijo que conocía una villa en la colina del Gianicolo que, estaba seguro, yo apreciaría como nadie.

—Tiene, al entrar, un patio del Vignola y una fontana que rodean tiestos de palmeras, y más allá un jardín cuidado sin tener en cuenta el mundo exterior. El salón tiene vistas a ese jardín. Las escaleras son de mármol blanco, y hay un medallón de Cellini incrustado en el muro, a la altura del recodo.

Fascinado, yo escuchaba.

—Stendhal debió de pasear por ese jardín en su época de cónsul en Civitavecchia, porque en algunas entradas de sus *Crónicas italianas* describe una villa parecida en esa parte al Gianicolo.

Se quedó callado durante un momento.

—Me encantaría verlo —dije.

Sonrió. Y, al cabo de un momento, comentó:

—Si quieres vamos esta tarde. Conozco muy bien a su dueña. Estoy seguro de que seréis amigos.

Así conocí a Olga y a la abuela materna de Petya, Antonina Kuvshínnikova, Tonia, la condesa Barberisi, a cuya generosidad debían Olga y su hija el refugio hospitalario de aquella villa del Gianicolo. ¿Petya?, preguntas. El marido de Olga. El marido muerto.

La condesa era una anciana de cuerpo menudo, un derruido escombro que se asía infructuosamente a los apéndices de la vida. Tenía, no obstante, una voz imponente, una memoria prodigiosa y un destello en los ojos con el que parecía adivinar lo que estabas pensando. De niña la habían tenido en las rodillas personajes que habían nacido antes de la toma de la Bastilla y las guerras napoleónicas, afrancesados que leían a D'Alembert, trataban al príncipe Sheremetev y acudían a los bailes de máscaras en el Palacio de Invierno y a los recitales de la Casa de la Fuente para oír cantar a la Praskovia. Ella, luego, se había casado con el embajador de Rusia en París durante el reinado de Alejandro II, había vivido los días del Segundo Imperio y había frecuentado los salones de madame de Récamier y la princesa Mathilde. Más tarde, tras la derrota de Sedán y los horrores de la Comuna, la condesa había regresado a San Petersburgo para casarse con el conde Ludovico Barberisi, embajador de la República Italiana en Rusia.

—Aquellos eran buenos tiempos —decía.

Fue junto al conde, su segundo marido, con quien se había instalado en la villa del Gianicolo a finales del siglo pasado.

¡Qué no habían visto los ojos de la condesa! Tantos hombres y tantas mudanzas.

—Recuerdo a Alejandro Dumas... —contó en una ocasión—. Una noche, en el salón de la princesa Mathilde, recitó unos versos muy ingeniosos sobre los dos Napoleones:

En sus fastos imperiales
tío y sobrino son iguales;
el tío tomaba capitales;
el sobrino toma nuestros capitales.

Qué no recordaba la condesa. Y, como prefería la conversación a cualquier otro pasatiempo, sus anécdotas sobrenadaban en la corriente del Tíber cual galeones colmados de picantes especias del Nevá. Tenía presente la política enérgica del reinado de

Alejandro III; aún recordaba el célebre *Bal noir,* cuando la muerte de algunos miembros de la realeza europea no solo no impidió el baile imperial, sino que lo hizo aún más distinguido, pues se obligó a todo el mundo a vestir de riguroso luto; contaba los amores de Alejandro II con la princesa Jurkevskaya; y describía el atentado que acabó con la vida de aquel zar.

Solo un país como Rusia podía haber engendrado a la condesa Barberisi. Su propia vida parecía contener los estremecimientos de cien novelas. Adoraba la originalidad y el despilfarro, pero la revolución le había privado de todas sus posesiones en Rusia y ya no podía seguir recibiendo con la suntuosidad de antaño.

—Doy gracias a los bolcheviques —decía con una voz clara y zumbona— por haberme dejado en la miseria. Realmente, me han ayudado a descubrir mis verdaderos amigos.

No obstante, aquella gratitud tenía sus límites. Además de su nieto Petya, la condesa había perdido en la revolución a una hija y varios sobrinos.

Dos años antes, Olga y su hija habían llegado a Roma con la noticia:

—Petya ha muerto.

Desde entonces, la condesa y Olga se habían ido acercando hasta convertir el discurrir de las tardes romanas en algo más que una consolación. Era una costumbre que, según la condesa, habría de prolongarse hasta su muerte. Y, claro, también estaba la niña, Tatiana, a quien la condesa adoraba.

¿Si me acuerdo de la villa? ¿Cómo olvidarla? Aún conservo en la memoria el sendero de cincuenta pasos que daba al jardín. En la villa de Adriano, en Tívoli, al hilo de un gran muro, entre ruinas y cipreses, hay un paseo así donde el emperador se entretenía con filósofos y favoritos. También aquel sendero y aquel jardín del Gianicolo conocían la conversación. Los tapiales habían sido pintados de países fabulosos y pérgolas floridas, y en las tardes cálidas solía reunirse allí la camarilla habitual de la condesa: algún antiguo general zarista, aristócratas apergaminados, dos o tres diplomáticos retirados, una decrépita celebridad de la ópera... Recuerdo a la vieja princesa Yusúpov, la madre del asesino de Rasputín, y entre los invitados más jóvenes, al cónsul de Chile, Ruiz de Aguirre. El cónsul era el favorito de la condesa entre el corro de pretendientes que rodeaba a Olga. Era alto, rubio y solemne, y cuidaba mucho de su barba fina, bien cortada y débil. Vestía elegante, gustaba de los vinos, que en Italia son selectos, y era muy amante de los libros antiguos y de las rarezas bibliográficas. Otro de los personajes que visitaba la villa era el conde D'Ugenta, un fiel ideal del señor italiano del siglo XIX. El hombre más cortés que haya conocido nunca. Aunque vivía en Roma, en un desvencijado caserón altamente blasonado, donde, según decía, pasaba las horas con los muertos, los libros, el conde hacía frecuentes visitas a Venecia, su ciudad natal. En la capital era literalmente adorado por toda la aristocracia. Su vida había sido interesantísima: soldado, diplomático, músico, novelista, vivía una bien ganada gloria y era en aquel momento considerado como uno de los máximos compositores de Italia.

—Pero la música de la naturaleza es la música más bella —recuerdo que decía el conde D'Ugenta—. Querida señora —miraba a Olga—, ¿sabe cómo es el canto de las cigarras? Chirrían. Chirrían. ¿Y sabe lo que quiere decir? Que están enamoradas —añadía socarrón—. Y viven un solo verano.

Sí... Me acuerdo. Me acuerdo de la tarde en que conocí a Olga y a la condesa Barberisi. ¡Cuarenta grados de calor! Era Roma, aquella tarde, una vasta pesadilla de insolación, un infierno de plazoletas, arquitecturas y jardines, cuyas estatuas evocaban el paraíso de los héroes desnudos. En el jardín, a la sombra reparadora de un viejo olmo, estaban ya el cónsul Ruiz de Aguirre, el conde D'Ugenta, la niña Tatiana, Olga y uno de aquellos viejos generales zaristas. Tatiana y la condesa hablaban con el general y el cónsul Ruiz de Aguirre pedía al conde D'Ugenta noticias en torno a una rarísima edición de la novela de Apuleyo *Metamorphoseon* adquirida por él pocos días antes... ¿Olga?... Olga se aburría. Ella era diferente. No era como los demás. Algo inquietante. Algo demasiado inquietante se escondía en su mirada...

Es posible, sí, que con el paso de los años mis recuerdos hayan perdido nitidez, que las cosas no sucedieran tal como me vienen ahora a la memoria. Recuerdo las veladas musicales. Tatiana al piano. El conde D'Ugenta al violín. Ambos sabían escucharse. Sabían ponerse de acuerdo. Tatiana tenía también una voz muy bonita. A veces cantaba con mucho sentimiento romanzas rusas tradicionales. Una tarde interpretó a dúo con la vieja cantante de ópera un fragmento de *Madame Butterfly.* Fue algo sobrecogedor. Desde el mayordomo a las sirvientas, todo el mundo acudió aquella tarde a la sala de música para oírlas mejor. Las risas y los aplausos duraron una eternidad. Luego se sirvió té, vodka y pasteles. También recuerdo otra ocasión en que Olga recitó en francés un poema de una escritora rusa. Anochecía. La condesa acababa de evocar los bailes de su juventud en la noche de San Petersburgo, aquellos mismos bailes en los que, según ella, Pushkin había malgastado su vida.

—Olga, querida —dijo de pronto—, ¿cómo era aquel poema que leíste ayer?

Olga estaba hermosísima aquella noche. O así al menos es como la recuerdo. Todos frente a ella. Ella mirándonos sin vernos. Lejos. En otra parte. Nunca olvidaré los versos. Ni su voz.

Se fue, no como:
sin gusto el pan.
Como cal es todo
lo que alcanzo.
... Para mí, era el pan,
era nieve.
La nieve ya no es blanca,
el pan es sin sabor.

Solo la muerte hubo de interrumpir aquellas veladas.

¿Qué sucedió? No lo sé muy bien. Nunca supe los detalles. Fue misteriosa para todos, quizá misteriosa también para ella misma, pues este suele ser el destino de las mujeres bellas que mueren jóvenes. De hecho murió sin que yo supiera que se estaba muriendo. El día de su asesinato yo viajaba a Venecia con Liliana; el día que la mataron yo cruzaba el Gran Canal en una embarcación alquilada. Cuando regresé a Roma me esperaba la noticia. Ruiz de Aguirre decía que había sido un crimen político. ¿Quién? Según el cónsul, los matones de la Checa. Pero ¿qué tenía que ver Olga con Mussolini y su guardia pretoriana? Todo parecía endiabladamente absurdo para resultar cierto.

No. No. La prensa apenas se hizo eco del asunto. ¿Qué era la muerte de una emigrada rusa en comparación con las cosas que estaban en juego aquellos días? ¿Ángel? Verás, mi relación con él se había resentido debido a mi opinión favorable a la dictadura de Primo de Rivera. Cuando Olga apareció muerta en el Tíber, ya apenas nos soportábamos. De pronto, si nos poníamos a discutir, saltaban chispas. Un día, en el café del Greco, yo le había espetado que culpar a los dictadores era muy fácil.

—Acaso sea más justo —le dije— culpar a quienes comprometen el ejercicio de la libertad civil, abusando de ella contra la vida de la nación y las sagradas funciones del Estado. Son los minúsculos Marat los que hacen venir aprisa las dictaduras como un remedio amargo, único y urgente.

A partir de aquel día, si nos cruzábamos en el Palacio Barberini, nos saludábamos con la desgana de dos viejos conocidos. Ángel lo decidió así. Y yo correspondí evitando los lugares que él frecuentaba. Fue entonces cuando dejé de aparecer por la villa del Gianicolo.

¿Si recuerdo la última vez que visité la villa de la condesa? No. No me acuerdo. Tampoco sabría decirte la última vez que vi a Olga. Probablemente, durante alguna cena en el Palacio Barberini. Ella solía acompañar a Ángel en aquellas ocasiones. Ahora que lo pienso, puede que fuera en la velada que celebró el marqués de Villaurrutia con ocasión de la visita del rey Alfonso XIII y del dictador Primo de Rivera. Me doy cuenta ahora de que aquella pudo ser la última vez que vi a Olga. Aquella noche, creo recordar, Ángel protagonizó un sonado incidente con el diputado fascista Giunta, el mismo que, en pleno debate parlamentario, se había alzado de su escaño para gritarle al portavoz comunista, con la diestra en la pistola:

—¡No hablará más! ¡Si dice una palabra más, disparo!

Aunque no me hagas mucho caso. Hay ciertos recuerdos... ¿Los rumores? De los rumores que corrieron por la embajada sí me acuerdo, claro. Pero ¿qué aclaran los rumores? En cuanto al final de la estancia romana de Ángel, conozco una versión. Se habló, es verdad, de un despacho en Madrid donde describía los crímenes, corruptelas e ineficacia del fascismo. Hubo también quien atribuyó a Ángel, en una pincelada de novela negra, no sé qué intervención en una trama conspirativa para atentar contra Mussolini. Pero yo estaba en Roma y no fue así. Sí, sí. Deja que te cuente... Había pasado un mes desde que sacaran el cadáver de Olga del Tíber... Una mañana, estando yo en el Palacio Barberini por algún asunto que no consigo traer a la memoria, el marqués de Villaurrutia me pidió que pasara a su despacho.

—¿Sabe usted la última? —me preguntó don Wenceslao.

—¿Qué última?

—La última de Bigas —suspiró—. ¿No lo sabe acaso? Primero el asunto ese de la rusa. Y ahora... Véalo. Véalo usted mismo.

Me alargó entonces la orden de expulsión firmada por Mussolini. El Gobierno italiano le daba veinticuatro horas para abandonar el país. Lo acusaba de espionaje.

—Bonito embrollo —dije.

—Y que lo diga.

La ira asomaba a los ojos del marqués.

—Puedo entender aquel feo asunto con ese estúpido de Giunta. Pero ¿a quién se le ocurre publicar lo que ha publicado en esos periódicos? Este muchacho es peor que la pólvora. Es como si no supiera el país que pisa. No, no. No me vaya a elogiar ahora el espíritu de la juventud italiana. Sé lo que opina usted. Usted ve en Mussolini una especie de *condottiero* a caballo. Pero esas salvajadas de las que se hace eco la oposición son más bien propias de Monipodio y aquella cuadrilla de pícaros que retrató Cervantes en una de sus novelas ejemplares.

—Sin barbarie, don Wenceslao, no hay héroes que valgan.

—No se haga ilusiones con los fascistas, Rafael. Esto acabará con un cambio de casacas. Y si no, al tiempo.

El marqués hizo una mueca. Parecía haber recobrado la calma. Me contó entonces que las opiniones desplegadas por Bigas en ciertos periódicos habían desatado la ira de Mussolini, especialmente susceptible en todo lo que concerniera a su fama y a la imagen exterior del fascismo.

—¿A quién se le ocurre mofarse en público del *duce* y de esa guardia pretoriana suya? Y el seudónimo. Como si hoy alguien pudiera ocultarse en Italia detrás de un seudónimo.

Así es. Fue un artículo lo que provocó que Mussolini declarara a Ángel *persona non grata.* Aquel artículo, publicado en la prensa de la oposición y en periódicos de Londres y París, retrataba al *duce* como un megalómano capaz de arrastrar al Viejo Continente a una nueva guerra. «El perro sin collar.» Así se titulaba.

Recuerdo... Decía cosas así:

> Hoy es difícil evocar la libertad de prensa en Roma sin ser acusado de Mata Hari o de sobrino de Lenin.

De Mussolini y su política exterior, decía:

> Anda corriendo por todas partes y mordiendo a todos.

No recuerdo más. Me acuerdo, eso sí, de que un día llegó la orden de Madrid. Al marqués de Villaurrutia la solución adoptada en palacio le pareció humillante.

—Por lo visto, Primo de Rivera ha inventado una censura más cruel que los calabozos del conde-duque de Olivares: la patada en el culo.

Don Wenceslao se refería al nuevo destino diplomático de Ángel: secretario de primera en la embajada de Venezuela.

—Me envían a Maracay a tomar el sol con ese campesino de Gómez —me dijo él, días antes de abandonar Roma.

Sonrió. Pero no daba la impresión de que aquello le hiciera ninguna gracia. Parecía un muerto con aquella risa tan rara.

Eso es todo lo que recuerdo. Todo lo que puedo contarte. No volví a ver a Ángel hasta los años de la República. Para entonces, la barrera que nos había separado en Italia se había convertido en un muro. Yo estaba entonces en tratos con José Antonio para lanzar Falange. Por el contrario, Ángel era gran amigo del generalito Guzmán y del grupo de ateneístas que rodeaban a Manuel Azaña.

Sí. En varias ocasiones coincidí con él en casa de la señora Chávarri. Casi no había envejecido, pero ya no era él. O eso, al menos, me parecía a mí. No. De Olga nunca dijo una palabra. Que yo sepa no habló con nadie de ella ni de las extrañas circunstancias que envolvieron su muerte. Ni siquiera con su hermana, a la que adoraba.

—No sé nada de eso —recuerdo que me dijo Carmen, la hermana, después de nuestra guerra civil—. Ángel siempre se negó a hablar de sus años en Roma.

Fue la última vez que estuve en casa de Carmen Bigas, cuyo salón yo había frecuentado en los tiempos de la Primera Guerra Mundial. Aquel día ninguno de los dos pudo animar la conversación. Ella parecía ya una emperatriz en el destierro. De vez en cuando miraba entre los cortinones y los postigos entornados los mástiles del Abra.

—Algo, sin embargo, tuvo que pasarle, porque a partir de entonces fue otra persona. Aunque en realidad su vida, y la de todos nosotros, había cambiado ya con la quiebra de mi padre.

**Marcelino Ruiz de Aguirre**
**Valparaíso, 19 de diciembre de 1954**

Anoche soñé con él... Sí, con Ángel Bigas. Estábamos en aquella villa del Gianicolo donde tantas tardes pasamos en compañía de Olga y la condesa. Tenía la misma edad de entonces. Pero la piel de su rostro era extraordinariamente blanca, de una palidez irreal. Me dijo:

—Una persona destinada a perderse es imposible que no se pierda. Un país jamás.

Algo así me comentó. También ella aparecía en mi sueño. Muy linda. Muy quieta a lo lejos. Estaba sentada bajo aquel olmo centenario. Y más todavía que su actitud distante, lo que la separaba de Ángel y de mí era la maravillosa blancura que la envolvía de la cabeza a los tobillos. Dijérase algo delicadamente frío bajo el sol, un espejismo de nieve. Era blanco el gran sombrero; blanco el vestido fuera de moda que ceñía su cuerpo. Al verla bajo el olmo, Bigas me cogió fuertemente del brazo y me preguntó:

—Entonces, ¿estoy aquí a causa de Olga?

—Escucha —le dije—. ¿Por qué la mataron?

—Ahora todo da igual —dijo—. Es demasiado tarde. Siempre será demasiado tarde.

—Pero necesito saberlo.

Esperé a que dijera algo. Pero él siguió callado. Entonces añadí:

—Aquellos días me persiguen con un olfato de lebrel viejo.

Mientras nos acercábamos a Olga, descubrí un objeto entre sus manos delicadas. Era un libro. Pero sus páginas parecían de agua.

—¡Olga! —murmuré—. ¡Olga!

Ángel ya no estaba a mi lado.

—¡Olga!

Ella levantó su rostro y me sonrió. Descubrí entonces que en vez de ojos tenía esas algas verdes que tapizan las rocas de los ríos.

Olga... Olga... Pronuncio su nombre en voz alta y vuelvo a verla como la primera vez. Era exactamente como usted la ha descrito. Así la recuerdo. Sí, me acuerdo de la villa. Recuerdo las veladas musicales, las conversaciones. Me acuerdo de la condesa, de Tonia. ¡Cómo odiaba lo cotidiano! Y el mal gusto. La horrorizaba. Para ella, vivir en el siglo XX era una cosa monstruosa. También me acuerdo de Tatiana. Su gracia, su porte, su dulce cortesía, sus ojos soñadores… Tatiana. Ella escuchaba las anécdotas de la condesa como se escuchan las oraciones en una lengua muerta que apenas se conoce. Tatiana... ¿Qué habrá sido de ella?

¿Rafael, dice usted? Sí, el otro español. Me acuerdo de él. Aquellos días hablaba mucho de Julio César y de cruzar el Rubicón. Y usted dice que él ¿le ha contado qué? Me sorprende que se acuerde de eso. Sí. Yo cortejaba a Olga. Pero ella... En fin, ya sabe... Fue espantoso lo que pasó.

—¡Qué enorme disparate es la muerte de una mujer bella! —me dijo en la morgue Fabrizio del Monte.

Recuerdo que sus ojos brillaban con una intensidad siniestra.

¡Fabrizio del Monte...! Así se llamaba, entonces, el mundo surgido de la revolución fascista. Así eran quienes llegaban a sustituir a los viejos estadistas aplastados por la Primera Guerra Mundial.

¿De verdad siente curiosidad por todo aquello? Una tragedia, créame. Pobrecilla. Más tarde entendí la vergüenza que asomaba en los ojos de Ángel la última vez que nos vimos. Durante mucho tiempo estuve intentando descubrir qué quiso transmitirme con aquella mirada. Parecía desprecio. Luego comprendí. Fue cuando recibí la carta. No me pregunte cómo descubrió que yo había venido a esta casa de Valparaíso. Aquí está mi infancia, ¿entiende? Aquí me encerré como un faraón en su cámara mortuoria. Tiene razón. La carta. Dos frases. Eso fue todo. Rezaba:

Mañana estaré muerto.

Eso decía, sí. Solo entonces supe cuán firmemente, desde los días aciagos de Roma, le había tenido que atormentar la culpa, ensuciándole, devorándole, quitándole todo lo que tuvo de joven elegido por los dioses.

No me guardes rencor.

Sí. Ahí está. Cuando usted me comunicó su interés por Ángel y Olga, me puse a buscarla. Debe disculpar el desorden. Vivo solo y la mucama está enferma. Aquí. Vea.

Nunca he sabido hasta dónde tuvo miedo Ángel. A veces sospecho que jamás tuvo noción alguna del peligro y que, de haberla tenido, tampoco le hubiera hecho ningún caso. Perdura indeleble en mi memoria una noche, tras una velada musical en casa de la condesa. Aquella noche, al poco de cruzar la puerta, me dijo:

—Si todos se limitan a observar sin hacer nada, antes o después el país entero correrá la misma suerte.

Se refería a la paliza salvaje que una pandilla de fascistas había propinado a un periodista.

—Mussolini es de los que cierran los ojos para matar y se aprovechan de los que cierran los ojos para vivir.

Un idealista, eso era Ángel. Recuerdo los días que siguieron al asesinato de Matteotti. Hará ya treinta años. Los de la Checa estaban muy choreados con el diputado socialista. A pesar de las amenazas, Matteotti seguía denunciando la violencia que había acompañado las últimas elecciones y la vertiginosa corrupción de los jerarcas fascistas. Tal vez, como se dijo después en el juicio, cuando se dirigieron a su domicilio solo pensaban alguna maldad. Quizá darle a beber un lingotazo de petróleo, cortarle los testículos y metérselos en la boca, o aplicarle la llama de una vela en el ano. No se asuste, hombre, ellos hacían cosas así. ¿Qué puede esperarse de una bandada de cuervos que prometía bombas y caricias de puñal a la oposición? Sé de uno de esos animales que fue a darle el pésame a una viuda y le dejó el pene amputado de su marido en la mano. Sí, sí, como lo oye. Y las puñaladas que le asestaron a Matteotti. Aquella noche, al parecer, se les escapó el cuchillo. Primero tuvieron que mirarse con sorpresa, como diciéndose:

—¡Qué brutos! Así no se mata.

Aquella misma noche enterraron al pobre hombre en un agujero que cavaron en el bosque de la Quartarella, en la campiña romana. Hubo la chillería de rigor en el Parlamento y el caso trascendió al exterior. La versión más repetida decía que la orden de asesinar a Matteotti había partido directamente de Mussolini.

La prensa liberal pedía la dimisión del jefe fascista con grandes titulares:

SI MUSSOLINI TIENE QUE DEFENDERSE
DE TAL ACUSACIÓN, DEBE DIMITIR

Me acuerdo, sí. Por aquellos días, Ángel visitaba con frecuencia la casa del príncipe Colonna di Cesarò, uno de los jefes más señalados de la oposición. Yo le acompañé a aquel viejo palacete del Aventino más de una vez. Allí la conversación estrella era Mussolini y sus matones. Cada media hora reaparecía el vampiro a chupar más sangre y sesos. Mussolini y más Mussolini era el asunto predilecto de aquellas reuniones, y con frecuencia el único.

No. Ángel no se guardaba su opinión. Recuerdo que hacía bromas sobre los jerarcas fascistas y hablaba de forma muy imprudente.

—De la humanidad a la bestialidad por el camino del fascismo —le oí decir en varias ocasiones.

Más de una vez le advertí, aunque en vano, que tuviera cuidado. No contaba él con el espionaje, que ya cubría con hilos invisibles la ciudad entera, de suerte que nada de lo que ocurría en Roma, por mínimo que fuese, podía guardar su secreto.

—Estamos vigilados nosotros y nuestra correspondencia —le dije una noche.

Él se encogió de hombros.

¡Matteotti! Aquel caso fue el comienzo de todo. Aún recuerdo las fotos de los periódicos: las mujeres de Riano poniendo flores en el bosque donde se había encontrado el cadáver del insigne socialista, el funeral, el féretro llevado a hombros por los parientes y amigos, aquellos diputados socialistas plantados en el lugar del secuestro, repitiendo la frase ingenuamente solemne que se atribuía al muerto:

—Podéis matarme, pero nunca mataréis la idea que hay en mí.

También recuerdo un comentario de Ángel:

—Hay algo que la prensa pasa por alto. No fue el socialismo de Matteotti lo que despertó la cólera de Mussolini, sino su obstinada defensa del derecho.

Sí, sí. Aquel crimen fue una prueba muy seria para el *duce*. Viéndolas venir, no pocos fascistas que se habían subido al carro de la victoria tras la marcha de Roma desertaron del Gobierno y empezaron a insinuar al viejo Giolitti que estaban dispuestos a cambiar de bando si se les ofrecía un ministerio, si bien no darían el grito hasta que la cosa estuviese hecha.

Pero el *duce*, claro está, no pensaba rendirse. Solo esperaba que el fruto cayera justo donde él pudiera recogerlo.

—Hemos ganado una batalla y ahora tenemos que ganar la guerra —dijo en el Parlamento con la voz intimidatoria de un Tiberio.

Pero creo que estoy alargándome. Probablemente conoce la historia. Todo el ruido armado en los periódicos, las conjuras parlamentarias del Aventino, las intrigas de católicos y socialistas..., todo aquello hizo el caldo gordo al *duce*, que aprovechó el asedio para ajustar cuentas, como si alguien hubiera agitado un nido de avispas. Aquella fue, creo yo, la ocasión esperada para hacer un escarmiento ejemplar, sin piedad alguna, la oportunidad para dar la primera vuelta al tornillo de la dictadura. Y vaya si dio rienda suelta a sus instintos criminales. 1925 fue testigo de que no se privó de ese gusto. Fue la caza del hombre. ¿No propinaron sus matones una paliza al pobre Amendola que le llevó derechito al cementerio? ¿No tuvieron que refugiarse en el exilio Filippo Turati y el profesor Gaetano Salvemini? ¿No fueron atacados varios diputados frente al Parlamento como una advertencia de que ya no se permitían las críticas? Aquellos días todo el mundo hablaba bajo, con miedo, al oído. Nadie quería exponerse. Y la vida tranquila para quien no comulgara con aquella Sociedad Anónima del Asesinato que se apoderaba velozmente del Estado empezó a resultar cada vez más lejana e inalcanzable.

¿Ángel? Él no se mordía la lengua. ¿Qué me dijo aquellos días? Ah, sí...

—Digámoslo de una vez. El fascismo no es sino un enorme homicidio en marcha. Y quien esté desalentado, se haya vuelto indiferente y no sea capaz de reunir sus fuerzas para oponerse a él no hace más que secundar el homicidio y convertirse en su cómplice.

No. Ángel nunca se resignó al papel oficial del diplomático que solo participa como observador y el resto del tiempo lo dedica a flirtear con damas extranjeras o a irse de caza. No podía ver las cosas desde lejos.

¿Eso le ha contado Rafael? Me acuerdo, sí, de aquella recepción en los jardines del Palacio Barberini. Pero no fue con motivo de la visita de Alfonso XIII, como usted dice. Aquella recepción fue un capricho del marqués de Villaurrutia. A Roma había llegado una misión militar del Regimiento español de Infantería de Saboya para entregar al rey Víctor Manuel el uniforme de coronel honorario, y el marqués tuvo la feliz idea de obsequiar al cuerpo diplomático con una fiesta en los jardines del Palacio Barberini. Recuerdo que era una calurosa noche de junio. Primeros de junio. Me acuerdo bien de la fecha porque el día anterior Matteotti había exclamado en el Parlamento que el fascismo existía solamente por el terrorismo y una corrupción financiera a gran escala. Fue su último discurso.

Aquella noche el marqués de Villaurrutia destacaba entra la multitud de trajes de gala como un viejo príncipe del Renacimiento. Recuerdo que un famoso guitarrista español interpretó varias sonatas de Albéniz en tanto que alegres y huecos los taponazos del champán se elevaban al cielo estival.

Yo llegué poco antes de la medianoche. Después de malgastar parte de la fiesta junto a unos cuantos diplomáticos empeñados en hablar del escalafón y de asuntos de la carrera, fui de grupo en grupo, paseándome entre los centenares de invitados. No tardé mucho en encontrar a Ángel y a Olga. Ella estaba radiante. Iba vestida con un traje de gasa negra. Tan pronto como me vio, vino a mi encuentro.

—No sé si debería sentirme halagado —observé.

Ella sonrió. Pero al rato apartó su mirada de mí y buscó el grupo del que se había alejado.

—No me gusta aquel hombre —susurró tras un instante de vacilación.

Se mordía un poco el labio inferior, pensativa.

—¿Quién? ¿Giunta? No hay de qué preocuparse. Solo es un aventurero de Fiume al que Mussolini ha convertido en diputado.

Olga permaneció todavía un momento con los ojos clavados en el diputado fascista. Giunta era un hombre joven, moreno, con un bigote de sello.

—¿Podemos acercarnos?

Era evidente que algo le preocupaba.

—¿De veras es necesario? —pregunté—. Francamente, preferiría contemplar la fiesta desde aquí. Aquí, después de todo —añadí—, existen un sinfín de románticas posibilidades.

Recuerdo que me miró, divertida. Luego me tomó del brazo y nos acercamos al grupo.

Tal y como me temía, pues conocía al sujeto, Giunta era el indiscutible centro de la conversación. Pero la culpa era de Ángel, que en presencia del encargado de negocios francés y del cónsul norteamericano había ofendido al diputado con alguna de sus observaciones.

—Europa debe purgarse de un modo de vida fenecido —aseguraba Giunta solemne—. Europa debe enterrar a sus muertos, no conservarlos en formol.

A pesar de su indignación, al diputado fascista se le veía algo apabullado por el entorno.

—Observo que le divierten mis palabras —apuntó enojado.

—Debo suponer —dijo Ángel— que los crímenes que atenazan hoy Italia son los heraldos gloriosos de esa nueva Europa que ustedes proclaman.

Me sacudió un instantáneo estremecimiento. Olga se estremeció también. Ya se lo he dicho. Aquellos días, entre los extranjeros de Roma había arraigado una tendencia nueva: la de bajar el tono cuando se hablaba de política.

—De repente nos hemos vuelto de una delicadeza algo inesperada. —Giunta soltó una carcajada sarcástica—. Ustedes se indignan con esas chiquilladas que publica la prensa sediciosa. ¿Se indignaban lo mismo cuando eran amedrentados centenares de patronos, de técnicos, de obreros que intentaban eludir la dictadura roja? ¿Dónde estaban estos últimos años, cuando ardían las fábricas, los campos y los ferrocarriles de Italia, los que ahora se aterran y claman contra Mussolini? ¿Por qué no actuaron y gritaron entonces?

La requisitoria se alargó varios minutos.

—La historia es algo demasiado serio para creer que se hace con tinta, en lugar de sangre. ¿O acaso prefiere que los secuaces de Moscú impongan su sistema de purgas en toda Europa?

—Ni Lenin ha desatado las manos a los delincuentes con el entusiasmo con que lo hace hoy su *duce*.

—¡Eso es una calumnia! —exclamó Giunta.

Estaba hecho una furia. Creí que iba a abofetear a Ángel. Todos lo pensamos. Entonces Ángel sonrió muy amable y con mano de espadachín en guante de seda le dijo al diputado que eligiera hora, lugar y arma. Sí, como lo oye. Aquello fue sencillamente una estupidez.

—¿Así que tiene que batirse con ese fantoche? —me preguntó Olga más tarde.

Aún se bailaba en el jardín. Ángel había desaparecido con el marqués de Villaurrutia.

—A las siete de la mañana, en la Villa Sciarra —dije algo avergonzado—. Hemos extendido el acta en el Círculo de Cazadores. Yo seré su padrino.

Un silencio planeó entre los dos.

Después ella repitió varias veces las palabras:

—Esto es horrible.

En su rostro había terror.

Los árboles de la Villa Sciarra apenas crujían al mecerse sus copas teñidas de oro. Las pistolas se alzaron hacia el cielo. Tres estampidos. Tres veces erró Giunta. En tres ocasiones disparó Ángel al aire.

—Declaro que este hombre ha disparado al aire deliberadamente. Es una injuria más —silabeó el diputado fascista en un italiano de hierro.

Su cara estaba roja de cólera. Sus ojos eran dos navajas afiladas.

—Amigo mío, ¿por qué no le has disparado? Le has causado una ofensa aún más grave —le pregunté a Ángel después, mientras salíamos de Villa Sciarra.

—¿Qué debía hacer?

—No retarle a duelo.

—Pero si no lo hubiera hecho, me habría abofeteado en público.

Arrugó el ceño, como luchando por seguir el curso de su pensamiento disperso.

Acaso él esperaba únicamente los riesgos tradicionales de la intriga política y no se guardó de otros.

—Desengáñate, Ángel —le dije después del discurso de Mussolini del 3 de enero.

3 de enero de 1925, eso es.

—Si estos tipos no se quitan de en medio entre ellos —le dije—, no hay nada que hacer. Colonna y sus amigos son un museo de espectros abandonado a su suerte. Y el rey..., el rey está pasmado.

Nos habíamos citado en el café Greco. Para ser exactos, Ángel me había citado allí la tarde anterior.

—¿Y esto? —pregunté, señalando un sobre que había depositado encima del velador.

—Es una dirección. Necesito que vayas allí y recojas unos documentos.

Parecía inquieto.

—¿De qué se trata?

—Prometo contártelo todo. Pero hoy no.

Tocó el sobre sin moverlo de sitio. Me acuerdo de que sus dedos parecían acariciar una piel viva.

—Necesito que guardes esos papeles unos días.

¿Si recogí esos documentos? Por supuesto. Claro que lo hice. Soy un hombre de honor. Siempre lo he sido. Los guardé en el consulado dos semanas. Al cabo de ese tiempo, Ángel me los reclamó. Y yo me olvidé del asunto. ¿Si los leí? De ninguna manera. No eran asunto mío. Verá... Tenía mis sospechas. Pero ¿cómo podía saber yo que detrás de aquel juego estaba la muerte?

Tres o cuatro meses después, acudí al tradicional cóctel de invierno en casa de mi buen amigo el embajador brasileño Oswaldo Salles, con quien compartía sastre en Roma y una pasión casi enfermiza por las subastas de libros antiguos. El coñac y el vodka eran excelentes, pero la conversación tropezaba en tres idiomas hasta conseguir la casi absoluta somnolencia.

En un momento determinado, fui abordado por Fabrizio del Monte, a quien Salles me había presentado en el funeral de Eleonora Duse, la actriz. Después de aquella ocasión, había coincidido con Del Monte en varias recepciones y alguna fiesta de las muchas que aún celebraba la aristocracia romana en sus palacios.

Del Monte, como Balbo, Del Vecchio o Turati, era la prueba viviente de que todas las revoluciones son, en el fondo, la suplantación de una aristocracia por otra. Nieto de un olvidado héroe garibaldino, había participado en la Primera Guerra Mundial, combatido luego con D'Annunzio en Fiume y llegado al fascismo desde las filas futuristas. En la época de la que te hablo, era el jefe de los servicios de seguridad de la milicia, vestía el frac con desenvoltura y jugaba al gran señor, mundano y escéptico.

Aunque solo lo decían en voz baja, los jerarcas fascistas detestaban a Del Monte porque no era un camisa negra de verdad. No se había ganado los galones como ellos, peleando con los rojos, atacando los cuarteles de los *carabinieri* o aplicando al enemigo caricias de puñal. Sus galones los tenía en pago de servicios que nada tenían de heroicos. Y desconfiaban de él. No por cruel. Más bien por cínico. Por las intrigas que se le atribuían. Unos decían que no estaba convencido de su fe fascista. Otros que su moral podría simbolizarse perfectamente con el olor de la mofeta. A Farinacci, más fascista que el *duce*, se le había oído decir:

—Todo el mundo sabe que se hizo fascista por oportunismo. Yo considero que tiene el suficiente valor personal para dar la espalda al *duce* en caso de que le parezca conveniente.

Lo primero no debía de ser cierto. Lo segundo, en vista de lo que ocurrió bajo la ocupación nazi de Roma, cuando lo fusilaron por traición dos días antes que al conde Ciano, puede que sí. En cualquier caso, en aquel tiempo Del Monte contaba con el aprecio del *duce*, que admiraba la sutileza de la que hacía gala para vigilar los movimientos de los que estaban dentro del Partido Fascista y las conjuras de los que estaban fuera.

Aquella noche sus ojos parecían dos volcanes extinguidos, irritantes y duros como la lava.

—Bueno, ¿qué tal le trata la vida, mi querido cónsul?

—Muy bien, gracias. ¿Y a usted?

—Podría tratarme mejor. Pero no me quejo. Por cierto, ayer el señor Farinacci y yo sosteníamos una pequeña discusión.

—¿Ustedes?

Del Monte no pudo evitar una sonrisa, enseñando sus incisivos de hiena, tan amarillos como las aguas del Tíber en verano.

Toda Roma sabía que Farinacci y él no podían ni verse.

—Una muy pequeña, aunque algo acalorada. Tal vez usted pueda ayudarme a zanjarla. Farinacci afirma que solo fusilando a miles de italianos podremos poner el país en regla. En mi opinión, la política de cementerio jamás resulta rentable. Los muertos no se rebelan. Muy cierto. No hay argumento que pueda oponerse a ese hecho aplastante. Pero tampoco pueden aprovecharse.

Hizo una corta pausa. Después, añadió:

—Bueno, ¿qué me dice?

Dudé un momento antes de responder.

—Tarde o temprano, los muertos siempre resucitan —respondí por fin.

Aquella respuesta pareció gustarle.

—Es un punto de vista —concedió tras quedar un segundo absorto.

Parecía que de verdad meditaba en ello.

—Como usted sabe, querido cónsul —comentó de pronto—, soy un hombre piadoso. Pero ¿qué se puede hacer si la historia toma determinado curso? Usted es un gran conocedor de la antigua Roma, y coincidirá conmigo en que Octavio fue generoso con el poeta Ovidio al condenar sus indiscreciones exiliándole a un poblado horrible y perdido del mar Negro. Tiberio o Calígula le hubieran dejado sin cabeza.

—Ahora no estoy seguro de entenderle.

—Oh, la cosa es muy sencilla. Se lo explicaré. Digamos que, a menudo, en los despachos del poder se pronuncian palabras para que lleguen a ciertos oídos. Son palabras que no deben entrar jamás en los libros de Historia. Hablo de la *Historia* con mayúsculas, no la miserable de cada día, sino la que está escrita en letras de molde. Me sigue, ¿verdad? Pues bien, a veces, esas palabras llegan a otros oídos.

Hablaba con frialdad quirúrgica.

—Además —añadió—, la necesidad de algunos de transmitir noticias no conoce obstáculos bajo determinadas circunstancias.

—¿Acaso debo preocuparme por algo? —pregunté.

Sonrió.

—Oh, no me refería a usted. Actualmente estoy interesado en un peligroso juego de sociedad. Ciertos papeles que nuestro *duce* quiere fuera de la circulación. Naturalmente, como puede figurarse, querido cónsul, dispongo de una serie de listas, en una de las cuales también está su nombre.

Me estremecí.

—¿Acaso me vigila?

—¿Debería? —ahora sonreía con sarcasmo—. Usted es una buena persona. En realidad, me cae simpático. Por eso me siento en la obligación de prevenirle. Italia y su política son asuntos muy arriesgados para que un extranjero se ocupe de ellos.

Su voz tomó una actitud teatralmente paternal.

—No se lo tome a burla, querido cónsul. Debe darse cuenta —añadió— de que no está en mi mano proteger a nadie. No hay manera. El momento es crítico. Se prepara una batalla decisiva. Y ya conoce a mis colegas de partido. Digamos que hay cierta histeria muy difícil de controlar.

Recuerdo que me sentí vergonzosamente amedrentado por aquellas palabras. Apuré mi copa.

—Es muy amable por su parte —dije, preparando la huida—. Creo que tomaré un poco más de este coñac.

—Claro, claro. Es un coñac fabuloso. No le molesto más.

Aquella noche no concilié bien el sueño: la sonrisa tenebrosa de Del Monte, sus palabras frías como esquirlas de hielo. Me desperté de madrugada. Abrí la ventana. La luna volcaba en el Tíber su claridad celeste. Recuerdo que pensé en Ángel. Pensé en aquellos documentos que me había pedido que le guardase. Pensé en Farinacci y su elocuente defensa de una política de cementerio. Pensé en el último discurso de Mussolini. Una imagen no se iba de mi mente. Era un bosque de la Quartarella. Varias sombras arrojaban un bulto humano a un hoyo. Era el cadáver de Matteotti.

Ocurrió una semana después. De pronto se la había tragado la tierra. De la villa del Gianicolo me llamó la condesa para inquirir discretamente si tenía noticias de Olga.

—¿Ha hablado con Bigas? —pregunté.

—Al parecer está en Milán. No, en Turín —respondió la voz de la condesa, intranquila y acongojada.

Funcionarios de la embajada y del consulado chileno colaboraron con la jefatura de la policía italiana en su búsqueda. Los resultados fueron nulos. No había dejado ningún rastro. Nadie sabía nada. A su regreso, Ángel dio un poco de luz al misterio. Olga había pasado en la casa de Trinità dei Monti aquella noche. A la mañana siguiente, cuando él se había dirigido a la estación Termini, ella aún dormía. No había querido despertarla. ¿Después?... Después nadie la había visto. Se había desvanecido. Eclipse total. Sin sombra. Sin reflejo.

—Dormía... —me dijo Ángel.

Trinità dei Monti. En aquella casa estaban solos. Y a salvo, creían, de cualquier indiscreto, de cualquier desgracia.

—Dormía... —repitió.

Su rostro estaba enfermizamente blanco, como en el sueño del que le he hablado antes.

Enseguida tomé la decisión de acudir a Del Monte.

Fue la única vez que estuve en su despacho del Palacio Cenci, pero lo recuerdo como si hubiera estado allí cien veces. Del Monte se sentaba de espaldas a una gran librería repleta de libros de historia. En una de las paredes había un mapa de Roma con chinchetas rojas y negras que indicaban los estallidos de violencia política. Parecía un mapa aquejado de sarampión. En su mesa había dos teléfonos, varias pilas de papeles y un cenicero donde se acumulaba una pirámide de cigarros egipcios.

Sin levantar la vista de lo que estaba escribiendo, me indicó que me sentara en una silla.

—Y bien...

Dejó la pluma y se reclinó en el asiento.

—¿En qué puedo ayudarle?

Mientras le explicaba el caso, mantuvo una expresión distante. Sus ojos, duros como la lava, parecían decirme que, con lo que estaba en juego aquellos días, Olga no le preocupaba más que los gatos callejeros.

—Últimamente ocurren cosas muy extrañas en Roma —dijo. Recuerdo su sonrisa. Una sonrisa que me dio miedo.

—Y esa señorita...

—Rykova —repetí.

—Rusa, ¿verdad? —preguntó—. Hay cierto encanto en las mujeres rusas que nunca se desvanece. Son diferentes e inesperadas. ¿Una amante tal vez?

Recuerdo que no aguardó mi respuesta.

—No se apure. No hace falta que conteste. Su vida sentimental no es asunto mío. Le prometo que haré todo lo que buenamente pueda —le oí decir.

Me levanté en silencio para despedirme y una vez en pie se apoderó de mí una suerte de pánico, al comprender, con la velocidad y la claridad del relámpago, qué insensatas ilusiones había acariciado al pensar que Del Monte estaría dispuesto a prestarme su ayuda.

Recuerdo los días de espera, pesados como trenes de carga, interminables. Por fin, una noche... Disculpe. No son cosas que me guste recordar. ¿Quiere una copa? Yo necesito una...

Eran dos gorilas. Fornidos, con gafas oscuras y bigotes a juego.

—¿El cónsul Ruiz de Aguirre?

Sentí que se me revolvía el estómago.

—Soy yo.

—Tiene que acompañarnos.

—¿Adónde?

—No se preocupe. Es puro trámite.

Un Ford Sedan de color negro esperaba en la puerta del consulado. Llovía y el coche se deslizó suavemente sobre el asfalto.

—Hay una petaca en la guantera —dijo uno de los dos matones—. A veces ayuda a soportar el tipo de espectáculo que va a presenciar.

—¿Qué espectáculo? —pregunté.

Volvió a atenazarme el miedo, un miedo pegajoso que me acompañaba desde mi entrevista con Del Monte en casa del embajador brasileño.

—Enseguida lo verá. Estamos cerca.

—¿Pero dónde me llevan? —pregunté otra vez.

—Al depósito de cadáveres —dijo el otro.

Sentí vértigo, una náusea se alzó por el esófago como una llama. No sé cuánto tiempo pasé en ese pánico mientras me preguntaba si realmente había oído bien.

—Al depósito... —intenté argüir como quien reza para despertar de un mal sueño.

Pero la risa malévola del que conducía no me dejó evadirme. Como su voz, una voz helada y metálica.

—Yo solo puedo recomendarle que eche mano de la petaca

—terminó por decir después de un silencio que a mí se me antojó inacabable.

En la petaca había coñac. Estaba muy bueno. Me ayudó a respirar mejor, como si hubiera abierto una ventana.

Del Monte me aguardaba en una sala de la morgue. Era una sala espaciosa. Toda cubierta de azulejos blancos. Recuerdo el frío. Recuerdo una docena de mesas de mármol. Sobre tres de ellas había sábanas bajo las que se adivinaban inmóviles formas humanas.

Del Monte retiró la sábana que cubría uno de aquellos cuerpos.

—Apareció esta madrugada en el Tíber —me informó—. Yo diría que la arrojaron por la noche. Sin duda, aún estaba viva.

Todavía me estremezco al recordar lo que vi. No quiero describírselo. No puedo.

—Se han ensañado bien con ella —dijo—. Una pena. Debió de ser muy hermosa.

Estremecido de horror me aparté de la mesa. Ya le digo, era como estar dentro de una pesadilla. Me iba a pique.

—Siéntese, querido cónsul.

Su voz era invariablemente fría.

—Es usted un hombre sensible. Si hubiera estado en la Gran Guerra...

Antes de seguir hablando sacó una pitillera de oro y me ofreció uno de sus cigarros egipcios.

—En Isonzo —comentó mientras se encasquetaba un cigarro en la boca y encendía un fósforo— conocí a un hombre que intentaba escapar del fuego enemigo con los intestinos fuera. Al final se desplomó, y murió retorciéndose como un gusano mientras intentaba incorporarse de nuevo. Recuerdo que balbuceaba el nombre de una mujer.

—¿Qué tiene que ver eso con... esto?

Un golpe de náusea se alzó hasta mi paladar.

—Que ha sucedido, querido cónsul. Vivimos tiempos terribles.

—¿Quién es capaz de hacer una cosa así?

—Sé quién y él sabe que yo lo sé —confesó Del Monte.

Y prosiguió, elegante y cruel.

—Pero debo insistir en mis advertencias. Esta es una ciudad peligrosa, querido cónsul. Espero no estar siendo demasiado críptico en esto.

Sí, aquellos minutos en la morgue fueron los más atroces que he pasado nunca. Ella..., yo la amaba... Basta. No me haga caso. Soy incurable. A mis setenta y dos años sigo incurable.

Días más tarde fue su funeral. Poca gente, extranjeros en su mayoría. Pero yo no conocía a casi nadie. Sentí la ausencia de Ángel. Luego supe que en el momento en que los demás enterrábamos a Olga, él deambulaba por Roma como un pianista con los dedos rotos. Al conde D'Ugenta lo encontré a dos pasos del féretro, entre Tatiana y la condesa. Recuerdo que Tonia temblaba de frío y tosía con el pañuelo en la boca. Y recuerdo que solo Tatiana y yo nos quedamos hasta que los sepultureros instalaron la losa de mármol, una igual a la que estaba en la tumba vecina del conde Ludovico Barberisi.

Leí la inscripción:

OLGA RYKOVA ANNENSKI

1889-1925

Y todas las flores que hay en el mundo

florecieron para acoger su muerte

Se me llenaron los ojos de lágrimas... Qué rara sensación me causó ese nombre familiar grabado para siempre en una lápida. Pensé en las tardes resplandecientes en la villa del Gianicolo. Pensé en Ángel. Pensé en la conversación con Del Monte. Pensé en aquellos documentos que yo había guardado durante semanas en el consulado.

Ay... Si envejecer consistiera en contemplar sereno las cosas del pasado. Pero no es así. Nunca es así. Aún me asalta el recuerdo de la morgue. Sus ojos. Sus ojos cerrados. Muertos. Por siempre. A menudo, sueño con ellos. ¿Si le pregunté a Ángel?, dice. Claro, claro que le pregunté. Dos días después me pasé por la Trinità dei Monti. Recuerdo que hablamos a largos intervalos, como dos viajeros en una sala de espera que matan el tiempo mientras aguardan la llegada del tren.

—Necesito saber —le dije.

Pero él no estaba interesado en darme ninguna explicación.

—Ángel —repetí.

—Qué.

—¿Qué había en los documentos?

Su contestación fue de una dureza de húsar:

—Nada que pueda cambiar lo ocurrido.

Pasó un minuto que me pareció un siglo. Entonces hice la pregunta que me quemaba en los labios:

—¿Por qué querría alguien asesinarla?

Me pareció incómodo, con ganas de quedarse solo. Como si tuviera una necesidad de olvido que yo estaba pisoteando.

—¿Quién crees que podía querer hacerle daño? —insistí.

—Nadie —dijo hacia dentro, como si escarbara entre la niebla.

Recuerdo el silencio. Y sus últimas palabras antes de comprender que no me diría nada, antes de entender que debía irme.

—Este país es como una escena del Juicio Final.

Por primera vez, aquella noche, me miró fijamente. Tenía una mirada apagada, casi vegetal. Tuve la impresión de que estaba muy lejos: un desierto, las ruinas de una civilización antigua. Ahora sé que por primera vez en su vida sentía vergüenza.

Eso es todo lo que supe por Ángel. Poco más que nada. Aunque le contaré otra cosa. Por esas fechas, antes de que la Checa le aplicara un tratamiento del que no se recuperaría jamás, el periodista Piero Gobetti publicó en Turín un largo y explosivo artículo sobre Mussolini, plagado de detalles y apoyado en fuentes exclusivamente fascistas.

Fue una bomba.

Mussolini y sus juicios acerca de Matteotti y las últimas elecciones, o sus comentarios sobre los jerarcas fascistas y la corrupción dentro del partido, eran algunas de las piezas de aquel artículo. Pero había mucho más: Farinacci, Balbo, el papa Pío XI, el rey Víctor Manuel... Por no hablar de las actividades de la Checa y las órdenes dadas por el *duce* a los salvajes que la componían. Unas insinuantes. Otras contundentes.

«Debe ser golpeado»...

«Debe rompérsele la espalda»...

«Se le debe eliminar»...

«Hay que darle una lección»...

«Hay que quitárselo de encima»...

¿Quién había facilitado aquella información a Gobetti? Se habló de un grupo de fascistas que conspiraba para deshacerse de Mussolini. Se mencionó el nombre de Del Monte... He dicho Turín, sí. Eso también creo yo. Estoy seguro. Aquel artículo se escribió con los documentos que yo le guardé a Ángel. Los mismos documentos de los que Del Monte me habló en casa de mi amigo el embajador del Brasil. Allí, en aquella información que hizo pública Gobetti, está la respuesta. Allí flota el cadáver de Olga. ¿Absurdo? Usted no sabe qué tipo de monstruos rodeaban a Mussolini. Pobrecilla... Pobrecilla... Estoy seguro. A Olga la asesinó la Checa o alguien parecido. Y la orden vino de muy arriba. Estoy seguro, sí. Fue planeada, preparada y ejecutada. Créame, fue un asunto político. Porque no se trató de una desaparición silenciosa, sino pública, destinada a servir de advertencia. ¿A quién? Pues a quién si no: a Ángel. El verdadero culpable fue Ángel. Él fue una maldición para ella. Para todos. Su idealismo... Nada puede excusarlo. Fue un imprudente. Un sonámbulo. ¿Para qué tanta valentía de folletín? No, ella no tenía que terminar así. ¡Era tan hermosa! ¿Es justo que se truncaran así sus días? Él... Ellos... Sabían... Sabían... Debe disculparme. No puedo quitarme de la cabeza sus ojos, su cuerpo devorado por los peces. Quisiera olvidar aquella morgue. Pero los azulejos blancos, las mesas de mármol, el frío, las inmóviles formas humanas bajo las sábanas... regresan y regresan. No se hace a la idea..., no se imagina la razón que tenía Catulo cuando escribió que el olvido es el bálsamo más precioso, la mejor bendición.

TERCERA PARTE

# QUÉ SABRÁ OPONER NUESTRA VOZ A LA CENIZA

—¿Si creo que Agustín inventó detalles, aquí y allá, para embellecer esa historia?

El marqués de Briñas se apartó de la ventana, esquelético y torpe como un viejo buque cambiando de rumbo.

—¿Dónde comienza y dónde termina lo real? No, padre. Esa no es la pregunta que debe hacerse.

El marqués apuró su copa. Cogió la botella y se sirvió un dedo más de coñac.

—Pregúntese mejor —continuó— qué sentido tiene perseguir sombras que no llevan a ninguna parte.

—Comprendo —dije.

Entendía perfectamente.

—¿Quiere mi opinión? —preguntó después de un largo silencio.

Se había parado ante la chimenea. La leña crepitaba en el hogar.

—Mi opinión es que debe guardar esos testimonios en un cajón, echarle llave y procurar después que la llave se pierda. Todo eso, padre Fernando, tiene los rasgos de las manías de Agustín.

Recuerdo que el marqués dijo esto último en voz baja, como si temiera despertar algo dormido entre aquellas páginas mecanografiadas a doble espacio que yo le había leído después del almuerzo, mientras el atardecer filtraba una luz anaranjada en el interior del salón.

—Agustín —continuó— era un enfermo, padre, un hombre que se desvaneció poco a poco hasta ser impalpable, por ausencia, por cambio de costumbres. Alguien escribió que ni el sol ni la muerte pueden mirarse fijamente, y él lo hizo, miró a la muerte tal vez durante demasiado tiempo, en la guerra, en Rusia. A su regreso a Bilbao, le hablo ahora del 50, se atrincheró tras la muralla de su clase y no cejó en construir murallas hasta limitar su vida al noble caserón familiar y a su cultivada y febril bibliomanía. De ese modo quemó su existencia. Un hombre todavía joven, inteligente, rico, de gran familia. ¿No es eso anormal, estúpido, absurdo? Y, en cuanto a Bigas, creo que Agustín halló en él lo que podría encontrar también yo: una nostalgia, un paraíso perdido, tan lejano que nos parece que quienes lo habitaron fueron otras personas, más hermosas, más nobles, más generosas en sus sacrificios, un mundo del cual no quedan ya ni las ruinas humeantes.

Había anochecido. El marqués parecía cansado.

—Siga mi consejo, padre —insistió con la mirada detenida sobre un punto indeterminado de la alfombra—. Olvide esos papeles. Arrójelos a la chimenea. Créame, perderá el tiempo buscando unas respuestas que no ha de hallar nunca, ya que no hay respuesta alguna que obtener.

De repente, le vi incómodo, con ganas de quedarse solo. Así que le di las gracias por todo y me despedí.

Acepté el consejo del marqués. Después de todo, quizá tenía razón. ¿No había otorgado yo desmesurada importancia a episodios que tal vez no la tenían? ¿No había contribuido a esa distorsión el hechizo que había desplegado sobre mí la lectura de la segunda novela de Bigas? ¿Acaso quería condenarme, como se condenó Agustín, a caminar entre telarañas? No me condené. A cambio, me propuse elaborar una edición crítica de la segunda novela de Ángel Bigas.

Algunos recordarán que *El sitio* se publicó en 1981, junto con un extenso prólogo y un epílogo donde utilicé parte del material recopilado por Agustín. También recordarán que la novela de Ángel Bigas copó el centro de nuestra escena literaria, acaparando todos los reflectores y exponiéndome a una fama pasajera.

«Uno siente como si Fernando Urtiaga hubiera desenterrado un tesoro», escribió el crítico de *El Correo Español.*

Y un columnista de *El País* dijo: «Muchos lectores se preguntarán por qué un libro así ha estado esperando y esperando a que una mano amiga lo rescatara del sopor de los años».

Pero ¿para qué repetir lo que hoy puede leerse en cualquier hemeroteca?

Yo pensé entonces que con aquella exhumación había saldado mi deuda con Agustín Rotaeche para siempre. Pero me equivocaba. Cuanto me vinculaba con el mundo perdido de Ángel Bigas volvió a llamar a mi puerta siete años después. Fue el mismo día en que acepté la invitación para dar una conferencia en Buenos Aires. Así se reabren las historias. Así de fácil. A veces se toma una decisión sin darle mayor importancia y nuestra existencia vuelve a enredarse con el hilo de una trama que dábamos por cerrada.

Recuerdo que quien se puso en contacto para invitarme a dar la conferencia lo hizo por teléfono.

—Se trata de un ciclo dedicado a las relaciones entre novela e historia —me dijo.

Al parecer, alguien que conocía la edición crítica de *El sitio,* un historiador de la Universidad de Buenos Aires, discípulo de Claudio Sánchez-Albornoz, había puesto mi nombre en una lista de posibles conferenciantes.

—Hemos pensado en usted porque la novela de Bigas encaja perfectamente en nuestras jornadas literarias —me explicaron.

Acepté la invitación rápidamente, más atraído por la idea de visitar Buenos Aires que por la propuesta de disertar durante hora y media sobre una novela de la que ya me habían alejado otras inquietudes.

Dos semanas después, volvieron a llamarme para que diera el título de mi conferencia:

—«Ángel Bigas, narración y ceniza» —respondí.

Fijamos la fecha: 28 de abril de 1988. Y poco después colgué.

Llegó la fecha y me presenté en el evocador salón del Jockey Club de Buenos Aires con toda la intervención escrita. Recuerdo que mi nombre había congregado a muy poca gente. Aquel historiador de la Universidad de Buenos Aires, que sintió luego la necesidad de manifestarme su absoluta y vieja adhesión a las opiniones políticas de Bigas, a su republicanismo de la mejor cepa, a su condición de revolucionario lúcido.

—Muy alejado de la necedad insípida de nuestros tiempos —me dijo.

Junto a él, algunos escritores; algunos periodistas; unos cuantos jóvenes con el rostro despreocupado de los estudiantes. Y apiñada en las primeras filas, como rostros en un álbum familiar, una glamurosa delegación de esas mujeres que forman parte del cauce por donde necesariamente fluye el río de la cultura o de lo que la rodea.

Aún recuerdo los primeros párrafos de mi intervención:

Yo, sin mover los párpados, vi arder entre la noche la mansión que se entretuvo en alzar mi bisabuelo. Ardían los salones, los aposentos de fiesta, las galerías, las escaleras como entre bosques de incendio; caían los muros y los techos pintados sobre las alfombras carbonizadas. Todo era confusión, como si hubiera pasado un tropel de tártaros invasores, un torbellino de cosacos que habían partido después de arrasarlo todo bajo el frenético galope de sus caballos.

Así comienza *El sitio*. Ángel Bigas publicó la novela en 1921. No tenía forma de saber entonces lo que le sucedería después al apellido Bigas, el modo en que él, su padre, su hermana, sus sobrinos y el majestuoso Palacio de Portugalete que daba lustre al orgullo familiar se adaptarían a la novela, entrando en sus páginas y llenando las palabras, como el hierro fundido se adapta al molde.

Recuerdo que terminé con unos versos de Borges que entonces me parecían escritos a propósito de Bigas. Y ahora que lo pienso, también de Agustín… Sí, de Agustín, que durante años había seguido sus pasos como queriéndolos retener en el viento. Y de las personas que le habían contado sus recuerdos. Y de mí, que me había pasado un año entero aplicando cierto orden a esos recuerdos para que acabaran después devorados por el ácido disolvente de los días en un rincón olvidado de mi despacho en Deusto… Reza el poema:

Si te cubriste, por deliberada mano, de muerte,
si tu voluntad fue rehusar todas las mañanas del mundo,
es inútil que palabras rechazadas te soliciten,
predestinadas a imposibilidad y a derrota.

Solo nos queda entonces
decir el deshonor de las rosas que no supieron demorarte,
el oprobio del día que te permitió el balazo y el fin.

No me sorprendió que tan pronto como recité el último de los versos de Borges se desbandase la exigua concurrencia, ni que la estampida apenas diera tiempo a que una mujer de rostro aniñado anunciara el título y ponente de la próxima conferencia.

—Sea comprensivo —me dijo el historiador después—. En la Argentina, Bigas aún es un autor por descubrir.

—Mentiría —me encogí de hombros— si le dijera que esperaba un público más numeroso.

Aún menos podía esperar la carta que, a la mañana siguiente, me entregó el recepcionista del hotel Continental, donde me había alojado desde mi llegada. El sobre era más grande que los que suelen comprarse en las librerías y, como tenía el membrete del Jockey Club, lo primero que se me ocurrió fue que contendría un talón con la cantidad acordada por la conferencia. Recuerdo que mi nombre estaba escrito con unos rasgos elegantes y ondulados, y que pensé que aquella letra era propia de alguien que creía en las virtudes de escribir con distinción. ¿Cómo podía imaginar que al abrir aquel sobre me encontraría con un emisario del mundo perseguido por Agustín, alguien que podía atestiguar la hermosura de Olga, la elegancia de Ángel, la caudalosa memoria de la condesa Barberisi, la tristeza del cónsul Ruiz de Aguirre, lo que todos ellos habían sido en la villa del Gianicolo antes de que la desgracia se deslizara por las viejas estancias renacentistas como un ladrón experto, como un animal herido?

Junto a dos hojas de papel veneciano escritas con la misma caligrafía del sobre, había una fotografía con un ligerísimo efluvio a esencia de espliego, y al dorso de esta, una nota de tres líneas, un número de teléfono y una dirección.

Querido señor:

Perdóneme si le escribo aunque no nos conozcamos. Me apresuraré, en primer lugar, a presentarme, de modo que mi imagen surque su mirada como una marca de agua. A pesar de la caligrafía esbelta y fina que traza mi pluma y de la rúbrica juvenil de mis comas, soy una persona vieja, revieja…

Así empezaba la carta, que, entre otras cosas, decía:

Aunque vivo en una soledad habitada exclusivamente por los recuerdos, no suelo molestar a los demás con mis nostalgias ni escribir cartas a desconocidos. Sin embargo, en un momento de la conferencia que dio usted ayer, pronunció la palabra *amor* y evocó a una dama rusa hecha de luna y sueño.

Aquella carta, me di cuenta enseguida, era mucho más que la precisión de un oyente que ha sorprendido en falta al conferenciante, como esos que se toman la molestia de escribir para decirte:

—Se ha equivocado usted, no era en 1912, sino en 1909.

No. Aquella carta era mucho más que una enmienda, era la denuncia de una impostura.

Leí hacia el final:

A raíz de su muerte circularon toda suerte de historias y rumores sobre lo que había ocurrido, pero ninguna de aquellas conjeturas rozó siquiera la verdad. Mi madre no era lo que todos pensábamos de ella. Abjuró del honor, traicionó a las personas que la querían, vendió su conciencia, abominó de su patria…

Leí aquella carta cuatro o cinco veces. Primero con pasmada incredulidad. Después para confirmar que no estaba soñando.

Luego la guardé en el cajón de la mesilla de noche, salí a la calle Florida, anduve y anduve, y solo regresé al hotel cuando hube asumido que Agustín Rotaeche me pedía otra vez que intentara abrir el pasado con bisturí y hundiera en él las dos manos, aunque nada de lo que pudiera averiguar cambiara nada de nada. Recuerdo que cuando volví a sumergirme en la carta aún no estaba seguro de que aquellas palabras continuaran allí:

Mi madre no era lo que todos pensábamos de ella…

Leí la carta dos veces más. Y entonces me acordé de la fotografía. Allí estaba ella. Tal como fue en San Petersburgo: una mujer de perfección clásica, con unos inmensos ojos almendrados y el cabello anudado en la nuca y cortado en flequillo sobre la frente. Posaba con un vestido de noche y un collar de zafiros que daba a su cuello el misterio de una ciudad fronteriza. Mirándola, comprendí a Bigas y entendí también la fascinación del cónsul Ruiz de Aguirre.

Di la vuelta a la fotografía y leí:

Olga Rykova, mi madre.
Fotografiada unos días antes de su boda,
en casa de mis abuelos. 1907.

Regresé a la fotografía. No sabría decir cuánto tiempo pasé mirando aquel rostro bañado en luz lunar. Recuerdo que el día ya se iba a pique contra la ventana cuando llamé al número de teléfono indicado al dorso.

Una voz de mujer preguntó quién era.

—Fernando Urtiaga —dije.

—¿Qué desea de la señora? —quiso saber.

—Soy Fernando Urtiaga —insistí—. La señora Miranda —ella

había firmado con el apellido de su difunto marido— espera esta llamada.

Hubo un silencio. Y luego otra pregunta.

—¿Cómo ha dicho que se llama?

—Fernando Urtiaga —repetí a punto de perder la paciencia.

—Aguarde un momento.

Unos minutos más tarde oí en el auricular la voz de otra mujer. Quería saber quién hablaba.

—¡Urtiaga! ¿Es usted Urtiaga? ¿Por qué no lo ha dicho antes?

—Se lo dije a...

—Ay, sí —me interrumpió con un tono de resignación—. Debe disculpar a Sagrario. La pobre es más vieja que Matusalén. Pero ¡qué bien que haya llamado!

Le pregunté si le apetecía reunirse conmigo y hablar largamente de su madre, de Ángel, de Roma... Me respondió que sí.

—Venga mañana a la hora del té —dijo.

A fin de evitar horas de insomnio, a punto estuve de proponer que nos viéramos aquella misma noche. Sin embargo, acepté.

—De acuerdo —dije.

Y en ese momento recordé a Agustín, con su aire de caballero inglés y su sonrisa de Clark Gable, hablándome de Ángel Bigas en la mesa del café Oliver.

No resultó difícil encontrar la dirección indicada al dorso de la fotografía. Tatiana, la señora Miranda, vivía en un palacete del siglo XIX, muy cerca de la avenida Alvear, en La Recoleta. Más que una casa, parecía un gran hotel. La fachada tenía columnas dóricas y grandes ventanales, y el interior no era menos imponente, con techos altos y pilastras, chimeneas de mármol, espejos dorados, muebles estilo imperio y cuadros de las vanguardias artísticas de entreguerras. Aquel edificio había pertenecido a la familia de su difunto marido, un terrateniente argentino con cientos de hectáreas, una extensión de alfalfa del tamaño de Vizcaya y más caballos que Napoleón en plena campaña rusa.

—Me casé en el año 29 —me informó ella después, cuando yo ya le había hablado de Agustín, de su investigación y de las voces escritas que descansaban como objetos muertos e inútiles en mi despacho de Deusto.

Aún recuerdo el tono de su voz, una música extraña e indefinible que unas veces evocaba la pampa argentina y otras un palacio helado de San Petersburgo.

—A la condesa Barberisi le encantaba organizar las cosas, ya fuera una cena, un concierto o una boda. Y aquel año emprendió con avidez la tarea de organizar mi destino. El elegido fue un viudo amable, discreto y rico que pasaba sus vacaciones en Roma. Un porteño de mundo. Pero esa es una historia que no quiero contar. Usted no ha venido por eso, ¿verdad?

No. Yo no había ido allí por eso, es cierto. Recuerdo el sentimiento de incredulidad que me acompañaba aquella tarde cuando Sagrario me abrió la puerta.

—Entre. La señora le espera arriba.

Sagrario me acompañó hasta el salón donde me aguardaba Tatiana. Allí estaba. ¡La hija de Olga Rykova! ¡Tatiana! Ante mí tenía a una anciana de rostro ovalado, blancos cabellos, porte señorial y una expresión de fatiga que confería a la mirada un aire de baronesa exiliada en el tiempo. La impresión que me embargó de inmediato fue que toda la escena era irreal. Y como al leer la carta que me entregara el recepcionista del Continental o al llamar al portón de la entrada, pensé que caminaba dentro de un sueño.

Tatiana estaba sentada en un sillón tapizado en terciopelo. Tenía unos ojos de azul platino y unas cejas espectralmente proyectadas hacia arriba, muy rusas. Al verme se puso en pie y avanzó sonriente. A mi espalda, como una estatua, quedó la criada.

—Buenas tardes, señor Urtiaga. Le agradezco que haya acudido a la cita de una desconocida.

Me incliné sobre la mano que me ofreció, y la rocé con los labios. Era una mano tibia, larga y blanca, algo nudosa, con un perfume a rosas.

—Siéntese... ¿Tomará algo? Puedo ofrecerle café o té.

—Té está bien —dije, mientras, discretamente, hacía un rápido reconocimiento del salón.

Todo, en aquella estancia, constituía un muestrario de excelencias de finales de los años veinte o principios de los treinta, desde el viejo gramófono hasta las flores de discreto azul pálido que decoraban las paredes, como si su propietaria se hubiera obstinado en detener el tiempo en el momento en que había llegado a las costas de América. Recuerdo que pensé en unas palabras del cónsul Ruiz de Aguirre: «Hace años venía aquí, embarcado, el pueblo. Ahora llegan sus antiguos señores».

—Este es el único lugar de la casa que realmente me pertenece —recuerdo que dijo ella al notar mi ojeo impertinente—. Aquí conservo mis recuerdos, mis nostalgias. Es mi cápsula del tiempo.

Aquellas nostalgias consistían en un florido laberinto de fotografías de la antigua vida en Rusia, que supuse más feliz y cosmopolita. Estaban distribuidas a modo de álbum familiar en la repisa de una chimenea de mármol, justo debajo del retrato de aquel impecable y rígido hombre de mundo, el viudo alegre, el marido muerto, con quien no guardaban relación alguna.

—La verdad es que fue una época de sonámbulos —recuerdo que dijo de pronto.

—¿Qué época? —pregunté.

—Aquella —dijo señalando las fotografías—. Acérquese... Para que usted comprenda lo que ha venido a escuchar, es necesario que nos remontemos a ese tiempo.

Me arrastró entonces a la chimenea y empezó a comentar cada una de aquellas imágenes que resucitaban la época del último de los zares.

—Esta es la casa del canal Moika... Mi padre con veintiún años, recién salido de la academia militar... Mi bisabuela Katya vestida para asistir al baile anual del Palacio de Invierno... El abuelo Pablo con su uniforme de embajador...

Qué mundo excepcional aquel. Y qué poco se había salvado. Aquellas imágenes en sepia eran sus últimos despojos, como ceniza en una urna.

—¿La reconoce? —preguntó señalando a una niña vestida de muselina blanca—. Soy yo...

Aquella niña evocaba el tranquilo paraíso de la infancia en el seno de una familia de la aristocracia rusa. La vida como una fiesta, cálida como una dulce y olorosa promesa, tal y como había sido costumbre en ese mundo hasta la Revolución de 1917.

—Ahí está mamá en El Perro Errante... ¿Se da cuenta? Ella y la Ajmátova son las únicas mujeres en la mesa de los poetas.

Reconocí a Olga. A su derecha, con un chal sobre los hombros y un collar de ágatas negras, me miraba Anna Ajmátova, cuyos versos había recitado Olga a Ángel en Bucarest, mientras Europa entera agonizaba en las trincheras.

—Ese chico delgado con una flor de muguete en el ojal que está a la izquierda de mamá es nada menos que Ósip Mandelstam, el autor de *Tristia y otros poemas*. Aquel con pose de gladiador herido es Maiakovski. Ese Gumiliov. Y este otro de aire ausente es Kyril —añadió depositando en mi mano aquel retrato grupal para que yo pudiera ver más de cerca a los personajes.

Kyril representaba en la fotografía algo más de treinta años. Aunque su parentesco con Olga era remoto, hijos de primos terceros, el aire de familia se aguzaba en las sombras de los pómulos, en la esbeltez del cuello armonioso, en la elegancia natural de sus poses, en el brillo de los ojos.

Kyril... El primo Kyril... Recordaba el nombre. Ángel le había hablado al doctor Hurtado de un tal Kyril en una o varias de las cartas escritas desde Bucarest.

—Fue el primer amor de mi madre. Quizá el amor de su vida...

El tono se había hecho más personal, casi indiscreto.

—Fue antes de su matrimonio —agregó tras un silencio—, cuando era casi una niña. Kyril estaba casado en aquella época. Todo un relato de Chéjov.

En aquel instante entró la criada. Traía una bandeja de plata donde centelleaba un delicado juego de té. Tatiana misma llenó las dos tazas. Aguardó a que yo bebiese el primer sorbo. Entonces dijo:

—Mirando esa fotografía cuesta creer que se hiciera bolchevique. Pero así fue. Agente de la Checa, desde el principio. Kyril era capaz de todo, de todo... Murió con la vieja guardia. Aulló con los lobos, y los lobos lo despedazaron. Presumo que sabe: Stalin y sus purgas.

Aquel dato me sobrecogió. Pero Tatiana no me dejó dedicarme a él como hubiera deseado.

—El matrimonio de mis padres no tuvo muy buena estrella —dijo pasando a otra fotografía donde una pareja de recién casados, que reconocí de inmediato, parecían contemplar el mundo como si hubiera algo que no terminara de convencerlos—. Fue un matrimonio de extraños —añadió con naturalidad—. Papá vivía entregado a su batallón, a los juegos de azar y a las intrigas de la corte. Y a mamá le divertía escandalizar a la gente con su comportamiento bohemio. Frecuentaba, como ha podido ver, El Perro Errante. Y era... muy promiscua.

El Perro Errante, como descubriría después, era un legendario cabaré de la plaza Mijailóvskaia. Para acceder al local había que bajar por una estrecha escalera de piedra y entrar por una puerta tan baja que los hombres tenían que quitarse la chistera. Todas las ventanas estaban cegadas, como para resguardarse del mundo exterior, y las paredes y el techo estaban pintados de flores y pájaros de brillantes colores. La misma Ajmátova había descrito en unos versos juveniles el ambiente decadente de aquel cabaré. Allí, girando sobre sí mismo, el mundillo artístico de San Petersburgo solía asistir a cada obra de teatro, baile, recital o exposición bajo una atmósfera de intrigas y romances avivados por el alcohol.

Aquí todos somos bebedores, todos nos acostamos
con todos. Juntos, formamos una pandilla
de desesperados. Incluso las flores y los pájaros
pintados en las paredes parecen ansiar las nubes.

¿Pensaba en aquellos versos Tatiana cuando me contó que su madre había frecuentado un mundillo abierto a toda clase de aventuras, sobre todo sexuales? ¿O sus recuerdos se fundaban en algunos datos imprecisos, escuchados a hurtadillas por aquella niña de la fotografía a quien el tiempo había transformado en una anciana de cabellos blancos? ¿Había sido aquella la razón de que Olga acompañara a su padre a Bucarest pocos días antes del estallido de la Primera Guerra Mundial?

—Yo me crie con la abuela Irina y la bisabuela Katya —recuerdo que me dijo Tatiana aquella tarde—. Déjeme que le cuente…

Y entonces me habló de la casa de su infancia y de los juegos en la pista de hielo Yusúpov, del árbol de Navidad decorado con pequeños ángeles de papel satinado y las historias de la bisabuela Katya, en cuyos asustados ojos verdes se reflejaba la llama de la vela que sustituyó a la luz eléctrica en las oscuras noches revolucionarias.

La familia materna de Tatiana había dejado una imagen final, un retrato conjunto de su última fiesta de Navidad, antes de que la Gran Guerra propiciara la Revolución de 1917. Aún recuerdo cómo señaló las caras con su dedo ensortijado mientras recordaba los nombres y contaba qué había ocurrido con cada uno de ellos después.

—Esa es la abuela Irina. Murió de tifus en la guerra civil. Ella presumía de que no se sentía a gusto más que en nuestra casa de San Petersburgo, en la casa de su infancia en Kiev o de veraneo en Yalta. El extranjero la ponía nerviosa y agresiva. Pero la verdad —sonrió con malicia— se la escuché yo decir a mi madre una tarde que ambas discutían por alguna razón que ignoro. Mi abuela no soportaba descubrir las infidelidades del abuelo, a quien había que estar vigilando siempre porque las mujeres le cautivaban con legendaria unanimidad y lo mismo podía recitar los versos de Pushkin a la señora de uno de sus colegas de embajada que a una mucama de hotel.

Devolví la sonrisa a Tatiana, algo mareado por el anchuroso río de recuerdos que brotaba de sus labios.

—Todo saltó por los aires el año 17... —continuó con los ojos clavados en el retrato de familia.

Después volvió a sentarse en el sillón de terciopelo, mojó los labios en el té y aguardó a que yo tomara asiento para reanudar su relato.

—Aquel año empezó con un Ejército mortalmente herido que fraternizaba con el pueblo y terminó con un éxodo, una secreta ola de pánico. Una noche, la bisabuela Katya tuvo la certeza de que la antigua San Petersburgo no volvería jamás. Como tantas veces desde la llegada de Kérenski al poder, se acercó al abuelo y le pidió que nos fuéramos todos a París. La idea de París era para ella inseparable de la idea de libertad y de señorío, así como la Rusia de la Revolución de Febrero sugería escenas sórdidas y deprimentes. En realidad, tenía miedo. Yo la veía y le veía el miedo. «Aquí no hay nada que hacer», dijo aquella noche con una voz temblona. Lo dijo varias veces, mientras los ojos se le llenaban de lágrimas. Recuerdo que la abuela Irina intentó consolarla y también lo que el abuelo respondió: «Vamos, vamos. No hay que tener miedo a la historia». Pobre abuelo... Podía haberse ido con nosotras, pero aún después de la crecida de los bolcheviques seguía viendo los acontecimientos a través del velo de sus creencias liberales. Hablaba de gobernar con el pueblo, y no por encima de él; comparaba a los bolcheviques con los jacobinos; y creía que se podía luchar contra ellos y salvar los logros de la Revolución de Febrero.

Tatiana me contaba sus recuerdos de Rusia y, cuanto más me contaba, más quería saber yo. Cuénteme cómo huyeron de San Petersburgo a Kiev. Cuénteme lo de Crimea... Hábleme del barco que les llevó a Constantinopla en busca de un lugar seguro. Cuénteme cómo una niña y su madre atraviesan Rusia en plena guerra civil; cómo se pasa de un mundo a otro. Su relato respondió, gradualmente, a mi ansia de saber, a mis preguntas desordenadas.

—Una tarde el abuelo resolvió que todas las mujeres de la casa nos fuéramos a Kiev, con el tío Alexander, el hermano de la abuela. Acababa de regresar de la Duma y, aunque no dijo gran cosa, sus pocas palabras dejaron ver que la ansiedad y el desorden eran grandes allí.

Trenes sucios, empujones, insultos, gritos... Eso conservaba Tatiana de la espantada a Kiev. La despedida entre lágrimas y consejos, las tinieblas de la noche, el tenebroso escenario de pueblos hambrientos y estaciones abarrotadas de gente, columnas de raídos soldados, la ciudad y sus cúpulas de cebolla, la voz del tío Alexander, un coronel de caballería retirado que parecía salido de la guerra contra los tártaros y olía a jabón de afeitar...

—El tío Alexander —sonrió con cierta nostalgia— nos recibió entre copas de plata rebosantes de caviar.

Al sur, a Kiev, iban todos los que no querían saber nada de la revolución. Todo el señorío de Moscú y San Petersburgo se había refugiado allí aquel invierno de 1917. Y durante casi todo el año de 1918 siguieron afluyendo miembros de la Duma estatal, banqueros, industriales, abogados, actores, ingenieros, médicos, escritores... Jamás estuvo la ciudad tan abarrotada como en aquellos días. El empedrado de las calles vibraba con el paso de los regimientos alemanes de húsares y el sonido de la ruleta de los casinos se confundía con los acordes de la balalaica y las risas de plata de las prostitutas.

—Allí —me contó Tatiana— recibimos la noticia de la ejecución del abuelo. Nos enteramos por nuestro antiguo chófer. Durante el camino contrajo la fiebre tifoidea, así que nos dio la noticia y murió. Recuerdo que mi madre perdió el color: envejeció y se afeó, como una enferma. No lloró. Pero le tembló la cara e hizo un esfuerzo enorme para que yo no la viera llorar. Después vino la muerte de la abuela, los atentados contra los alemanes, la rendición del káiser, el ruido de los cañones a lo lejos, los bolcheviques...

Sé que estas frases son pura fórmula, las horribles frases habituales que llenan las memorias de la emigración rusa del siglo XX, no el siglo del calendario, sino el de verdad, el que comienza con la Primera Guerra Mundial. Pero es lo que me narró Tatiana. Y ocurrió así y no hay otra forma de contarlo. Mientras escribo los recuerdos de aquella tarde en la casa de La Recoleta, pienso en el miedo que madre e hija tuvieron que pasar en Kiev después de que los alemanes abandonaran la ciudad, dejando las calles a merced de los bolcheviques y las tropas nacionalistas del atamán Petliura. Pienso en aquella ciudad engullida por los combates a la que más tarde llegaría Ángel Bigas: el toque de queda, los soldados, los regimientos de condenados, el espanto de los golpes en la puerta, el tableteo de los disparos, las viejas mansiones señoriales saqueadas por dentro y arañadas por fuera con marcas de bala... Pienso en la sangre que goteaba, según contaba el tío Alexander, en un canal construido por la Checa expresamente para los ajusticiados.

Pero aquel canal de desagüe sangriento no fue la peor de las pesadillas de Tatiana.

—Una noche —me contó—, junto con las ráfagas de viento, entraron en la casa unos soldados con aspecto de bandidos. Mademoiselle Charlotte, el ama de llaves, se las arregló para mantenerles en el vestíbulo hasta que llegó el tío Alexander. Querían el coche. Y, ya que estaban en la casa, querían comida y algo de vodka para matar el frío. Recuerdo que nevaba. Los copos de nieve volaban delante de las ventanas y en las aceras las ramas de las acacias se doblegaban bajo el peso de la nieve. Aquella noche se llevaron el coche del tío Alexander. Volvieron a la siguiente y a la otra y a la otra... Venían en el coche y pedían comida y vodka. Hasta que una de aquellas noches aparecieron con un color siniestro en la mirada, como de monstruo marino. Sí, olían a sangre, olían a muerto. Aquella noche se llevaron al tío Alexander.

Jamás volvieron a verle.

—Fue entonces cuando mamá decidió que iríamos a Crimea. «Tatiana, no es más que un juego, me dijo mientras yo cogía la linterna mágica que me había regalado el abuelo y guardaba en la maleta mi pequeño libro azul, dentro del cual llevaba siempre la fotografía de papá. Tú y yo deberíamos viajar en un tren como el de la zarina y vamos a viajar otra vez en un tren con soldados y campesinos. ¿Te das cuenta de lo extraordinario que es? ¡Oh, Tatiana! Será una aventura, será nuestra gran aventura.» Eso me dijo.

Ahora, mientras escribo, imagino la nieve sobre los raíles, las sirenas, el andén lleno de soldados, el tren adentrándose en la noche y las cúpulas de las iglesias de Kiev haciéndose más y más diminutas bajo unas estrellas de escarcha y hielo, y recuerdo a Tatiana cerrando los ojos para evocar mejor la voz de su madre, de Olga.

«Ya verás, te gustará.»

De Crimea, Tatiana apenas si conservaba una niebla de imágenes y sonidos. Solo subsistían en su memoria la casa junto al mar, las fiestas en la playa, la ceremonia del té en el jardín, los barcos que llegaban al puerto de Yalta, donde, al atardecer, solía pasear junto a Olga entre gente que se aferraba con estridencia a su anhelo de felicidad antigua, convencida de que los bolcheviques no llegarían nunca allí.

—Una mañana —dijo mientras el día iba muriéndose sobre las cortinas de damasco—, un joven oficial llegó a casa con un mensaje de papá. Los bolcheviques se acercaban y era preciso salir de allí sin perder un segundo. Poco después las habitaciones estaban llenas de maletas y baúles. Recuerdo a mi madre colocando en ellas la ropa y los objetos personales. Mientras tanto, de rodillas, la sirvienta camuflaba en el forro de los abrigos el dinero, las joyas y los títulos de propiedad que nos acompañaban desde San Petersburgo.

Tatiana recordaba la aglomeración del puerto, la multitud que forcejeaba por conseguir un pasaje a Europa. Aquello era el eco moribundo de la antigua sociedad zarista, una ciudad ambulante que miraba las aguas del mar Negro como se mira un bote salvavidas en medio de un naufragio. Los príncipes y los duques con sus familias y servidumbres, los políticos que aborrecían a los bolcheviques, los poetas que soñaban con París, las actrices del teatro imperial...

—Todo parecía irreal e imposible.

Pero era muy real. Aquellas personas que durante un tiempo habían jugado a ser felices, prolongando en Crimea los atractivos de los años de paz, miraban la línea del horizonte con desesperación. Por mar debía llegar el barco con pabellón inglés o francés que las pusiera a salvo del Ejército Rojo.

—Nosotras —dijo ella— zarpamos para Constantinopla en un espantoso barco griego cargado de frutos secos.

¡Constantinopla! ¡Europa! Una tierra donde nadie irrumpía en las casas, donde las personas inofensivas no eran aniquiladas de un balazo con la coartada de la revolución mundial.

—Constantinopla no es como en el cine ni tampoco como una se la imagina en los cuadernos de viaje de Pierre Loti —comentó Tatiana—. Por lo que me había contado mi madre, Constantinopla era un lugar único en el mundo. «Los siglos son la magia de esta ciudad», me dijo mientras contemplábamos el Cuerno de Oro desde la cubierta, con las maletas esperándonos en el camarote.

Los siglos llegaban a Constantinopla en barco, como las tropas aliadas de ocupación que perseguían al general Mustafá Kemal Atatürk igual que a un bandido.

—Pero yo no encontré nada mágico en la vieja ciudad de los emperadores. No he conocido lugar más sucio y siniestro.

Tatiana hablaba despacio. A veces se interrumpía, como para escuchar los cantos que salían de los minaretes llamando a los fieles a la oración o para seguir con la mirada el puerto rebosante de mástiles y sucio por las humeantes chimeneas de los buques. O bien esas pausas se correspondían, en su memoria, con los largos meses sin saber nada de su padre. La imagino ahora acudiendo al puerto, al atardecer, abriéndose paso entre el amasijo de mozos, agentes de hotel, marinos de medio mundo y caballeros levantinos ansiosos de ser empleados como intérpretes por los oficiales ingleses de la misión aliada. La imagino estudiando los barcos que llegaban del mar Negro, a la espera de alguna noticia sobre el Ejército Blanco.

Todos los días llegaban a Constantinopla refugiados procedentes de Rusia. La ciudad estaba llena de rusos blancos que vivían a salto de mata, vendiendo joyas, objetos de oro y reliquias de familia en los bazares. Muchos habían abandonado su país por respeto al juramento prestado al zar, y esperaban, esperaban, esperaban. Pero ¿qué esperaban? Así como al principio de la guerra pensaban que esta terminaría en pocas semanas o meses, a más tardar, ahora consideraban la situación solo como un intervalo desagradable. Los hombres volvían de los cafés y de las calles con rumores consoladores: el Ejército Blanco avanzaba, los rojos sufrían una completa derrota. Se necesitaban dos semanas más de paciencia y todos volverían a San Petersburgo. Siempre paciencia. Solo hacía falta un poco más de paciencia.

—Mis peores recuerdos están relacionados con Constantinopla —dijo Tatiana—. No puede imaginarse el alivio que sentí al abandonar aquella ciudad.

No es que madre e hija carecieran por completo de recursos. El problema estaba en que la mitad de la ciudad acumulaba barras de oro y joyas de contrabando. Aquel era un mercado favorable a los compradores. Olga malvendió algunas joyas para reservar la suite de un lujoso hotel en las escarpadas faldas de Pera, el bullicioso barrio europeo. Y luego se sumergió en la larga fiesta para sobrevivir a la que se entregaban miles de rusos por aquellos días en la ciudad. Teatros, cabarés, clubes de jazz... Rusia se alejaba cada vez más; cada día que pasaba estaba más y más lejos para ella.

—Recuerdo a mi madre llegando al hotel con la luz del alba. Yo escuchaba como haciendo ver que dormía. Sabía que ella prefería creer que yo dormía. Pero aquella era la hora en que estaba más despierta. La recuerdo deslizándose a oscuras por el dormitorio. Recuerdo el aroma de su perfume francés, comprado de contrabando en algún bazar. Recuerdo la música de sus tacones. Una música seca y dulce a la vez. Surgía del fondo del pasillo, se iba acentuando a medida que se acercaba al umbral de la puerta de nuestra suite, después los tacones dejaban de sonar para volver a hacerlo, ya desacompasados, sobre el suelo de la salita, rumbo al cuarto de baño. Entonces oía el roce de sus ropas y el borboteo del grifo de la bañera. Y al cabo de un rato otro silencio, como el de una ciudad enterrada... Recuerdo aquellas mañanas como si estuvieran ocurriendo ahora. Las recordaré mientras viva. Ella regresaba de La Rosa Negra, un club al que acudía lo más selecto de la colonia extranjera de Constantinopla y donde se cantaba una canción rusa tras otra y se bebía una botella de champán tras otra.

Aquel, según Tatiana, era el limbo que habitaba su madre. Allí había echado ancla. Un limbo que olía a nostalgia, a morfina, alcohol y perfume francés.

Fue entonces cuando apareció el primo Kyril.

—Ocurrió —dijo Tatiana de pronto— a principios de septiembre. Recuerdo que era domingo, porque era el único día de la semana que mamá y yo cenábamos juntas. Salíamos por la puerta del hotel cuando alguien nos llamó. Era Piotr Ippolitovich, el detective del hotel. Piotr formaba parte del vestíbulo del hotel lo mismo que las columnas de mármol negro sobre las cuales se apoyaba el techo de cristal. Era la voz rusa de Pera. Sabía todos los rumores, todos los chismes. Algunos decían que era un antiguo agente de la Ojrana, la policía secreta zarista. Otros que era un arqueólogo famoso de la Universidad de Moscú. A mamá siempre la saludaba con la mismas palabras: «¿Qué quedará de nosotros, querida Rykova? Yo se lo diré: cartas de amor, nostalgia y facturas de hotel sin pagar. Eso dejaremos al morir». Aquella noche, Piotr Ippolitovich rompió el protocolo: «Querida, dijo, un compatriota ha venido haciendo preguntas sobre usted. Le ha dejado esto». Y le entregó un sobre azul. Recuerdo que mi madre abrió aquel misterioso sobre enseguida. Del interior salió una nota que leyó en silencio. Luego se giró para mirarme. Su cara estaba muy pálida. Como si le hubieran dado un disgusto. «Hoy cenaremos con el primo Kyril», anunció. No dijo nada más, como si cenar con el primo Kyril en Constantinopla fuera lo más normal del mundo. Intentó sonreírme. Pero su rostro parecía tallado en pedernal.

Kyril las esperaba en un restaurante de Pera. Una terraza con jardín que se asomaba al Cuerno de Oro. Había pedido una botella de champán y contemplaba abismado la ciudad turca: una maraña de pequeños tejados demasiado intrincada como para seguirla con la vista.

—Estaba guapísimo de esmoquin blanco —recordó Tatiana—. Y parecía tan seguro de sí mismo y era tan simpático que me olvidé de papá y de la guerra. El primo Kyril nos ayudaría. ¡Cuántos sueños! Imagínese. Yo entonces ignoraba que él estaba con los rojos.

La cena transcurrió plácidamente. Fue entretenida. Por toda la terraza se oía la música de una orquesta. Bebieron, cenaron, rieron. Y entonces, de forma inesperada y después de un minuto de silencio, Olga dijo de repente: «Cuéntame cosas de tus viajes».

—Más tarde supe —me dijo Tatiana— que, en el sonido de aquellas palabras, mi madre oía el sonido de las noches de San Petersburgo. Y también que, al pronunciarlas, ella veía en los ojos de Kyril cuanto él había traicionado... Todo lo que ella no tardaría en traicionar.

Con un gesto mecánico, Kyril sacó su pitillera de plata y se dispuso a jugar al juego que Olga le proponía: un juego, me explicó Tatiana, al que ambos se habían aficionado en la adolescencia, un juego que consistía en inventar un relato que hiciera desaparecer el lugar donde estaban, el país, todo. «A tu servicio», dijo Kyril encendiendo un cigarrillo. Y a continuación empezó a contar una anécdota de un pasado imaginario.

Por un momento temí que Tatiana pretendiera repetir con todo detalle la historia que Kyril inventó aquella noche para Olga y para ella, pues evocó, punto por punto, el comienzo. Era algo así: «Una vez, en el lejano Congo, mantuve una larga conversación con el reyezuelo local. Nuestro traductor era un cazador de elefantes portugués, un hombre curioso que se adentraba en la jungla con una botella de whisky en una mano y una carabina en la otra…».

De pronto, Tatiana debió de leer cierta inquietud en mi rostro, ya que interrumpió súbitamente aquel recuerdo.

—Perdóneme —dijo con un tono solemne que desmentían sus ojos maliciosos—. No quiero aburrirle. Me acuerdo de la historia entera. Pero como ya digo, no quiero aburrirle.

Entonces me contempló con amabilidad.

—Aquella noche Kyril y mi madre —continuó— se quedaron hablando en la salita de nuestra suite mientras yo me rendía al sueño como quien cae de golpe a un abismo. Recuerdo que los pensamientos que tenía en la cabeza eran como chispas calientes dispersándose y deslizándose dulcemente. Y recuerdo… No sé si ya estaba dormida o no. Recuerdo el ruido de una copa rompiéndose contra el suelo, un grito y una frase: «Es el fin, Olga». Me acerqué a la puerta y me quedé un rato escuchando. Hablaban otra vez en voz muy baja, casi en secreto, como no queriendo despertarme. Oí la voz de Kyril: «Muy pronto no habrá tierra suficiente para cavar tumbas. Y tu aspecto de gran duquesa será poco más que un clisé gastado…». Oí la voz de mi madre: «De modo que es eso lo que te ha traído aquí». Oí la voz de Kyril: «Solo eso no…». Oía la voz de mi madre: «Entonces qué es lo que quieres…». Oí la voz de Kyril: «Dime cómo te besan ellos. Dime cómo los besas tú...». Parecían enfadados. Hubo un silencio. Lo recuerdo bien. Y después oí algo de una casa incendiada, del abuelo, de papá y del general Wrangel, de Atatürk y los días contados que tenía un tal Curzon en Constantinopla. Un lord, creo. Y con aquel lord todos los ingleses y franceses que daban vueltas y más vueltas y bebían como esponjas para no pensar en todo lo que iban a perder cuando los nacionalistas turcos entraran en la ciudad de los emperadores. Pasaron veinte minutos, o quizá media hora. Todo estaba en silencio. Tenía los pies helados. Tenía sueño. Volví a la cama, que estaba todavía caliente. Sé que me dormí.

Al amanecer algo despertó a Tatiana. Era Olga. Estaba sentada a los pies de la cama.

—Me preguntó si me gustaría viajar a Europa. A Roma. Al primo Kyril no lo mencionó. Jamás comentó ni una palabra sobre lo sucedido la noche anterior. Jamás... Me acuerdo de aquella mañana. De pronto, dijo: «Tu padre ha muerto»...

Tatiana se quedó callada. Una nube de tristeza pasó flotando por los muebles del salón como un escarabajo melodioso. Al cabo de un rato, añadió:

—Y así fue como a finales de 1920, en noviembre, una semana antes de que el general Piotr Nikoláievich Wrangel enviara a Constantinopla ciento veintiséis buques con los últimos restos del Ejército Blanco, mamá y yo embarcamos en un viejo carguero italiano que cruzó el Mediterráneo como un animal prehistórico.

A Tatiana le quedaban pocas cosas que contarme. Apenas me habló de las tardes en el jardín de la casa del Gianicolo. Sabía que yo ya estaba informado. Y, sin embargo, cómo tuvo que adorar aquel ambiente de historias viejas y té con limón.

—La casa de la condesa era como el palacio de una reina de

cuento: alrededor suyo gravitaba una corte ensimismada que hacía cuanto podía por vivir a kilómetros y kilómetros de la realidad.

Tatiana recordaba a uno de aquellos visitantes con especial nitidez: la vieja princesa Yusúpov, la madre del asesino de Rasputín, en cuyos ojos ella creía ver el cuerpo ensangrentado de aquel horrible monje que había arruinado el prestigio de los Romanov.

—Vivir con la condesa Barberisi implicaba vivir en otra época. La arena de los relojes caía silenciosa, pero ella aseguraba que no era más que una vieja costumbre. La arena no contaba nuestras horas; nuestro tiempo era infinito. Recuerdo el día que llegamos. Yo le besé la mano, una mano apergaminada, casi arqueológica, en la que centelleaba una sortija de ámbar. «Todavía arrastras en los labios la tristeza de Rusia», dijo ella. Y respiró con exagerada fruición la brisa vagabunda y alegre que corría por el jardín. «No importa. Pronto te la quitaremos.»

De Ángel, su memoria apenas si conservaba fragmentos, astillas. Recordaba cómo miraba a su madre. Los recordaba bailando en el jardín, cuando por fin había caído la noche y la casa se había quedado dormida, bailando al son de una música que ellos tarareaban bajo la pálida luz de los farolillos de papel. Los recordaba riendo, bebiendo. Los recordaba vestidos de fiesta, él de esmoquin, ella de seda verde, saliendo juntos para el cóctel de alguna embajada.

—Había en él un muro que solo mi madre alcanzaba —dijo Tatiana.

Fue entonces cuando me decidí a preguntar. Anochecía. Tatiana parecía cansada. Recuerdo que articulé con cuidado las palabras.

—¿Qué ocurrió? El cónsul decía que a su madre la mataron por culpa de Ángel. ¿Por qué me dijo usted en su carta que ella vendió su conciencia?

Los ojos de Tatiana lanzaron un destello de piedad.

—¡Pobre mamá! Que Dios la perdone. Desde luego, todo eso de qué, quién y por qué no es más que un cuento para niños. Nadie sabe qué es lo que sucedió. Nadie salvo sus asesinos. Y seguramente todos ellos hace ya tiempo que están criando malvas.

Calló un instante. Y mirándome con irónica animación, dijo:

—Siento quitarle una ilusión. Siento robarle la ilusión de saber quién fue mi madre. ¡Ay!, la ilusión de haberla conocido gracias a ese caballero amigo suyo. Usted solo ha conocido una ficción de Olga.

—Explíquese —dije intrigado.

—¡Qué tonta! Es verdad. Le mostraré las cartas.

Se levantó y se fue hacia el pasillo. Al regresar llevaba una pila de cartas en la mano. Se sentó, las miró y retiró una que puso en su regazo.

—Hace más de cincuenta años que las guardo. Ahora puede usted leerlas, si quiere. Más de cincuenta años...

Dejó la frase suspendida en el aire.

—¡Qué tonta! —exclamó de pronto—. He dado por hecho que usted habla el francés.

—No... No... —la interrumpí ansioso—. Ha supuesto bien. Lo aprendí en el bachillerato.

—Magnífico.

Cogí las cartas que Tatiana me tendía. Eran del primo Kyril. Aún recuerdo el comienzo de la primera:

Querida Olga:

A mí me gusta decírtelo todo, y por eso te digo que me conmueve que llores alguna vez acordándote de aquellos días. Mentiría si te dijera que cuando más oscura es la noche no siento yo también el deseo de llamar a esa puerta que los dos arrancamos para siempre.

Recuerdo que me olvidé de Tatiana mientras leía: una lectura ansiosa, asombrada, deslumbrada. Recuerdo sus ojos puestos en los míos, esperando la manifestación de mi desencanto, pues aquel epistolario apuntaba posibilidades en las que yo no quería creer. A pesar de algunas referencias al pasado —en una ocasión Kyril escribía: «Los recuerdos me torturan, abrasan como la miel negra»—, no eran la cartas de un amante, ni siquiera las de un pariente. Eran las cartas de un camarada, las cartas de un soñador de paraísos que hablaba de causas perdidas o a punto de perderse y pedía informes sobre la colonia rusa en Roma, los comadreos mundanos de los jerarcas fascistas, los movimientos del embajador soviético, las opiniones del mundillo diplomático acerca de Mussolini y su partido.

—Supongo que comprende su significado —me interrumpió Tatiana después de varias horas de lectura.

Una mueca de desdén contenido se le dibujaba en los labios.

—Sí... —dije.

Y asentí con la cabeza, como hipnotizado, como si las palabras de Kyril me miraran a los ojos. Él, Kyril, era la persona que faltaba en la investigación de Agustín.

—Mi madre —añadió— era una mujer hecha de máscaras. Sí, una máscara superpuesta a otra y así hasta ocultar a una mujer imposible de reconocer. Ella no solo olvidó mejor que los enfermos de alzhéimer. Hizo algo peor. Aceptó colaborar con los lobos que habían arrasado su hogar y aniquilado a su familia...

Había amargura en su voz. Había un antiguo desencanto y una infinita soledad y también vergüenza y cólera.

—¿Por qué haría algo así? No puedo imaginarlo. No se me ocurre una razón —dije abrumado y confuso.

Tatiana se encogió de hombros.

—No, ¿verdad? Pero era un marco adecuado. La época, quiero decir... Todos los servicios de espionaje intentaban reclutar a mujeres como ella.

No lo entendía. Olga Rykova, ¿una espía bolchevique? Era absurdo. Era lo mismo que un judío convertido al nazismo después de la solución final. Recuerdo que las preguntas se multiplicaban en mi cerebro. ¿Qué había sucedido en Constantinopla? ¿Fue Kyril quien la reclutó? ¿Qué la impulsó a actuar así? ¿Qué sentía por Ángel durante los tres años de comunión feliz en Roma, donde la muerte volaba detrás de ellos en el viento que hacía ondular los árboles del Gianicolo? ¿Y Kyril? ¿Aún lo amaba? ¿Acaso fue su papel de espía el motivo de su muerte? ¿Fue esa la razón? ¿La descubrieron los agentes de Mussolini, la asesinaron, lo planearon todo para que sirviera de advertencia a Ángel? ¿Algo como «haremos lo que queramos, no podéis detenernos»?

Nunca lo sabré. Nunca sabré nada. Las cartas no sugerían ninguna pista.

—A veces, la realidad es desagradable —añadió Tatiana convincente—. Mucho me temo que su amigo Agustín y usted prefieren los sueños. Igual que el cónsul.

Permanecí en silencio. Pensé en Roma, en Bucarest... Pensé en las revelaciones de aquella correspondencia, sin las cuales Olga y Ángel seguirían siendo dos ingenuos amantes en los márgenes del mundo. Pero aquel pasado que yo había imaginado al sumergirme en los misteriosos papeles de Agustín no tenía ya lugar. Todo era distinto. Ahora me miraban de otro modo los ojos de Olga y sus labios sonreían con distinta sonrisa, incluso el negro rumor de la desgracia sonaba diferente.

—Él —dijo Tatiana calibrando mi silencio— nunca lo supo.

—¿Él? —pregunté.

—Bigas.

Su voz se había vuelto seca y desabrida.

—¿Por qué está tan segura? —pregunté.

Fue entonces cuando me tendió la última carta, la carta que había custodiado en su regazo mientras me tendía las escritas por Kyril.

—Tome.

Era de Ángel. Estaba fechada en 1934, el año de su muerte.

Recuerdo cada palabra de aquella carta. Hoy casi podría recitar de memoria las frases con las que Ángel expresa en ella el deseo de ser enterrado en Roma, junto a Olga. Recuerdo en nombre de qué, en memoria de qué días jamás olvidados, justificaba aquel deseo, su última voluntad.

> Yo, Tatiana, llevé la desgracia a tu madre. Ese es mi infortunio. Mis artículos presagiaron su tumba, mis actividades políticas fueron como cuervos.

—Pero no está enterrado en Roma —dije con una voz que no era la mía.

—No. Supongo que alguien en su familia debió de considerarlo una excentricidad —afirmó Tatiana.

Pensé en Carmen Bigas. Pensé en aquella mujer que pasaba las horas sentada junto a una ventana, emanando una amargura incontenible. Pensé en el panteón familiar de los Bigas en el cementerio de Portugalete. La hierba crece salvaje entre las grietas de la piedra y nadie jamás lo visita.

Seguimos conversando. Pero la historia se había agotado. Y Tatiana y yo lo sabíamos.

—Son para usted —dijo de pronto, señalando las cartas a modo de despedida—. Quédeselas.

Había anochecido cuando salí a la calle. Hacía frío y llovía. Mientras oía el sonido de mis pasos bajo la lluvia imaginé a Olga escribiendo aquellos informes que Kyril leía en Leningrado, antes de que la tierra ardiera bajo sus pies. Al llegar al hotel, aún no daba crédito a lo que había descubierto. Recuerdo que leí las cartas de nuevo, una tras otra, una y otra vez. Recuerdo que pasé la noche en vela, la noche más larga y a la vez la más breve de mi vida. Recuerdo que amanecía y mis ojos seguían recorriendo las palabras como si recorrieran viejos caminos, como si las voces lejanas de Ángel, Kyril y Olga me llamaran por mi nombre, como si resonaran en mis oídos, como si las estuviera oyendo. Las voces..., en medio de su ronda mágica escribo estas páginas, en ellas pienso ahora, y en los recuerdos que escuché aquella tarde en la casa de La Recoleta y en la anciana que me los contó, y también en lo que me dijo Agustín Rotaeche días antes de morir:

—Todo se nos escapa. Y todos..., hasta nosotros mismos, como un reflejo en el agua.

La voz de Agustín retumba ahora en esta página, se desmorona en un eco y luego, poco a poco, se deshace, como nieve. Y entonces veo a Ángel, a Ángel a punto de dispararse, y a Olga, tal y como él la conoció en Bucarest, una Venus de Botticelli. Veo a Carmen Bigas... Veo a Carmen del brazo de Alfonso XIII. La veo bailar antes de que su mirada esté hecha de adioses, antes de que el sol se desmorone en el rojo crepúsculo del mundo. Y ese baile en la mansión de la marquesa de Avendaño se confunde con otro no menos lejano en el jardín de la condesa Barberisi. Y no hay nada tan triste y hermoso como esos pasos de baile, como esos rostros que trae y lleva la marea. Nadie sino yo los ve. A nadie le he contado los secretos que callan. Volverían a decirme que camino entre fantasmas. Volverían a decirme que es inútil contar su historia.

# EPÍLOGO

## Carta de Ángel Bigas a Tatiana de Miranda

Portugalete, 24 de julio de 1934

Querida Tatiana:

No sé por qué empiezo esta carta hablándote del mar, después de nueve años sin que sepas nada de mí. Tal vez porque en esta casa, que fue la casa de mi padre, se ve desde casi todas las ventanas. Tal vez porque es julio y la noche avanza a pequeños pasos sobre el agua y los muelles, sobre las grúas y los cargueros fondeados, como en Constanza, cuando en un hotel a orillas del mar Negro yo le hablaba del poeta Ovidio a tu madre. El pasado es peligroso, Tatiana, muy peligroso. Si se lo permitimos, salta sobre nosotros para despedazarnos. El pasado es una pantera. Nos está acechando siempre.

Tu madre y yo nos enamoramos en una época terrible, cuando reinaba el luto en Europa y solo las tumbas estaban frescas. Fue de repente, tal como suelen suceder estas cosas. Aún me asalta el recuerdo de la nieve escarchada en las cornisas y cómo, aquella primera noche, nos besamos antes de separarnos en la calle Victoria. Tu madre estaba guapísima. Recuerdo que se soltó con una sonrisa burlona, y se alejó. Parecía empujada por velas de barcos. Cuando estuvo a unos pasos de su hotel, se detuvo de repente. Luego se dio la vuelta. Yo no me había movido. Ella regresó para hacer un comentario. «Solo quiero que sepas que aún no te echo de menos», dijo. Aquella noche me pareció que la había amado siempre.

Por esos días, Bucarest era una ciudad fascinadora y extraña, poblada de aristócratas exóticos y grandes soledades, con presencias raras y fantasmales arrastradas por la guerra, figuras aventureras, improbables y fugaces. Aunque se hablaba mucho de una inminente entrada de Rumanía en el conflicto, Bucarest ignoraba el apetito del monstruo, se negaba a creer en los malos presagios.

Sí, Bucarest jugaba a ser feliz, desafiaba a Europa con una melancolía de oro y nieve. Recuerdo que a tu madre le gustaba recorrer sus calles, meterse en las iglesias más apartadas, ir a la ópera en el Teatro Nacional, cenar en Cina, en el Jockey Club..., en el Capsa. Una noche, entre los espejos dorados del Capsa, me regaló una de las pocas cosas que me han quedado de ella: una caja de música que repite una vieja canción zíngara, un lamento tan intenso, tan inalcanzable, que parece venir de ánimas perdidas en la noche. Otra cosa que me queda de tu madre es una fotografía, pero casi no se la ve, una fotografía que nos hicieron en el palacio de la princesa Kaftandzoglou. Tu madre y yo estamos bailando, y entramos en la foto por azar y en movimiento.

Pero yo prefiero pensar en ella como la recuerdo. Porque la recuerdo muy bien. Tu madre era un misterio, una infinidad de misterios. Solía maravillarse por cosas a las que los demás ya no dan importancia, y yo disfrutaba viendo la dicha y el asombro que podían causarle una sonata, la nieve, un poema de Puskhin, el cielo...

Fuimos felices, y lo hubiéramos seguido siendo si la vorágine política, el desvarío del mundo, el latido del mal... no nos hubieran asaltado como una montaña salvaje con sus tribus depredadoras. «¿Por qué somos tan distintos de los otros? ¿Por qué no sabemos despedirnos?», me preguntó la víspera de su marcha de Bucarest. Toda la ciudad estaba blanca, la noche era gélida, con un viento cortante. Recuerdo que tu madre vestía un elegante abrigo gris hasta los tobillos y que las farolas brillaban en sus ojos, como pequeños copos de tristeza. Su última frase al día siguiente fue: «Solo quiero que sepas que ya te echo de menos».

Ah, querida Tatiana, una carta, incluso la más larga, nos obliga a resumir lo que jamás debiera resumirse. ¿Tú sabes, Tatiana, lo que es la traición? La traición, la de verdad, es cuando sientes como tuya la herida infligida y te acosa el remordimiento y desearías ser otro. Yo he querido ser otro desde la muerte de tu madre. Pero el pasado es una pantera al acecho, vive dentro de nosotros y no podemos rehuirlo. Las penas, la culpa..., nada de eso se borra. Yo, Tatiana, llevé la desgracia a tu madre. Ese es mi infortunio. Mis artículos presagiaron su tumba, mis actividades políticas fueron como cuervos.

No puedes imaginar cómo la amaba, cómo la añoro. Para mí, el mundo se sostenía a través de su majestuosa belleza. Si supieras los viajes, las averiguaciones, las pesquisas que llevé a cabo cuando la muerte comenzó a volar sobre Rusia tras el fragor de los trenes, soldados y banderas ensangrentadas de la revolución. Seis años. En el curso de seis años la vida se burló de ambos, sometiéndonos a un angustioso escondite. Si yo llegaba a Kiev, me enteraba de que habíais partido para Crimea. En Crimea, cuando estaba seguro de dar con vuestro rastro, solo hallé puertas cerradas. Así durante seis años. La Historia nos armaba trampas constantes.

El destino quiso que nos encontráramos en Roma. «Me has inventado», me dijo riéndose. Estaba desnuda, tumbada boca arriba. Me acerqué como lo habría hecho en Bucarest, con el deseo imposible de abolir el tiempo que había entre la casa del Esplendid Park, junto a la calle Victoria, y aquel cuarto en la casa de Trinità dei Monti. «Yo no soy esa mujer, continuó. No hay en el mundo un ser así, un ser así no ha existido jamás.» Al decirlo su belleza resplandecía.

La noche que yo había soñado tanto: 28 de abril de 1922. Nos habíamos citado en el café Roma. Recuerdo su voz en el teléfono, explicándome, rápida, entrecortadamente, por qué no debía crearme esperanzas. Recuerdo las preguntas retorciéndose en mi cabeza. ¿Qué gesto haría al verla? ¿Qué palabras le diría? ¿Y ella? ¿Habría cambiado mucho? La historia construye y destruye, ¿la habría destruido a ella en el curso de aquellos azarosos seis años?

«No hablemos nunca del pasado», me dijo mirándome directamente a los ojos. Me lo dijo al rato de sentarse. «Está muerto. Dejémoslo en paz.» El café estaba desierto, sin camareros ni clientes a la vista, como si se hubiera declarado un fuego y todos se hubieran tenido que ir corriendo, llevándose consigo tazas y platos. Recuerdo sus ojos: dejaban ver, al fondo, pequeñas cicatrices. «Nunca, insistió tocándome la muñeca con la mano. Pase lo que pase.» Parecía más delgada. Fría, como encerrada en sí misma.

Aquella noche exploramos juntos Roma, los palacios, las ruinas, algunos jardines. La luna brillaba como para nosotros. Por el Tíber navegaban unos remolcadores, lentamente, rumbo a Ostia. Todo, ahora, me llega débil como una canción lejana: el Tíber, la luna anclada encima de las ruinas enormes del teatro Marcello, el reloj de Trinità dei Monti, la plaza España, aquel viejo palacio donde las manchas de humedad contaban historias de cónsules y cardenales, la penumbra diurna del dormitorio, las primeras caricias...

Al día siguiente me pidió que la acompañara a la villa del Gianicolo... ¿Te acuerdas, Tatiana, de aquel día? Tú estabas sentada al piano, interpretando una pieza de Chaikovski. ¿Y al cónsul Ruiz de Aguirre, lo recuerdas? ¿Y la princesa Yusúpov, te acuerdas de ella, aquella anciana melancólica? ¿Te acuerdas?

¡Cuántos recuerdos, Tatiana, cuántos recuerdos! El palacio de Trinità dei Monti. Allí era donde ella y yo nos encontrábamos más a gusto. A menudo, cuando pasaba la noche conmigo, nos despertaba el reloj de la iglesia. Por las ventanas entraba la primera luz de la mañana como un pálido aviso del mundo. Poco a poco, desde la plaza Barberini, desde la plaza España, llegaba el ruido confuso y continuo de la ciudad. Así nos despertábamos. A veces, yo le hablaba de Maximiliano de Habsburgo, el emperador de Méjico, y de la estancia de la emperatriz Carlota en Roma, donde perdió la razón al darse cuenta de que su amado archiduque quedaba solo frente a los juaristas, y que era inútil su entrevista con Eugenia, y que el papa tampoco podía intervenir. A tu madre le fascinaba aquella historia. Disfrutaba con los detalles: el vaso de plata con el que Carlota buscaba el agua que no estuviera envenenada por los esbirros de Napoleón, el agua de la Fontana de Trevi.

«¿Sabías que fue la única mujer que durmió en el Vaticano?, me dijo en cierta ocasión. Me lo ha contado el conde D'Ugenta. Carlota lloraba como una niña y el papa se apiadó de ella.»

Algunas noches, cuando no podía dormir, yo dibujaba el antiguo jardín Borda para ella palabra a palabra, estanque a estanque, la armonía del agua bajo las adelfas blancas, la cálida brisa entre los naranjos. Ella giraba lentamente, como una moneda de plata en el fondo del océano. Y se quedaba dormida, como quien cae a un abismo.

Tatiana, tu madre y yo éramos como un planeta, un planeta de dos. Pero ¿cómo explicarte, cómo describirte ese planeta? El amor no puede escribirse, Tatiana; resulta ridículo, estúpido, querer retener con palabras lo que no se ha sabido retener con hechos. Y yo, yo... Han pasado nueve años desde la aciaga mañana en que abandoné la casa de Trinità dei Monti camino de la estación Termini. No sé si has llegado a saber lo que pasó entonces. Lo que pasó de verdad. Puede que la condesa no fuese capaz de decirte nada. No son cosas fáciles de contar. En cualquier caso, te pido un favor. Te ruego que permitas que me entierren junto a tu madre. He dejado disposiciones detalladas con este fin. El mundo es mezquino, Tatiana, la época vil, y yo no creo en el perdón divino. Sin embargo, creo en los recuerdos y pienso que quienes se han amado en vida y piden ser enterrados uno al lado del otro tal vez no estén tan locos como se piensa. Tal vez sus cenizas se mezclen, se confundan, se unan. Tal vez la muerte no tenga dominio sobre la memoria de los amantes. Tal vez siga habiendo en nuestras cenizas un rescoldo de calor, de deseo, y acaso así, enterrado junto a tu madre, haya una esperanza de tocar el camino largo, desierto, de su piel, y todo parezca como antes, cuando el futuro y sus promesas aún estaban en su sitio, y las ciudades y el mundo y el acto de vivir eran mucho más sencillos, recién enamorados todavía, felices y nerviosos en las calles y habitaciones de Bucarest. Fuera del tiempo, fuera del espacio, me queda, Tatiana, esta quimera, como un sueño que acaba de llegar, como una página sin escribir, como una cara, pálida en el viento, hermosa y vuelta hacia mí.

Tuyo,

Ángel

# Nota bibliográfica y agradecimientos

Esta es una obra de ficción. Si bien muchos de los personajes que aparecen en sus páginas existieron en la realidad, es importante subrayar que todos están tratados literariamente, como también los sucesos y los acontecimientos históricos. Es decir, con las licencias que permite la ficción.

Por supuesto, Agustín Rotaeche, Ángel Bigas y Olga Rykova —al igual que sus familias y las casas que habitaron, o el marqués de Briñas, el senador Iturbe, Andrés Hurtado, Fernando Mauricio de Andrade, María Daza, Fabrizio del Monte y el cónsul Ruiz de Aguirre— son fruto de la fantasía novelesca. Viven en la imaginación del autor y si acaso, a partir de ahora, en la del lector. La aparición de la marquesa de Avendaño es un homenaje a Antonio Menchaca, su creador.

La escritura de una novela de estas características presupone la existencia de muchos otros libros. Aquí dejaré constancia de aquellos que me resultaron imprescindibles.

En primer lugar, debo mencionar algunos libros que me guiaron en la evocación del Madrid literario de principios de siglo: *La novela de un literato,* de Rafael Cansinos Assens; las biografías *Azorín* y *Don Ramón María del Valle-Inclán,* por Ramón Gómez de la Serna; la novela *Troteras y danzaderas,* de Ramón Pérez de Ayala.

Los *Testimonios de nuestro tiempo,* de José María de Areilza, me ayudaron a imaginar la época del Lyon d'Or, así como *Política obrera en el País Vasco 1880-1923,* de Juan Pablo Fusi, a orientarme en los conflictos obreros que amenazaron la prosperidad de la familia Bigas.

Para los capítulos en los que habla Ramón Pérez de Ayala, resultaron muy útiles cuatro libros del propio Pérez de Ayala: *Las máscaras, Escritos políticos, Amistades y recuerdos* y *Cincuenta años de cartas íntimas a su amigo Miguel Rodríguez-Acosta.*

Todas las reflexiones que Mauricio de Andrade pone en boca del conde de Foxá figuran, de algún modo, o bien en la novela del propio Foxá *Madrid, de corte a checa,* o bien en artículos de prensa que el conde escribió por aquella época.

José Hermano Saraiva me aportó un conocimiento general de la historia portuguesa entre los siglos XIX y XX, Leonel Ferro Alves me descubrió las figuras conspiradoras del grupo de los Budas y César de Oliveira el papel desempeñado por salazaristas y antisalazaristas en la guerra civil española.

El relato de la aventura del conde de Foxá en Madrid y su posterior marcha a Bucarest está en deuda con la novela inconclusa del propio Foxá, *Misión en Bucarest.* Para su visita al frente de Leningrado me ha sido de enorme utilidad la serie de artículos que Foxá publicó en *Abc* durante su estancia en Finlandia, parte de los cuales, junto con cartas y fragmentos de diarios, ha reunido Jordi Amat bajo el evocador título *Nostalgia, intimidad y aristocracia.* Si en algún momento he logrado hacerme con la erudición y las convicciones del conde ha sido gracias a la biografía de Luis Sagrera, *Agustín de Foxá. Una aproximación a su vida y su obra,* y a la lectura de esa maravillosa antología de artículos que prologó y seleccionó Jaime Siles: *Agustín de Foxá. Artículos selectos.*

*Los cañones de agosto,* de Barbara W. Tuchman, fue indispensable para revivir en mi mente la atmósfera de la Primera Guerra Mundial, así como *La Gran Guerra. Una historia global,* de Michael S. Neiberg, y *La Primera Guerra Mundial,* de Michael Howard, lo fueron para visitar los frentes. También debo mencionar aquí el libro de Peter Englund *La belleza y el dolor de la batalla,* y a dos periodistas españoles cuyas crónicas —en *La Vanguardia,* el primero, en el *Abc,* la segunda— me dieron una visión personalísima de aquella contienda: Agustí Calvet, *Gaziel,* y Sofía Casanova. He de señalar también que el periodista norteamericano con quien Ángel Bigas conversa en Salónica es John Reed, cuyo libro *La guerra en Europa Oriental* es uno de los mejores reportajes bélicos que he leído.

Para recrear las intrigas diplomáticas que surcaron el tablero internacional durante y después de la Primera Guerra Mundial en Bucarest y Varsovia, me ha sido de gran ayuda *París, 1919,* de Margaret MacMillan.

No hay duda de que lo sucedido en Varsovia en 1920 fue un acontecimiento significativo que merece más atención de la que ha recibido por parte de los historiadores. Adam Zamoyski narra aquellos hechos en un breve pero apasionante libro, *Varsovia 1920.* El *Diario de 1920,* de Isaak Bábel, ofrece una inmersión única en la batalla descrita por Zamoyski, pero desde la perspectiva soviética.

No menos útiles, aunque en esta ocasión para recrear el ambiente de la Roma fascista, me han resultado *Mussolini y el ascenso del fascismo,* de Donald Sassoon, *Mussolini,* de Denis Mack Smith, las crónicas italianas publicadas por Josep Pla en *El Sol* y los reportajes que Corpus Barga escribió en el mismo periódico desde Italia.

Fueron muchos los panfletos políticos, informes y artículos en cadena que circularon contra Mussolini en la época que recrea la novela. Los documentos secretos de los que se habla en el capítulo del cónsul Ruiz de Aguirre saltaron a la novela gracias al libro de Denis Mack Smith.

Para Rusia, la Revolución de 1917 y la posterior guerra civil, debo mencionar mi deuda con uno de los libros más rigurosos que he leído sobre esos acontecimientos: *La Revolución rusa (1891-1924)*, de Orlando Figes.

Los versos de Anna Ajmátova y Marina Tsvetáieva que recita Olga en la novela proceden de la antología poética *El canto y la ceniza*, a cargo de Monika Zgustova y Olvido García Valdés, y de la biografía *Anna Ajmátova. Anna de todas las Rusias*, escrita por Elaine Feinstein. A esta última debo también la descripción de El Perro Errante y la atmósfera de las veladas literarias que acontecieron en aquel legendario cabaré de San Petersburgo.

Un libro me ha sido de enorme utilidad a la hora de evocar el pasado ruso de Olga Rykova y Tatiana de Miranda: *Habla, memoria*, de Vladimir Nabokov.

En lo que se refiere a Curzio Malaparte y su evocación de la Varsovia de 1920, me han sido preciosos dos libros del mismo Malaparte: *Técnicas de golpe de Estado* y *Kaputt*. En este último, Malaparte hace una brevísima mención a los diarios de Azaña, a quien confiesa conocer muy superficialmente gracias a Agustín de Foxá. A este respecto, Dionisio Ridruejo cuenta en *Casi unas memorias:*

«A manos de Foxá y de Rodríguez Cortázar vinieron a parar en primera instancia, si no me equivoco, los dos cuadernos de las memorias autógrafas de Azaña que un tercer diplomático —Espinosa— le robó a Rivas Cherif en Ginebra para venirse así a Burgos con un salvoconducto de importancia.»

En cuanto al artículo sobre Azaña que se cita en la carta del conde de Foxá, lo escribió este en 1937 y se publicó en el *Abc* de Sevilla.

Fueron mi brújula en la memoria ultramarina de Dolores de Rivas Cherif *Retrato de un desconocido,* de Cipriano de Rivas Cherif, *Mi rebelión en Barcelona,* de Manuel Azaña, así como *Mujeres para una época. Entrevista a Dolores de Rivas Cherif* (TVE).

Los fragmentos de los diarios de Azaña que se incluyen en la novela han sido parcialmente manipulados. A quien tenga interés en cotejar qué hay de invención y qué no, le recomiendo *Diarios completos. Monarquía, República, Guerra Civil. Introducción de Santos Juliá,* publicado por la editorial Crítica.

Los recuerdos italianos del Rafael Sánchez Mazas que habla en esta novela beben del torrente de artículos que el Sánchez Mazas real publicó aquellos años como corresponsal de *Abc* en Roma. Sería una injusticia, por otra parte, no recordar en esta nota bibliográfica el libro *Rafael Sánchez Mazas. El espejo de la memoria,* de Alfonso Carlos Saiz Valdivielso, o las interesantes observaciones que hacen sobre el personaje Mónica y Pablo Carbajosa en *La corte literaria de José Antonio.*

El relato de Indalecio Prieto sobre el alijo de armas en Asturias procede de un artículo que el insigne socialista publicó el 17 de octubre de 1953 bajo el título «La noche del Turquesa». Los recuerdos de la conjura republicana para acabar con la monarquía de Alfonso XIII, así como las amargas reflexiones en torno a los prohombres de la Segunda República, también han sido elaborados a partir de artículos publicados por Prieto en Méjico. Por supuesto, toda referencia a Bigas es pura ficción.

El Diario de las Sesiones de las Cortes de 15 de febrero de 1935 solo ha sido manipulado en aquellos lugares donde se nombra a Ángel Bigas.

Mi agradecimiento especial a *Abc,* cuya hemeroteca tiene toda la nobleza de los grandes proyectos ilustrados.

No quisiera concluir este libro sin dedicar unas breves, pero emocionadas, líneas de gratitud a un pequeño número de personas.

A Roberto Cid Outumuro debo agradecerle la ciega confianza en mis posibilidades. He perdido la cuenta de las veces que, desde Oxford, me animó a escribir una novela como esta.

A Pilar González de Gregorio y Álvarez de Toledo quiero agradecerle el acicate de sus consejos literarios, presentes a lo largo de la redacción de la novela, que compartí con el seguimiento de su *Ignatius,* el libreto que sobre el fundador de la Compañía de Jesús convertía en ópera el maestro Tomás Aragüés.

Una simple llamada telefónica bastó para que Pablo Díaz Morlán me abriera sus archivos sobre Horacio Echevarrieta y me hiciera llegar fotocopiada la parte sobreviviente del sumario del caso Turquesa. Pablo y las páginas de su libro *Horacio Echevarrieta, 1870-1963. El capitalista republicano* me orientaron en las peripecias contrabandistas del empresario bilbaíno, que yo luego he aderezado en la novela.

No puedo dejar de lado a Javier García-Borreguero y Ondiz, que, como en nuestros años adolescentes, me acompañó en mis paseos a través del Portugalete del esplendor y la decadencia, y me sugirió la localización de la mansión de los Bigas.

Y, finalmente, desearía hacer constar mi emocionada gratitud a mi antiguo alumno y colaborador Eduardo Torrilla Estandia, por la ayuda, no solo práctica, que me prestó en este libro. Si Eduardo no se hubiera olvidado de su brillante licenciatura de Derecho en Deusto para concentrar su entusiasmo en la historia y la literatura, si yo no hubiera sido invitado a Málaga para hablar acerca de las escalofriantes paradojas del siglo XX, si después de aquella conferencia mi aventajado discípulo, un loco del cine, no hubiera hecho un comentario sobre el rodaje de *El último magnate*, un documental en torno a la figura de Horacio Echevarrieta, este libro no existiría. Fue necesario que los hados se dieran cita en Málaga para que yo me preguntara sobre el destino cancelado de aquellos patricios creadores de tanta riqueza que levantaron sus palacios y palacetes frente al mar, en la desembocadura de la ría del Nervión de resonancias familiares. Presentí que ahí podía estar el origen de una novela y se lo hice saber a Eduardo. Él consideró que sí, y me dio el empujón que necesitaba para navegar en las aguas revueltas de la ficción. La novela que resultó de aquella conversación en Málaga está aquí.

EUROPE
ON THE EVE OF
THE GREAT WAR
0 100 200 300 400
ENGLISH MILES
BRITISH ISLES
Faroe Is. (Dan.)
Shetland Is.
Orkney Is.
Bergen
SCOTLAND
Edinburgh
Glasgow
Belfast
IRELAND
Dublin
York
Hull
Cork
Liverpool
ENGLAND
Cardiff
LONDON
DENM
Heligoland (Ger. 1890)
Kiel
Wilhelms
HOLLAND
BELGIUM
Essen
Cologne
Coblenz
Metz
G
BAV
Strassburg
Cherbourg
Calais
Channel Is. (Br.)
Lille
Brest
Reims
PARIS
Verdun
Orleans
FRANCE
SWITZERLAND
Ferrol
Bordeaux
Lyons
Venice
Oporto
Marseilles
Genoa
PORTUGAL
LISBON
MADRID
SPAIN
Toulon
Barcelona
Corsica
Balearic Is.
Seville
Cordova
Sardinia
Cadiz
Cartagena
Gibraltar (Br.)
Ceuta (Sp.)
Casablanca
Algiers
Bizerta
Tunis
Fez
Melilla (Sp.)
MOROCCO
ALGERIA (Fr. 1830)
Morocco
Canary Is. (Sp.)
Agadir
TUNIS (Fr. 1881)
T

SWEDEN
FINLAND
Aland Is.
Helsingfors
PETROGRAD
Novgorod
Reval
Stockholm
Gothland
Riga
Libau
Copenhagen
Bornholm (Dan.)
Danzig
Konigsberg
Vilna
Smolensk
Tula
MOSCOW
Nijni Novgorod
Samara
RUSSIA
PRIPET MARSHES
POLAND
Warsaw
Dresden
Kiev
Astrakhan
Toganrog
BOHEMIA
Cracow
GALICIA
Lemberg
VIENNA
Buda-pest
HUNGARY
TRANSYLVANIA
BESSARABIA
Nikolayev
Kherson
Odessa
Sebastopol
Trieste
BOSNIA
Sarajevo
RUMANIA
Bucharest
Belgrade
Nish
SERBIA
MONTE NEGRO
Sofia
BULGARIA
Varna
Burgas
Cattaro
ALBANIA (Indep.)
Adrianople
CONSTANTINOPLE
Sinope
Trebizond
Batum
Kars
Tiflis
Erivan
Erzerum
Angora
Brindisi
Taranto
Salonika
GREECE
TURKISH EMPIRE
BAGDAD RAILWAY
Mosul
Konieh
Smyrna
Aleppo
Messina
Athens
Malta (Br.)
Cyprus (Br. 1878)
Crete (Gr.)
Beirut
Damascus
Acre
Jaffa
Jerusalem
Derna
Alexandria
El Arish
Suez Canal
Maan
EGYPT
(Brit. Occup. 1882)
Cairo
Akaba
ARAB

GROSS-BRITANNIEN
Nord-
See
London
ANTISCHER OCEAN
Golf v.
Biscaya
Paris
PORTUGAL
Madrid
SPANIEN
Balearen
SARDINIEN
KORS
MITTELLÄNDI
Algerien

DÄNEMARK
Ostsee
Berlin
Wien
ÖSTERREICH-UNGARN
Venedig
Adriatisches Meer
Belgrad
SERBIEN
MONTENEGRO
ALBANIEN
BULGARIEN
Sofia
Rom
Tyrrhenisches Meer
Korfu